英文学論集

古典主義とローマン主義

町野静雄
著

信山社

町野静雄　晩年

静雄・茅子　1977 年ころ

町野家正月会 2008 年ころ
徹、朔、いこひ、幸
茅子、静

自宅・書斎にて　1973 年ころ

いこひ　茅子　静雄　1971 年ころ

町野静雄・自宅居間にて

学生新聞に載った静雄の写真

茅子　静雄　自宅庭にて

自宅門前　1970 年ころ

青山学院の同僚とともに

青短生とともに

飯野海彦・町野静雄・飯野しのぶ　高尾山にて
1971 年ころ

正明寮写真

目次

目　次

I　序　文――町野静雄の人と英文学

飯野　柚枝
町野　曄子
町野　朔
町野いこひ

1　町野静雄について

町野静雄（1）（まちの・しずお）については、その妻であった町野茅子の「亡夫静雄の思い出」（2）を見るに如くはないであろうが、その正確性については現在となっては問題もあるかも知れない。以下では、その記述を基本としながら、静雄本人の書き記したところ、我々四人、関係者の記憶に従って、静雄について述べることにする。文章は町野朔であり、それを朔の友人の渡辺左近君・柴田尚到君（信山社）が手を入れている。お前には文章力がないと言って、文学部への進学を断念させたのは静雄であるから、静雄は天国で苦笑しているに違いない。

なお、原文漢字の旧字体はすべて無視した。

ここでは、豊福一喜『新・肥後人国記』（一九五一年）にある次の短い文章（原文のまま。〔　〕は序文執筆者が補ったもの）を引用することからスタートする。

英文学者の町野は、九学〔九州学院〕、五高、東大と、ずつと特待生で通したほどの秀才型で、有名な市河三喜の高弟、母校九学の院長として嘱望された時代もあるが、本人にしてみれば、郷里とはいえ、熊本に帰るより新進学者として、中央学界でもつと専門の英文学を掘り下げてゆこうという、学者的な欲望が強いのかもしれない。作品は翻訳が主であるが、「英文学概論」という著述もある。

これを読んだ静雄は、東大には「特待生」という制度はないなど、この記述には誤りが多いといっていた。静雄から聞いた朔の記憶では、静雄が最初に書生として住み込んでいたのは市川三喜（東京帝国大学英文科教授）であったが、後に齋藤勇（東京帝国大学教授）のもとに移り、生涯、齋藤を師として仰いでいた。静雄が臨終の床で「齋藤先生はどうしてる」と朔に尋ねるので、無神経な朔は「お孫さんに殺されたよ」というと、目を見開いてびっくりしていた(3)。また、「英文学概論」は、町野静雄『現代英文学概論』（一九三三年、金星堂）、ラフカヂオ・ハーン／町野静雄訳『英文学入門』（一九四九年、金星堂）の誤りと思われる(4)。

満州事変（一九三一―一九三三年）に関与した会津藩士の子孫に町野武馬（一八七五―一九六八年）がいるが、熊本の町野家とのつながりは明らかでない(5)。静雄自身は「俺は知らん」といっていた。

町野静雄は、明治三十六年七月十八日、熊本市出町で、町野荘太郎・加乃の末子として誕生した。その兄は、佐平・唯雄・俊雄の三人であった。女性の同胞の存否については、静雄本人も含めて誰も語ったことはない。彼は、昭和五十七年八月二十日、八王子市内の病院において、妻・茅子（かやこ）と、子ども、飯野柚枝（ゆえ）・町野曄子（ようこ）・町野朔（はじめ／さく）に看取られながら、その七十九年の生涯を閉じた。

茅子の話だと、最初の子を男と決め込んでいた静雄は「弓上」という名前を考えていた。だが、生まれたのが女児であったため、茅子の提案で「柚枝」に決まったという。そのあとの二人については、名前に凝る静雄の提案通りに落ち着いている。ひかりさんさんの女子「曄子」、満ち始めの月を意味する男子「朔」であった。静雄は朔に、小さいときは「はじめ」、大きくなったら「さく」と名乗るようにといっていたが、静雄本人、親戚も、ずっと「はじめ」と呼んでいる。

静雄は早くから文章を書くことが好きだったようで、鈴木三重吉の雑誌『赤い鳥』四巻六号（大正九年）に「夕焼け」という詩を投稿して採択されている。(6) 静雄は、大正十年三月に九州学院（旧制中学。現在の九州学院中学校・高等学校）を卒業後、同年四月に第五高等学校（旧制）文科甲類に入学、大正十三年に卒業した。夏目漱石の授業を聞いたという話もあるが、漱石が五高で教えていたのは一八九六～一九〇三年、東大では一九〇三～一九〇七年であり、静雄の五高・東大の在学年である一九二一～一九三二年とは完全にずれているので、これは勘違いであろう。

静雄は、五高卒業後、東京帝国大学文学部英吉利文学科に入学した。本人は、フレイザー『金枝篇』(7)に感化されたこともあり、恩師・上妻博之(8)のように博物学を勉強したかったが、食べていくためのことを考えた末での進学先であったようである。静雄の蔵書には、牧野富太郎の『牧野日本植物図鑑』『植物学講義』などが残されていた。静雄は、結婚した後も、茅子とともに、牧野富太郎のしていたように、ヤドリギなど、採取した植物を新聞紙に挟んで押し花標本を作っていた。これが、上妻博之、牧野富太郎のいずれに送られたかは分からない。

だが、学業が順調であったのは東大入学のちょっと後までで、病気により、大正十五年四月～昭和四年三月の長期休学をやむなくされた。本人はこれを「肋膜炎」といっていたが、これほどの長期の休学を已む無くされたところを見ると、肺結核であった可能性も否定できない。とにかく、それまでは郷土の秀才の名をほしいままにしていた静雄は、復学後、昭和七年三月の卒業までは超低空飛行を続け、卒業もやっとという状態だったことは、静雄の死後、その書庫に残されていた惨憺たる成績表で推察がつく。静雄は、上妻博之が電報為替で送ってくれた授業料で、やっと卒業できたという。(9)

ただ、このときの病気により、卒業後の徴兵検査で「丙種合格・予備役」となり、結局兵役を免れた。静雄は幸運だったと述懐していた。ちなみに、静雄の男性の同胞、佐平・唯雄・俊雄は静雄と違い剛健な若者であったが、不思議なことに誰も兵役についていない。佐平の長男・町野智勇（としお。故人）によると、これは牧野富太郎の口利きによるという。牧野富太郎の破天荒な人生、(10)その上妻博之とのつながりを考えるなら、これはあり得る話ではあるが、その真否は今となっては確かめるすべはない。いずれにせよ、町野四兄弟は、当時の「非国民」だったことになる。

町野家は早くに戸主・荘太郎を亡くした。幼くして新たに戸主となった長兄・佐平は、残された母・加乃と三人の弟を支えるため、魚屋などして一日中働いていたという。静雄は「佐平兄には本当に世話になった」と繰り返し語っていた。静雄も新聞配達をするなど、町野四兄弟は必死だったと思われる。

静雄の学問、人生は「上妻先生」抜きでは考えられないと思われる。大正六年四月の九州学院進学から東京帝国大学卒業までの間、学費を出すなど全面的援助をしたのは、同郷の上妻博之であった。上妻は博物学者・牧野富太郎の指導を受けた郷土史家であり、ルター派キリスト教の九州学院で教鞭をとっていた。九州学院での英才教育を目指していた上妻が、どのようなことで静雄を知ったのかは分からない。しかし、静雄がルター派の信者となったのは上妻と九州学院の影響であろう。後に茅子が、その親戚（相馬鈴子）の影響を受け、三人の子供達を引き連れてカトリックに一斉入信したことに反発した静雄は、家庭内で茅子たちと口論し、九州学院の同窓会に出始めるなど、町野家は小さな宗教戦争を経験することとなった。

静雄は、朔が東京大学に合格したのを大喜びし、朔を、その一年生の（昭和四十一年）夏休みに、熊本の「佐平兄」のもとに遣わし、「上妻先生」の自宅にも挨拶に行かせた。朔の付き添いは、佐平の長男・智勇（としお）であった。盲目となっていた上妻博之が、そのとき隣の夫人との間で交わされた会話――「はじめさんは、どぎゃんとかや?」「静雄さん似の良か男じゃが」――を、朔自身は何とか覚えている。完全な地方弁である熊本ことばを理解することは普通の人には難しいが、疎開先の熊本で幼少期を過ごした子どもたちには、これは容易であったのだろう。

静雄は大学を卒業後、直ちに「金星堂書店編集部」に勤務し、そこで図らずも英文学者・作家としてのキャリアを開始していた伊藤整と二人で、机を並べて英文学書と英語テキストの編集を行うことになる。静雄は、伊藤整はこのころを自分の不遇時代であったと嘆いていたといっていた。本書（四一五頁）にも収録されている静雄の文章「伊藤整君のこと」にあるように、二人の交流はその後も続き、伊藤整も被告人となった「チャタレー裁判」（昭和二十五年）[11]についても話をすることがあったという。静雄は、伊藤整のJames Joyce 論に強い影響を受け、家に来る編集者にJoyce のことを、長々と話していた。静雄は、ある時期、

「筆を折る」と宣言したことがあったが、これは、伊藤整には敵わないと自認したからなのだろうか。

静雄は、金星堂在職中の昭和十年に、明石譲寿（たかひさ。故人）(12)の紹介で、譲寿の末の妹・明石茅子と結婚し、三人の子（昭和十一年に柚枝、昭和十三年に曄子、昭和十八年に朔）を儲けることになる。経済学を勉強していた譲寿は、英語ができるというので、三省堂、専修大学に採用され、東京で文士たちと付き合っていた。茅子は親からの縁談を嫌い、譲寿を頼って上京したが、ハンサムな静雄を一方的に気に入ったという。譲寿は、文士にはろくなやつはいないが静雄だけは違う、あいつなら大丈夫だといっていたという。茅子自身の語ったところによると、茅子は家出同然で明石家を去り、持参金はおろか、殆ど何も持たされなかった。

明石家は、町野家と対照的に、愛媛（津野村、現在の四国中央市土居町）の名家、富裕家であった。茅子の従妹、相馬（結婚して石川となる）菊子の母方の祖父は相馬永胤であるので、細い糸ではあるが、「相馬事件」という精神医療史の大事件(13)の相馬誠胤につながる家系であるのかもしれない。茅子は、明石家の末子・女子であり、文字通り「蝶よ花よ」と育てられたという。後に述べる「正明寮」を退去した町野一家は、東京杉並の馬橋で生活することになる。しかし、茅子は、戦況の悪化の中、静雄抜きで熊本の佐平宅に疎開し、姑・加乃、佐平の家族との関係、空襲など、当時では普通であったとはいえ、かなりの苦労をしたようであった。柚枝・曄子の記憶によると、既に馬橋で生まれていた朔だけは、そこの空襲の燃え跡で、一人「もえ、もえ」と喜んでいたという。——しかしながら、終戦後、空襲も終わった正明寮では、学生たちはそばの「東村山貯水池」（人造湖・多摩湖の一部）で捕れた大きな鯉を鍋にして皆に振舞っていて、誤って、朔の右肩にこぼした。朔は泣きわめき、右肩のケロイドは今でも残っている。どう考えても、空襲の焼け跡で喜ぶ余裕などありはしない。

一方静雄は、持参金こそ期待していなかったであろうが、お嬢様育ちの茅子に手を焼き、二等車で新婚旅行に連れていかれたことを長いこと悔やんでいた。二等車は今のグリーン車にあたると思われるが、当時の一等車が皇族専用であった（今の、お召し列車、御乗用列車に相応する）ことを考えるなら、庶民の手の届かないものであったろう。また、子どもたちが散らかして茅子の機嫌が悪くなると、そのままにしとけばいいと怒鳴っていた。

昭和十四年三月に金星堂を退職した静雄は、都内の日大第二商業高校教諭を経て、昭和十九年四月から昭和二十五年三月まで、全寮制の、村山貯水池そばの正明中学校・正明高等学校の教諭として勤務した。静雄は、終戦後の昭和二十年十一月には、熊本の佐平宅に疎開していた茅子・柚枝・曄子・朔を呼び寄せ、正明寮で学生たちと一緒に暮らすようになる。町野家と正明中学の学生との付き合いは、静雄の没後まで続いていた。

正明中学は、国家主義者・平沼騏一郎（大逆事件のときの公判検事）が大東亜共栄圏の指導者を養成するために創設した学校であり、敗戦、平沼らの公職追放の後、廃校となった。正明寮は、売春婦を求める進駐軍兵隊の闖入に悩まされることになる。それまでは貧しいなりに穏やかな暮らしをしていた静雄は、家族、正明中学の同僚、学生とともに、戦中・戦後、軍国主義・民主主義の荒波、学校運営をめぐる内紛に一気に巻き込まれることになる。このときの様子は、「右と左の間」と題して同人誌『春夏秋冬』に連載され、『随想集　水明寮周辺』にその一部が収録されている。同書の「水明寮」は「正明寮」、「平山彦九郎」は「平沼騏一郎」のことである。

敗戦後の正明中学は実質的に破綻し、正明高等学校の教諭となっていた静雄には給料もろくに支払われなくなった。静雄は高校、大学の英語の非常勤講師を掛け持ちして、何とか糊口をしのいでいた。日本の敗戦は英語教師としての静雄の立場を楽にしたが、その生活の場であった正明寮は昭和二十四年には取り壊されることになった。静雄は正明寮を退去し、所沢本町の借家に、さらに昭和二十七年には杉並区阿佐ヶ谷の借間へと引っ越した。柚枝と曄子の記憶によると、大森など、阿佐ヶ谷以外にも居たことがある。そこには文士など、「訳の分からない人たち」が静雄宅に集まり、彼らの飲食、酒代を都合するために、茅子は質屋通いをしたという。静雄は人を引き付ける力を持っていたようであるが、割を食ったのは茅子であった。

引っ越しの準備と実行のすべては、東京生活を熱望していた茅子が行い、静雄は、二回の引っ越しのときには、最後に猫一匹[14]だけを抱いて、引っ越しのトラックに同乗してやって来たという。

昭和二十五年三月から、静雄は東京都立大学附属高等学校[15]教諭となった。ここでは、正明中学時代とは打って変わった反米的な「左翼学生」に戸惑ったが、学生とともに楽しく充実した教師生活を送ったようである。柚枝は都立大附属高校に入学し、静雄は楽しかったようである。静雄の没後も、学生たちは静雄を「偲ぶ会」を開いていた。

静雄は昭和二十六年から一年間「三省堂コンサイス和英辞典編集部嘱託」として、三省堂編集部編『最新コンサイス和英辞典改訂版』（昭和二十七年発行）の作業を分担した。明石譲寿、市川三喜などの世話だと思われる。家族五人、トンジ猫と部屋を分け合いながら、ときには雨漏りを洗面器で受けながら、狭い二階の借間で、書き込んだ単語カードを台紙に一枚ずつ糊付けする作業は、雨の長屋で番傘貼りの内職をする、白黒の時代劇映画の貧乏浪人を思い起こさせたが、これがどれだけのアルバイト収入になったかは不明である。だが、静雄はこのときの辞書作りの経験を生かして、間もなく、単著で『中学英和辞典』（紀元社、昭和二十九年）を出した。これは、発音記号をカタカナにし、アクセントの部分をゴシックにする（tomorrow→**ト**モロウ）など、英和辞典の常識に反するものであったが、当時は中学生向きの英和辞典がなかったこともあり、予想しなかった大ヒットになり、町野家は、当時としては多額の印税を得た。面目を施した静雄がいかに喜んだかは、本書（四一三頁）収録の随筆「不完全な辞書」にも現れている。

静雄は都立大学附属高校での教員生活に満足していたが、大学で専任として教鞭をとることに、より強い魅力を感じていたようである。同僚の引き留めを振り切り、昭和三十年に突然高校を辞め、誘いのあった某大学の助教授に転じた。しかし、給料が高校教師の時代より安くなったので、ここを一年で辞め、別の大学に移った。ところが、驚くことに、給料はさらに格段に下がった。当時は赴任前に給料のことを聞かないのが通例であったが、静雄は「また騙された」と、ここも一年で辞めた。これらの大学の給料は、私立大学に進学した娘二人を含む五人の家族を養うことなど、到底できない金額であったと思われる。

静雄は、ようようにして昭和三十一年四月から青山学院女子短期大学(16)（渋谷区渋谷）に着任し、今度は、若い「青短生」に囲まれながら、楽しく、昭和四十七年三月の定年まで無事に務めることになる。青短の修学旅行先は北海道であり、静雄は登別温泉を特に楽しみにしていたようである。町野家には、サケをくわえたクマの木彫りがいくつもあった。静雄は五十歳近くになって初めて大学教員として、経済的にも安定した学究生活を送ることになったのである。定年退職後に乞われていくつかの大学で教えたが、「青短」は静雄の最も気に入ったところであった。

静雄は、七十歳近くになってから、パーキンソン氏病の症状が悪化したことにより、大好きだった教員生活を続けることもできなくなり、茅子の献身的な介護、子、孫の見守りの中で、十年にわたる長い病気療養生活に入る。当時の日本では、パーキンソン氏病という疾患名は殆どの人が知らず、「難病」と指定されたばかりであった。「脳軟化症」と誤解していた人もいた。本人は「パーキンソンは国家指定の難病だぞ」と威張って見せていた。静雄はその後、癌に罹患し（その診断名は「結腸癌肺転移」であった）、必ずしも楽な死に方ではなかった。(17)

静雄の訃報を聞いた静雄の友人からは、学生時代の病弱・貧相な外見(18)からは、このように長生きするとは予想できなかったという感想が寄せられた。

２　町野静雄の学問と本書について

本書は、〝町野静雄『英文学論集　古典主義とローマン主義』〟という。静雄には、『随想集水明寮周辺』（飯野柚枝・町野曄子・町野朔〔発行〕／桒島朗〔印刷〕、一九七六年）がある。これは、子どもたち三人が共同して出版したものであるが、全体をまとめ原稿に手を加えたのは静雄自身であり、その装丁も、本人の希望で、上林暁『白い屋形船』（講談社、一九六四年）と同じになっていた。桒島朗氏には、多大のお世話になった。静雄は、これで「日本エッセイスト賞」を貰えるかもしれないと淡い期待を持っていたようであるが、子どもたちから見てもそれほど一般受けはしないものであり、当然、これは夢と終わった。

子どもたちは、続けて「英文学論集」を編集するよう促したが、パーキンソン氏病の影響もあっただろうが、静雄にはその気力がなく、子どもたちにも、実際にはその原稿を準備するだけの能力も時間もなく、そのままになっていた。それから五十年近くが過ぎ、「お父さんの遺徳」にあやかって、父の死後間もなく曄子と一緒に、元気に、熊本、愛媛の親戚を回り、さらに、イスラエル、トルコの聖地巡礼にまで行った「鉄の胃袋」茅子も、二〇一一年一月、白寿を迎える直前に「老衰」で、安らかにこの世を去った。

子どもたちもすべて常勤の職から引退した。彼らは、それぞれ、英語、国文、法律が専門となっていたが、姉たちより六歳以上若い朔の大学入学時の希望進路が、安易にも静雄の後を追い英文科であったこともあり、また、定年退職後かなり長く続けていた仕事にも一区切りが付いたこともあり、朔が中心となって、その配偶者・いこひ（いこい）と姉たちと協力しながら、本書の編集を進めることになった。本「序文」も、朔が取りまとめ役となったものである。だが、その大学入学の二年後に、静雄は朔に「お前には文章の才能がない」と引導を渡していたのであり、朔は流石に内心忸怩たるところがある。

静雄は、金星堂時代から、随想、創作のほかに、次々と英文学の著述を公表し、それは「青短」の定年を迎えるまで休むことなく続いた。国会図書館の「文献サーチ」（https://iss.ndl.go.jp/）には、翻訳を含む膨大な数の静雄の業績が列挙されている。また、静雄は、ラフカディオ・ハーン、チャールズ・ディッケンズ、アルベルト・シュヴァイツァーなど、気に入った英語の作品に、解題、英語フレーズ・単語についての注釈を付けて、英語の教科書を作ることが好きだった。それは、町野家の子どもたちの受験勉強にも役立ったばかりでなく、研究者にも利用されたようであるが、どこにもそのリストはなく、現物を発見することも難しかった。本書には僅かに収集できたものを入れられたに過ぎない(19)。これは、編集した我々としては、痛恨の極みである。

静雄は海外のものも含めて、童話、昔話などをよく読み、それを子どもたちにも読ませていた。後に、柚枝が高校の英語教師となり、曄子が童話を書くことになったのも、その影響であろう。

静雄が力をいれていたのは翻訳であり、その対象は、小説ばかりでなく、建築学、博物学、芸術論、哲学、倫理学、心理学にも及んだ。柚枝は、アーサー・ベル夫人／町野静雄〔訳〕『建築史』（日本電建出版、一九四三年）が特に印象に残っているという。これは、経済的理由から翻訳を引き受けたものであったが、建築学をよく勉強したと思われる。朔は、その研究との関係で、病院建築、刑務所建築の部分を紐解くこともある。

また、小泉八雲＝Lafcadio Hearnが東京帝国大学で行った英文学の講義を翻訳し、一九四九年に『文学入門』『英文学入門』として出版した[20]ことは、静雄の、古典主義・ローマン主義の対比、日本の文壇に対する過激な反発、天皇制の理解に大きな影響を与えた。

ブロンテの『嵐が丘』(Emily Jane Brontë,Wuthering Heights, 1847) を翻訳した（ダビッド社、一九五四年）ことは静雄の誇りであり、「これを翻訳しただけで俺はもう満足だ」といっていた。「肩の凝らない良い訳だ」という評価もあった。最晩年には、奇書と評判のLaurence Sterne, The Life and Opinions of Tristram Shandy. Gentleman (1760-1767) の翻訳を始めたが、あっという間に、後輩・朱牟田夏雄の完訳が出版され[21]、流石に落ち込んでいた。

翻訳ものを除き、英文学研究関係の文献を収録するとしても、その作業はかなり大変であった。『今日のイギリス文學　新文學叢書2』（金星堂、昭和七年）、『現代英文学概論』（金星堂、昭和八年）を収録することは、本書が大部になりすぎてしまうので、断念せざるを得なかった。それ以外の文献は、本書の編集・出版という事態が来ることを想定していなかった子どもたちの親不孝のために、ほとんどが散逸していた。我々は、親戚・姻戚・友人、古書店、インターネット情報などを頼りに、いかなる細い糸でも手繰ろうとした。最後は、「上智大学中央図書館」が、雲をつかむような話から、重要な文献にたどり着いたばかりでなく、骨折のため身動きも困難となっていた朔のために、入手可能な文献すべてを複写して送っていただいた。

このような努力にもかかわらず、本書には、スペースの関係で、翻訳を除いても、町野静雄の英文学関係の著作全体を収録することはできなかった。「全集」はおろか、「選集」ともいえない中途半端なものになってしまった。静雄の幼少期・学生時代・教師時代の写真が一枚も発見できなかった。静雄が生きていれば、山ほど文句を頂戴するであろう。しかし、面白くもない『水明寮周辺』とは異なり、静雄の英文学研究は、その子どもの贔屓目を差し引いても、時代を超えた学術的意味を持つと思う。

私家本として世に出た『水明寮周辺』とは異なり、本書は信山社出版から出していただけることになった。本書の具体的なかたちは、我々の意見を、朔の友人である、同社の古くからの友人、渡辺左近君、柴田尚到君とすり合わせた結果によるものである。町野静雄に関係する写真を入れさせてもらったのも、渡辺君らの示唆による。最後に信山社の今井貴社長には、本書のような、同社の経済的負担となることが明らかな書物の出版を引き受けていただいたことに、心から感謝する。

（1）　戸籍には「町野靜雄」とあるが、自筆の履歴書を始めとして、「町野静雄」の表記を用いたものが多い。本書の叙述においても「町野静雄」を用いることにする。
（2）　町野茅子「亡夫静雄の思い出」文芸同人雑誌（季刊）クマモト・ペンクラブ№6夏季号〔出版年の記載なし〕。本書四三〇頁。
（3）　一九八二年の「斎藤勇東大名誉教授惨殺事件」である。斎藤勇及び事件については、ウィキペディアなど参照。
（4）　ラフカヂオ・ハーン／町野静雄訳『英文学入門』（堀書店、一九四九年）。本書二一八頁には、「訳者のはしがき」だけを収録してある。
（5）武馬の父・町野主水については中村彰彦『その名は町野主水』（一九九七年、角川文庫）参照。
（6）朔としては、この自由詩は大したものと思わなかったので、本書には収録しなかった。
（7）本書九七頁。
（8）上妻博之は熊本の郷土史家であり、肥後切支丹史、陽明学などの著作があるが、牧野富太郎の「弟子」ともされている。彼が牧野のために収集した植物標本も、現在は、東京都立大学八王子キャンパス・牧野標本館の中にある。
https://kumanichi.com/articles/1104307
https://www.biol.se.tmu.ac.jp/herbarium/
（9）五高の同期生だった小説家・上林暁によると、静雄は秀才の集まりであった三組の中でも首席であり、しかも品行方正で、同期生の憧れの的であり、後に著名人となる同級生も彼には頭が上がらなかったという。上林暁「三ノ嶽追想」（初出、ちくま一九七七年八月号）。本書四二六頁。
（10）ＮＨＫ朝ドラ（二〇二三年前期）「らんまん」をきっかけとして、沢山の書物が出ている。例えば、『牧野富太郎』（別冊太陽日本のこころ306、二〇二三年）。
（11）伊藤自身は、静雄に、問題の訳書、Ｄ・Ｈ・ロレンス『チャタレー夫人の恋人』（小山書店、一九五〇年）が日本ではわいせつ文書（刑法一七五条一項）とされるのも仕方ないといっていたようだが、伊藤整『裁判』（筑摩書房、一九五三年）を読むなら、これも猥褻文書となりうるとする法律論、特に、団藤重光東大法学部教授の「相対的わいせつ文書」などの刑法理論に強い反感を抱いていたことがわかる。
（12）譲寿の妻であった明石晴代は下村湖人の娘であり、『『次郎物語』と父下村湖人』（勁草書房、一九八七年）には、譲寿に関するエピソードがある。
（13）岡田靖雄『相馬事件―明治の世をゆるがした精神病問題　その実相と影響』（六花出版、二〇二二年）参照。
（14）茅子が正明寮のそばで保護したメスの捨て猫であり、名をトンジといった。茅子は、イタリア語のトンジーラからとったといっていたが、イタリア語の中に、そのような単語を確認することはできない。転居先の阿佐ヶ谷に転がり込んでいたある医学部生が、ふざけて、扁桃腺を意味するドイツ語の Tonsilla からとったものと思われる。トンジは拾われたときにはガリガリに痩せた「ヨモギ」柄（三毛が溶け合い、全体が黒茶一色）であり、見かけは極めて悪かったが、成長してからはネズミをよくとり、獲物を暲子の布団の中に持ち込んだ。仔猫のうちの一匹は、茅子の兄・譲寿に貰われ、文字通り、猫かわいがりされた。

(15)　旧制の七年の「都立高等学校」を前身とする東京都立大学附属高等学校は、静雄が赴任したときには、東京都立大学の八雲キャンパス内にあった。その後、紆余曲折を経て最終的には平成二十二年に閉校となっている。現在の東京都立大学八王子キャンパス内に、東京都立大学・都立高校の移転記念碑がある。

(16)　青山学院女子短期大学、通称「青短」は、二〇一九年から新入生の募集を停止している。

(17)　町野朔「家族の肖像」厚生省健康政策局総務課〔監修〕『21世紀の末期医療』（中央法規出版、二〇〇〇年）一四二―一四八頁参照。

(18)　五高時代の同級だった哲学者・小島威彦によると、静雄は「キーツ〔John Keats, 1795-1821. 早世した病弱のイギリスの詩人〕を連想させるような繊細と病弱と俊才と貧乏を兼ね具えている」。

https://jyunku.hatenablog.com/entry/20170602/p1。

(19)　本書二一八頁ほか。

(20)　現在は、優れた翻訳・研究として池田雅之〔編訳〕『小泉八雲東大講義録』（角川ソフィア文庫、令和元年）がある。

(21)　現在は、ロレンス・スターン／朱牟田夏雄〔訳〕『トリストラム・シャンディ（上）・（中）・（下）』（岩波文庫、一九六九年）。

Ⅱ 『古典主義とローマン主義』

はしがき

一つの文学作品を取りあげて、それをどのように鑑賞したらよいか、どのように批評したらよいかということについて、批評の基準を知りたいということは、きわめて初歩的なことでありながら、文学を研究している学生にとっても、しばしば提出される要求である。

文学の批評の方法を教えるのは、文学概論や文学批評原論の仕事であろう。しかし文学について一般を納得させるような定義がない以上、その種の概論や原論の試みは、独創的であればあるほど、また独断論に走る危険もないではない。それゆえ、ここでは古典派とローマン派の、相対立する見解を解説することによって、文学のもつ両面から、その核心に迫ろうと試みてみた。

ここに論じられているものは、主として英文学であって、日本文学へ言及する余裕があまりなかったことは心残りである。しかし現代の文学思潮は、世界的に交流していて、すでに国境がなくなっているので、私たちが今日、日本でローマン主義や古典主義を語るとき、それは今日の英国における意味と共通するものであり、またそうでなければいけないのである。

議論の途中で、カソリシズム、ヒューマニズム、実存主義、リアリズム、イマジズム象徴主義、超現実主義、精神分析、分析心理学、抽象、隠喩、イメジ、神話、アーキタイプなど、今日の文学の問題点には一応触れたつもりであるから、この小冊子が文学の手引きの一助ともなればさいわいである。

昭和四十三年四月

町野静雄

第一章　文学辞典におけるローマン主義と古典主義の意味

ローマン主義（romanticism）と古典主義（classicism）の問題はある意味では、きわめて陳腐なものである。しかしこれは文学の本質が何であるかという根本問題に関連していることでもあり、したがっていつまでも新しい問題でもある。

二十世紀は古典主義の時代だと言われている。哲学の実存主義、モダン・アート、現代詩、はては前衛生花などが、なぜ古典主義であるのか、そういうことを一応知っておくことは、近代人の常識であろう。

しかしローマン主義と古典主義の概念が、各人まちまちであって、一致するところがないことは、周知の通りである。そこからこの定義に絶望する人たちも出てくる。いま私たちが追求しようとするのは、今日における古典主義とローマン主義の概念であるが、その予備知識として、イギリスにおける十八世紀の古典主義と、十九世紀のローマン主義について、一般に行われている見解を、代表的な英文学辞典である『簡明オクスフォード英文学辞典』（*The Concise Oxford Dictionary of English Literature*）、両ウォット（*Homer A. Watt and William W. Watt*）著『英文学辞典』（*A Dictionary of English Literature*）、M・H・エイブラムズ（*M. H. Abrams*）著『文芸用語解』（*A Glossary of Literary Terms*）について、しらべてみよう。

まず古典主義の特色は、一、クラシック、すなわち古代ギリシャやローマの文学を手本として、単純、抑制、秩序を重んじること、二、思想が中庸を得ていること、三、技巧を重んじ、いかにも芸術品という感じが伴うように仕上げられていること、四、しばしば社会の構成員としての人間が主題となること、五、題材においても芸術的魅力においても、人間が共通にもっているものに力点がおかれること、などである。

ローマン主義は、中世のロマンス、すなわち冒険的で騎士的なものの匂いや暗示や連想が伴うことから起こった言葉であるが、その特色は、一、想像（imagination）の信仰。これは詩において、あらたに感情と直観の信仰を強め、理性の優位に挑戦することと、ポウプ時代の形式的な英雄詩型と因襲的な詩語にかえて、新しい形式と技法を用いることを意味した。二、個人に対する信仰。これはアメリカとフランスの革命から生まれた民主主義の普及と手をたずさえたものであった。そして発展していく人道主義として、ローマン運動の文学にあらわれている。三、過去への興味。四、異国情調。五、自然に対する興味。しかしこれらの諸特徴の底に共通に存在しているものが何であるかということについては、その見解はまちまちであるが、だいたい、自我の感情的解放であろうと言われている。そのために、ローマン主義の自由奔放は、古典主義の抑制と秩序に対立する。とくにローマン主義は在来の芸術作法に挑戦して、作家が自分の個性を表現することにも適用される点で、古典主義の逆になる。

ところがローマン主義はルースな意味では、美術や文学で、人生をありのままではないように描く傾向を指す。想像の助けをかりて、現実の世界をゆがめるか、あるいは現実から完全にロマンスのもうろうたる領域に逃避するためのものである。このためにローマン主義は写実主義（realism）と対立する。

写実主義は人生をありのままに描く作品を指すために、漠然と用いられる用語である。このために写実主義は通常、ローマン主義、理想主義、現実逃避と対立することになる。写実主義にも程度があって科学的な無選択の態度で、触知でき、観察できる事実だけを客観的に描く自然主義をいうこともあり、きたない、不愉快なことをくわしくあけすけに描くものを意味することもある。

問題の困難さは、ローマン主義が本来写実主義と対立するものであるのに、また古典主義に対立するものとも考えられる点にある。ここに、ローマン主義と古典主義の果てしない論争が起こる原因の一つがある。ルネ・ウェレック（René Wellek）の『近代批評史』（*A History of Modern Criticism*）第二巻『ローマン主義時代』（*The Romantic Age*）は十九世紀ローマン主義についての最も新しい研究の一つであるが、彼はこの本でローマン主義的批評というのは、詩についての象徴主義的見解の確立であると言っている。これはローマン主義が古典主義でなく、写実主義と対立するという見解を根底にもっていることを示す。T・S・エリオット（T.S. Eliot）は、文学では古典主義者、政治では王党、宗教ではアングロキャソリックであると称したが、彼の文学修業は、フランス象徴派の模倣からはじまっている。彼が古典主義をローマン主義と対立するものと認めず、ローマン主義のよいところは、古典主義にふくまれていると考えて、ジョン・ミドルトン・マリー（John Middleton Murry）と論争したのは、このような思想的系譜に由来する。

オールダス・ハックスレー（Aldous Huxley）は、フランスの英文学教授から、新古典主義者として論じられているということを聞いて、ひどく憤慨した。彼自身はローマン主義者をもって任じていたからである。しかし、それは、彼自身が二十世紀における古典主義の意味を知らなかったことから来た誤解である。

それゆえ私たちは、これから二十世紀の代表的な古典主義とローマン主義の論客、おのおの二名を選んで、その思想体系を整理し、二つの主張の根底を探ってみようと思う。

第二章　近代美術の手法の文学への導入

二十世紀の新文学の予言者T・E・ヒューム（T. E. Hulme）の短い三十四年の生涯は、話題にのぼることが多いわりに、ほとんど謎につつまれて、一種の神格化さえ行われている。しかし一九三八年のマイケル・ロバーツ（Michael Roberts）の『T・E・ヒューム』（*T. E. Hulme*）から二十年後の一九五九年に出たアラン・R・ジョウンズ（Alun R. Jones）の『T・E・ヒュームの生涯と意見』（*The Life and Opinions of T. E. Hulme*）は、かなりにくわしい資料をあつめて、完璧の伝記であることを期したものである。

彼は一八八三年にイングランド中部のスタッフォードシアの農場に生まれた。しかしヴィクトリヤ朝の偽善的な家庭のきびしいしつけは、いつの間にか彼をその家庭と背景に代表されるヴィクトリヤ朝的信念の権威に対する反逆者にしてしまっていた。彼は優秀な学生として、ケインブリッジ大学に推薦されて来たのであるが、親切であいそがよい人物でありながら、教室内では論争にふけって教師ににくまれる結果となった。一九〇四年の三月、退学された彼のために、葬儀のまねごとが行なわれ、前代未聞の長い葬列が、ケインブリッジの町を練りあるいた。彼は霊柩車の棺桶にまたがり、学友たちがなげきながらそれに付き添うていた。

退学の理由について、ヒューム自身あまり語りたがらなかったが、彼らの家族は、ケインブリッジで学生たちがお祭り騒ぎをしていた夜、ヒュームが警官をなぐったものと信じている。父親は激怒して、彼を勘当しようとしたが、取りなすものがあって、同年、ロンドン大学に入れられた。彼はケインブリッジでは数学を専攻したが、それは父親の意志であって、自分自身は哲学をやりたかった。それでロンドンでは両者の希望の中間のつもりで、生物学と物理学を勉強することになった。しかし彼はロンドンに下宿しながら、つぎの二年間はおもにケインブリッジで哲学を聴講した。この二重生活は無理となり、一九〇六年に貨物船の船員となって、カナダに渡らなければならなかった。

彼はカナダで農場や製材所の日雇労働者として八か月間放浪したのち、また貨物船の船員になって、英国に帰って来た。ときに二十五歳であった。そして故郷からの仕送りで生活しながら、次第に文筆生活にはいって行った。

ヒュームがフランスの哲学者アンリ・ベルグソン（Henri Bergson）にはじめて会ったのは一九〇七年で、それ以後、彼はベルグソンに傾倒して、その弁護につとめた。ベルグソンは彼のすぐれた能力を見、将来かならず一般哲学界、ことに芸術哲学界で、大きな仕事をするにちがいないと信じ、一九一二年の春、彼のケインブリッジ復学をあっせんしている。彼の詩論が直観哲学の影響を多く受けているのはこのためである。

慶応三年、すなわち一八六七年のパリの万国博で、日本から出品物がいろいろとあったことは事実である。そのなかに、ゴンクール（Goncourt）たちが多数の浮世絵を見出して、驚嘆したという話は有名であるが、ジョン・ドリンクウォーター（John Drinkwater）、ウィリヤム・オーペン（William Orpen）共著の『文学と美術の概説』（*The Outline of Literature and Art*）は、その年よりもさらに古い一八六二年にロンドンで行なわれた万国博覧会で、すでに日本の美術の見本が研究者に深い印象を与えたことを記している。しかも、日本の版画はさらにその以前において、パリの美術商によって売られており、マネ（Manet）、ドガ（Degas）、モネ（Monet）等のフランスの画家や、アメリカから来たホイスラー（Whistler）が、北斎や広重の絵を楽しんでいたのである。彼らは遠近法や陰影法によらずして、線や色の美しい組合わせで、りっぱに絵が成立していることに驚いた。西洋の美術はこのときから、印象派（impressionism）の名のもとに、写真のような写実を捨てて、光と環境に影響される対象の研究と称して、細部を描かず、美しい色で工夫をこらすようになった。

一九一〇年十二月のロンドンのグラーフトン美術館における後期印象派（post-impressionism）の最初の展覧会では、セザンヌ（Cézanne）、ゴッホ（Gogh）、ピカソ（Picasso）、マチス（Matisse）らの作品がはじめて英国で見られた。彼らは主観を強調し、対象を光と環境から救い出す点において、印象派に対する反逆であると言っていたが、リアリズムを離れて知的な操作を行なう点では共通するところがあった。後期印象派はもはや自然を描かず、形や色で感情を表現しようとする。この派に属する英国の画家で、美術評論家のロジャー・フライ（Roger Fry）はつぎのように言っている。

「後期印象派は形を描かずして形を創造する。人生を模写せず、人生に相当するものを見出そうとする。彼らはイメジを作ることを望む。このイメジは明確な論理的構成と、綿密に調和した地合によって、われらの無私で思索的な想像力に訴えるとき、実生活の事務が、われらの実際行動に訴えるのと同じ鮮明さを持つ。」

後期印象派や立体派や未来派などのある画家は、手法にあらわれた知性に力点をおいて、自ら古典主義者と名乗って、世人の度肝を抜いた。

一九一〇年の後期印象派展について、自然主義の小説家、アーノルド・ベネット（Arnold Bennett）は、『ニュー・エイジ』（*The New Age*）誌に「私はこれらの人たちが絵の上でやったことを、誰か若い作家が出て、言葉の上でやることになりはせぬかと思っている。……この妙な経験はどうみても私には起こりそうにないが、私よりも若い作家には起こるかも知れぬ。」と書いた。

『ニュー・エイジ』は平和手段による漸進的社会主義団体であるフェービアン協会に支援されていた週刊紙で、ショー（Shaw）、ウェルズ（Wells）等の大家が寄稿していたが、編集者のオラージュ（Orage）は若い無名の文士の中から、人材をさがすことに力を尽し、絶えずこれらの人々とカフェーで会合して、議長の役目をつとめていた。キャサリン・マンスフィールド（Katherine Mansfield）、ジョン・ミドルトン・マリー、ハーバート・リード（Herbert Read）、エズラ・パウンド（Ezra Pound）、リチャード・オールディントン（Richard Aldington）ら、前衛的な作家たちが、ここに集って討論していた。ヒュームもこの論争に加わり、一、二年のうちにその指導者となっていた。

どうすれば文学においてモダニズムの美術の方法が可能であるかという、実践の手がかりを教えたのは、このヒュームであった。そして彼はこの実験的文学を古典主義と呼んだ。彼は『ニュー・エイジ』のグループで頭角をあらわすと、詩人クラブを組織して、その書記になった。彼に事務的才能はなかったけれども、このクラブはやがて新しい詩の中心となった。彼は詩人のF・S・フリント（F.S. Flint）と相識り、そのおびただしいフランス印象派の詩集の蔵書を通して、フランスの現代詩と接触した。

その後ヒュームは詩人クラブの道楽半分のしろうと芸術家的性格に嫌気がさして、書記をやめ、新しく友人や崇拝家を集めて、自分自身のグループをつくった。毎週一回、エッフェル塔と称するレストランに会合して、新しい詩がいかにあるべきかを論じたのである。

パウンドはヒュームより二つ年下のアメリカ人である。中国と日本の文化の研究者であるアーネスト・フェノロウサ（Ernest Fenollosa）の遺稿の整理を頼まれていたので、日本の能や漢詩についての知識もあった。古典主義の宣伝は彼の文章に負うところが多い。彼はこの詩派を、はじめフランス語で、imagisme と名づけ、イマジズムと呼んでいたが、後には英語流に imagism と綴り、イメジズムまたはイマジズムと発音した。日本では写象派、心象派などとも呼ばれている。パウンドが自分の独創のような形でヒュームの理論を紹介した態度は、周囲のものたちを怒らせたし、ヒューム自身もパウンドを二階の階段から蹴落としてやるといきまいたというが、概してパウンドに対する態度には、パトロン的なところがあったという。フリントの書いたイマジズムの歴史では、この運動は文学の行きづまりを打開するための試みであって、自由詩を試作し、日本の tanka や haikai をまねたとある。彼らは日本の stop-short の手法つかって、いくつかの実験もやってみた。Stop-short というのは、「言葉が急に停止するが、意味はつづくという伝統のことである。」言外の余情のことであろう。「これらすべてにおいてヒュームは発頭人であった。彼は絶対に正確な描写を主張し、冗長を排撃した。いわゆるイメジについて、われらのあいだにさかんに議論が戦わされ、試みがなされた。私たちは近代フランスの象徴詩の影響を受けることも多かった。」ヒュームの詩のあるものは印象的な鮮明さで、目に見るような視覚的感覚を伝えるイメジであって、イマジズムを象徴主義と同じだというものに対しては、猛然と反論している。

イマジズムの運動はパウンドによって海を渡って、アメリカにもたらされた。この地での指導者はエイミー・ロウエル（Amy Lowell）という富豪の娘であった。彼女も漢詩や和歌や俳句を模した詩を多く作った女流詩人兼評論家であるが、詩の実質よりも、むしろ風変りな挙動で有名だった。

近代詩の黎明を告げるイマジズムの宣言は、一九一四年の『イマジズム詩人数名集』（*Some Imagist Poets*）に収められている。宣言を書いたのはパウンドであるが、ヒュームの理念が中心になっていることはたしかだ。綱領は、一、普通の話言葉を用いること。二、自由詩を採用して新しいリズムを創造する。三、題材は何でもかまわない。四、イメジを提供する。五、抽象的な表現を避ける。六、集中が詩の本質である（一句一句の意味が散文よりも深いことをいう）。以上六つである。

一九一四年は第一次世界大戦が起こった年である。ヒュームは軍国主義を唱えた。知識階級というものは、どの国でも反戦的であるから、彼の反動思想は人々を驚かせた。彼は進んで戦術論を発表し、ついに志願して砲兵将校となった。そして負傷したが、傷が癒えるとともに、またフランス戦線に出て、一九一七年の九月に戦死した。

彼の生涯は短く、イマジズムは数年で四分五裂したけれども、前記のように、オールディントン、ジェイムズ・ジョイス（James Joyce）、D・H・ロレンス（D.H. Lawrence）、T・S・エリオット、リードなどの英文学史上、めったに類を見ないような大きな変革をもたらした作家たちが、彼の仲間やその周辺から生まれて来たのである。新しい文学の出現を予言し、そのための地ならしをしたことで、今日、ヒュームは神話的な存在となっているのである。

ヒュームの胸像を刻んだ彫刻家ジェイコブ・エプスタン（Jacob Epstein）は、自分のよい理解者である彼の早世をいたんで、「英国にとっての一大損失である」となげいた。

彼の思想が一般に知られて、その先見の明で世人を驚かせたのは、ハーバート・リード編の遺稿集『思索集』（*Speculations*）が出版された一九二五年以降のことである。それに漏れたものは、三十年後に、サム・ハインズ（Sam Hynes）編さんの『続思索集』（*Further Speculations*）に集められている。

第三章　T・E・ヒュームの古典主義

T・E・ヒュームの芸術論は美術家や作家のためのものであって、一般の人々のためのものではない。すべて創作するものの心構えの第一の条件は先人の模倣をしないということである。言いかえると従来の芸術を否定して、自分らの存在価値を主張することである。新しく登場するものはかならず何か新しいものをひっさげて来ないかぎり意味がない。このために議論はしばしば反対のための反対という色彩さえ帯びてくる。

ローマン主義の根底にあるものは、自我の感情的解放であると言われてはいても、それがこの主義のさまざまな特徴とどんな風につながっているかということについての説明は詳細にはできていない。ひいてはローマン主義の特色は、その以前の文学になかった作風の羅列となる。ヒュームの古典主義は本来、一つの原理から、演繹的に思索されたものではなく、ローマン主義のもろもろの特色の反対の極点に立つ思想を、当時の思想界から選び出したものである。彼は独創的な思索家ではなかったが、つぎの時代に来る思想を嗅ぎつけることにかけては、天才的な勘をもち、二十世紀思想界の海賊と言われている。したがってこれらの思想の間には、たがいに矛盾し合うものがあることは当然であるが、ヒュームはこれに無理やり体系を与えようとした。そこにある論理の飛躍を読者の知識で納得がいくように整理しなおそうとしても、なかなか困難である。しかしヒュームが来たるべき思想と芸術として予言したところのものは見事に適中しているのである。

宗教的態度　ヒュームがカナダを放浪していたとき、よく出席していた教会は、アングロキャソリック系のものであった。彼の興味は新教よりも旧教にあったようである。彼はまたカナダの大平原に立って、人間という存在のあやふやさを痛感したにちがいないと言われている。これが彼を十七世紀のフランスの哲学者、数学者、物理学者のパスカル（Pascal）に傾倒するにいたらせたのである。パスカルはケルケゴール（Kierkegaard）とともに、キリスト教的実存主義者の祖とされて、現代人に盛に読まれ、世界中のキリスト教会に大きな影響を与えているが、この思想家を半世紀も前にかつぎ出した慧眼には、いまさらながら驚ろかされるのである。パスカルの『冥想録』（*Pensées*）は体系をなしていないので、人間の位置というものも断片的にしかうかがえない。宇宙には種々の秩序（系列）がある。そのうちのある秩序は他の秩序の前にはまったく無にひとしい。無限に一を加えても、増したことにはならない。つまり次元の相違だ。各秩序の間には越えがたい溝がある。肉体と精神、精神と愛、人間の正義と神の正義との間にも、このような非連続性がある。肉体をどんなに増し加えても、精神はできてこない。宇宙は無限から無限へひろがっている。神もまたいたるところに遍在する無限の存在であるというようなこともあり得る。そもそも人間は自然にあっては何者であるか。無限にくらべると虚無であるが、自分を構成している微小な分子に比べると全体である。構成分子は空間を占めている以上、際限なく分割できるはずである。人間はこうして虚無と無限の中間者として自分を意識する。

ヒュームはこの秩序と非連続の理論をもとにして、ヒューマニズム（人本主義）の批判を行った。彼は秩序という言葉のかわりに実在内の諸領域という言葉を用い、肉体、精神、愛の三つの秩序を物理の領域、生命の領域、宗教と倫理の領域に分け、各々の領域は全然別種のものであるとした。つまり、精神と物質とは同じ法則に支配されているのではないから、物質の法則で精神の説明はできない。神のこともまた人間の知識では分からない。このうち、無機的なものと、宗教的な価値のものは絶対性をもっているが、生命の領域は生物学、心理学、史学のようなルースな科学の対象となる混沌たる領域である。

ところが近代になって、この三つの実在の間にある間隙を認めず、連続しているものとして、生命と物質をいっしょくたにしたり、生物学と宗教的価値の相違を無視したりする。

宗教的態度とは生命的なものと、宗教または倫理的価値のものとの相違を認め、これらの絶対値に照らせば、人間は有限で不完全なものとして意識される。自分のなかには代々悪いことをして来た祖先の血が流れていて、煩悩に満ちたものであるという原罪の意識がある。人間の本性は悪である。ほうっておけば、ろくなことはしない。戒律でしばっておかねばならない。神の本性を知覚することによってしか、獣性を脱することはできない。倫理的、政治的な鍛錬のおかげで、何か価値あることをなしとげることができるだけだ。統制は消極的なものではなく、創造し、解放する。

パスカルによると、精神と肉体を超越した愛の世界にある恩寵が、神を求める謙虚な気持ちのものに差しのべられた手が、イエス・キリストであり、クリスチャンはキリストを通して神を知るのであるが、ヒュームは人間の世界と神の世界の間の深淵をどうして渡ることができるかということについての解答はしない。

宗教的態度に対して、人本主義的、ヒューマニスティックな態度がある。倫理的、理想的な価値が実在するという感じがなくなると、人間は自分の不完全さを信じなくなる。そしてこれが倫理的に発展して、生命はすべて価値あるもののもとであり、それをはかる尺度となる。人間は根本的に善であるという信念になる。悪の問題は消え失せて、罪の概念はすべての意味を失う。理想的な条件のもとでは、価値のあるものは何でも自由な人権からとび出すことになる。現在、何らのよいものがあらわれないとすれば、それは外部の統制と妨害のためである。自分たちの政治的理想は人格の自然な成長をはばむものをのぞくことにある。教育はしつけでなくて、持っているものを引き出すことだ。このようにして進歩は可能であり、秩序は単に消極的な概念でしかない。彼らは革命を信じる。それはどんな混乱の中にあっても、人間性は自然によいところに落ちつくことを信じるからだ。これは人間の性質のなかに、ちがった秩序のものである神の性質を持ちこんだことからくる誤りである。

ヒュームが宗教的態度と呼んだものは、今日ではカソリシズムと呼んでいるものである。哲学ではこの種の厭世的な、神中心的な考え方を古典主義と呼び、楽天主義的な、人間中心的な考え方をローマン主義と呼んできている。

デフォウ（Defoe）の『ロビンスン・クルーソウ』（*Robinson Crusoe*）のなかに出てくる土人は、実に純真である。これは人間の本性は善であって、文明がそれをゆがめるのだという、デフォウの思想をあらわしたものであるが、もともとこれはデフォウの主観であって、客観的に資料に基づいたものではなかった。しかしその迫真の描写は、全世界の人々に、これを実話だと思いこませ、ついにルソー（Rousseau）の「自然に帰れ」という叫びとなり、フランス革命を産んだ。この楽天的な思想は、十九世紀のワーズワース（Wordsworth）やシェレー（Shelley）等に代表される汎神論となって、ローマン主義文学の特徴の一つとなっている。

ヒュームはヒューマニズムを攻撃し、宗教的態度の真実性を主張した。ヒュームの友人であったウィンダム・ルイス（Wyndham Lewis）によれば、当時の英国で原罪のことを口にするものは、ヒュームのほかには絶えてなかったという。ところが第一次大戦に出征して、十八世紀以来の合理主義に失望し、人間に対する信頼を裏切られながら帰って来た青年たちは、宗教にすがる傾向を帯びるようになった。現在の心理小説に見るじめじめした原罪感はこれを証明している。

ちなみにヒュームが第一次大戦で、愛国主義を唱えて、反戦論の多いインテリたちを唖然とさせたことであるが、これは国を愛せないものは世界を愛せないというカトリック的な考えかたから来たものであり、この考えかたはエリオットが政治的には王党であるという宣言に連るものである。しかし第二次大戦中、パウンドが統制主義の枢軸国の宣伝のために、ラジオ放送を行って、国事犯に問われたことは、万一ヒュームが生きながらえていたら、同じ轍を踏んだのではあるまいかとあやぶませるが、ヒュームは自由主義をまもるためにドイツを討つべきであると主張し、そしてこれが戦争はすべて悪であると考えるものとの論争を生むにいたったものである。

抽象美術　ドイツの美術史家ロバート・ヴィルヘルム・ヴォリンガー（Robert Wilhelm Worringer）は、われらの美感には、従来の感情移入説では説明できないものがあり、その補足に抽象作用があることを提唱して、美術史の理解に資した。ヒュームは彼の講演をベルリンで聞き、いち早くこれに注目するとともに、これを自分の宗教的態度とヒューマニズム、古典主義とローマン主義の体系に結びつけて、当時現われはじめたモダン・アートの弁護に利用した。

ヒュームによれば、欧州の中世のイデオロギーは宗教的で、ルネッサンスから現代に至るまではヒューマニズムである。中世は原罪の教義を信じ、つぎの時代は信じなかった。人間についての二種の概念が、その時代を貫く徹底ぶりは、美術の差で示すことができる。ルネッサンス芸術は、人間や自然の形態をうつして楽しむ。しなやかな曲線が生命の喜びをあらわす。この審美感は、感情移入によるものだ。人間は想像力によって、物体や生物の中に、無意識に自分を没入させ、対象のなかから経験し、理解するような気持ちになる。広々とした場所を見るものは広々とした気分になり、かもめがひらひらと飛ぶのを見ると、自分もとんでいるような気持ちになる。感情移入は人間が自然を征服しはじめ、自然をくみしやすく、親しみやすいと感じるようになってから起こった感覚である。そこには宇宙と人間との調和感がある。

しかし原始時代の人々は、宇宙に対して調和感をもたなかった。世界は彼らをやさしく包む慈母ではなくて、まかりまちがえば、すぐに死をもたらす、きわめて危険な環境であった。宇宙の運行は整然として神を讃美しているのではなかった。人間はとほうもない空間に生まれてきたみじめな存在でしかなかった。したがって完全性と硬直性にあこがれ、自然を描いても、自然にない線で統制を与えなければ、美を感じなかった。いきおい芸術はピラミッドのような幾何学的な、厳粛なものになって行った。人間の形を自然に再生産することに楽しみを感じないで、つねに強度の抽象的情緒とでもいうべきものを伝達する抽象的な形にゆがめられるのである。中世のビザンチンのモザイックも、生命あるものの平凡ででたらめな特徴を極度にきらって、幾何学的な組合わせをしている点で、感情移入説では説明できなものをもっている。

宗教的態度から生まれた芸術が古典主義、ヒューマニズムの態度が反映する芸術はローマン主義である。エジプトの幾何学芸術のあとに、ギリシャの人本主義的芸術が来、そのつぎに中世の幾何学的芸術が来、それがまた近代の人本主義的芸術にかわった。しかしいまや人々はビザンチンやエジプトの芸術を理解しはじめた。後期印象派や立体派などの出現は、あきらかに感受性の変化を物語り、とにかくヒューマニズムの伝統が崩壊する前兆を示している。ただし、ここでは二つの世界がかわるがわるくるという歴史観を持ち出そうというのではなく、二つの態度の差は真と偽の差であり、古典主義芸術こそ真の芸術であるというのである。

ヒュームが幾何学的芸術と呼んだのは、いまでは抽象芸術と呼んでいるものである。抽象芸術は深い宗教的感情に根ざしているものであって、当時一般に考えられていたように、芸術の邪道ではなく、これこそ芸術の本道だという考えかたは、今日では常識であり、ここにあらためて説くことすら気がひけるほどになっている。T・S・エリオットは古典主義とローマン主義の術語の定義を考察したとき、ヒュームのように、そのおのおのが、数百年間、数千年間にわたる時代の特色をあらわすものであるとするなら、ほとんど無用であると言っている。しかしヒュームは、ルネッサンス以後のヒューマニズムの四百年間のなかで、さらに十八世紀のポウプ時代と十九世紀のワーズワース、コウルリッジ（Coleridge）からの時代を、それぞれ古典主義時代とローマン主義時代とに分けて考えることもある。問題はその間の、言葉の使いかたの相違であろう。

イマジズム　ヒュームは宗教的態度が美術に現われると抽象美術になると説いたが、文学にあらわれると極めて具象的な描写になるという奇妙な結論に到達した。一見矛盾するように見えるけれども、当時の美術界ではモダン・アートに対する軽蔑があり、詩壇は抽象的な表現や深刻な絶叫で窒息しそうになっていたからで、彼の古典主義は在来のよしとされていたすべてのものへの反逆だったから、そうなるのである。そして彼は彼の詩論を、古典主義思想とかなり苦しい結びつけかたをした。彼がローマン主義を攻撃するとき、ヴィクトリヤ朝の代弁者と考えられていたラスキン（Ruskin）の、「詩の言葉の奥には深い意味をたたえた底流がある。その由来した深い谷間のしるしと影が、言葉の上に印されている、」という文章が念頭にあったことを知っておかねばならない。

ヒュームによれば、古典主義者は最も想像をたくましくして飛翔する場合でさえ、常に引きもどしや控え目というものがある。古典派の詩人はこの有限性、この人間の限度を忘れない。彼は常に自分の血に現世の血がまじっていることを思い出す。飛躍するかも知れぬが、きっと帰ってくる。けっして大空へ飛び去ることはない。ユーゴー（Hugo）らのローマン主義の詩人は、高く、果てしない大空の中へかけて行き、詩の一行一行に、無限を思わせるものがふくまれている。ローマン主義者は抽象的で雅語をつかい、古典主義者は具象的で口語を使う。

うめきや号泣でなければ詩ではないと思うのはまちがいである。ウェットでなくても詩になる。彼はここでローマン主義の感情過多の文学を排斥して、それ以前の古典主義の文学の特色を賞揚する。すなわち創作のねらいと鑑賞はホラティウス（Horace）やポウプ（Pope）のような、乾いて固い美である。精確な描写が詩の本来の目標である。永遠感を伴う情緒を持ちこむことではない。感情がなくてどこに詩があるかというものがいるかも知れぬが、鮮かに目に見えるような描写で、芸術的興味は充分に味えるのだ。ヘリック（Herrick）が女のスカートの動きを、感じをこめて描きながら、「あらしのペティコート」と言ったが、これには大きなことがらを大げさに表現したものと同じ重さが含まれている。自分の知覚を正確に表わそうとするとき、在来の語はでき合いの服のように、ぴったりと合わない。そのとき新しい形容詞や隠喩が用いられる。詩は目に見えるような具象的なものでなければならぬが、それは隠喩によってなしとげられる。ヒュームが、「イメジは詩のかざりではなくて、実に詩の本質である、」と喝破したとき、そのイメジとは隠喩のことである。イメジという言葉くらいさまざまの意味に用いられる語はないが、普通は隠喩のほかに、

直喩も含む。ヒュームが見本としてつくった詩にも直喩がしばしば使われている。実際、これを日本の詩歌に見ても、

金色《こんしき》の小さき鳥の形していてふ散るなり夕日の岡に

唐崎の松は花より朧にて

における直喩も、

閑かさや岩にしみ入る蟬の声

まかり出でたるはこの竹藪のがまにて候

における隠喩も、その効果の大きさにおいては変わりはない。比喩はいずれも読者の心に、情景のイメジをあざやかに喚起する力をもっている。つまり来るべき詩は直観を描くのである。そしてこのときはたらく力は、ローマン主義の詩を作るイマジネイションではなくて、古典主義の詩の原動力となるファンシーでなければならぬ、とヒュームは結論した。

ベルグソンの哲学は直観の構造を、相似たイメジを並べて推理することだとしている。抽象的推理は真理からはずれてしまう。つまり何に似ているかという具体的なものによる推理であるから、これは比喩である。ヒュームが正確な描写といっているのは、対象の科学的記述ではなくて、主観的な印象を描くことである。気持ちをあらわすために比喩が用いられるのである。言いかえると比喩は対象にともなう感情を、形象化したものである。直喩は二つの表象をならべたものだが、隠喩は二つの表象を重ねたものである。

このような直観行為は、普通イマジネイションの仕事とされている。イマジネイションという語は、語原的には、イメジによる推理の意である。十九世紀ローマン主義の理論を打ち立てたコウルリッジの文学論で

はイマジネイションは、無意識に関係して、これを意識に持ち来たすものであるという意味のことを言っている。これが今日われらがもっているイマジネイションの概念である。ヒュームが否定したイマジネイションは、ラスキンの概念であって、これは今日では通用していない。それでヒュームが新しい詩はイマジネイションでなくてファンシーで書かれると言ったのは、実はその逆でなければならないわけになる。しかも比喩的表現は、ヒュームがモダン・アートの哲学で、ローマン主義美術の根底にあると称した感情移入のはたらきによるものである。

イマジズムのイメジは主として比喩という意味であるが、前にのべたように、イマジストたち自身のあいだでも、イメジについての意見は一致せず、それぞれ独自の観念をいだいていたものである。単に心理学的なイメジの意味にとったものもあるし、印象の意味に解したものもある。イメジを喚起する絵画的な描写という意味もある。比喩によって描かれた世界は、ヒュームによると直観によってとらえられた世界である。実在をつかみ出したような描写をイメジというならば、これはプラトン（Plato）のイデヤと同じことになる。プラトンのイデヤは時間と空間の外にあるところの、永遠の相でとらえられた世界である。人間が現象を突き破って、実在にせまるときに感じる美感は、永遠感とまじり合っているものであって、古来から芸術の理想とされてきたものだ。イマジストたちは日本の和歌や俳句から、言葉を節約して、言外の余情を出す方法を学んだが、言外の余情である寂びや幽玄は、永遠感に外ならない。

ヒュームはまた宗教的態度から古典主義文学のスタイルすなわち文体が生まれると言ったが、ハーバート・リードは思想とスタイルの間に、密接な関係があとはかぎらない、思想は思想、スタイルはスタイルだと言っている。もしそうであるならば、ヒュームの詩論は古典主義の仮面をかぶったローマン主義ではないかという疑問が起こる。

ヒューム等がもっていたところの、日本の俳句についての知識はどの程度のものであったろう。小泉八雲が日本の虫などについて書いた随筆の中で、さかんに俳句を引用したのは一九〇〇年ごろのことである。そのとき八雲は俳句を、「言葉で描かれた一幅の絵」と言っている。これは詩人で詩学者のデイ・ルイス（Day Lewis）が近年イメジを定義して、“a picture in words”と言った言葉を思い出させる。

イマジズムは日本の写生の句の模倣から出発した。彼らは俳句の「さび」や「わび」は分からなかった。しかし感覚描写の手法において、バタくさいものを加えていたのである。それは後期印象派のように、主観を大きく打ち出したことである。イメジとは印象のことでもある。詩は言葉で主観的印象を描いたものであって、その方法として隠喩を用いる。ヒュームが詩の本質は隠喩であると言ったのは、修辞が文学の本質であると言っているのである。修辞は知的なものであって、西洋美術の抽象化にはたらくものと共通点を持っている。ヒュームが新しい詩はファンシーで書かれると言った言葉のなかには、ローマン主義の感情尊重から絶縁しようという気持ちがあった。創作の心理を得体の知れぬ直観と結びつけたために、理知の排撃となり、隠喩がイマジネイションの概念を通して、ローマン主義の詩論に結びつきそうになっているけれども、素材に人為的な操作を加えて、はじめて詩になると考えたところは、明らかにローマン主義と対立しているのである。

「来たるべき芸術は私たちの予想もしなかった途方もない形をとるであろう。それは新しい名称で呼ばなければならぬものであるが、便宜上これまでにあった言葉から選ぶとすれば、どちらかと言えばむしろローマン主義よりも古典主義に似ている。」

ヒュームはそう言っている。古典主義に似ているところは、乾いて固い古典文学の美を模範にし、修辞を尊重したことであろう。

イマジズムは題材の処理法の問題であって、リズムの問題とは本質的には関係がない。しかしイマジズムが形式破壊を目ざして自由詩を採用したことは、自由詩を近代詩運動ときってもきれぬものにしてしまった。「新しいリズムを創造する。」と宣言の一つに書かれている。しかし自由詩のリズムが散文のリズムとなんら変わりないことは、実験音声学が科学的に証明している。川路柳虹は日本のイマジストと呼ばれているが、自由詩の提唱はイマジストよりも早かった。彼はフランスに自由詩というものがあるということを噂に聞いてはいたが、読んだことはなかった。しかし口語体では定型詩がうまく書けずに行きづまっている日本の詩壇の救済策として、いち早くこれを持ちこんだのである。彼は詩を一呼吸ごとに区切り、各行をもって、リズムの一単位としようとした。このようにすることによって、詩がリズムを失うことを防ごうとし、この努力を終生捨てなかった。萩原朔太郎は、口語がリズムを失ったことを認めたが、今後内容の影響で新しいリズムを創造することが、詩人の任務であると考え、詩壇の復興をリズムの創造に托した。T・S・エリオットは、自由詩には在来の定型こそなけれ、何らかのリズムへの志向がないはずはないと言ったが、科学的にそれが証明されなければどうにもならない。

ところがヒュームは近代詩をいち早くリズムから切りはなしてしまった。音楽と結びついて、詩がその存在を主張する賛美歌などの時代は過ぎた。今後の詩は歌う詩ではなくて、読む詩である。リズムは詩ではない。読んで、その文句が脳裡にイメジとして描かれるようなのが詩だというのである。

脳裡に浮かぶイメジといっても、おそらくそのイメジはおもしろくなくては意味をなさぬであろう。それは比喩的言語によって喚起されるイメジである。今日では詩と散文との区別は、隠喩が多いか少ないかによることになっている。もちろん散文の中にも比喩的表現に富むものがある。たとえばハーディー（Hardy）の文章などがそうである。散文としては、比喩的言語はハーディーが限界だとされている。

ヒュームは詩論に興味はあったが、創作力にはとぼしく、自分で作った詩は数えるほどしかなかった。

船渠の上（"Above the Dock"）

ま夜中、静かな船渠の上、
高いほばしらの綱に、
月がひっかかっている。
はるか遠くに見えていたもの、
いまは遊戯のあとに忘れられた
子供の風船でしかない。

今見れば稚拙で、試作の域を出ていないけれども、欧州ローマン詩の癖である観念的な感懐におちいることなく、風景の描写だけであること、月をけだかく美しいものにたとえずに、卑近なものにたとえていること、隠喩の使用、普通の話言葉、比較的自由な詩型、簡潔な表現などは、当時においてはまったく新しいもので、彼をめぐる詩人たちの手本となったものである。

イマジストが外界を脳裡に映じたイメジの姿でとらえたことは、二十世紀の超現実主義文学への基礎をきずいたものであるが、ヒュームの死後発見された遺稿では、彼はこれまでの彼の詩論に疑問を抱きかけていたことが分かる。彼の疑惑を端的に言えば、これまで脳裡の生理的イメジを写したものが、詩的イメジ、すなわち詩であると思っていたのである。しかし詩的イメジが生理的イメジを脳裡に喚起するのではあるまいか。作曲家がでたらめに鍵を叩いて、おもしろく響いた調子だけを記録する。画家が筆で絵具をなすりつけて、色彩の調和を見る。そのように、詩人はイメジを人工的に組み合わせて詩を作るのだ。つまり詩のイメジの前には生理的イメジはなかったことになるという考えである。

これは「モダン・アートとその哲学」（"Modern Art and Its Philosophy"）で抽象美術を弁護した論法からすれば、当然出て来る詩論であった。そして抽象美術が、その知的な構成のために、古典主義芸術と呼ばれるなら、近代詩もそのような構成を取ることによって、安心して古典主義と呼ばれるであろう。ヒュームの考えかたは奇矯のように見えるけれども、『オックスフォード英語辞典』（*O. E. D*）は "image" の項のなかで、この語が絵画的描写という意味に用いられるのは、読む人に生理的イメジを喚起するからであると説明しているのと、イメジの過程について見解が一致しているのである。

しかしこの理論の実践は、ヒュームにおいて為されるまでにはいかなくて、完成されたイマジストと言われるT・S・エリオットに俟つこととなった。

第四章　T・S・エリオットの古典主義

T・S・エリオットは一八八八年、米国のセント・ルイスに生まれた。ハーバード大学、ソルボンヌ大学、オックスフォードのマートン・コレッジに学んだ。そして一九一七年から一九年まで、『エゴイスト』（*The Egoist*）誌の編集をした。同誌は一九一四年にイマジズムの機関誌として創刊されたものである。イマジズムの運動は、文学史では一九〇八年から一七年までのほぼ十年間となっている。彼はヒュームの生前からその思想を知っていた。一七年に処女詩集、二〇年に評論集『聖林』（*The Sacred Wood*）を出した。その後、詩、文芸評論、文化批評、詩劇において、つぎつぎに問題を提出して、古典主義の理論と実践で、最大の指導者となった。彼は伝統のない、思想的に混乱した米国をきらい、三七年に英国に帰化した。一九四八年には『文化の定義についての覚え書き』（*Notes towards the Definition of Culture*）にノーベル賞が与えられている。そして六五年に死んだ。

エリオットの文学論には体系がない。彼が自分の文学を古典主義というのは、内容においても形式においても円熟しているラテン作家の永遠性のある文学を評価の基準にしているからである。しかし修辞における内容と形式がどのようにつながっているかははっきりしない。はじめは詩の価値をスタイルの点から批判し、後には思想内容から批判した。彼の文芸批評の基準を、強いて一つにまとめようとする努力はナンセンスである。彼は理性の完全性を信じないから、体系や定義を示すことをしない。そういうことをすれば、網の目から水が洩れるように、かならず通用しない事項が出てくる。彼はヒュームの無理な演繹的推理の破綻を見て来ているからである。

こうして彼はヒュームの理論のうち、取るべきものを取り、捨てるべきものを捨てて、自分自身の理論を建設して行った。しかしとにかく、ヒュームの古典主義を踏まえて出て来ているので、ヒュームを読んでおれば、理解が容易になる。

エリオットはヒューマニズムについて、それがヒュームの言うように宗教的態度と対立するものではないと言っている。ヒューマニズムが存在した時代はすくなく、場所もせまく、人々の数もわずかで、寄生的なものでしかなかった。宗教にかわって一本立ちできるものではない。宗教の強力なときにが一ばんよく繁栄する。そして新しい感情や批判精神で宗教を新鮮にし、宗教が儀式に流れて固定するのを防ぐ。いわば宗教の補助であるべきであると言っている。しかしヒューマニズムは信仰と対立し、ただ破壊をたくましくすることもある。この時はカトリック的な思想とはっきり対立する憂うべき状態となる。

また古典主義とカソリシズムを結びつけるようなことは混乱のもとで、ひとりの人間がこの両方の主義をいだくことはあるが、いつも結びつくとはかぎらないとも言う。

彼は自ら古典主義者と名乗って、文壇に登場したのに、あとになると『異教の神々を追うて』（*After Strange Gods*）などでつぎのように反省もする。

「ローマン主義と古典主義の問題は、作家があまり気をつかうひまなどはなく、だいたいにおいて書くときに非常にかかずらうこともないものだ。おりおり作家は、いろいろな名前をつけて党派をつくる。それと同じ筆法でローマン主義者とか古典主義者とかいうレッテルを自分に貼ることは事実だ。作家や美術家のグループが自分につけるこれらの名前は、文学の教授や歴史家にはおもしろかろうが、あまりまじめにとってはいけない。」

またつぎのようにも言う。

「ローマン的と古典的という言葉を使用するのは危険であるが、全然この話を使わなくてもすむというわけではない。しかし危険は作家が自分の作品にこれらの術語を使う際に起こる混乱よりも、文脈の中で必然に意味が変わることから起こる。ある作家がローマン的であるというときと、ある時代がローマン的であるというときではローマン的の意味がちがう。そのうえ、ある場合、ある美術や悪徳が、どちらかの語と結びついていると考えることがあるかもしれぬ。そしてすべての美徳とすべての悪徳が、どちらかに属するということは疑わしい。したがって故意の誤解やむだな論争の機会はほとんど思いのままにある。問題の論争は、一般に理性で行なわれるというよりも、激情と偏見で行なわれる。」

古典主義的文学論　エリオットの「伝統と個人の才能」("Tradition and the Individual Talent")という論文は、一九一九年に発表され、文芸評論史上、イーポックメイキングな役を演じたものとして知られている。これは情緒を文学の主体と思っているローマン派に対し、知性の尊重を強調して、彼らとの訣別を意図したものだからである。

この論文によると、われらは過去の過ぎ去ったことを知覚するだけではなくて、過去が現在のなかに存在していることを知覚する。この意識があるために、人間は自分のなかに、現代だけでなく、古典ギリシャ以来の文学全部が一つの秩序をつくっているという気持ちで書かねばならなくなる。この意識は現世的であると同時に、永久的なものに対する意識である。このために作家は伝統的にならずにはおれない。それと同時に、伝統をはなれて、個性のおもむくままに書いては、文学的価値がひくい。その証拠には、それらの作品の生命はみんな短いのだ。文学の価値は不滅の作品のなかに見出されるべきである。

詩は芸術の頂点にある故に、詩論は文学の本質論となる。詩人は詩作の瞬間には、あるがままの自己を、もっと価値ある伝統に服従させねばならぬ。芸術作品は在来の作品の集積の上に築かれるものであって、いわゆる個性はその触媒の役目を果たすだけである。さまざまのイメジが詩人の心に充満している。それの結びつきかたのおもしろさが、詩のおもしろさである。後の文句が前の文句から自然に出て来ているのではなく、思いがけないものがつながっていて、そこに知的工作のおもしろさがある。先人の句を借用してもよい。しかしその際はそれらが集まって、もっとよい化合体を作っていなければならぬ。詩において、個人の生まの情緒（emotion）や経験は感情（feeling）に変えられねばならぬ。ここでT・S・エリオットが感情というのは、古典が集まって伝統的に作り出し、文学の基準なってて来た審美感であって、これは個性のおもむくままに書かれた作品の持つ情緒とは違って、万人共通のものである。つまり非個性的（impersonal）なものである。伝統の大きさにくらべれば、独特の個性の価値はものの数でもない。エリオットはこれを個性の滅却と言い、詩は情緒からの逃避であるという。しかしこの理論では、個人的な情緒と、それが昇華された芸術的な感情との関係があいまいである。つまり個人的な情緒がどんなぐあいの操作を加えたら審美感になるか、わからない。でなければ万人共通の感情と個人の情緒とが芸術的に異なるというのは詭弁となるであろう。しかしこの理論は後に磨かれて客観的相関物という考えかたになっていった。

客観的相関物　ヒュームはフロイト（Freud）やユング（Jung）に全然興味を示さなかった。そのためにあらゆる芸術や文学を心の象徴と見ることはしなかった。しかし彼以後のモダニストたちは積極的に彼らの説を文学や文学論に応用した。エリオットは写実的に書かれている小説や劇も作者の心の象徴として批評した。そして「ハムレットと彼の問題」（"Hamlet and His Problems"）で「客観的相関物」（objective correlative）という術語をくり出したのである。

『ハムレット』（*Hamlet*）劇が何を言おうとしたものであるかについて、批評家の説は一致していない。シェイクスピア（Shakespeare）以前のハムレット劇は、王の身辺の警戒が厳重であるから、ハムレットは狂気をよそおい、復讐が長びくのに、シェイクスピア劇では王の身辺の警戒は厳重でないのに、ハムレットの復讐は長びく。コウルリッジは、考えてばかりいて実行力のともなわないインテリ型がひき起こした悲劇だと言い、これが一般に行なわれる解釈であるが、それはコウルリッジがハムレットを通して、自分自身を語り、作品を自分に都合のよいように辻褄をあわせる印象批評であって、エリオットはこのような主観的な批評を排し、客観的な批評の態度をとった。シェイクスピア劇は、王の身辺の警戒が厳重でなくなっているのだから、当然復讐の遅延もなくならねばならないのに、その始末ができていないために、納得がいかなくなっている。これは構成の欠陥である。ハムレットの狂気はにせのようにも思われるが、より以上にほんものでもある。シェイクスピアは何か強烈な感情をもっていたにちがいないが、これが読者や観客に伝わるように、充分形象化されていないのだ。たとえば『マクベス』（*Macbeth*）ならば、マクベス夫人の陰惨な幻覚の場面が出る前に、そうなるのももっともだと思われるような状況が、あらかじめ行動や言葉で示されている。『ハムレット』の場合は作者が抱いていた感情に、「客観的相関物」が与えられていないのである。

エリオットの「伝統と個人的才能」のなかでの情緒と感情の区別は、『ハムレット』論のなかでは、なまの感情と、それを客観的相関物に代えたものとの区別になっている。

エリオットの文学の技法はさまざまであるが、根本にあるものは、やはりこうした考えの象徴主義である。

象徴主義と超現実主義

彼の作家論は一篇ごとに学界の注目を集めたが、中でも「形而上詩人論」（"The Metaphysical Poets"）は、彼の詩論が具体的にはどんな詩を目指しているかということを示した点で、貴重なものである。十七世紀の形而上詩人は、その奇矯と不自然さで、物笑いになっていたのであるが、エリオットはこれを推奨し、そして世人がこれに追随したことは、趣味の変遷を物語るものである。形而上詩人は思想を感覚に分解し、統一しなおして表現する。抽象的な言葉を一切つかわず、思想を感情にかえ、感情をイメジに変えて表現するイマジズムから、再認識された価値である。形而上詩人は比喩をふんだんにつかって、途方もない連想をやり、力強い効果を産み出す。難解ではあるけれども、精神と感情の状態をはっきりと示す言葉をさがそうとして、そのようになったものである。

フランス象徴派の模倣から出たエリオットの詩は、さらに形而上詩の技巧を加えられることになった。言葉が絵を見るようにイメジを喚起する作用があることは、すでにローマン派が発見し、象徴派はこの原理の上に成立したものである。ユングによると、精神内の意識の部分を表現するときはリアリズムの方法を取り、無意識の部分を表現するときは、象徴の方法を取る。象徴は言うに言われぬ気分を、何かそれに似た物に変えて表現する方法である。

しかしイマジストたちの間でイメジの概念が一致しなかったように、象徴派の詩人たちの間でも、象徴の概念は一致していなかった。ユングの言うような、本来の意味の象徴詩のほかに、あまり分かりきっているので、わざとぼかして、読者の方に推理作用を楽しませるものと、イメジを組み合わせて、ありもしない世界を創造するものもある。この最後のものは、ヒュームの遺稿に詩はかくあるべしと書きとめていた方法である。

隠喩はヒュームにおいては似たイメジをならべることであるが、隠喩を中心とする近代の修辞学は、さらに進んで、隠喩とは似ないものをくっつけて、その効果を見ることである。詩をつくるときには、表現するものがはっきりあったわけではない。詩的イメジの前には、生理的イメジはなかったのだ。

似合いでないもののたとえに、日本では「提灯に釣鐘」とか「月とすっぽん」とかいう表現がある。いま「釣鐘のような提灯」「すっぽんのような月」と言った場合、途方もない比喩とはなるけれども、その底にある一脈の形の上での共通点が、おもしろく感じられる。比較はきわめて知的である。このようにして、ローマン主義の詩では、「鏡のような月が中天にかかり」、古典主義では「すっぽんが空をおよぐ」のである。現代詩の難解さはここに生まれ、自然発生的な詩人はなくなり、相当の年期を入れなければ、今では詩がかけぬ状態になっている。

ことにT・S・エリオットの詩は、象徴主義の三種の技法を雑然と駆使しているので、その意味をどのように定めてよいのか、とまどってしまう。

手術台で麻薬をかけられた患者のように、
夕暮れが空にひろがるとき……

また、

私はコーヒーのさじで、私の人生をはかりつくした。

というような表現は、いずれも異質な素材をぶっつけあって、それがおもしろいイメジを生んでいる見本である。

エリオットの詩やジョイスの小説を超現実主義（surrealism）と呼ぶ人たちもあるが、ジョイスは、意識下を描くと称して、実は心のおもむくままになぐり書きしているに過ぎないフランスのこの派の人々と混同されることをきらった。彼の文章は知的に計算された語句をならべて、精神の気分を象徴するのである。しかし超現実主義詩と象徴詩の相違は、前者には連想の断絶があるが、後者はまとまっていることで、その点からいえば、エリオットやジョイスの手法は、やはり超現実派と同じである。

伝統論　「伝統と個人の才能」で説いた伝統というのは、古典が作りあげている標準的な審美感を批評の基準とするというだけで、思想における伝統というところまでは行っていなかった。

しかし『異教の神々を追うて』では、伝統の概念をさらに思想の方面にまで拡大し、文学作品に盛られた思想が伝統的であるかどうかで、価値判断を試みるに至った。伝統的思想とはいうまでもなくキリスト教、あるいはカソリシズムである。しかし前にも言ったように文学の伝統である古典の尊重や修辞の尊重とのあいだに必然の関連性が発見されぬままに、二つの批評基準が抱き合っているという感じである。

伝統とはただある独断的な信念を維持することではないとエリオットはいう。習慣的な行為とか癖とか慣習を含んでいる。最も意味の深い宗教的儀式からはじまって、他人に対するおきまりのあいさつに至る。そんなあいさつにも、同じ土地に住む同じ人たちの血のつながりというものが現れている。伝統にはタブーといっているものもたくさんある。この言葉が今日ではもっぱら悪い意味に使われるのはおもしろいことに思われる。われらはそれらがすたれはじめてから、はじめてああそんなものもあったかと気がつく。それが大切なことも分かってくる。木枯らしの風が木の葉を吹きおとしはじめてから、木の葉に気がつくようなものだ。そのときは木の葉はばらばらにその生命を終わっているのだ。葉が落ちるときにそれを集めて、枝にくっつけるのはエネルギーの浪費である。健康な木ならば新しい葉が出る。枯木は伐った方がよい。古い伝統にしがみついたり、伝統の復興をやったりする際に、いつも必要な伝統と不必要な伝統、本ものの伝統と感傷的でしかない伝統とを混同する危険がある。も一つの危険は、伝統を不動のものと結びつけることだ。一切の変化と対立するものが伝統であると考えてはいけない。ずっと長いこと保存に堪えてきたように思われる昔のある状態に帰ろうとして、当時、そういう状態を生み出した根底にある生活そのものを生かそうとしないのも危険である。

過去に対して感傷的な態度をとることはためにならぬ。一つには現存のほんとうによい伝統でも、いつも善いのと悪いのとがまじっていて、非難の余地がある。また一つには伝統は感情の問題だけではないということである。ある時代に健康な信念と思われたものも、少数の根本的な問題の一つでないかぎり、つぎの時代には有害であるかも知れぬ。それで批判的にしらべもせずに、かたくなにある教条にとじこもることは安全でない。不遇な人民よりもすぐれていることを主張するために、伝統にしがみついてはいけない。私たちにできることは、心をはたらかせて、知性のない伝統は守るに値しないことを考えて、われらにとって何が一ばんよい生活であるかを発見することである。何が過去のもので保存するに足るか、何が拒否すべきであるか、どんな状態が望ましい社会をはぐくみそうであるかを発見することである。

伝統は本能に近いもので無意識的である。それが知性で洗練されたものが、正統である。正統主義は異端と対立する。

エリオットはカトリックに改宗したと言っても、ローマン・キャソリックではない。英国の国教のうちのカトリック接近派であるハイ・チャーチの会員となったのである。英国人だから、伝統にしたがって英国教会をえらんだまでだと言う。

『荒地』　T・S・エリオットの長篇詩『荒地』（*The Waste Land*）は一九二二年に出たものである。二十世紀に唱道されはじめた古典主義を、十八世紀の古典主義の概念で受けとめていた一般の人たちは、この詩を見てあっけにとられたことは言うまでもない。均斉のとれた明澈な詩のかわりに、一見、形式を無視したような四離滅裂な詩が出て来たからである。

この詩は思想も形式も、イマジズム以来唱道されて来た古典主義の主張に沿うているものである。『荒地』は第一次大戦後の、信仰を失った欧州の精神的荒廃を歌った詩として、一般に受け取られたが、エリオットとしてはこれくらい心外なことはないそうである。ヒュームのいわゆる宗教的態度で眺められた世界であるから、これはいつの世も変わらぬ人間の永劫の姿である。宗教的態度といっても宗教の基礎になっている厭世的な虚無感であって、信仰までには至っていない。これから信仰が生まれようとするところで終っている。しかしすぐに感傷に堕していくローマン派の厭世観とは区別されるところの、どうにもならぬ深淵での虚無感である。

この詩は五篇に分かれ、各篇が荒地のイメージの断片を、ばらばらにならべて、「意識の流れ」（the stream of consciousness）の形式をとっている。在来の詩のように、起承転結があるのではなくて、連想でつながっているだけである。作者は自分でつけた注のなかで、読者がこの詩を理解する予備知識として読まねばならぬ本の一つとして、フレイザー（Frazer）の『金色の枝』（*The Golden Bough*）を挙げているが、この民俗学では、人間は自然との類推からおこる「生―死―復活」という回帰思想を離れることができないことを教える。古代から今日まで抱いてきているこの世界観は、アドウニスその他無数の神によって象徴され、ユングのいわゆるアーキタイプの星座である。「生―死―復活」は生殖や繁殖とも関係する。『荒地』ではこの種の神話を現在の人生にシューパーインポウズする。そしてこの種の象徴がテーマ音楽のようにくりかえし現われて、やはり一篇のつながった詩であることを感じさせるようにできている。超現実主義の美術で、イメジの断片を美しい形に組み合わせるのに似ている。

たとえば第一篇の「死人の埋葬」(“The Burial of the Dead”)は「四月は最もむごい月」という文句ではじまる。チョーサー(Chaucer)の『カンタベリー物語』(*The Canterbury Tales*)の序歌に歌われた万物よみがえる四月のにわか雨を連想されるような書き出しをしながら、逆に「最もむごい月」と書いて、連想を複雑にしているのである。万物萠え出でる春も、にがい思い出とほのかな欲望がからみあってなやむ生気のない現代人には苦痛に感じられ、一切を忘れて、雪にとじこめられた冬ごもりの生活がなつかしく感じられる。こうして死と復活の最初の暗示となる。春と冬のことから、夏にスイスに行き、冬は南に行って社交を楽しむ人たちの空虚な生活が語られる。社交界も荒地の一つである。場面は急にうつって、砂漠の描写があるが、予言者の言葉に似た曰くありげな文句が挿入されている。ここには死がある。すると歌劇『トリスタンとイゾルデ』(*Tristan and Isolde*)の一節がドイツ語で出てくる。死の連想である。豊饒の神の死を象徴するヒアシンスが出てくる。

「あなたは一年まえはじめてわたしにヒヤシンスをくれましたね。
みんながわたしにヒヤシンス娘という名をつけましたわ。」
――でもわたしたちがおそく、あなたは花を腕一ぱいにかかえ、
髪もしっぽり濡れて、ヒヤシンス園から帰ったとき、

わたしは物も言えず、見る目もきかず、
生きているでも死んでいるでもなく、
なんにも分からなかった。
光の奥を見つめながら。静寂。

これはエリオットがローマン的な詩を書こうとすれば、わけなく書ける能力を示したものとして、よく引き合いに出される部分である。

『荒地』の第二篇「チェスあそび」("A Game of Chess") は愛のない男女の婚姻関係における不自然さを描く。いろいろな虚栄の女の姿が描かれる。

最後の一節は、酒場での二人の女客の対話である。「アルフレッド・プルーフロックの恋の歌」("The Love Song of J. Alfred Prufrock") でさむざむとした中年男の恋を描いて、美しいローマン主義の恋歌と訣別したエリオットは、ここでもまたローマン派の詩人が全然詩にならぬと考えた境地を詩にしている。どんなものでも、描きかたによっておもしろくなるという古典主義の主張をまざまざと実証して見せる。

リルのだんなが復員するときあたしは言った。
歯にきぬ着せずに自分で言ってやった。
カンバンデス、ミナサン。
アルバートが帰るからにはすこしはいきにおなりよ。

あんたに入れ歯をせよと言って、
くれた金でどうしたのか聞くでしょうね。
くれたわ。あたしそこにいたんですもの。
リル、その歯をみんな抜いてしまって、よい歯と取りかえなよ。
じっと見ておれないからね、とあの人は言ったわ、たしかに。
あたしだってそうよ、とあたしは言った。
気の毒なアルバートのことも考えてごらん。
あの人四年も軍隊にいたのよ、楽しく暮したいでしょう。
あんたが楽しませてやらなければほかの女がやるわ、とあたしは言った。
まあ、そんな人いるの、とリルは言った。
その辺のところよ、とあたしは言った。
では誰か知らぬがお礼を言ってやるわ、と彼女は言って、じっとあたしを見つめた。
カンバンデス、ミナサン。
それがいやなら、うまくやればいいわ、とあたしは言った。
やれないとほかのものが手を出すわ。
でもアルバートが逃げても、言わなかったせいじゃないわね。
そんなに古ぼけて、はずかしいと思いなよ、とあたしは言った。
（彼女はたった三十一。）

しかたがないわ、と彼女はぶっちょうづらをして言った。

おろすために飲んだ丸薬のせいよ、と彼女は言った。

(彼女はもう五人もあり、末っ子のジョージでは死にそうだった。)

薬剤師はいまになおると言うけれど、もとどうりにはならないわ。

ほんとにあんたはばかね、とあたしは言った。

そうよ、アルバートがあんたをほっとこうとしないなら、そこなのよ、とあたしは言った。

子供がほしくなくて、なんで結婚するの。

カンバンデス、ミナサン。

ええ、アルバートが帰宅したあの日曜日、あの人たちは
熱いベーコンをつくって、
あたしを呼んで、ほやほやのおいしいところを食べさせた。

カンバンデス、ミナサン。

カンバンデス、ミナサン。

さよなら、ビル。さよなら、ルー。さよなら、メイ。さよなら。

さよなら。さよなら。さよなら。

さよなら、奥さま、さよなら、奥さま、さよなら、さよなら。


子を産みたくなくて結婚するところに、現代の荒地を見るわけだが、酒場の閉店のアナウンスを、ときど

き挿入して、意識の流れのような表現法になっている。この技法はわが国の小督の局のことを詠んだ川柳で、「ころりんしゃん」という琴の音と、「はてな?……ははあ、ここじゃわい」をモンタージュしたところの、

ころはてなりんははあしゃんここじゃわい

の手法から察知できるように、理知やウィットの産物であることは言うまでもない。

第三篇「劫火の説教」(“The Fire Sermon”)は人間の煩悩を歌い、第四篇「水死」(“Death by Water”)は人間の無情を、第五篇「雷が言ったこと」(“What the Thunder Said”)は「与えよ、共感せよ、自制せよ」と響く雷神の声もむなしく荒れるがままの地上から、脱出をもとめて祈る。しかし宗教詩のところまではいっていない。

エリオットは当然宗教詩の創作と取り組まねばならなくなった。すると彼について行けないものが出てきて、彼らは共産主義にはしっていった。

エリオットの後期の長篇詩『四つの四重奏』(*Four Quartets*)は宗教的な哲学詩である。イメジを正確にするという、古典主義の最初の目標はある程度放棄され、抽象的な思想を、言葉のあやで詩にしている。しかし超現実主義的で、あまりに難解である。

詩劇　英国の劇壇はイプセン(Ibsen)の社会劇の輸入以来、写実主義、すなわちリアリズムであって、バーナード・ショーやゴールズワージー等の大作家たちも、彼の系統に属するものであった。イプセンの他の半面である『ペール・ギュント』(*Peer Gynt*)などは、あまり顧みられなかった。

しかし一八九四年、イェイツ(Yeats)が日本の能を模倣して『心願の国』(*The Land of Heart's Desire*)などを書き、写実劇に挑戦したようなこともないではなかった。そしてパウンドがフェノロウサの能の研究

と翻訳を整理して出版するとともに、詩劇の象徴性は大きな感銘を与えたようで、エリオットも能のイメージについての論文を発表している。

エリオットは現代の劇が映画に圧倒されないために、多忙な人々の要求も考えて、劇を短かくし、バレエ化して行くべきであり、そのためには音楽の要素に共通するリズムをもつ韻文を復活して、もっと高度の感情をあらわすべきであるとした。

しかし韻文といっても、イマジズム以来、せっかく権威を樹立してきた自由詩を否定するというのではなく、エリオットが実際に用いたのは、日常会話の言葉と韻文の中間にあるもので、どこに韻律があるかで、ハーバート・リードの解説を俟たねばならぬほど、散文に近い詩形である。

最初の詩劇『大寺院の殺人』(*Murder in the Cathedral*) はカンタベリー大聖堂で、十二世紀の聖トマス・ア・ベケットの死を記念して、上演されたもの。短いものではあるが、形式はギリシャ劇にならない、時と処と人物の一致の法則にしたがい、コーラスを取り入れ、これが舞台と観客の仲介をし、筋の運びを説明する。まったくの古典劇である。ベケットが殉教するにいたる思考の発展を、誘惑するものと、それに対するベケットの抵抗の形で述べているところが大部分で、アレゴリーに近い。刺客が自分の立場を語って、なっとくできるような理論を展開していくところに、作者の頭脳のちみつさを感じさせるが、だいたいにおいて、殉教についていろいろな角度から考えて書いた論文を、数名で交代に読みあげているという感じしか与えない。ほかの劇はもっとおもしろくない。彼の劇を見ていると古典主義は行きづまりではないかと感じさせるが、彼は詩劇復興の原動力となり、有力な詩人たちが、彼に呼応して、あるいは全部を韻文で、あるいは一部を韻文で書いている。それらの作品はだいたいにおいて宗教的であって、そうでないものも哲学的な問題をテーマにしている。

第五章　ハーバート・リードのローマン主義

ハーバート・リードは一八九三年、英国の農家に生まれ、父親に早く死別したため、一九〇四年から寄宿学校へ入れられた。ここは修道院のように質素な学校だった。つぎこまれる罪の意識で、学校が陰気であったことを、にがい思い出として、彼は自叙伝『無心と経験の記録』（*Annals of Innocence and Experience*）で語っている。十五才で学校を出、リーズ市の銀行員となって、かたわら夜学に通った。そして二十五才になれば得られる祖父の遺産を当てにして、リーズの大学に学んだ。しかし学生の九割がなるべく簡単によい成績を取ることに熱中している実用主義の校風は、リードをとまどわせ、のちに美術による情操教育を考えさせるに至った。

十七才で詩作をはじめ、ブレイク（Blake）やブラウニング（Browning）等の宗教的なローマン詩に興味を持った。しかしテニスン（Tennyson）の『国王の歌』（*Idylls of the King*）は読むに堪えなかった。

「私は昔もいまもローマン派ではあるが、この特別の擬古主義の刻印はいつも私にいやな思いをさせてきた。私はあらゆる種類の文学的誇張、あらゆる気取った古文体、あらゆる古い韻律の行使や実験を嫌悪する。書く芸術に対するそのような気まぐれの態度は、直裁な表現、自動的な霊感、創造的に展開する詩の性質をよしとするものにとっては、不可能なことである。真のローマン主義の原則はそれだ。ほかは道楽的な芸術趣味でしかない。命がけの仕事でなくて、学者的な気晴らしに過ぎない。」

リードはテニスンをローマン主義者だと思っているが、修辞のうまさだけで読ませるから、むしろ古典主義者である。古典主義時代になると、テニスンは新しく見直されるようになった。シェイクスピアは翻訳しても何かが残るが、テニスンは何も残らないという世評は、このことの真実性を裏書きしている。

一九一五年に彼は進んで軍隊にはいった。このころ処女詩集を自費出版したが、二十二部を売った後、意に満たないので全部断裁した。

戦争は彼に幻滅を与え、反戦的になった。一九一七年と一八年、前線からの帰休兵だった時期に、彼は尊敬するフリント、オールディントン、パウンド、エリオット、ウィンダム・ルイスらと相識った。

彼はエリオットが王党員、古典主義者、アングロキャソリック教徒と名乗ったのに対抗して、自らを無政府主義者、ローマン主義者、不可知論者と呼んだ。

資本主義にも共産主義にもついて行けぬインテリたちにとって、無政府主義がふたたび問題になるようになったのは、リードの影響もあるにちがいない。しかし彼の無政府主義に関する著書は、きわめて穏健で、人間を戯れる動物と定義している。

彼は詩人であると自負しているが、彼の書く詩は観念的でおもしろくない。しかし無数の文学論と美術論が多くの愛読者をもっている。

とにかく、二十世紀の古典主義の理論全盛の時代にあって、モダニストでありながら、ローマン主義の旗幟を押し立てて、はなやかに奮闘しているひとりである。しかしリードを読んで一ばん困ることは、彼の理論的変節である。はじめは古典主義者、つぎは古典ローマン主義者、そのつぎにローマン主義者になっている。T・S・エリオットなら、『異教の神々を追うて』がいやになると絶版したが、リードは昔の著書も今の著書と一緒に出版していて、まるで気にかけていない。年代順に読んで、思想の展開をたどっていくのが一ばん分かりやすいが、リードの論文の題目を年代順にならべたものが見当たらぬので、これもうまくいかない。これは一つには、リードの芸術論が、単なる研究書としてではなく、雄弁でたくみな文章に満ちたところの、それ自体一つの創作として読まれているからである。

精神分析と分析心理学　リードの芸術論はコウルリッジの哲学的な文革論に、精神分析の結論を加えたものである。コウルリッジはすでに芸術が無意識に関係のあることを知っていたから、当然フロイトの精神分析やユングの分析心理学と結合する運命にあったのである。しかし精神分析や分析心理学は、科学であるかないかがはっきりしていない学問で、むしろ哲学の領域に食いこんでいると思われるところもあって、したがってリードの芸術論は哲学か科学か、正体の分からぬものになっている。

フロイトとユングは精神のなかで、無意識が最も広い領域を占めていると仮定する以外は、ほとんど一致するところがない。フロイトは自分の学説の体系と違った学説に、精神分析という名をつけることを許さなかった。そのためにフロイトから出て、精神の構造について、まるでちがった解答を出したユングは、自分の学説を分析心理学と呼ばねばならなかった。精神分析と分析心理学の間には、横の連絡がないから、二つを折衷して中間の学説に発展できる可能性もない。ところがリードはこの二つの学説のいくつかの結論の中で、自説に都合のよい部分だけを出して、補強の道具にする。取捨選択の標準は、彼の「詩人としての経験に照らして」ということになる。精神分析学者から見れば、支離滅裂であろう。

フロイトは「詩人と空想」(“Der Dichter und das Phantasieren”)で、詩人の空想は白日夢と同じ性質であると言っている。夢は抑圧されて、無意識のなかにとじこめられているものが、睡眠中に意識の部分に象徴の形をとってはいりこんでくるものであるが、詩もまた不満のある人間が、満たされない願望を充足し、不満な現実を是正しようとする力にかられたものである。およそ夢というものは、聞く方では何の興味も湧かぬものであるが、詩人は変えたり、飾ったりして、白日夢の中の自我の匂いをうすめ、空想の表現のなかに、純粋に形式的な、美的な快楽を盛りこんで、楽しませてくれる。これを行なうのが「詩の技術」であると言っている。この論文は芸術を芸術たらしめるものは理性であり、形式であるということを示唆する点で、古典主義の考えかたと、軌を一にしていることは注目に値する。

すなわち精神分析は芸術の本質について古典主義的な見解を取っているのである。フロイトの文学論がここで停止していることは遺憾であるが、リードがこの線に沿うて、議論をすすめていったら、きっと科学的な文学論になっていたであろうにと、惜しまれてならない。

ヴィジョン　リードは、はじめはイマジズムに共鳴して、自らも古典主義者を名乗ったのであるが、次第にローマン派になって行った。理由は、内容を審美的見地から選択することは、芸術家の義務であるのに、イマジストはこれをしないことであった。彼等は一時的な気分や情緒が、何でもかでも詩で表現する価値があると考えている。情緒そのものの質に対して、美的見地から判断しない。われらは異国情緒や頽廃的なものを避けねばならぬ。塀をめぐらした人工的な美の庭園も避けねばならぬ。屠殺される豚の悲鳴と夜鶯の歌とは区別さるべきだというのである。

リードがイマジズムの宣言から三年経った年に書いた「近代的詩論のための定義」（"Definitions towards a Modern Theory of Poetry）は詩の本質を内容に置いている点で、イマジズムの形式主義と区別される。

「一、形式は表現を要求する情緒でさだまる。

系、形式はどんな情緒でも注入できる不変の鋳型ではない。

二、詩は厳密なまとまりを要する芸術的全体である。
三、詩の批判の規準は表現されたヴィジョン（vision）の性質である（表現が適切であると仮定して）。
系、頭韻、脚韻、歩格、抑揚はヴィジョンの要求するままに用いられるところの種々な装飾的工夫であって、あらかじめ定められた形式的な量ではない。」

ヴィジョンという言葉は、本来天の啓示が含まれている幻想の意味である。ワーズワースはわれらが日常見なれた平凡な情景をまだ見たこともないような新鮮な世界のように描く。実在の姿が把握されているという感じである。ヴィジョンは十九世紀ローマン派以来、詩の核心になってきている。ヴィジョンは直観と同じものだ。詩の過程はこのヴィジョンをもとのままに維持して、表現することである。

リードはイメジという語を生理的、心理学的な意味にしか用いない。言葉で書かれたイメジは、とくに詩的イメジと断っている。イメジは心理学的には知覚に似たものであるが、対象が視界から去っても、イメジは残る。その点がイメジと知覚のちがうところだ。

リードは直観を深層心理に関係があると考える。ベルグソンではイメジを比較して推理するイマジネイションは、直観に近いものとされているが、リードにおいては直観またはヴィジョンとイメジの関係はあいまいである。詩人が言葉で詩をつくろうとするとき、情緒の緊張状態と等価物である具象的なヴィジョンが脳裡に浮かぶ。このヴィジョンは心理学的なイメジである。イメジはいつの間にか、単純な外界の模写的意味から、複雑な非科学的な主観的想像か、またはプラトン観念がいのものとなる。はては大自然を動かしているものが、無意識を動かしてつくり出した象徴になる。そして文学の技術の根本は言葉でそのイメジを伝達すること、つまり心に見えるようにすること以外にはない。このような詩を読むと、詩中のイメジは読者の脳裡にたくわえられたイメジと即座に結びつき、このイメジのならびかたから、さまざまの情緒が流れる。絵画的な描写をイメジというのは、リードにとっては、脳裡のイメジを言葉で表現したものとなる。これは読者に生理的イメジを起こさせるから絵画的、または比喩的描写をイメジと言うと思っている古典主義者の考えと逆であることに注意せねばならぬ。

内容と形式　リードはローマン主義者であるから、芸術においては内容から形式が生まれると考える。そしてその過程を心理学的に解説する。T・S・エリオットにとっては、文学作品というものは、読んでどんな感じがするかが問題であって、どうやってできたかということは問題でない。しかしリードは白い羊と黒い羊がどうしてできるかということも、また興味あることだと答える。なぜ興味があるかということになると、リードは答えていない。しかし芸術を鑑賞するだけでなく、自分自身がこれを創造しようとするときの心構えとして、また作品の作りかたを暗示するものの一つとして、リードの解説もまた必要であろう。

リードは直観がイメジになり、それが言葉すなわち形式に変わっていくと言う。しかし内容と形式の関係で、どこまでを内容と言い、どこまでを形式というかという問題は、心理学でも精神分析でも結論がまだ出ていないのである。だからリードは内容と形式を厳密に区別するかと思うと、両者は一体で、分けることはできないという。そうかと思うと、文学は内容だけあって、形式はどこにもないような言いかたもする。またあるときは形式に内容が結晶しているから、文学の本質は形式であるともいう。内容と形式で文学論をやるとき、何とでも言えるのである。

しかしアメリカのニュー・クリティシズムの批評家の中で、内容と形式というあいまいな言葉を一切避けて文学論をする人があるが、これはまたかえって難解である。この二語の概念はあいまいであっても、二つが存在することは事実である。それは詩とか美とかいうものの本体が分かっていなくても、詩や美が存在するのと同じである。この作品は内容はよいが表現形式が悪いとか、形式はすぐれているが内容はよくないというような言いかたは、たえず行なわれているし、これらの語をぬきにして作品を分析しようとするとき、私たちは非常な抵抗を感じ、かえって分かりにくくなるのである。要するに内容と形式という語を用いるとき、それは根本的にあいまいな概念であって、便宜的な言葉に過ぎぬという常識をもっていることが必要である。

リードのローマン主義の理念は、詩だけでなく、小説にも、美術にも共通するものでなければならぬ。美術に見出される基本的な原理は、文学の本質をも明らかにするであろう。

彼ははじめ芸術を有機的形式と抽象的形式に分けた。前者は内容と構造が渾然ととけ合っているが、後者は内容を予定の構造に適応させようとつとめるときに生まれる。前者がローマン主義的、後者が古典主義的様式といえると称した。そしてローマン主義こそ真の芸術で、実在の生命力のあらわれであり、形式は内容から自然に生まれて来ると力説する。そして古典主義は生命のない芸術でしかないという。

しかし超現実主義という新しい芸術が出現すると右のようなコウルリッジ時代の単純な分類は、うまく当てはまらないことが分かってきて、リードは修正を加えねばならなくなった。

超現実主義　リード自身の詩はすなおで分かりやすいものが多いけれども、彼は超現実主義も弁護した。一九二四年のアンドレ・ブルトン（André Breton）の「超現実主義宣言」（"Surrealist Manifesto"）によると、「超現実主義は、文学作品において、言葉などの手段で、真の思考過程を表現しようとする純粋に心霊的な自動作用である。理性で行なう統制を全然受けず、あらゆる美的先入主や道徳的先入主の埒外における思考の命令である。」この宣言は精神分析の影響でできたものであろうが、意識のなかの無意識に近い層のことを意味しているのである。いったい精神のこんな状態が書けるであろうか。ユングが「超現実主義のことは、私は知らない。」と言って逃げるのは、否定していることと同じである。意識が外界との接触を放棄して睡眠状態に陥ったときも、無意識は活動をつづけ、意識の層に侵入したときが夢となる。フロイトによると、夢は無意識のなかに抑圧されている願望の象徴であるが、ユングにとっては、無意識は意識の補償である。ユングの分析心理学は個人的無意識の奥にさらに集団的無意識を仮定する。

個人的無意識は個人的経験や抑圧された観念などを擁していて、ここから出てくる夢は、個人的な夢であるが、集団的無意識には人類が動物の域を脱してから、幾千年、幾万年のあいだに貯えてきた世界観がある。これはイメジの形をとるのが特徴で、人間の思考の原型をなしている。いわゆる感情の論理である。神話がどの民族でも似ているのはこれに由来している。人間は実に幻に導かれて、今日まで生きてきたのである。人間の理性は目先きのことしか分からぬが、神話や幻には永遠の真理がある。ユングの原型、すなわちアーキタイプは、イメジの形であらわれるところの、心が実在に与えた統制である。

超現実主義者が単に芸術のなかに夢の世界を持ちこむことを望むだけでなく、夢の世界を描いたものの方が、意識の世界を描いたものよりも、価値があるというのは、ユングの説によるものである。

モダン・アートというのはおもに超現実主義の美術である。英国ではじめてこの展覧会があって、世人の嘲笑を買っていたころから、リードたちはこの弁護に当たった。もともとモダン・アートは浮世絵のように単なる技巧の芸術として出てきたものに、欧州芸術の伝統である主観強調が結びついたものしかない。しかし精神分析の出現は超現実主義に無意識の象徴であるという理論的根拠を作り出させた。そして超現実主義は尖鋭になればなるほど、抽象化の傾向をたどっていく。リードがローマン主義者として超現実主義を説く以上、抽象芸術もまたローマン主義でなければならない。

そのために一九五二年に出た『モダン・アートの哲学』（*The Philosophy of Modern Art*）では、リードはローマン主義的な写実と、古典主義的な抽象の対立を認める。これは創作する精神の緊張の両極のあいだを行ったりきたりする。すなわちこの二つは交互にあらわれるのである。

五四年の『形像と理念』（*Icon and Idea*）は、それより三年前に出た『芸術と人間の進化』（*Art and the Evolution of Man*）に盛られた思想の展開である。芸術は古代から人間の意識を象徴化して定着させ、今後の考察に役立ててきた。芸術は外界の模写ではなくて、気持ちの象徴にはじまった。つぎに自然界の現実に自分の生命が投影されていることを発見し、自然を心の象徴とする重大な発見となった。それゆえ、外界の模写もまた象徴である。超現実主義は芸術の最も根本に即したものであると説く。

この線に沿うての抽象芸術の解釈のために、リードはこの芸術を、本質的なものとそうでないものとに分け、本質的な抽象芸術はローマン主義だという。人間が詩的イメジをつくり出すとき、その素材は目に見えた世界から取り出したものであって、純粋に人間がつくり出したものではない。絵画の構成は、たとえ抽象的なものであっても、自然な色や自然からとった形態の組み合わせである。幾何学的形式でも、植物や結晶など，自然現象にその型がある。

リードは詩というものは真実でなければ意味がない、作る価値もないという。超現実主義は一見関係がないように見えるイメジや物象をならべたり、結びつけたりすることを、唯一の手法としているものであるが、「イメジが人の胸をうつのは、不合理であることや、空想的であることからくるのではなくて、観念の連合が遠くて正確であることだ。」

しかしこの説明は無理である。詩人たちの中にはもっと割りきった知性の遊戯として、異質のイメジの衝突を楽しんでいるものもある。T・S・エリオットも異質のイメジの衝突を手法としている点で、超現実主義者の中に数えられるが、彼にあっては意識の流れは、おもしろく読ませる技巧のひとつでしかない。

あの途方もない形象のどこに真実性があるのか。実存主義では個人個人が自分に適した世界を創造する。超現実主義者も各自に自分の世界を創造する。真実性はその世界を誰が買うか、何人買うかということできまる。実存主義は今日の哲学の袋小路であって、いまのところこの考え方からの出口はちょっと見つからないだろうという。

ソ連映画の名監督で、モンタージュの理論を完成したエイゼンシュタイン（Eisenstein）は、プドフキン（Pudovkin）と論争したとき、モンタージュは連鎖ではなく、衝突であると言った。所与のふたつの要素の衝突からひとつの概念が生まれる。

「物理学でいろいろな球体が衝突する場合、その組合わせは無限である。球体が弾性であるか、非弾性であるか、両方の性質を具えているかで、はずみ方がちがう。衝突が非常に弱いために、両方が同じ方向に向かっていく場合だけしか連鎖にはならない。」

これは映画のモンタージュにかぎらず、美術や詩や小説のモンタージュが、まったく人工的であることを示すものだ。エイゼンシュタインはまた「自然を直し、多少変えることが芸術である」というシェイクスピアの言葉をモットーにしていた。真の芸術でも真実だけのものではない。まして抽象芸術は真実でないものだけでも成立するかも知れないし、むしろそれをねらっているのである。

ハーバート・リードはモダン・アートの解説書をたくさん書いているが、これを読んで、現代におけるイメジというものの概念や、現代美術の核心を全面的につかんだと思うと、たいへんなまちがいになる。客観的に解説されていないのである。

もうひとつ知っておかねばならぬことは、T・S・エリオットもリードもモダニストであるということだ。それゆえ、彼らは何が芸術的に名作であるかということについては一致するのである。すなわち、二十世紀古典主義の代表的作品とされているパウンドの詩や、エリオットの『荒地』や、ジョイスの『ユリシーズ』（Ulysses）を、リードも激賞し、すぐれたローマン主義の作品であると言っているのである。

第六章　J・ミドルトン・マリーのローマン主義

ジョン・ミドルトン・マリーについては一九三五年に出した『二つの世界の間』（*Between Two Worlds*）という自叙伝があるが、そのほかに、一九五七年の彼の死後間もなく出たフィリップ・メアレット（Phillip Mairet）の『ジョン・ミドルトン・マリー』（*John Middleton Murry*）とF・A・リー（F.A.Lea）の『ジョン・ミドルトン・マリー伝』（*The Life of John Middleton Murry*）の二冊があって、彼の文学的交友の広さから、いずれも二十世紀前半の文壇史の観がある。

マリーは一八八九年、ロンドン南部の官吏の家に生まれた。紳士階級と貧乏人の間ぐらいの生活だったが、奨学金のおかげで、オックスフォードに学び、古典の教養を身につけることができた。ヒュームよりも六つ年下である。しかし文学活動をはじめたのは彼とほぼ同じころである。後期印象派の手法を文学に導入しようとする『リズム』（*The Rythm*）を創刊した一九一一年には、彼はまだ学生であった。題名はマリーが親しかった英国の後期印象派の最初の画家のひとりの好みであった。短篇小説家キャサリン・マンスフィールドと結ばれたのも、この『リズム』を通じてであった。彼女はニュー・ジーランドの銀行の頭取の娘であるが、結婚式をあげた翌朝に家出して来た人妻である。そしてパリ、ベルギー、ドイツ、ジェネバなどに数か月をおくって、後期印象派の絵に深い感銘を受け、ゴッホを彼女の文章の手法の師と言っていた。マリーもマンスフィールドもかつては前衛的な『ニュー・エイジ』の寄稿家であったことから、その編集者は嫉妬して、毎週『リズム』に対して悪罵と中傷をあびせかけた。それゆえこれに対抗するため、季刊誌だった『リズム』は月刊になった。マリーが因循な故郷の家庭に反抗し、大学もあと三か月で卒業というときに、それがいやで続けられなかったことは、ヒュームに似ている。

マリーはD・H・ロレンスの作品に傾倒していた。親密に過ぎて、かえっておたがいにうるさく感じることもあるほどであった。彼も『リズム』の寄稿家であった。ロレンスはすでに三人の子供があった美貌の夫人フリーダを恩師から奪っていたが、マリー夫妻は彼らの結婚式の証人になった。そのときキャサリン・マンスフィールドはまだ前夫の籍から脱けていなかったので、形の上では重婚になっていた。

マリーとキャサリンは、後に正式に結婚することができた。彼らは『リズム』の後に、『アシニアム』（*The Athenaeum*）を編集した。一九二三年、キャサリンが結核で死んだ後、マリーによって新しい月刊評論誌『アデルフィ』（*The Adelphi*）が創刊された。彼は四十年間の文筆生活で毎年一冊ずつの本を出しているジャーナリストである。なかに小説や詩集もあるが、惜しいことに、創作的天分ではロレンスやキャサリンに遠く及ばなかった。自分でも本領が評論であることは知っていた。

彼は虚無的であった。『リズム』での偶像破壊は自分にとって芸術的、文学的に価値のあるものとして、何が残るかという模索であった。モダニズムの美術の方法を文学に導入しようとする彼の計画は、文学の方が追いつくところまで行っていなかったので、『リズム』の一号、二号はピカソの絵などを挿絵に入れて、弱点をおぎなっていた。そして『ニュー・エイジ』との抗争は彼を反対の方に押しやりはじめた。

彼は次第に倫理的になり、よい人生に寄与する手段としてでなければ、文学的な価値を認めなくなった。ドストエーフスキー（Dostoyevsky）論を書き、キーツ（Keats）の研究に打ちこんだ。人類のために経験に直面することが彼の理想であった。『アデルフィ』の発刊の趣旨は、難解でおもしろくなくなった現代詩や心理主義の小説に対する抗議がふくまれている。

「われらは現代の物好き的傾向に堪えられない。「芸術」と聞くと胸が悪くなる。溌剌たる目的があって書かれたものではないので、それは私たちをどこにも連れて行ってくれない。もし現代文学が、鉄道旅行の暇つぶしや、つかれた知識人の室内ゲームでしかないとすれば、それはある積極的な確信のうえにきずかれねばならない。何か言うものを持っているものには、その言いかたは分かる。『アデルフィ』の内容は「文学的」でなくても、やはり文学だ。」

エリオットは文学作品は何よりも文学であらねばならぬと言い、それを文学作品の鑑賞の重点とした。これは文学研究の方法を一変させ、それ以後は作者の人生観だけを論じて、表現形式の鑑賞を忘れたものは、軽蔑される傾向にあったとき、内容がおもしろければ、それで文学であると言い切っているのである。これに続けて、「『アデルフィ』は知識人の雑誌にはならぬであろう。なるべく多くの人たちが理解でき、興味を感じることがねらいである、」とも言っている。

彼はモダニズムのためにモダニズムを称えることはしなかった。真にすぐれたものは流行を超越する。伝統的であろうと実験的であろうと、よいものはよいという風で、彼の雑誌には、モダニストも伝統的な作家も寄稿した。しかし十九世紀のローマン派の思想を受けついでいるので、エリオットに対立する保守派と見られるようになった。

ついでに彼の戦争観であるが、第一次大戦が勃発すると、彼は進んで従軍を志願したことも、ヒュームやリードに似ている。しかし彼は志願者として自分の名を登録してきた後に、しまったと思って、六週間前に肋膜炎をやったことを思い出し、医者から結核の診断書をもらって、志願を取り消した。

戦争中、イギリスの若いインテリたちのパトロンだったある代議士夫人は、信仰や主義で参戦を拒否する人々を自分の家に集めて、代議士である夫を失脚させた人であるが、マリー夫妻もここに出入りしていた。そのうちに彼は陸軍省の翻訳官の職場を得た。

彼が『共産主義の必要』(*The Necessity of Communism*)を書いたときは、新しい政党をつくるつもりであった。また『平和主義の必要』(*The Necessity of Pacifism*)を書いて、良心的参戦拒否者のための集団居住地をつくったこともあった。彼の講演は労働者階級に救世主のように迎えられ、この種の本の印税は労働者の解放のために寄付されていた。しかし「社会主義者は右の頬を打たれて、左の頬も向けるようなことがあってはならぬ、」という態度は、マリーの暴力否定と相容れなかった。政治と政治家に対する幻滅から、彼はしだいに実際運動から手を引くようになっていった。

D・H・ロレンス論　ロレンスの理想は完全燃焼である。彼にとって性欲はすなわち愛であり、男女の肉体関係の歓喜において、人間は宇宙の生命と同化し、創造事業に参加するのである。男女の愛は人間を浄化し、改造するものだ。精神とともに肉欲も満たされない生活は虚偽の生活である。このためにロレンスは人間の自由な成長を抑圧するものに叛逆し、反キリストとして、性の殉教者として、奮闘した。

マリーとエリオットの立場の相違はこのロレンスの評価をめぐっての対立において最もよく現れている。人間のもつ動物的な本能から目をそむけることなく、しかも動物とは異なったレベルにいるロレンスの完全燃焼に、マリーは共鳴していた。ロレンスは『無意識の幻想曲』(*Fantasia of the Unconscious*)という精神分析の本を出して、人間の中枢は頭ではなくて、腰のあたりだと言った。まるででたらめで、正気の沙汰とも思えないが、マリーは本気でその独創的見解をほめる。

マリーの最後の著作『愛と自由と社会』（*Love, Freedom and Society*）の第一部はロレンス論であるが、彼はロレンスをローマン主義の時代に終止符を打った神秘な人物であるという。彼はローマン主義時代をつくった神秘な人物のルソーと実によく似ている。社会の基礎がまちがっているというルソーの直観を述べる彼には新しい絶望の調子がある。ルソーの自然人、けだかい野蛮人を新しい形で理想像として描き、文章のうまいところもよく似ている。両方とも純粋な知性を仇敵のようににくんだ。彼のローマン主義は人間関係についての絶望から生まれたもの、T・S・エリオットの古典主義もまたその種の絶望から生まれたものだと論じる。

一方、エリオットの『異教の神々を追うて』はロレンスを地獄に追いやった書として有名である。『チャタレー夫人の恋人』（*Lady Chatterley's Lover*）に見られるように、人倫にそむいたことをしながら、この小説の主人公には良心のかしゃくがない。英国の道徳の背骨となっているキリスト教的伝統の無視は、作家としては弱点である。彼は異常に鋭い感受性と深い直観力があるが、いつもこの直観から誤った結論を引き出す。ことに性的に不健全だ。ロレンスは伝統とか慣習にわずらわされないで、自由に人生に進出してくるが、自分を導くものは自分の心の光だけだ。しかし心の光などいう得手勝手なものは、さまよえる人類に与えられた最も当てにならないまちがいを起こしやすい導き手である。要するに伝統によって行なう自己批判が見られないから、一時的には珍しがられて広く読まれようだ、永久的な価値は持たない、というのである。

マリーは倫理的ではあるが、古典主義者のように、正邪善悪が時と場所とを超越する不変のものとは考えない。彼がロレンスに共鳴していたことから推察できるように、彼の道徳意識は多分に不可知論的なものをふくみ、ただ自らがその新しい道徳の先駆者であるというエリート意識にささえられているに過ぎなかった。

その点もヒュームの指摘したようにヒューマニストであり、ローマン主義者だったのだ。

『イエス伝』　T・E・ヒュームは古典主義とローマン主義を、宗教的態度とヒューマニズで区別したが、マリーのローマン主義ぐらい、この定義があてはまるものはない。マリーはキリスト教社会主義者と言われている。そのキリスト教は、ワーズワース等のもっていた汎神論的なもので、今日から見てそれがほんとうのキリスト教であるかどうかにはだいぶん疑問が持たれているものだ。宗教はもっとも理知的な、哲学的なものであるというコウルリッジの思想を継承したヒューマニズムの宗教であるので、ヒュームのいう宗教的態度、すなわちカソリシズムと対立するものである。

彼の『イエス伝』（*The Life of Jesus*）は聖書のなかのできごとを象徴的に解釈する。彼の考えるイエスは人間である。人間の中の天才である。ルナン（Renan）の人間としての『イエス伝』（*La Vie de Jésus*）をもとに、パピニ（Papini）の神としての『キリスト伝』（*Storia di Cristo*）で、多少の修正を加えてみたと思われるところはあるが、やはりキリスト教的異端であることに変わりはない。

マリーにとって、キリスト降誕のエピソードは架空の伝説に過ぎない。ヨハネに洗礼をうけるまでは、キリストとしての自覚はなかった。「神のみたまがはとのように……」は更生したときの本人の気持ちをあらわしたものである。荒野の誘惑は精神的な煩悶の象徴。病人をいやすことはイエスの本分ではなかった。しかし彼らの懇願もだしがたく、止むを得ずおこなっていたのである。彼らの信仰が彼らを救ったのであって、今日のように合理主義で精神がにごってしまっている人たちには、とうてい考えられぬような、単純素朴な時代のことである。心の持ちかた次第で肉体の病気がなおるということも、あり得たはずである。

イエスも、神の子を媒介とする神自身も、奇蹟はいけないとしていた。永遠の神を試みてはならない。だからイエスの物語に奇蹟はない。癩者や中風患者の治癒は、治癒であって奇蹟に数えてはいけない。五つのパンで五千人が会食して、なお余った話は、聖餐のことである。

説教家としてのイエスの中心観念は神の国の観念である。神の国は神が支配し、正義が行なわれる状態と、各人の心の中にあって各人によって成就された状態と、二重の意味をもっている。各人の心の中を神が支配し、これを全世界に推し進めようとした。これは世俗的な世界支配を夢みているパリサイ人の選民思想を打ちくだいて、彼らを怒らせた。

人々は神の子であることをあかしするような奇蹟を行う指導者にしか従わないことを彼は知っていた。しかし彼はそのあかしになるような奇蹟はできなかったし、与えたくもなかったとマリーは言う。キリストがうわさに反して、奇蹟を行なえなかったから殺されたのではないかという疑惑を、マリーはここである程度容認しているように思われる。

キリストの受難についてさまざまの矛盾したことが言われているが、受難の際に、イエスとその弟子たちが、予期していたある事がらが、実際には起こらなかったことは推測できる。それは「わが神、わが神、何故に我を棄て給うや、」という絶望の言葉が、イエスの口から発せられたことで推測できる。

イエスは敗れた予言者であった。

キリストの遺体は何のためか分からぬが、盗み出されていて、彼を慕う女たちが行ってみたときには、ふたりの男が、「そのかたはここにはいられない」と言った。それだけのことであるが、彼女たちの希望的観測が、やがてキリスト復活の幻想となってきた。

イエスの生命は「精神的身体」という形で続いているという確信は、ガリラヤでシモン・ペテロによって最初に把握され、その確信を受けついだパウロも、肉体の復活を信ぜず、精神的身体の復活を信じていた。このようにしてイエスは不死である。

以上が一九二六年のマリーの『イエス伝』の趣旨であるが、これはケインブリッジのある教授に示唆されたものだと称している。本書の出版でマリーはかなりの世間の抵抗を予期していたが、世論はだいたい好意的であった。聖ポール寺院の首席牧師をしていた神学者インジ（Inge）が、これは十九世紀のサー・ジョン・シーリー（Sir John Seeley）のキリスト伝『この人を見よ』（*Ecce Homo*）に匹敵すると言ってほめた。神秘主義のイーヴリン・アンダヒル（Evelyn Underhill）も激賞した。

しかしこの本はヒューマニズムの常として、人間のもつ煩悩や原罪感を抜きにしているので、贖罪の問題が回避されている。理性で処理できることばかりを論じているので、言わば高徳の偉人伝であって、宗教書ではなくなっている。そしてわれらにとっては、この本はヒューマニズムの宗教が、二十世紀では明らかに魅力を失っていることを物語る見本のようにしか思えない。

しかしマリーにとっては、西洋文明の価値のあるものをまもるために超自然的なキリスト教を復興しようという考えは、キリスト教の自殺でしかない。キリスト教の本質は愛である。超自然的キリスト教は、宇宙の支配者であり創造者であるものは神であり、神は愛であるという宣言の中にある。しかしキリスト教社会の大部分が、それを信じないのはロレンスやシュヴァイツァー（Schweitzer）と同じである。自由社会は結局は愛の上にきずかれており、この愛が神からきたものであると考える必要はない。愛は人間が意地の悪い環境に対抗して、豊かな生活をするために努力してきた経験の結論だというのである。

人生のための文学

マリーの文学批評の方法は、一九二〇年に発表された「批評の職能」（"The Function

of Criticism")というエッセイに最もよく現われている。エリオットは文学作品はまず何よりも文学になっていなければならぬと言ったが、芸術のための芸術と言われることはきらった。それは芸術のための芸術という語は、かつて頽廃的な作家の官能主義をあらわすために用いられたからである。またエリオットの批評の方法は二重性を帯びているため、番人共通の宗教的態度や倫理感につらぬかれていないところの個性的な内容のものをとらなかったからでもある。マリーは人生のための芸術論者であるが、芸術のための芸術という言葉をこばまない。それは彼において美と真理とは一致し、倫理的なものでなければ美しいとは思わなかったからである。そして、科学、形而上学、単なる因襲からきた道徳の原理みたいなものを、不消化のまま つめこんだ作品をきらった。真善美の一致という公理を信じる点で、マリーはあきらかに十九世紀のロマンティックたちの後継者であった。

マリーの典拠はアリストテレス（Aristotle）の『詩学』（*Poetics*）である。アリストテレスの批評の中心として、現代人の心にも生きているものは、芸術はよい生活への手段であると考えることだ。活動としては、詩は歴史よりも哲学的である。個々の現象を通じて、宇宙の真理に迫っていく。もっと積極的な影響としては、劇は憐憫と恐怖を通しての浄化によって、われらの霊的な存在を純化する。実際、アリストテレスの文芸批評の核心は、人生の考察から引き出された道徳的な価値の体系であると言っても、過言ではない。文学は本質的には人生の模写である。それは人生に積極的にはたらいている理想を、創造的に啓示する。悲劇の主人公はその要素に理想が足りないと失敗であった。主人公に暗に理想がふくまれ、理想に近ずいていることが見える場合にしか、悲劇の主人公にはなっていない。こんなふうに絶えず理想と関連させながらの模写は、ほんとうに創造的な原理となり、もっとも永久的に妥当で意味深いものとなる。

真の文芸批評家はヒューマニズム的な哲学を持っていなければならぬ。彼の探究はよい人生の理想を考慮にいれたものでなければならぬ。彼は単に事実をしらべる人間ではない。よい人生の探究は、人生の理想を念頭においていないかぎり不可能である。

よい人生の理想が、内面的に一貫性があって、真の理想らしい有機的な力を持つべきであるとしたら、必然にそれは審美的ならざるを得ない。プラトンの『共和国』(*Republic*)ではよい人生とよい市民の生活とは同じである。しかしこの市民生活は、この世の都市でなくて、理想の都市の生活である。彼らの分け前は、そこの市民の義務と同じで、美的直観できまる。プラトンの哲学は徹頭徹尾審美的である。審美的であるからこそ、最も人間的であり、すべての哲学のうちで、もっとも意味が深長なのだ。プラトンが善と美のあいだに境界がないと言ったことについて、それを検討する苦労は多分につづいてきている。しかしそれはむだ骨折りである。なぜならこのふたつがひとつであることは公理であり、絶対であり、変えることができないからである。ギリシャ人は本能でそのことを知っていたので、紳士というギリシャの口語は、「善美のもの」を意味した。

これこそわれらが芸術と批評の原理で、ギリシャ人に帰らねばならぬ理由である。命の泉にひたるために帰ってきている批評家だけが、批評に対して永続的な寄与をしてきた理由もそこにある。彼らの人生へのアプローチと芸術へのアプローチはひとつで、人生と芸術は一体だ。それゆえ、芸術は人生における理想の啓示である。理想は積極的で有機的であるから、芸術もまたそうでなければならぬ。理想は達せられない。ゆえにそれをあらわす過程はほんとうの意味で創造的である。自分の内面にひそむ芸術家的精神のおかげで、人はとにかく理想を鑑賞したり、想像したりすることができる。理想を見分けることは、本質的には予言や直観の仕事だ。芸術家は人生が目ざす目的をうらなう。彼は普通の人間には見あたらなかったような完全な自己表現をする人物をつくり出す。小さな作者は自分ひとりを表現するし、大きな作家は自分の創造した幾人かの人物を介して、自分自身を表現する。

そのうえ、人間の世界の行動における理想の直観や予言の行為のひとつひとつは、暗黙のうちに、あるいは明白に、絶対の理想との関連のもとに置かれねばならない。

マリーはこの批評の立場から、その理想的芸術家の例として、すでに一九一六年に批評的研究書『フョードル・ドストエーフスキー』（*Fyodor Dostoyevsky*）を書いていたのである。彼の作品では理念の世界が現実の世界と渾然と融和し、彼の作品に登場する人物は、形而上学的背景にもなっている。彼は人生に反抗し、悩みながらも人生を愛していた。そして人生の全面的肯定をするための秘密な鍵として、神とその信仰を見た。そして自我の放棄と自我の主張の調和を求めて苦闘する作者が、作品に投影されていると論じた。

マリーの批評の原理はI・A・リチャーズ（I. A. Richards）の「文学は人生の解釈である、」という定義と似ているようで、実はマリーの方は主観的で、いわばかたよった解釈であるから、根本的に対立するものである。「芸術は人生の模写である、」という言葉が一般に受け取られている意味は、おそらくは没理想であって、理想を盛りこんだものを意味しはしないであろう。

スタイル論　マリーの『イエス伝』は思想におけるローマン主義（ヒューマニズム）をはっきりとあらわしている典型であるが、スタイルにおけるローマン主義は、一九二二年の『スタイルの問題』（*The Problem of Style*）に最もよく現われている。リードと同じく、内容からスタイルが生まれるという考えかたであって、文章の飾りは外側からくっつけたものでなくて、内容と緊密にくっついているということを前提として議論をすすめる。これはオックスフォードにおける講義である。

スタイルという語は、文体、話し振り、表現法とも訳される。高山樗牛の標語「文は人なり」の文もスタイルの意味である。どの訳語も日本人を誤解に導くおそれがあるので、ここでは原語のままを使うことにした。

マリーによれば、スタイルには、すくなくとも三つのかなりはっきりとした意味の区別がある。つぎの三つの文にそれが見られる。第一は、「先週のサタデー・レビュー誌の論説を誰が書いたか私には分かる。セインツベリー氏だ。そのスタイルを見そこなうものはあるまい。」第二は「ウィルキンスン氏の考えはおもしろい。しかし書く稽古をしなければいけない。ただいまのところ、スタイルがない。」第三は「マーロウは大げさとも言える。こっけいとさえ言える。しかし大げささも、荒々しさも、こっけいさも、一つの性質で補ってあまりがある。彼にはスタイルがあるのだ。」

第一の文の中のスタイルは、筆者特有の表現法のことである。文章の癖である。数行の文章だけを見て作者を当てる遊びなどをするときに意識するもので、作者をほめているときまったわけではない。第二の文中のスタイルは表現のテクニックについて言っている。一連の観念を明確に表現する方法である。この種のスタイルはむかし修辞学で教えたものであって、現在でも教授することができるものだ。第三の文中のスタイルという語は絶対的な意味で用いられている。どんな意味であるか、はっきりとは分からないが、文学の最高の到達点を指している。マーロウ（Marlowe）の『フォースタス博士』（*Dr. Faustus*）の中の

キリストの血があの蒼穹に流れるのを見よ……

または、フォースタスがトロイのヘレンの美しい姿をまのあたりに見て、

美しいヘレン、口づけで私を不死の人間にしておくれ。
あっ、この唇が私の魂を吸い出す。あれ、あそこにそれが飛んでいく。

という詩句は、マーロウのものであって、ほかの誰にも書けそうにないものだ。シェイクスピアでもできない。マーロウはスタイルをもっていたというとき、その言葉が指している性質は一切の個人的な特異性を超越しているが、それが表現されるためには個人的な特異性を必要とするか、または必要とするように見えるものである。この意味では、スタイルは個人的なものと普遍的なものとの完全な融合である。T・S・エリオットの古典主義は非個性の文学を提唱するが、マリーは、大作家ぐらい彼のすぐれた文章のなかで、はっきりと自分を打ち出しているものはない。漠然とした形而上学的語句を使うとすれば、絶対的スタイルとは、個人的な、特殊な表現のなかに、普遍的な意味を完全に顕現したものだ。

スタイルという語の意味が混乱しているために、誤解が生じやすい。スタイルは外からつけ加えた飾りであるという考えは、たしかに修辞学の伝統の中にある。当時は弁論をどんな風に整理するかということが重要な仕事であったから、こんな考えかたもおかしくはなかった。しかし一流のスタイルが人間の内面から独立して存在するというのは、錯覚である。アリストテレスの時代から、最高の作品は隠喩のつかいかたがうまいところにあると信じられてきて、直観的な鋭さを持たぬ人には、隠喩は叙述という丈夫な生地に縫いつけられた宝石のように見える。言語を修飾的な隠喩でちりばめることに、子供じみた楽しみを見出した昔のある作家たちが、近代の読者を妙に惹きつけることも事実である。しかし許すべからざる悪趣味である。

隠喩は比較にもとずいているのではなく、理解の方法である。スタイルについての有名な定義が数あるなかで、スタイルが機械的でなくて、有機的な性質であることをよく表わしているのは「スタイルは人がらである」というビュフォン（Buffon）の定義である。

ほんものの独特なスタイルであるかどうかの証拠は、その独自性が必要避くべからざるものであるということだ。ほんとに特異な感じかたや見方があれば、特異な言語の用法となる。真のスタイルは作家の感じかたを、完全に適切な言葉であらわすから、独特になるはずだ。

ほんもののスタイルの起源は各作家に特有な情緒的、または知的経験の形態の中に求めねばならぬ。ほんものの独自なスタイルは、作家が自分の経験様式に言語をあわせることに成功した結果であり、にせの独自性は、この経験様式に対して、生きた連関がない場合か、またはそれが見出されない場合にできる。

文士の経歴は普通以上の感受性からはじまる。日常生活であろうと精神生活であろうと、人生における物象と挿話とは、常人以上の深い正確な印象を作家にきざみつける。大作家は実際には人生についての結論には到達しないが、人生のなかの本質を見分ける。彼のいくつかの情緒はたがいに補強しあいながら、次第に彼のなかに情緒の癖をつくる。ある種の物象と事件が特別の重みと意味を彼に焼きつける。この情緒的傾斜が作家の経験様式と称しているところのものだ。作家が円熟して、この特殊のものに普遍性の重みと力を与えるという奇蹟を成しとげることができるのは、この過去の情緒の神秘な累積のおかげである。「魂のある状態においては、人生の深い意味は、眼前の光景にあらわれる。その光景がどんなに平凡であろうとかまわない。それはこの意味をあらわす象徴となる、」とボードレール（Baudelaire）は書いた。ここでマリーはローマン主義の定義としていつも引き合いに出されるワーズワースの言葉を引用して、全面的に肯定する。すなわち「よい詩はすべて力強い感情が自然にあふれ出たものである。これは真実であるけれども、なんらかの価値が認められる詩は、どんな種類の主題であっても、「普通以上に有機的な感受性」をもっていながらも、永く深く考えたものにしか書けなかったものである。」

「生の深い意味」というときの生は作家の経験の世界を意味し、深い意味とは絶えず心に最も正確な深い印象を与えてきた物象や事件のなかで共通の要素となっている情緒的性質である。この性質は一部詩人自身の創造であり、一部現存の世界の真の属性であって、それを見てもらうために、創造的作家の感受性を必要としているものである。円熟した天才作家は完全に気のむくままに書いても、この性質と絶対に調和するであろう。なぜなら小説の筋は歴史や伝説から取ろうと、日常の平凡な生活から取ろうと、または作家の独創的な発明であろうと、それ自体、人生の挿話か事件でしかない。純然たる発明になるプロットでも、歴史と日常生活を想像の中で延長したものである。あるフランス人が、あるレベルに達している文学作品のプロットを表にしたところが、たしか三十六種か三十三種しかなかった。奔放な空想の産物なんかほとんどないのだ。それでこの歴史的、現実的、あるいは想像的事件は、いわば作家が識別する人生の性質にしみこんでいるのである。そのいろいろな部分や性格は、そのまわりに作家の情緒経験の集積ができていく。飽和溶液にひたした紐に結晶ができるさまに似ている。それゆえ、マリーにおいては写実主義の作品は現実の生活に即したもの、ローマン主義の作品は想像的作品を意味し、この二つの距離は短かく、したがって対立するものとは考えない。

マリーにとって意味があるのは、ローマン主義と古典主義の区別である。リードはこの対立を思想とスタイルの二つの点で別々に認め、文学的にはスタイルの方に力点を置いたのに、マリーは文学的というより、むしろ哲学的、倫理的区別とする。古典派の作家は自分を組織された社会の一員と感じる。自分が衷心から認めている道徳律によって課された義務と抑制がそこにある。ローマン主義者は外から押しつけられる規則に反抗し、それを認めない。世間に対して個人の権利を主張する。

これは経験様式における根本的区別の一つであるが、スタイルの分析にははいってこない。シェイクスピアは政治的には保守主義だったが、本質的にはローマン派の作家であった。ルソー以後の大作家はすべてローマン派だった。念頭におくべきことは作家がローマン派か古典派かという判断は、道徳的判断であって、これは基礎的な批評には欠くことのできないものであるが、スタイル論にもちこむことは、場ちがいだとマリーは言う。ロレンスの新鮮な感覚的文章は、イマジズムがねらっていた印象描写と一致するものであるが、その思想の反逆性のために、マリーは躊躇するところなく、彼をローマン主義者と見做すのである。

彼はスタイルの善悪の基準はただ一つであって、そこにはローマン主義も古典主義もないと考えていた。しかし彼のスタイル論が古典主義者たちの考え違いを正す意味でなされたものであるとは言え、明らかにT・S・エリオットらの古典主義者の人工的な隠喩の使いかたに対して、反対を称えたものであって、古典主義者の考えがはたしてまちがっているかどうかも分からぬ今日、それは古典主義に対立するものとしてのローマン主義の見解と言うべきである。

もっとも古典主義も、ヒュームのイマジズムあたりまでのものは、マリーの所論とあまり変わっていない。つまりスタイルは内容をどんなふうに正確にあらわそうかと、適当な言葉をさがして苦闘した産物だというのである。しかしイメジは視覚的なものにかぎるのではなく、聴覚的なものも数えている。ただし「隠喩は詩の本質である」ということについて、その真実を認めはするが、ヒュームとの解釈に食いちがいがある。ヒュームはそこで行なわれた修辞的工作によって詩が成立したのであって、隠喩を用いる以前の題材は詩でもなんでもないのである。ところがマリーは隠喩というものは、最初から内容と抱きあわせに詩人の脳裡にひらめいたものであって、隠喩即内容、内容即隠喩であると解釈する。そこにローマン主義と古典主義の相違があるのである。この考えかたはたいしたことでもないように見えるが、古典主義は似たイメジで対象の真実を把握する地点から、さらに似ないイメジをくっつけて、真実でない世界をつくりあげていくという方向に進んで行った。そしてマリーもリードもそれを偽物の文学と呼んだのである。それでもリードの方はなんとかしてこの新しい傾向を合理的に肯定しようとする努力のあとが見えるが、マリーの趣味には全然合わなかった。

ヒュームは新しい芸術は、永遠感や無限感を伴わないと言ったが、マリーは在来の芸術の理想をかかげて、ブレイクの詩を引用する。

ひと粒の砂に世界を、
野の花に天国を見、
手のなかに無限を、
ひとときに永遠をとらえる。

詩と散文　内容が形式を生むというマリーのスタイル論は、さらに進んで、散文と詩の区別にはいるが、これまでの考えからして、両者は本質的には何の区別もないということになる。文学的天才は散文小説になったり、韻文小説になったり、その形にこだわることはない。その形式はだいたい時代の趣味によるものである。作家が表現に散文を選ぶか韻文を選ぶかということは、だいたい偶然にきまることで、自分の住んでいる時代の流行や、二つの形式でどちらの言語が比較的進んでいるかということに関係している。散文の言語は近代では非常に進歩して、韻文ではあらわせない心理のあやも表現できるようになっている。これも散文が詩を圧倒している近代の傾向の理由の一つである。

詩は昂揚した情熱の直截的表現であるが、散文のよさは批判的なところにあり、これは詩にはない長所である。もし詩が批判的な特色をもっているとすれば、それは詩でなくて、韻律のある散文である。散文が絶対の簡潔さで書かれ、動きが早くて、着々と結論に近づいていくとすれば、説得力のうえに、さらに美的な喜びを与える。散文が詩的であればあるほど美しくなるという異端的な考えが広がっているが、これはなげかわしいことで、悪趣味であるとともに、散文のスタイルの形成にとって危険なものであるとマリーはいう。ヴァージニア・ウルフ（Virginia Woolf）は詩という特殊な形式のものは滅びるが、感覚的な詩的表現は小説のなかに生きると言った。そのような傾向に対するマリーの批判である。

マリーの象徴論は、自分の特殊な感情を読者に伝達するための手段である。あざやかに、鮮明に描くことが詩人の楽しみである。よい文章の特徴は正確ということだ。マリーは意味の重層化や朦朧晦渋を技巧に用いるようになってきた傾向をなげく。

詩は詩人のもつ昂揚した感情を、読者が感受できる状態に導く第一の手段として、リズムを利用する。これは散文ではできない速かな反応を予測している。

マリーは文学の鑑賞は、読者が作者と同じ水準に達していることを前提条件としている。欽定訳聖書の荘重なスタイルは、多分に内容からきているのであって、受け容れ側に宗教的情操がなかったり、またキリスト教を知らない東洋人にはグロテスクにしか響かないともいう。

しかしマリーの理論は、日本のローマン主義者萩原朔太郎の内容律の詩論にまでは展開していない。古典主義者たちが詩を最高の形の文学として論じ、詩の秘密を解きあかすことで、文学の本質をさぐろうとするのに対し、マリーは詩と散文の区別をさして重要視せず、したがってリズムと詩の問題に深入りすることを避けて、常識の線でとどまっている。

マリーのスタイル論はローマン主義の伝統にもとずいて展開された非常にすぐれたものであるが、難点は彼のいうスタイルの意味である。彼にとってスタイルとは最高の文学と同義であって、したがって彼の『スタイルの問題』は文学概論になってしまっている。彼はスタイルの意味を三つに分け、作者の文章の癖と、文の整理に使われる伝統的な修辞法と、作者以外の誰にも書けないような文章の三つを意味している。マリーは最後の一つだけをほんものとして、残りの二つを問題にしないけれども、実はスタイルの概念はこの三つの意味のすべてを含むのであって、自分に都合のよい一つの概念だけを取りあげて、それを論じても、問題の解決にはならない。スタイルにおいては三つの概念は、緊密にくっついているのである。古典主義者の論法は奇矯に見えるけれども、むしろスタイルの本来の伝統的な意味に即しているかも知れない。マリーの理論には神秘的なものが含まれ過ぎている。

最後につけ加えておかねばならぬことは、ローマン主義の欠点は、日本の代表的ローマン主義者与謝野晶子の文学論にも見られるように、個人の内部の声を最も重要なものとする結果、批評の原則が立たないということで、エリオットがマリーに対する攻撃も主としてそこに置かれていたのである。

第七章　詩的イメジの形成についての見解の対立

ジョイスの『ユリシーズ』はモダニズム文学の小説における代表作であるが、良心の呵責を取り扱い、じめじめとした原罪感が全篇にみなぎっている。猛烈に冒瀆的なところがあるために、本国では一時出版がむずかしかったこともあるが、深い倫理的な苦悩であるために、ボードレールの『悪の華』(*Les Fleurs du Mal*)と同じく、多分に宗教的である。手法はダブリンの平凡な一サラリーマンの、一日の生活のおびただしい断片を、『オデッセー』(*Odyssey*)の十数年間の冒険の物語の筋に、はめこんで対比している。そして意識の流れの手法のために、ともすればばらばらに解体しそうになる題材を、まとめている。

エリオットによると、ジョイスが『ユリシーズ』に『オデッセー』の形式をえらんだのは、神話を現実の混沌に併行させることによって、秩序を与えたのである。すなわち現実の混沌たる世界の描写だけでは、しまりがないので、ジョイスは『オデッセー』という神話のわくのなかにはめこんでいるのだ。世界観が理性で秩序づけられたのではなくて、無意識の部分にはたらく思考、すなわち神話的推理によって秩序を与えられているのである。理性的世界観は科学であって、神話的世界観こそ文学の世界観だ。この方法はジョイスの発案として、専売特許であるべきではなく、万人の資産として利用さるべきものである。このエリオットの「『ユリシーズ』と秩序と神話」(*"Ulysses, Order and Myth"*)は短い論文ながら、この小説を解く鍵となっている。

ジョイスの『フィネガンズ・ウェイク』(*Finnegans Wake*)は意識下の世界を象徴的に描いたもので、悪夢を見ているような気がする。神話時代から英雄の時代、封建時代を経て資本主義の爛熟期に至り、また原始時代にかえるイタリーの哲学者ヴィコ（Vico）の回帰思想、自然界の春夏秋冬の回帰、子供から大人になって、また子供が生まれるという人生の回帰、生と死と復活、雨から川になり、大海に出て、また雨に帰る水の循環などのイメジの断片が、折り重なって出てきて、筋はぐるぐるまわる車輪のように、はじめもなければ終りもない。小説の終が、小説のはじめにつづく。そして作者の発明した言語でつづられている。宗教的雰囲気の内容といい、よく工夫された形式といい、代表的な古典主義の小説と言える。しかしこの小説にしても、ローマン主義か古典主義かについては批評家の意見が分かれる。ジョイスの小説は象徴主義である。象徴主義はローマン主義であるから、ジョイスもローマン主義者だというのである。この批評家にとっては、もちろん写実主義に対立するものとしてのローマン主義の概念しかないのである。しかしこのごろでは古典主義もリアリズムと対立すると考えるものもある。

ローマン主義と古典主義の概念の混乱は、その中に写実主義の概念がはいってきているからであるが、この写実主義の問題をぬきにして、古典主義とローマン主義の対立を単純化して考えた場合でも、どちらが正しい主張であるかを、論理的には断定できそうにもない。それは両者が考える内容と形式の意味が食いちがっているからであって、しかも内容と形式の関係は、前にも述べたように今日も科学的に未解決の問題だからである。一九二七年、マリーがローマン主義と古典主義の綜合への道を開くつもりで書いた論文は『クライティーリオン』誌からさんざんたたかれたものだ。そのときマリーがエリオットに送った手紙には、「私たちの間には実際に、ある種の深淵があるように見える。それはありがたいことに人間関係からでなくて観念と確信の点についてである、」となげいている。

両派の見解の相違を要約することは困難であるが、すでに述べたことと重複することをいとわずに論旨を整理してみると、つぎのようになる。つまり私たちはこれまで検討してきた古典主義者とローマン主義者が、同じ作品を賞賛するところから見れば、両派の分かれるところは、文学作品の成果よりも、むしろ成立の過程についての見解の相違からきているものと感じられるのである。その見解の中核をなすものは、イメジの概念である。しかしイメジの意味はさまざまであるから、混乱を防ぐため、生理的イメジと詩的イメジとをはっきり区別しておかねばならない。生理的イメジというのは心のなかに描かれている絵のことである。すなわち心理学的なイメジのことである。詩的イメジというのは言葉で描かれた絵のこと、すなわち絵画的表現のことである。

古典主義者は古典的伝統を創作や評価の基準にするが、ローマン主義者には規準はない。内心の声に従う。古典主義者は修辞を尊重し、この修辞は外からつけ加えられるものと思っているが、ローマン主義者は詩の本質はヴィジョンであり、修辞と内容は一体であって、内容がおのずから形式をとると考える。古典主義者においては、詩的イメジができるまでは、生理的イメジはそこになかった。詩的イメジが心に生理的イメジを与えることになる。これに反して、ローマン主義者は自分たちの詩は心のなかにあった生理的イメジを言葉で描いたものだと思う。古典主義者は美感となまの感情は別種だと考えるが、ローマン主義者では、ヴィジョンの感情と芸術の感情は同一物である。

私はいま、両派がときとして同一作品を賞賛するのは、ローマン派と古典派の理論がその成果よりも、むしろ文学の本質、すなわちイメジ形成の過程についての見解の相違からきていると言ったが、このイメジ形成の過程についての見解の相違が、また極端に異る作品を産む契機ともなることは言うまでもない。すなわち修辞が内容に先行しているような作品と、そうでないものとの相違である。

ヒュームの遺稿のひとつ「灰燼」（"Cinders"）のなかにあるつぎの章句ぐらい、古典主義者が形式を尊重する理由を明かにしているものはない。

「宇宙の秩序がくまなく行きわたっているのを見出すことはむずかしい。秩序がないからである。宇宙は部分的に組織されているに過ぎない。残余は灰燼だ。」

「この新しい見解を漫画風に描くとすれば、たぶんこういうことになるだろう。悪が根本にある。善は砂漠のオアシスや、あらしの中の陽気な家のように、人工で悪の中に築かれ、悪から作り出したものである。」

芸術のよさはこのようにして、渾沌たる世界に与えられる人工的な工作であるから尊いというのである。

文学史はローマン主義と古典主義のいずれがより真実であるかということではなく、これらは文学の両面であることを語っている。二十世紀の古典主義の提唱者であるT・E・ヒュームは「ローマン主義と古典主義」（"Romanticism and Classicism"）という論文の中のある箇所で、このふたつのイズムは振子の動きに似てはいるが、振子とちがって、休止点や標準点は存在しないと言っている。しかしまた同じ論文のある箇所では、二十世紀の新古典主義は十八世紀の古典主義への逆もどりではなく、文学の弁証法的展開の上にあるものだとも言っている。二つのイズムの展開の法則さえ明かではない。しかしこの二つのイズムが厳として存在することは事実である。

二十世紀のモダニストたちは、ローマン主義による文学の行きづまりを打開するために、あらゆる実験をやった。これらの人たちの中にリードのようにローマン主義を標榜するものもあり、ハックスレーのように、古典主義者と言われることを侮辱と感じるものもいる。ロレンスもモダニストだが、万人が見てローマン主義者だという。しかし十九世紀のローマン主義者たちが、それぞれ違った特色をもっていながら、新機軸を出したという点で、ローマン派に一括され、古典主義者であると自認したバイロンまで、この中に含められるとすれば、モダニストたちもまた、文学の反逆者ということで、十把ひとからげに古典派の中に入れても、さほどおかしいとは思えないかも知れない。文学には永久に変わらぬ基準というものがあると信じて、在来の方法を踏襲する人々は、モダニストの冒険を冷笑した。しかしローマン派も十九世紀の出現当時は異端であった。モダニズムも半世紀たった今日では、その名に値する新奇なものではなくなって、これが二十世紀英文学の主流を形成している。私自身、ヒュームのエッセイ集の訳を『現代芸術の哲学』と題して出版したことがある。それは昭和七年であり、エリオットの『荒地』を翻訳したのはその二年後であったが、ジョイスやロレンスが文学の邪道であるという非難と軽蔑は、当時、教室だけでなく、いたるところで聞かれたものだ。しかしいまこれらの作家の思想と作品は、文学をやるものが、一応はみな知っている常識になっているので、この小冊子を手にした人たちによっておそらくはその古臭さ、陳腐さを非難され、軽蔑されはせぬかとおそれなければならなくなっている。

ついでに文学界の動きが、日本ではどうだったかというと、萩原朔太郎は『詩の原理』を書いて、自らローマン主義者をもって任じていたけれども、彼のいうビジョンはプラトン観念であって、ヒュームのいうイメジとたいしてかわりはなかった。彼は外界と自身の間に平衡を失っている人間の苦悩を歌っていること、隠喩を用いて主観的な印象を伝達しようとしていること、自由な口語詩の完成などで、イマジストの理想が充分に実現されている。つぎにかかげる彼の代表作「猫」は大正六年に出た『月に吠える』に収録されているが、できたのはそれより数年前のものである。そして大正六年はヒュームの戦死した年である。それ故朔太郎の詩は英国のイマジズム運動とまったく同時だったのである。

猫

まつくろけの猫が二匹
なやましい夜の屋根の上で
ぴんとたてた尻尾のさきから
糸のやうなみかづきがかすんでいる。
『おわあ　こんばんは』
『おわあ　こんばんは』
『おぎやあ　おぎやあ　おぎやあ』
『おわああ　うちの主人は病気です』

しかし彼はそこから一歩を踏み出して、T・S・エリオットのように超現実主義的になることはできなかった。昭和九年の詩集『氷島』の序文で、彼は「近代の抒情詩、概ね皆感覚に偏重し、イマヂスムに走り、或は理知の意匠的構成に耽って、詩的情熱の単一な原質的表現を忘れている、」と称して、「芸術的意図を廃棄し、自然の感動にまかせて書く」ようになったときは、ほんとうにローマン主義者であった。そしてそこからはあまりよい詩も生まれて来なかった。

他方、宮沢賢治はT・S・エリオットよりほんの数年おくれて、同じように、象徴主義から出て、万華鏡のようにはなやかな超現実主義の詩を作りはじめている。このようなことは難解な古典主義的現代詩の出現が、実は時代精神の産物であって、当然ここに到達するよりほかはなかったことを物語っている。

参考文献

なお、ここに論じられた問題については、つぎにかかげる私の論稿もあわせて参照していただければ幸である。


「フィネガンズ・ウェイク」伊藤整編『ジョイス研究』（英宝社、一九五四年）所収。

「ジョイスの小説の構造」『英文学思潮』第三十巻第二号（青山学院大学英文学会、一九五七年）所収。

「T・E・ヒュームの Image の概念」同誌第三十二巻第一号（同会、一九五九年）所収。

「T・S・エリオットにおける象徴主義」『青山学院女子短期大学紀要』第十四輯（一九六〇年）所収。

「Herbert Read のローマン主義論」『英文学思潮』第三十四巻第一号（青山学院英文学会、一九六一年）所収。

〔『古典主義とローマン主義』（青山学院女子短期大学・学芸懇話シリーズ1）、一九六八年〕

Ⅲ　英文学論、その他

1　「黄金の枝」について

フレイザーにとつて、人間は最も合理的な動物であると同時にまた不合理極まる動物でもあつた。ところが不合理ではあつても、否、不合理であるために、人間は進歩してゆくのである。フレイザーはある意味に於ける楽天主義者だ。

彼の原始宗教研究書、「黄金の枝」即ち Golden Bough の完成はただに英国に於ける大事件であるばかりでなく、世界に於ける大事件であらう事件として大きかつたことで、フロイドの精神分析とともに、二十世紀文学の種子と称せらるるに至つた本書は、ダーウィンの「種の起源」以来、英国が世界の学界に誇る唯一の収穫であり、ただに盛られた思想の深さに於いて読者に迫るのみでなく、その文章の美しさと題材の面白さ、ファブルが昆虫のホーマーなら、フレイザーは原始宗教のホーマーであらう。

ターナーに「黄金の枝」といふ名高い夢幻的な絵があるのを諸君は御承知であらう――とフレイザーは言ふ。ここに描かれてゐる森と丘と池とは伊太利のアリシア（近代ではラ・リチアといふ）といふ町の近くにあり、池は古代人が「ダイアナの鏡」と呼んでゐたところのものである。池の北岸は崖になつてゐて、崖の上はこの頃ではネミの村が立つてゐる。崖の真下に昔ダイアナの鎮守の森があり、森の中にある一本の樹木があつた。この木のまはりを昼となく夜となくじろじろしながらうろつく薄気味の悪い姿が見られた。片手に抜身の剣をもち、何時刺客に襲はれるかわからぬといふ素振りである。この人物は祭司兼殺人者であり、彼が警戒してゐる男といふのは早晩彼を殺して、代つて祭司の地位につくべき男である。これがこの神社の規則であつた。祭司の地位を志望する者は、現在の祭司を殺せば後継者になれ、更に腕力のすぐれたものが出てきて彼を倒すまでその職にとどまつてをれるのである。

この危険な擁護によつて維持されてゐる地位は王といふ称号を伴つてゐたが、凡そこれ以上の不安と悪夢を以て戴かれた王冠がまたとあらうか。

この奇妙な習慣は古典時代には似たものがないので、それによつて説明がつかない。で、理由を調べようと思へば結局もつとほかの世界に足を踏み込まねばならぬ。この風俗には未開時代の匂ひがする。それが帝政時代まで残つて、当時の伊太利の洗練された社会とただ一つ著しい対照を作り、五分刈りにした芝生につきでる太古のままの巌のやうな格好をしてゐたのだらう。

もしもネミの祭司職のごとき蛮風が他所にもあつたことを示し、その制度に至る動機を探り、これらの動機は人間社会に普く作用して種々の制度を産んでゐることを証明し、而して同じ動機が実は古典時代にもあつて、それに伴ふ制度があつたことを示すことができれば、ネミの制度の起原の問題は解決がつくのだ。フレイザーが「黄金の枝」を書いた目的はこの説明をしたいからだつたと言つてゐる。

一説によれば、ネミの宮の境内に枝を折ることを許されぬ一本の木が植わつてゐた。これを折ることを許されてゐるのは逃亡した奴隷だけで、それも腕ずくで折らなければならぬ。これに成功すると祭司と一騎打をやる資格ができる。そしてもしも祭司を殺せたら、代つて森の王の称号を得る。古代人の輿論によるとこの運命の枝は、「黄金の枝」であつたといふ。黄金の枝とは巫女の請により、イーニアスが黄泉の国へ危険な旅を行ふ前に折りとつた枝である。

探検の目的とするところは二つの疑問の解決である。一、ネミに於けるダイアナの祭司、即ち森の王は何故前任者を殺さねばならなかつたか。二、古代人の輿論がヴァージルの「イーニイド」に出てくる黄金の枝と同じものだとなしたある樹木の枝を、前任者殺害前に何故折りとらなければならなかつたか。

「私がこの問題の解決を志したのは三十年前であつた。その頃は短い記述で足ると思つてゐた。ところが人々に納得できるやうに書くためにはもつと一般的な問題な問題を論じる必要が起つてきた。なかにははじめて問題化されるものもあつた。これらの問題とこれに縁のある問題の検討は愈々場所をとり、研究は右に左に分れて、遂に本来の二巻が十二巻になつてしまつた。」

この十二巻の名を此処に挙げてみる——

第一部、呪術と国王の進化、上下二巻。
第二部、タブーと霊魂の危険、一巻。
第三部、瀕死の神、一巻。
第四部、アドーニス、アティス、オサイリス、上下二巻。
第五部、穀物と野生のものの精、上下二巻。
第六部、犠牲の山羊、一巻。

第七部、美しきバルデル——欧洲のどんどやと体外の魂、上下二巻。

第八部、書誌並に全索引、一巻。

各巻五六百頁の大冊で、小さい活字で夥しい脚註がはいつてゐる。第一巻が出たのが十九世紀末で、完成したのが一九二〇年頃である。センチュリー固有名詞辞典で Golden Bough といふ言葉を繰つてみると、フレイザーの Monumental work だと書いてある。正に文字通り紀念碑的な事業である。博士級の助手数名を駆使し、金と暇にまかせて、数万冊の文献を渉猟し、親しく希臘から小亜細亜あたりの土も踏んで見、かくして完成した一大述作で、ただに分量の点から言つても、現在の「大菩薩峠」そこのけだ。（この全訳は方々で計画されてゐるが、出版屋の逡巡で実現の運びに至つてゐない。）一九二二年になつてこの梗概を書いた省約版が出た。これがまた七百六十頁あり、邦訳を出版するとしても菊版三百頁の本で四冊ぐらゐになるであらう。

「黄金の枝」の構成は、原始民族の迷信の非喜劇の展覧会である。未来永劫人類の憧れたる不死の霊薬を象徴する黄金の枝の正体を追求して、わき路に外れるところに必ず奇怪極まる土人の風習を繰りひろげ、遂に黄金の枝が寄生木であつたといふ意外にも平凡なる事実に到達するまで、俎上にのせらるる人類社会の根本問題は夥しい数にのぼる。

「黄金の枝」の価値は、社会学的と文学的との二つ方面から考へられる。社会学的には在来のアマチュアの学問たる民俗学を、かつてマルクスが経済学を以て哲学の玉座にひきあげた如くにひきあげて、二十世紀の思想界に君臨させたことである。地理学、歴史学、人類学、文学等からその一部分を寄せ集めてきて、辛うじて成立したと思はれてゐた民俗学が、彼に至つて単なる趣味的学術を脱して、人生観を左右する重大な学になつたのだ。尤もこのためにフレイザーの学は社会人類学となつて孤立し、民俗学のも一つの慶賀すべき動向、即ち歴史に記述されざる民間の風俗の領域へ走つて風俗史に似たものとなつてゆく傾向と絶縁しなければならなくはなつたが、これは学が完璧に達して行きづまつた所に起る当然の現象である。フレイザーには「黄金の枝」の外に十数冊の著述がある。「不死の信仰と死人の崇拝」「トーテム崇拝と外婚」「旧約民俗学」「国王の呪術師的起原」「幽魂の仕事」等はその重なるものである。しかしこれらの書の原則乃至結論は「黄金の枝」のなかにも、より簡単ではあるが、より体系的に述べられて居り、やはり最初に読むべきは「黄金の枝」である。ただ「幽魂の仕事」だけはフレイザーの方法の基調となるものが、比較的理解しやすい形で展開されてゐるので、「黄金の枝」に含まれた思想を抜き書きする前に、一寸触れておきたいと思ふ。わが国の社会学者がフレイザーの言葉として引用してゐるのは、大抵この本からである。

「幽魂の仕事」はロンドンのローヤル・インスチチューションの夜の集合で読まれ、後リバプール大学で講義されたものの草稿で、原始民族間における迷信の価値を説いてゐる。未開人、殊にアフリカや濠洲の土人の間では酋長の神聖視のために謀叛が起らず、タブーのために他人の所有物を侵さず、幽霊の恐怖から殺人が差し控えられてゐる。これらの事実は、現代人の祖先のある時代に於て、社会制度が迷信から発生し、迷信で維持されてきたといふ結論に達する。しかしたとへ統治権、所有権、結婚、人命尊重が迷信の上に建てられてゐるといつても、存在の価値を否定する理由とはならない。何故ならば、誤れる前提から、人類は往々にして健全な結論に達し空想的理解から救世的実践を導き出すからだ。愚行が神秘的にも智識となり、悪から善が生れるなどといふ過程を幾分でも示せたら、著書の目的は達せられるのである。

以下「黄金の枝」の要点である。呪術の基礎となる原理を分析すると二つに分かれる。一、類似は類似を生み、結果は原因に似る。二、一度接触してゐたものは、物理的接触が断絶した後、離れてゐて作用し合ひつゞける。第一の原理は相似の法則、第二の原理は接触又は感染の法則と呼んでよからう。相似の法則から、呪術者はその真似ごとをやつただけで、望むまゝの結果を得られると考へ、接触の法則から、ある物品に何事かを施せば、その物品がかつて接触してゐた者に同じ風に影響すると考へる。類似の法則に基く呪《まじなひ》は類感呪術、接触の法則に基く呪は感染呪術と呼ばれる。この二つの法則は生物界だけでなく、無機的な自然界にもあてはまると信じられてゐるので、行動の過れる指導者であるともに、自然法の□造体系である。宇宙に物事が起る法則を説明したものと見れば、理論的呪術と呼ぶべく、目的を遂げるために人間が遵奉する金言と見れば、実用的呪術と呼ぶべきであらう。

類感呪術は似てゐるものが同一であると仮定する点で、又、感染呪術は一度接触したことがあるものは常に接触してゐると仮定する点で誤謬を犯してゐる。

以上二種の呪術をひつくるめて、感応呪術といふ名で現す。実用的呪術は所期の結果を得ようとする積極的のものと、望ましくない結果を避けるための消極的のものとがある。タブーは消極的呪術である。

呪術は個々の人々の利害のために行はれるが、蛮人の社会では、全社会の勝利のために行はれる公の呪術がある。この種の儀式がまもられる所では、呪術師は私的な開業者でなくなつて、ある程度まで公の機関となる。かうした任務を帯びる階級の発展は、社会の宗教的進化にも政治的進化にも重要な役割を演じる。種族の安寧がこれらの呪術的な儀式に依存すると想像されたら、呪術師は非常な影響と名声とを伴ふ地位を得、容易に酋長の位と権力を克ち得るからである。公職としての呪術が未開の社会制度を動かす限り、それは物事の統制を偉い者の手中に移す傾向があり、権力を大勢の手から一人の手に委ねた。それは民主国を寡頭政治に代へた。この変化は人類が野蛮を脱する本質的の条件である。民主的な蛮人位因習の重圧に苦しむ人類はなく、蛮人位進歩が緩く困難な社会はない。蛮人は最も自由な人間だといふやうな古い考は真実から遠ざかるも甚しい。蛮人は目に見える主人の奴隷ではないかも知れないが、過去に侍く奴隷、死んだ祖先の霊の奴隷であつて、祖先の霊は揺籃から墓場までつき纏ひ、鉄の鞭で彼等を支配する。頭角をぬきんずる者は弱くて頭の悪い者から叩きのめにされ、表面死せるが如くに平和であるが、淀んだ沼の水のやうに腐つた空気を破るには、暴君の出現すら望ましい状態である。一度因襲の鉄鎖が断たれたら、すさまじい勢で文明は進歩する。従つて公職の呪術が、最も有為の人物が最高権力に達する道である限り、それは人類を因襲の絆から解放して、より大きく、より自由な生活をさせ、宇宙に対してより広き見解を抱かせるに与つて力があるのである。

同じ原因が同じ結果を産み、ある儀式を行つて適当の呪文を称へれば、他の呪術師が妨害しない限り、必ず所期の結果が得られると呪術師は考へる。彼はより高き権力者に縋らず、気まぐれな者に媚びず、恐ろしい神の前に膝を屈しない。呪術の致命的な誤謬は物事の連鎖が法則によつて決定されることを仮定したことではなくて、その連鎖を支配する特殊な法則の自然界を全然誤解してゐる点にある。類似の観似の観念の過れる聯関は類感呪術となり、感染の観念の過れる聯関は感染呪術を産む。聯関の原理はそれ自身は立派なもので、人間の推理作用に絶対必要である。正しく適用されると科学になり、不正に適用されると科学の異母妹たる呪術となる。だからすべての呪術が必然に欺瞞で無効であるといふのは分り切つたことで、それが真実で有効になれば、もはや呪術ではなくて科学である。この原理がわかつてゐないと直木三十五の「南国太平記」のやうな錯覚を起す。

宗教とは自然と人生の運行を支配すると信じられてゐる人間以上の力をなだめたりすかしたりすることである。神の存在を信じるといふ理論的の方面と、神をなだめて喜ばせようとする実際的の方面とがあり、両方とも宗教にとつて欠くことの出来ないものである。それは明かに、自然の運行がある程度まで融通がきいて可変であることを仮定している。この点自然の運行が機械的な不変の法則に従つて動くと解する科学や呪術と正反対の立場にある。宗教と呪術との原理的な衝突は歴史上に宗教家の呪術師迫害となつて現れてゐるが、これは比較的後世のことで、初期には呪術師と祭司とは分離してゐなかつた。祈祷と犠牲で、神霊の加護を願ふ傍、神魔の助力なしに、自力で願望を実現してみようとした。つまり、宗教的な儀式と呪術的な儀式とを同時に行つたわけだ。両者の混同は文明がかなり進んだ後までもつゞき、今日でも珍らしくない。

呪術と宗教とどちらが先に出来たかといふに、それは呪術である。自然の背後に、目に見えぬ力があるなど考へるのは、動物のやうな単純な頭ではとても出来ないことだから、祈祷や犠牲でもつて、内気で慈悲深い神を宥める前に、呪文で意のまゝに自然を枉げようと努力したことは想像に難くない。呪術が役に立たぬことが次第に明かになつてくると、神に縋らうとする宗教時代が過ぎて、呪術時代に移る。

呪術が何故何時までも行はれたかといふに、呪《まじな》ひの儀式を行へば、願つた結果が早晩実現されるのを例とするからだ。頭のいゝ者は儀式と結果の間に、何の脈絡もないことを見てとるけれども、普通のものにはさうはいかない。雨乞ひの儀式だとか、怨敵退散の呪とかいふものは、きまつて儀式の後ある間隔をおいて雨が降り、敵が死ぬものである。蛮人が呪術の誤謬に気がつかぬのは無理はない。

人間が多少とも超自然的な力を賦与されてゐるやうに信じてゐる未開の社会では、人間と神々との境界が幾分ぼやけてゐる。何物も匹敵するものがないほどの力を有する神々の概念は、史上徐々に現れたのであつて、原始人は超自然的な動作者を人間と非常に隔つたものとは思はず、自分等の希望に沿うやうに脅したりすかしたりしてゐた。しかし神と人間との平等感は、人間が自分の無力を悟るとき次第に消滅してゆき、知識の進歩と共に、祈祷と犠牲とが宗教上の儀式の首位を占める。呪術はかくて邪法として背後に沈む。

山とか河とか、雨とか風とか、自然の各部を支配する神々や王を設けることも蛮人に共通のことであるが、特に注目すべきは神木などゝ称して樹木の霊を崇拝することだ。蛮人にとつて宇宙は生きた物であり、草木もその例に洩れない。草木を魂のあるものと考へると、自然それに雌雄の別をつけ、両者は実際に結婚するものだと考へる。木が樹の霊の肉体ではなく、その棲家に過ぎず、意のまゝ飛び出せるやうになると、宗教的思索に重大な進歩が行はれる。万有神論が多神論に移る過程である。木の精は雨と日光とを齎し、穀物を実らせる力があると信じられてゐる。未開の人々は類感呪術の原理から、草木の成長を促すために、森の男神女神の真似をして、劇をやる。種蒔前に畑で男女が性交をやる風習などがこれから起る。神と人間とを結婚させる習慣も、同一系統のものであつて、就中、少女を毎年人身御供として山の怪物に捧げる習慣は、古代社会の至るところに普く行はれてゐる。

初期のラテン族の間では王位は女系を経て伝り、王女と結婚した外国人が実際には行使してゐた。即ち外婚、ベエナ結婚、女系又は母系の法則に支配されてゐたのである。外婚とは男が他の種族の女と結婚せねばならぬことで、ベエナ結婚とは男が生地を離れて妻の種族と一緒に住むことである。又女系とか母系とか呼んでゐる法則は、男の代りに女の血統で親戚、縁者をきめ、氏の名を伝へることである。

野蛮人は無生命の自然の運行が、現象の背後で動かす生物の作用であると想像するが、生命現象の説明も亦これに似てゐる。もしも動物が生きて動くとすれば、そのなかに小さい動物がゐて動かしてゐるのだといふこと以外彼等には考へられないのである。動物の内部の動物、人間の内部の人間が霊魂である。動物や人間の活動が霊魂の存在で説明されるやうに、睡眠や死の休息は霊魂の不在で説明される。もしも死が霊魂の恒久的な不在であるなら、それを肉体から離れぬやうにし、離れたら帰つてくるやうにして守らねばならぬ。蛮人はこの目的で多くのタブーをまもる。

T・S・エリオットの「荒地」は古典主義的人生観を古典主義的手法に盛つたモダニズム文学の最高峰であつて、また難解を以て一世を驚倒させた詩篇であるが、彼は自らその詩に註してかう言つてゐる。「この詩は題だけでなく、プランと所々に散見する象徴の大部分が、ジェシー・L・ウェストン女史の聖杯伝説を論じた本『儀式よりロマンスまで』に暗示されてゐる。この本を読めば私の註を読むよりもこの詩の難解な点を遥かによく説いてくれるであらう。そして私はそんな面倒くさいことをしてまでも、この詩を理解する価値があると思ふ方々にその本をおすすめしたい（本そのものの津々たる興味は別として）。それからまた全体にわたつて負ふところの多かつたも一つの人類学的著述がある。それは今世紀に深い影響を及ぼしてゐる「黄金の枝」だ。時に『アティス、アドーニス、オサイリス』上下二巻を使つた。これらの本に親しんだ人なら、誰でもすぐにこの詩のなかにある植物崇拝の引用がわかるであらう。」

ところが、「荒地」の註釈書はウィリアムスンのものにしても、リーヴィスのものにしても、その他すべてのものが、根本的な欠陥をもつてゐて、従つてそれらの註釈書を種本としてなされたわが国の研究も、同じ蹉跌を来してゐるのである。もともとT・S・エリオット自身の註なるものが、かへつて「荒地」の理解をまはりくどくするための悪戯であつて、そのモダニストらしい狡猾な口吻に禍された註釈者たちは、「黄金の枝」の部分部分からの引用を探すことに夢中になり、「荒地」の人生観が「黄金の枝」からの借用物である事実を指摘することを忘れてゐるのだ。「荒地」に描かれた人間のおろかさといたましさ、而もそれを圧世的でなく楽観的に見ることは、「もしも人類が常に論理的で賢明であつたなら、歴史は長い愚劣と犯罪の年代記とはならなかつたであらう」と説きながら、一方社会的進歩は認めるフレイザーの思想に胚胎し、それから一歩も出てゐないのである。尤もエリオットの古典主義から見れば、文学作品に盛られる思想といふものは、一般にうけいれられた古い思想でなければならぬといふのだから、かうしたことが行はれてゐても、「荒地」の価値は減じないわけではあるが。註をよく気をつけて読んでみるとちやんと全体として「黄金の枝」に負うてゐると書いてあるのだ。（因に彼の詩集の“Sacred Wood”といふ題はやはり民俗学の言葉で、森林には神が住むといふ植物崇拝からきた信仰を含んでゐる。）

T・S・エリオットがあげた「アドーニス、アティス、オサイリス」（アティス、アドーニス、オサイリスとなつてゐるのはエリオットの考へ違ひ）中、上巻だけが「アドーニス」といふ題で、最近シンカーズ・ライブラリーの一巻となつて出版されてゐる。この巻は最初独立した本だつたのが、後で「黄金の枝」にはいつたものだといふ。「黄金の枝」のなかで一番頁数が少く、シンカーズ・ライブラリーでは脚註も除かれてゐるので、二百頁余りの小冊子となつて居り、原本が一冊二十五志もするのに、これは僅かに一志しかない。而も面白い巻である。いまフレイザーのスタイルを紹介するに当つて、この一巻をとつて見よう。

アドーニスは春に栄え、秋に亡びる自然を象徴する神である。原始人は植物の成長と枯死、生物の誕生と死亡を神々の影響と見る。これらの神々は生れ、死に、結婚し、子供を産むこと人間と異らない。「アドーニス」はこの系統に属する信仰を集めてゐる。通読すると、我が国の風俗と比較されて興味深いものがある。生殖の神である故に、話もエロチックに陥つて行く。最も有名なのは東洋各国の巫女の売淫を調べたところだが、次の一節はサイプラスの風俗である。

「サイプラスでは結婚前の女がみんな女神の神殿で、外国人に売淫せねばならない習慣があつた。女神の名はアフロダイティーとか、アスターティーとか何とか、かとかいはれてゐたが、同じ習慣が西部亜細亜の方々に瀰漫してゐた。動機が何であらうと、行為が馬鹿騒ぎをして神を祀る儀式ではなく、西部亜細亜に君臨する母神を祀るために行はれる厳粛な義務と見做されてゐたことは明かである。女神の名は場所によつて異るが、型に変りはない。従つてバビロンではあらゆる女が、金持ちであらうと貧乏人であらうと、一生に一度はミリタの神殿、即ちイシターまたはアスターティーの神殿で、他国人の抱擁に身をまかせ、この神聖視された売淫によつて稼いだ料金を、女神に献げねばならなかつた。境内にはこの習慣を守りに集つてきた婦人達が群をなしてゐて、中には幾年も待たなければならぬ女もあつた。廃墟と化した神殿の昔の壮大さが偲ばれることで有名なシリアのへリオポリス即ちバールベックでは、あらゆる処女はアスターティーの神殿で外国人に春を売り、主婦も亦同じことをやつて信仰のあかしを立てよといふ国の習慣があ□□□コンスタンチン帝はその習慣を撲滅し、寺を毀ち、かふるに基督教会を以てした。フェニシアの神殿では婦人は宗教的奉仕のため、傭はれて売淫した。この行為が女神を慰め、恩寵をうけると信じてゐたのである。……リディアではすべての少女が持参金を作るために売淫をやらなければならなかつたと聞く。しかしこの習慣の真の動機は経済よりも信仰にあつたと想像してよい。」

フレイザー夫人の編した「黄金の枝抄」といふ本があつて、思春期の人に向きさうな部分を抜いてあるさうだ。こんな部分を抜いたのだらう。

フレイザーのあげる引例は非常に面白いけれども、日本の民俗に関する記述に、我等が夢にも知らなかつたものが沢山あり、かうした事実が、他の国々からの引例を読む場合にも一抹の暗影を投じてどのあたりまで信をおいてよいかを疑はせるのである。例へば山国では雨乞ひに神主が山頂で犬を殺すとか、相撲では水をかけると雨が降る石があるとか、また木を実らせる呪にはその木にのぼつた男が、木の下にゐて斧をもつて佇んでゐる男の「実らなければ伐つてしまふぞ」といふ言葉に答へて「実るよ、実るよ」と言ふことなど、或は事実かも知れぬが何となく不安である。引用文のなかに日本のことで、我等が最もよく知つてゐることに関して書かれた二百年前の記録の抜萃がある。それが確かに三分通り間違つてゐるところを見ると、「黄金の枝」全部に七部通りの信用をおくのが、穏当のやうな気がする。

フレイザーの文章の魅力は地理的な叙述に最もよくあらはれる。

「その宮の在つた所はアドーニス川の嶮しい、鬱蒼とした浪曼的峡谷にのぞみ、今なほアフカと呼ぶ一寒村近くに、近代の旅行家が発見したのである。村は河畔のみやびた胡桃の林の間に立つてゐる。やや離れて、巨大な円形劇場のやうに峙つ崖の下の洞窟から、川は迸り出て数条の瀑布となり、気味悪いほど深い谷間に落ち込んでゆく。谷は深まるにつれて草も愈々深く、岩石の隙間に生ひ出ては、ま下の大きな間隙に吼え、式は呟く流に緑のヴェールをひろげてゐる。たぎりたつ水の鮮かさ、山の空気の爽かさ、草木の目ざむるばかりの緑のなかには、酔ふばかりの快さがある。数個の巨大な切石と黒花崗岩の見事な柱廊が、今なほありし日の社の地点を示す所は、素晴らしい見晴らしをもつ広場を占める。滝の飛沫と轟の彼方を見上ぐれば洞窟が聳える。崖が高く、棚のやうにつき出た箇所を這つて繁つた草を食む山羊は、数百呎の下から眺める目に蟻のやうに映る。……伝説の告げるところに従へば、アドーニスとアフロダイティーとがはじめて、或は最後に出会つた場所は此処であり、彼の惨死体が葬られたのも此処だ。悲劇的な愛と死の物語についてもつと綺麗な場面を想像することはまづ出来ない相談であらう。」

文章はフレイザー自身でも自慢にしてゐるところださうだが、日本の柳田国男氏のやうに詩人的素質が至るところに現れて、文章の魅力だけでも胸にせまるものがある。ただ柳田国男氏の文章には、文明の間に生き残つた過去の残渣に対する限りなき愛着が裏づけされ、フレイザーのそれにはかうした残渣にそそぐ憐愍がこも□□□る。

「アドーニス」編の最後の頁は、アドーニス伝説と基督の降誕に関する伝説との混交を指摘し、ベツレヘムの星の真相を論じてゐる。

〔出所不明〕

2　ダイオニシアスのスタイル論

形式主義の理論の紹介は尖端的なものから、より尖端的なものへと移行してゆくのを常則とするが、逆に最も古い形式論は誰だつたらうと思つてゐたら、大英百科全書のポエトリーの項にウオツダントンが次のやうなことをかいてゐる。

「形式でなくて内容が詩の不可欠の基礎だといふ説に暗々裡に反抗した最初の批評家は恐らくハリカーナサスのダイオニシアスだらう。彼の言語の配置法に関する論文は実際文学批評の傑作である。彼がオデイツセー第十六巻中の単語配列法と、ヘロドクスのヂヤイヂーズの物語のそれとも比較してなした卓見により、詩が根本に於いてスタイルの問題だといふ学説がはじめて明確に宣言されたのだらう。」

勿論一口に形式主義といつても現今のフオルマリズムとは違つてゐるわけだが、文学の本質を外面的なものにもとめて一つの技術と考へる点ではやはり同一系統のものと見做して差しつかへないと思ふ。

ダイオニシオスはオーガスタス大帝治下の羅馬に二十年間滞在し、「羅馬古代史」の外に修辞学の著書数巻を著した希臘人である。彼の「構成論」或は「単語配列法」が出たのは紀元前十年乃至二十年。

ウオツダントンの言葉に「暗々裡に反抗した」とあり、すぐその次に「明確に宣言した」とある。変に聞えるが、之は「構成論」に含まれた矛盾からきてゐるもので、ウオツダントン自身の罪ではない。即ち第一章は我等が芸術を語る時二つのものが不断の関心を呼び、内容と表現法とがそれであるとて、両方に同等の価値を認めてゐるからである。それでゐて第三章以下になるともう全くの形式主義だ。之をウオツダントンはアリストートル説に対する表面的の妥協と解してゐるのである。しかし同じ百科全書のダイオニシアス・ハリカーナセンシスの項に掲げられた彼の文献目録中には「構成論」の下に、後人の補綴が多分にふくまれてゐると附言してゐる。蓋し矛盾の解決を此処に求めてゐるものらしい。だが、歴史は生きた哲学であるといふ当時には珍しい実証的な見地から書かれた彼の「羅馬古代史」が、内容は神話と事実との区別がつかず、政治批評も著しく正衛を失してゐる所から推して、「構成論」の矛盾は彼自身の頭脳の錯乱に基因するものとも見られる。

今ライス・ロバーツの英訳を信頼して、第三章を読んでみる。

ホーマーの中にオディツシウスが豚の番小屋に滞在し、昔の常として黎明に食事をとらうとする所がある。その時ペロポニーサスからかへつてきたテレマツカスの姿がみえる。

「こんな日常の平凡事でも追随を許さぬ程いみじく描出されてゐる。」

デイオニシオスは原文を十六行だけひいた後、「これらの数行が耳に魔法の呪文をなげつけ、詩の最高峰にあることを誰でも誓ふに違ひない。だがこの魅力の秘密は何か。原因は何か。単語の選択よろしきを得たゝめか。またはその排列法に基くのか。「選択」だといふものはあるまい。私も選択ではないと信じる。単語は野卑極るもので、農夫、漁師、職人その他優雅な言葉に無関心な者が、無雑作に使用したやうなものから出来てゐて、ミーターをくづしたゞけで同じ行が平凡な賞讃の価値のないものになつてしまふからだ。高向な比喩も hypallage も catachresis も、その他の華やかな言葉もなく、多くの異常な名称も外国語も。新造語もないからだ。故にスタイルの美を単語の排列に帰するより外はない。」

「散文に目を転じて同じ原理があてはまるか何うか」著者の答は肯定的である。「さゝやかな日常の言行も美しい「単語の排列」の鋳型に鋳られると非常な優美さが湧いてくる。

そして彼はヘロドタスからリヂア王カンドーリーズとその臣ヂヤイヂーズとの物語の一節を選ぶ。その例を日本語に訳するといふのは、ダイオニシアスの意見に敬意を表したら不可能なわけだが、「物語の魅力が方言にあると思つたりしないやうに、私はその立派な形式をアツチカ語にかへて、それ以上言葉を訂正する事なくそのまゝの会話をあげてみよう」とかいてゐて、何うせ最初から無理がある引例だから、やはり和訳をやつてみて、抽象論からくる無味乾燥を補つてみるも悪くはあるまいと思ふ。

「ヂヤイヂーズ、お前は私が妻について語ることを信じてゐない。実際人は目ほど耳を信用しないものだ。では、妻が裸でゐるのを見たら何うだね。」しかし彼は叫んで言つた。「王よ、複体の王妃をみよなんか、何んと莫迦げたことを仰有るのです。女が着物を脱ぎ、下着まで脱いだ所をみろなんて！古人は吾等がまもらねばならぬ立派な教訓を見出しましたがその中にこんなことがあります。「汝自身を見よ」私の方ではもう王妃が第一の美人でゐらせられることは重々承知致してゐます故、何うぞ不法なことを要求して下さいますな。」彼はかう言つて抗弁した。しかし相手は答へて言つた、「心安かれ、ヂヤイヂーズ。お前をためすためにかういふのでもなく、妻が怒るといふのでもない。まづ妻がお前に見られてゐるのに気附かぬやうにしておくのだ。二人が寝る部屋にお前を入れておき、一ぱい開いた戸の蔭にお前をたゝせておかう私がはひつたあとから妻が寝にくる。入口に椅子があり、妻は着物を脱ぐときその上に一つ〳〵のせるのだ。だから十分に見る暇がある。けれども椅子から寝室の方へゆき、お前の方へ背をむけた時、室外に逃げだすのを悟られぬやうに注意するがいゝ。」彼も今は遁れるわけにゆかず、遂に命に従ふことを承知したのである。」

「出来事は例によつて威厳を欠くばかりでなく、文飾の目的にも添ひ難いそしてまた野卑で冒険的で、美感よりも嫌悪を招きやすい。しかし非常に巧妙にのべられてゐて事実をみるよりも聞く方がずつといゝ様に出来てゐる。

「此処でもやはりスタイルの優美が単語の印象と威厳とに基くものであるとは誰もいふことが出来ぬ。是等の単語は細心の注意をもつて選択されてはゐない。それらは自然によつて物に貼られたレッテルに過ぎぬ。実際、他のも少し堂々とした言葉を使ふのは不似合である。観念が適切な言語で表現されてゐる場合は、必ず何の単語もその観念の性質以上に堂々としたものを使つてはいけない。堂々とした単語や派出な単語が前掲の文にないことは証明するつもりなら単に配置をかへればいゝ。この著者には似た例が山のやうにあつて、そのスタイルの魅力は結局単語の美に存在せずしてその配置法中に存在するのを見ることが出来る。」

そして第五章は語順変更は美の破壊だといつて、ホーマーの詩を同じ単語を用ゐてヘクサミーターやその他種々の形式に作りかへて証明している。

彼に従へば文学の本質は美と魅力とであり、美と魅力との根源は四つある。メロデイーリズム、変化及び妥当。そしてこれらの運命は一にかゝつて語の排配置にある。語の配置はホーマーのアテナにも比すべく、魔法の杖で触れたゞけで同一人のオデイッシウスを乞食にも見せ、勇敢な君主にも見せる。かくて彼は希臘文学を音声学的方面から一々しらべ、散文に存する魅力も韻文に存する魅力も本質的には同一のリズムから来てゐると説く。

○

以上は単に形式主義理論が地上に誕生した時、どんな形をしてゐたかといふことをみるためのほんの骨董趣味からかいたまでのことで、生憎今更二千年前の議論を、理論的に考察してみるだけの熱心さをもちあはせてゐないからこれだけでやめにするが、ホーマーのことで一寸サムエル・バトラーの散文訳のことを思ひ出したからついでにかいておくことにする。

バトラーが「オデイツセーの著者は女である」といふ著書を公にした時、実際彼はさう信じてゐたのである。女の著者の肖像画をかき、はつきりした名まで与へた所は、実に人を食つたものだが、自ら大英博物館に日参したり、希臘まで出掛けて女の生地を調査したりして、当時の学界に一大衝動を与へるつもりだつたのである。しかしホーマー学者達はみんな盲だつた。そして彼等は自分の盲目をホーマーのせいにして、ホーマーは盲人だつたと主張してきかない。

バトラーは「オデイツセー」の訳を企てゝ、自己の所説を益々鞏固にしようとした。その訳は散文である。音楽家であつた彼が韻文をきらつたことは、詩人であつたコウルリツヂやシエリーが音楽に興味をもたなかつたことゝ共に、実に興味のあることで、韻文のリヅムと近代音楽のリヅムとの間の本質的差異を暗示する好箇の例である。而もその散文訳も詩語の尽くを捨てた平明な日常語であつた。「中に盛られた精神をつかまうとするものには詩的用語は煩雑で読むに堪えぬから。」

文学上の両極端への考へ方がオデイセーを中心にしてなされたのは面白いことだ。そしてダイオニシアスのホーマー論が何時も忘れられてしまつたやうに、バトラーの散文訳も何時か忘れられてしまつた。ロンドンタイムス紙に猿がペチヤ〳〵喋つてゐるのは意志の交換をしてゐるのだとかいてあつた日、バトラーはかう日記にかいてゐる、「こんな推理は危険だ。何故ならそれは猿が次のやうな推理をやつてい、権利を我等が認めねばならぬことになるから。即ち、人間のおしやべりも意志を交換してゐるのだと。」

〔出所不明〕

3　文壇のリア王

詩の頽落

サッフォーの詩は、言葉の意味が通じぬ外国人がきいても、流るゝやうな音楽が感じられたといふ。だが、今や詩は音楽でないことをもつて誇りとするやうになつた。

十八世紀の哲学は「すべての財産を他の科学に分け与へて、自らはリア王のやうに荒野の中に捨てられてゐた。」二十世紀の詩も亦そのとつておきの資産を音楽と戯曲と小説とに与へつくして、自らは裸体のまゝ文壇を彷徨してゐる。裸体なるが故に之を「純粋詩」などゝ呼ぶのだらう。裸体ばやりの世の中だ。詩の裸体も大衆の熱狂と興奮とを買ひさうなものだが、エロテイックな人間すらさしたる興味を感じないのは、悲しいかな中性の裸体だからである。

実験音声学的にみた自由詩のリズム

韻文と散文との区別は、その文章を読んで吾人の創造するリズムが、読者自身の節調作用の努力に倚拠する程度の多少によつて定まるのである。そして所謂自由詩なるものと。普通の散文とを、実験声楽的に研究してみると、其処に何等の区別も発見することが出来ない。たゞ在来の韻文の行の切り方を外面的に真似てみたに過ぎぬ。これはコロムビア大学のW・M・パタースンが、エイミー・ロウエルの自由詩について実験した所である。詩の散文化を称える人は、徒らに哲学的な抽象論を事とし、科学的な理論の確立を蔑視する傾きがある。しかしパタースンの「散文のリズム」、S・レオスの心理学的研究に基く、「純粋詩の科学」などは一冊位翻訳書が出版されてもよさうに思はれる。

ナンセンス思想家

理知の結晶のやうな神妙的文学論を弄ぶ右翼の論客のことである。

癩患者とエロ文学

ある癩病々院経営者からきいた話だが、患者の病勢は熱がある毎にすゝむさうだ。風邪でもひいた後ではきつと鼻か耳か指かゞ落ちてゐる。たゞ一個所例外がある。生殖器ださうだ。アルメニヤ地方では、エロ文学は癩病の血が流れてゐるもの丶職業だと見做されてゐるが。さうした迷信の出所はこんな所にあるのではあるまいか。

許　容　法

日本の五十音表といふのは不完全な間違ひだらけのものであることは明白なことであつて、日本式ローマ字論者の錯誤は、この音表を完全なものとして執着する点に存在する。例へばヂ、ジの二音は現在では二つとも変化して ji となり、di や zi でないにも拘らず、彼等は五十音表をふりかざして、無理に di、zi 等と使ひわけやうとする。けれども最近になつて田中館博士は「許容法」といふものを案出して、di と zi、dya と zya、dyu と zyu、dyo と zyo、を混同しても間違ひとは認めないが、念入れてかく時は辞書でしらべて区別をつけた方がよいといふことにした。

日本式ローマ字論の当然の破綻を示すものとして、標準式一派の嘲笑を買つてゐる。しかし文芸批評の領域に於て、誰か公然と「許容法」を提唱してくれる人はないか知ら。「月評に於て駄作の存在価値を容認すべし」。特に一寸文壇を覗いたゞけでふるひ落されさうな二三の新進作家のために。

バージルの死

バージルは臨終に際し自分の著作全部を焼却させた。自分の作品集の処女出版に有頂天になる人の多い現今の文人のかたく肝に銘じおくべきエピソウドである。

以下バトラーの言葉より

もしも人間が欺かれることを好むとしたら——これは確かだ——今位その便宜に恵まれた時はない。文学界、科学界、宗教界が、さうした大衆を満足させやうと競争してゐる。

私は老いて白髪が生えて、秘書のアルフレッドに従へば、非常に肥えてもゐるさうだ。老眼鏡をかけ、年寄るにつれて喘息がひどくなつてゆく。しかしお伽話の何の若い王子と雖も、私がゆすり起してオデイセーの女性の著者と称えた時のノーシカーほど、忘却の垣のうしろにうまくかくれおほせ、又はぐつすり寝入つてゐる目に見えぬ王女を見出してはゐないのだ。そしてそれは何でもないことだつた。正面のドアに近づいてベルを鳴らせばよかつたのである。

イリアッドでは巌を割つて迸り出る水のやうに文明が我等に襲ひかゝつてくる。その水は地下の無数の水脈からあつまつてきたものであることはわかるが、それらの水脈は見えない。或はまた劇のはじめの開幕にも似てゐる。それから舞台ははじめてあらはれる。

〔出所不明〕

4　ある詩形学者の略伝

わが国に於ける科学的詩形学の完成者としての名誉を担ふ故八木又三氏は、天才の常として、多少常規を逸した性格をもつてゐた人らしい。現に三高生時代には、演説会場で喋つてゐる弁士の間違ひが気になつて「間違つてゐるぞ！」と何度でも抗議し、制止の警官と取組みをはじめるうち、完全に発狂してしまつたことすらある。数学が駄目だつたので、建築家志望を断念して、東大の英文科に入り、幾多の人材を学界に送つた明治四十三年度の首席卒業者となつた。卒業論文はテニスンの詩形論。

卒業後大学院に入り、勉強の邪魔だといつて夫人を郷里におくりやり、ジョン・ロレンス教師と起居を共にした。ロレンス氏は科学的な語学研究法を日本に移入した功労者であるが、当時の一般学生には理解されず、芥川龍之介さへ「あの頃の自分のこと」のなかに愚物として描いてゐる。そして八木氏はロレンスの方法の後継者であつた。

八木氏は生活のために遂に小樽高商に赴任せねばならなかつた。このことはよい教師を集めることで好評だつた校長の腕を語るとともに、また八木氏の比較的不遇だつた生涯のはじまりでもあつたのである。

深更三時まで勉強し、それから入浴して寝るのを常とし、給料も殆んど全部は丸善に支払われてゐた。「英詩から見た和歌形式論」はさうした十年間の努力の産物であつた。八木教授はこの原稿を抱いて上京した。岩波書店から出版してもらふつもりでゐたら、断られて悄気かへりながら小樽へかへつてきた。他の書店に交渉してみることなんか全然気づかずに。

この原稿は松本高校に転任後も筐底にしまはれてゐた。教科書の著者を求めて、松本にやつてきた裳華房主は、夫人にこれを示されて、二十年後には必ず売れるだらうからといつて、一種の義狭心から出版をひきうけた。

本が出来たとき店主は神詣でをして、一部を神前に捧げ、その幸先を祈つたさうだ。本は二年間に二百部売れた。そして震災で紙型と共に失はれてしまつた。

同じ本屋から出た同氏の世界的著述「新英文法」は科学書専問の所から出た本としては売れた方だらうが英語学を専攻してゐる人すら、知らない者が多い。

八木氏は大阪高校の教授になつた。学校の講義が一時間に教科書を二三行しかすすめないので、校長が注意したら、憤慨して辞表を出さうとしたことがある。教授はまた千円の「ニユー・イングリッシュ・ディクショナリー」を最初に買つた日本人でもある。「和歌形式論」は学位論文としての提出をすすめた人もあつたが、八木氏は何故か応じなかつた。英国に留学中は土居、佐藤、齋藤、豊田の諸教授も一緒だつた。彼の地で氏はロレンス教師の遺族を訪れた。困つてゐるのを見たが、置いてゆくべき金は二十フランしか手もとに持ち合せなかつたといつて、心残りにしてゐた。

久しい間認められなかつた氏も、京城大学が出来るとともに、その教授に招聘された。しかし任地に赴かぬうちに盲腸炎が過労の氏を遂に殺してしまつた。七八人の子供があるのに、恩給までにもう二ケ月足りなかつた。詩形学に関する蔵書一万冊は京城大学に収められてゐる。

「和歌形式論」の内容と価値とについては「日本文学辞典」に解説がでてゐるから、こゝでは説かぬが、とにかく時代を超越した驚歎すべき書である。私は氏の遺族にその再版をすすめた。裳華房にその勇気がないため、金星堂から出ることになつた。佐佐木、服部市河、佐藤等いふ氏の先輩知友が喜んで序文を寄せ、紹介につとめられた。余りに先駆的な事業であつたために売れなかつたのだから、今日のやうに語学の研究が進み、韻律と作詩の修辞学的研究が流行する時代には、きつと売れ、評判になるに違ひないと私は信じてゐたのである。しかし矢張り売れなかつた。

〔出所不明〕

5　曖昧な表現の七つの型《タイプ》

ウィリアム・エムプスン氏の同名の著書の大意である。英詩中の ambiguity 即ち曖昧模糊とした表現を七種類に分類し、その効果を研究したもの。もともと文学鑑賞の手引きとして書かれたのだが、むしろ「新しい修辞学」と見る時、処女地に入れた最初の鋤として、その方面に一つの時代を劃するものといふことが出来る。

一文章に含まれた記述を分析するにあたり、我等は比喩に基因する多義、不明瞭、曖昧或は朦朧に不断に遭遇する。形容語の方は対象を分析して記述するために用ゐられるが、比喩はこれと趣を異にして、観察の数単位を一個の主たるイメヂへ合成したのである。即ち複合観念の表現であつて、その表現も分析によらず、又直接的記述によらず、対象関係の直観に依拠してゐる。従つて、この場合のやうに一つのことが他の一つに似てゐるといふ時、これは曖昧朦朧の最も単純なタイプと呼ぶことが出来る。この曖昧朦朧の第一タイプは、一語、一措辞、或は一文法的構成法がたつた一つの記述をなしながら、同時に幾方面かに効果を齎す時に起るのである。一例をあげると、

かつては愛らしい小鳥等が歌つた
あらはなクヮイアの廃墟よ。

クヮイアといふのは修道院の聖歌合唱隊の席であり、合唱隊は一列に並んで腰を下す。席は木で作つて、節やなんかの彫刻も施してあり、周囲は森をかたどり、花や葉のやうな色硝子と絵画で彩色されたおほひの建築がある。だが今はすべてのものが消え去つて、冬空のやうな色をした灰色の壁だけが残つてゐる。合唱隊の少年等の魅力、妖精の愛を斥けたために水仙に化したナーシサスのやうな冷たい魅力は、同じ対象に向つて表白されたシエイクスピアのソネット中の感情ともよく一致してゐるし、又色々な社会上、歴史上の理由もあつて、比喩は実にうまくあたつてゐる。これらの理由が一団になつてになつてこの句に美を附与し、その中のどれを一番はつきりと念頭におくかがわからぬ所に一種の曖昧朦朧がある。明かにこれは全てのさうした効果の豊富さと高調中に包含されてゐるのであつて、曖昧朦朧の陰謀は実に詩の根底に横はる。

曖昧朦朧の第一タイプのこの様な定義は文学的重要性を有する殆どすべてにわたるものであるから、この著書の第一章は最も長く、そしてこれに属する例を更に幾つかに分類してあるが此処には省略する。

語又は措辞における曖昧朦朧の第二のタイプは、作者の用ゐた単一の意味に、二つ又はそれ以上の意味が一緒に加はつてくる際に起る。

君の過去を語る舌は、
（君の戯れに猥らな註をつけながら）
誹つて、遂に讃美となり、
君の名を掲ぐれば悪評を聖めよう。

「聖めよう」の主語は舌ともとれるし、名を「掲げる」ことにもとれ、「遂に讃美となり」は「飾る」を修飾してゐるやうでもあり、「聖める」を修飾してゐるやうにもきこえる。このために詩句がいよいよ高い調子を帯びてひびくのである。

第三のタイプの曖昧朦朧はただ文脈上の関聯だけでつながつてゐる二個の観念が、一語で同時に表現され得る場合である。和歌に最も多く用ゐられた「まつとしきかば」や「ながめせしまに」流のかけ言葉や落語の最後の駄洒落などがさうだ。

　みめのみの物の怪、汝巧みなる罠よ。

右の場合、「みめのみの」は「美しくて嘘偽に満ちた」、「物の怪」は「不自然なもので不幸の前兆」「巧みなる」は「機嫌をとることがうまくて、又夫をひどい目にあはせることが上手な。」

第四のタイプは記述の二つ或は二つ以上の意味がお互に一致してはゐないが、しかし作者の複雑な心的状態を明瞭にする場合に起る。この定義は漠然としてゐるので、第三のタイプも含まれてゐるやうに見えるが、その間の差異をのべてみると、人は物事の最も重要な方面を意識し、最も錯雑した方面は意識しない。従属的の錯雑は一度理解されると、心にそれはかくかくの効果があつて調べたい時には何時でも手がとどくといふ印象を与へる。第三のタイプは人が主として言葉の微妙を意識するやうに書いてある場合であり、第四の場合では微妙さは同じやうに深く、かけ言葉も同じやうにはつきりし、判断形式の混和も同じやうに猛烈だが、現下の力点がそれらを吸収し、その事情の下ではそれらが極めて自然に感じられるのである。

おゝ「月」以上の君のよ

潮を盛りあがらせて君の世界に溺らせてくれるな
君のかひなに抱かれて泣き死にさせるな
そしてじつとしのんで
今すぐに何うなるをか海にしらせよ
　風をして
　私をもつと
害するといふ例を見出させるな　それは目論んでゐるのだ
君と我とはお互にため息をつき合ふが故に
最も歎息の甚しい方が最も残忍な者で他を死に致すといふことを

第五のタイプは作者がペンを走らせてゐる途中で観念を発見するか、或はそれを全部心中に把握してゐない場合に起るもの。

神の聖者達は光をなげてゐる。此処に長く止まるものは小
　暗き丘と、
激しい流れと嶮しい道を、

鏡のやうに滑らかに過るに違ひない。

この詩の浪曼運動のテクニックで、丘といへば黄昏の丘ときまつてゐるから、聖者が光をなげてゐる場面であるにも拘らず、小暗き丘とかいたのである。

第六のタイプは叙述が、畳語、撞着、或は筋違ひの記述などをやりながら、その実何にも言つてゐない場合に起る。だから読者は自身の叙述を発明し、それらの叙述はお互に抵触しやすい。例、

彼女の口はキューピッドの弓のたゞの模写だつた。

第七のタイプ、即ち最後の階段に立つ多義曖昧は一つの言葉に含まれる二つの意味が、文脈の下からみれば二つの相反した意味であるため、全体の効果は作者の心に存する根本的な分裂を示すことゝなる。古代エヂプトは「若い」といふのも「老いたる」といふのも同じ記号を用ゐそのあとに象形文学が附加してあるが、これは発音はしないで、会話の時は身振りで表してゐたものだらう。現在でも杖の両端なんかいふけれども一方は端でなくてもとだ。「自ら」は「おのづから」か「みづから」か見当がつかない場合もある。かうした風に第七のタイプは割に多いのであつて、ヘブライ文学の影響を多分にうけたダン一派の Metaphisical Poets はこの手法をよく用ゐている。

マクベスは
熟した果《このみ》だ、揺ればすぐ落ちる。
天は我等に手をかしてくれる。
出来る限りはしやぐがいい、
夜は長く、明けることはないぞ。

「出来る限りはしやぐがいい」はこの対話の相手に命令的に言つてゐるのか、それとも「たとへマクベスがどんなにはしやいでも」といふ意味なのか。最後の行も文字通りにもとれ、又「永眠の夜は長いから」ともとれる。即ち「今にマクベスを殺して見せるぞ」と言ふ意味にもとれるのである。

〔出所不明〕

6　D・H・ロレンス

ディー・エイチ・ロレンスの作品程徹頭徹尾種々な苦悩に満ちてゐるものは珍らしい。暗黒の洞窟に闘争する巨人のすさまじい威風から、指を鼻先にあてる倫敦のつかひ走りの少年の粗野な傲慢に及び、更に歯が生へかけて苦しむ癇の強い嬰児のむづかりに至るまで描いてゐる。彼は現代作家中で最も親しみにくい人間だ。それは変な言葉とスタイルのためであり、又後年になつて文学と道徳の学者様達に憤慨の余り、創作に蓄へておかねばならぬエネルギーを議論に費してしまつたからである。ロレンスは下手な論客だつた。彼の著作を猥褻だと攻撃する人々は《ジェイン・エア》などを賞讃するが、それらの作品にも淫猥な、傾向があるといふことを執拗に提唱する時等、彼の主義とは一致してゐようが、自分でも我儘な怒り方をしすぎて反対者の掌中に躍る人形であると気づいてゐたらう。一九三〇年に僅か四十四歳で此世を去つた事は、ロレンスが創作力の最高潮に達してゐた時とて、英文学にとつて一つの不幸であつたが、彼の爆弾的な性質の引退は、彼の書物をより平静な雰囲気で考察させ、論争の渦中から引き離して考察させる様になつた。

性に対する近代の態度を革命しようとする彼の生涯の目的は、《虹》の傑作を生んだ。そして終りに近づくに従つて強さを増し、一九二八年の《チャタリー夫人の愛人》では、それ迄彼の目的を制御してゐた因襲の絆を遂に断ち切つた。其の本は美しく熱烈な清らかさでかゝれてはゐるが、或る程度まで彼の目的を叩き壊した。ロレンスが信じた様に多くの人々は生命力の指導を数時代にわたつて誤られた為め、性的に病気してゐるとしても、それ等が癒える迄には道徳的な回復期といふ期間がなければならぬ。彼は道徳上の病気と完全な道徳上の健康との間に介在する段階を正視する事が出来なかつた。《チャタリー夫人の愛人》を世間に出版するのは、疲れはてた熱病患者にビフテキやビールをあてがふのと同様に非難されねばならぬ。これは検閲係の提灯もちをやつてゐるのではない。《チャタリー夫人》が発禁になつた事は賛成してよいとしても、その理由は弁護するわけにはいかない。何故ならそれはロレンスが働いてゐる性問題に対する態度を根本的にかへる必要を表明するからである。彼は多くの男と女に性の衝動を下品の観念と常に結びつけさせる所の羞恥心を人類から奪ひ去ることを欲した。此の羞恥心の作用はロレンスにとつては冒涜であつた。人生の中心の火の否定と貶黜とであつた。「私は男と女とが性欲を十分に、完全に、はつきりと考へる様になる日を望む」と彼は書いた。彼は性欲が人生の純な中心の火の根源である様に望んだ。性欲が泥濘と羞恥の中を引きづられて行かねばならぬといふ事は彼を狂はせた。精神と肉体との間、頭脳と血液との間を隔てる障壁の設置――彼はかうした近代の慣習の二重性を慨歎した。肉体を精神の囚人としようと欲する陰気な清教主義に対して彼は抗弁して云つた。「私は常に性が血の同情と血の接触を意味すると推論してゐる。学術的にいへばさうなのである。然し事実問題となると殆んど総ての近代の性欲は冷たい血の気のない純粋な神経の問題である。」

《チャタリー夫人の愛人》を鑑賞的に批評したある文士達は、ロレンスがその本の中で或る言葉を汚い言葉として現在使用してゐる事から救つて肉欲の語彙の一部としての機能にかへした事を非難する。かうした関係の物で内緒の語彙が必要なことはロレンスの言葉の選び方に憤慨する者でさへ認めてゐる。しかし使用された術語に対する彼等の反対は要するに言語学的興味の問題だ。もしも不法にも下卑た意味に用ひられてゐる言葉が下卑た儘ではうつておかれるとすれば、言語の貶黜はどうやつて阻止されるだらうか。言語学的並びに心理学的根拠に立てばロレンスの小説のこの特殊な特徴のためには批評家が今まで許したよりももっと立派な弁明が出来るのである。

《チャタリー夫人の愛人》の最も不満な点は彼の性欲説の証明のために率直な恋愛のテーマを選ぶのに失敗したことである。偶発的な事に興味をとられすぎて中心のテーマがあまり脱線しすぎる。マイクリス挿話、クリフォード卿が大戦で受けた麻痺、コニーと猟場の番人のメラースの間の社会的地位の相異等は複雑すぎる。そしてロレンスが肉欲の世界に卒直で楽しい常態を齎らさんとする嘆願を朦朧とさせる。彼は又別な所で〈結婚は人生の鍵〉だといつた。そして熱情に満ちた幸福な結婚に関する大小説を同時代の誰よりもうまくかけたかも知れぬ。英国の小説家では未だ曽て結婚を微に入り細を穿ち十分な均整で表現した者はない。

《チャタリー夫人の愛人》を出す前の小説ではロレンスは結婚に於ける悪魔的な要素が勝ちすぎてゐる様に見えた場合が多かつた。熱情的な愛はその恋人達につきまとふ暗い幽霊を随伴させることが多いとはいへ、ロレンスは結婚と天使的要素と呼ばれる者を自由に遊ばせる事を殆んどしなかつた。彼は恋から最もロマンチックな興味の殆んど総てを奪つた点でかなり偽造の罪を負ふべきである。愛だらうが憎しみだらうが、その恍惚境と高潮時とは勿論苦痛に満ちた物であつて、ロレンスはその精神の喘ぎを本来的に表現したのである。しかし彼の小説に欠けてゐるかもしれぬものは、恋愛は時として非常に愉快な物であるといふ一歩すゝんだ事実を十分に認めることなのだ。一般に、学問のある人々にとつてさへも、恋愛が本来与へるものは苦痛よりも快楽の方が多い。気の毒なのは恋愛と結婚に対する浪漫的な態度が、快楽だけを期待させるに至つたことである。だからそれ等の人々のために、ロレンスの小説は有益なわけだ。彼が自分の描く恋人達を苦しませすぎることは明かだ。しかし浪漫的な作家達が純粋に天使的に描いた偽造の程度に比べると、ロレンスの偽造は全然悪魔的だともいへない。彼の小説には腰部や、子宮や、暗がりや、奇妙に絢爛な苦痛が遥かに多すぎる。尤もそれ等の文句に象徴的な価値を加へて使用しはするが。どんなにロレンスが言葉を言葉として伝統的に用ひても、その言葉が彼の作品の地合の一部となる時に新らしい力と、時には又新らしい意味とをおびて来るのは本当だ。《虹》の中でアナが母になりかけてゐる事を告げる頁や、或は又自然描写等に見る如く、ロレンスの散文は稀に見る卓越した美を至る所に蔵してゐる。このことはもつと〳〵賞讃されてい丶筈だ。

ロレンスの作品のスタイルを論じるのは容易なことではない。何故なら彼は非常に文体に練習を積みはしたけれども、玄人だと思はれる事を嫌がつた。素人らしい所が見える様につとめた作家だつたのである。立派な文章が最も目的にそふ場合でもそれを軽蔑した。しかし其の結果、時として彼の本が注意がたらず、磨きがか丶つてゐない様に見えても、同時にそれは今日の伝統的な小説家の滅亡のもとである。なめらかな殆んどぼんやりした視覚の幽霊にとりつかれる事が無かつた。

単なる文学的視覚を信頼せぬ此の特殊な性質は、ロレンスの小説の大部分に盛られた雰囲気と情調とが一律であることの原因の一つとも見られる。人物と場面とがどんなに変つてゐても、どの本も常にロレンス自身の個性に彩られてゐるので、小説の人物と人物との間の相違は殆んど無くなつてゐる。しかし此の一律は全然静的な世界と内的生命を持たぬ人形の様な人物を取り扱ふ無味乾燥な伝統主義の類似とは全然違つてゐる。ロレンスの世界は動的である。彼の作品と作品を通じて流れ、絶えず表面を押し上げてゐる所の凄まじいエネルギーを考へる時に、それはさうなるより仕方が無かつたのである。もしも彼等が何か書くなら、それを〈熱く〉かけと云つたことがある。ロレンスの書いた物は痙攣的なエネルギーと恐ろしい炎とにみちてゐる。彼の怒つた抗議の声が折々薄れて、いら〳〵した金切声に化することが無かつたら、彼は全く混沌時代の巨人のように見えただらう。

彼の最もいゝ所は善良な憎悪者であることだ。憎まれるのが当り前の者に向けられた善良な健康な憎しみは我等をぞく〳〵させる。だから彼は溌溂として元気一杯だ。彼の嫌悪は主として金銭欲と厨川白村式恋愛の脱線に向けられてゐた。徹頭徹尾彼の著作のほんとに重要な要素は恋愛要素だつた。

「恋の力にまさる霊感的な力があるだらうか？」……「無い。恋は木に花を咲かせ、実を結ばせる。恋は動物を番はせ、鳥に立派な羽根を着せて、あの綺麗な歌を歌はせる。そして人間が地上で創造し将来も創造するに違ひない総てだ――もしも創造といふ語が人間最高の生産的活動であるといふ意味を含ませての使用を許されるならば。」

彼は恋愛を非常に動物的であれと望んだ。獣的で淫奔であれと望んだ。恋愛を精神化し、理性化し、肉体を精神の道具乃至玩具としようとする近来の傾向を軽蔑した。此の主張を誤解し、それは我等を直に四足の動物にかへすと宣言するのは容易である。ロレンスはそれを欲しなかつた。そしてそれを恐れなかつた。彼はエデンの園の最初のエネルギーを回復しようと欲した。

彼の本に特有な男女の争闘は文明の女性は本質的に男性の仇敵となり、男から其の最も大きな財産、言ひかへると彼の男性としての性質を奪ひ、次第に男性を女性化して自分の意の儘に駆使する様に成るといふ観念の上に主として立つ闘争である。《アーロンの杖》の中で彼は其の人物の一人の口をかりて女性といふものについて語らせる。

私は彼女が知る時に、彼女が欲する時に、彼女を憎む。彼女が私を利用する時に私は彼女を憎む。彼女は私を愛するかも知れぬし、彼女は私に対して物やはらかで親切であるかも知れぬ？　彼女は私に其の生命を与へるかも知れぬ。だが何故？　唯私が彼女の物だからだ。

それから又、

女性が一度び諸君の機先を制すれば焦熱地獄である。一度び諸君を捕へたが最期、諸君に何等のつともしない。諸君に何事もしてくれない。特に諸君を愛する時に。

《アーロンの杖》やロレンスの他の本に反女性の狂熱がおびたゞしく含まれてゐる。それを狂熱だと呼ぶのは誇張ではなく、時としてからうじて痴呆状態に陥るのをさける様に見える。然し其の奥底には恐ろしい洞察力――愛と憎しみ、創造と破滅との接触の殆んど身の毛のよだつ様な啓示――がある。ロレンスは特に鳥や獣に興味を持つてゐた。其等に対して創造と死とは折々殆んど同時にやつてくるのだ。誕生――恋愛――新創造――死。ロレンスが運行する宇宙を見たのは此の連鎖の中に於てゞあつた。此の連鎖について彼は人が犠牲者であると感じる様に見えた。創造と再創造に向つて動く森羅万象、そして此の運行の中に創造の道具たる人間、其の直接の目的を果せば活力を失ふ事になつてゐる人間。ロレンスの本の殆んど全部は道、具の人間といふ反抗的な絶望の記録にふさはしい。
二十世紀の作家中、人間の進歩に無限の豊な影響を及ぼすかうした希望を起させる者は他にゐない。

性の論争は今日ミル、カーライル、ハックスレーの時代の宗教の論争にとつて代った。当時に於て基督教についての考へを話すには現在性について語るのと同じ勇気が必要であり、疑問を抱く者にとつて其の話題は同じ様に溌溂たる興味を持つてゐた……

ロレンスの燃える様な真剣さだけが彼がなした所のものを完成させ、彼の事業は彼の追随者が詩や文学に人生全部を取り入れようとするのを容易にした。

ロレンスは偏破な天才であり、批評家の攻撃に神経質であり過ぎた。そして性に現れた想像的精力の真面目な重要性を充分意識させようといふ必要に頭を悩ましすぎて、陽気な純粋な喜びを含む恋愛の価値を余り高く買はなかつたといふきらひはあるが、兎に角一個の一流天才であつた事に間違ひはない

D (AVID) H (ERBERT) LAWRENCE (1885-1930) の著書

長篇　The White Peacock (1911), The Trespasser (1912), Sons and Lovers (1913), The Rainbow (1915), The Lost Girl (1920), Women in Love (1921), Aaron's Rod (1922), Kangaroo (1923), The Boy in the Bush (1924) (With M.L. Skinner), St. Mawr: Together with The Princess (1925), The Plumed Serpent (1926), A Propos of Lady Chatterley's Lover (1923), The Virgin and the Gipsy (1930).

詩　Love Poems and Others (1913), Amores:Poems (1916), Look! We Have Come Through (1917), New Poems (1918),

Tortoises（1921）, Birds, Beasts and Flowers（1923）, Lover Poems and Others（1924）, Also in:Georgian Poetry, 1912–15, Some Imagist Poets, 1915–16.

劇　The Widowing of Mrs. Holroyd（1914）, Touch and Go（1920,）David（1926）.

短篇集　The Prussian Officer, and Other Stories（1914）, England, My England（1922）, The Ladybird（1923）（Am.ed., The Captain's Doll）, Glad Ghosts（1926）, Love Among the Haystacks and Other Pieces.

エッセイと研究　Psychoanalysis of the Unconscious（1921）, Fantasia of the Unconscious（1922）, Studies in Classic American Literature（1923）, Movements in European History（1925）, Revised ed.（1926）, Assorted Articles（1930）.

紀行　Twilight in Italy（1916）, Sea and Sardinia（1921）, Mornings in Mexico（1927）.

Cf. also McDonald, E D., The Writings of D.H.Lawrence. A Bibliography（1925）.

〔新文学叢書2『今日のイギリス文学』金星堂、一九三二年〕

7　「荒地」について

　T・S・エリオットが英米を驚かしたのは、わが国と違つて、批評よりもむしろ詩であつたといふことがアメリカン・ブックマンに出てゐたことを記憶している。しかしもしも彼が「荒地」を書いてゐなかつたら、われらはこの言葉を信じることを躊躇したであらう。「ヂエロンシヨン」が偉大な詩の非個人性を持つことや、「ナイチンゲイルの間のスウイーニー」が聯想の飛躍と対比とで読者を眩惑することや、「聖灰日」が思索的理知によつて、人間の精神が全く絶望的な状態と思はれる点を切り抜けたものであることが、リーヴイスやリチヤーヅ等によつて屢々言はれてゐるけれども、一読して阪本越郎氏の作品に必敵する感銘は一つも得ることができなかつた。彼の有名な「うつろな人々」を訳して、自作の如く装ひながら詩の雑誌に持ち込んでみたと仮定する。間の抜けた詩として拒絶されるにきまつてゐる。現に私はさういふ人を知つてゐる。

エリオットの評論は盛に訳されるのに、作品の翻訳の現はれることが比較的少いのはこのためだ。

「荒地」だけは例外的に美しい。文学通り驚嘆すべき詩篇だ。「荒地」が発表されたのは彼の編輯する「クライテリオン」一九二二年十月と一九二三年正月で、英米の詩壇が日本のそれのやうに衰微しなかつたのも、実にこの僅々五章四百三十三行によつて、主知的方法による新領域の開拓が、理論の上のみでなく、実践に於いて燦然たる未来を約束されてゐることを証明したによる。千九百二十年代の詩人で彼の詩風を真似ないものはなく、此処に「エリオット時代」の出現となつたのである。

「荒地」の詳しい解説はヒユー・ロス・ウイリアムスンが一九三二年の七月、八月、九月の三月にわたつて「ブックマン」に連載したものを嚆矢とし、翌年これは一冊にまとめられて出版されたが、それまで十年間、「荒地」は全体の意味を理解されることなくして、ただ傑作の名を冠せられつつ喧伝されるに過ぎなかつた。これとF・R・リーヴィスの解説とがなかつたら、日本に於て翻訳と解釈の危険を冒す者は恐らくまだ出てゐなかつたらうと思ふ。

「荒地」は第一章「死せるものの埋葬」で、殺風景な田園生活、スイスの社交界の無意味な会話、聖書の中の石地、似而非占師のカードの説明、ロンドン市街等の断片をよせ集め、最後に復活を願ふ埋葬を以て結び、第二部「チエス遊び」で古代から現代にわたる女の虚栄と無意味な戯れとを描き、第三部「火の法話」で煩悩の火に焦れるロンドンの情事が綴られ、第四部「水死」で拝金主義のフエニキア商人の末路を歌ひ、第五部「雷が言つたこと」で荒地の旱魃に聞く春雷のなかに「与へよ、同情せよ、制御せよ」といふ「ウパニシヤツド」の文句の原語の響に似たものを感じる。荒地を回復する唯一の方法である。

右に見るやうに「荒地」に盛られた思想は極めて平凡である。これは新しい思想とか奇矯な見解とかを極端に嫌悪する古典主義の当然の帰結であつて、煎じつめれば、宇宙を限られた不自由な世界と見て、自制と統制を忘れない加持力主義なのだ。

問題となるのはこの思想を表現する技法である。思想が統制的であるにも拘らず、表現では在来の伝統は至るところに破壊され、一見無秩序と四離滅裂とに充満してゐるのである。博学な詩人の心中で、荒地といふ主題をめぐつて転廻する聯想は、如何に難解であらうと躊躇もなく受け容れられ、英国の古典へのアルージヨンは勿論、仏蘭西語、独逸語、伊太利語、梵語の文句が原文のまま挿入され、これに本の扉の希臘語と羅典語とを加へれば、七ケ国語で綴られた詩とも言へる。エリオツトは自ら多くの註釈を附けてゐるが、これも種々の言語で綴られて居て、かへつて荒地を難解なものにしてゐる。古代かと思つて読んでゐると現代であつたり、現世であると思つてゐると地獄であつたり、聯想は目まぐるしく蜃気楼のやうに変転する。男かと思へば女だつたりする。

エリオットはその評論で古典主義について語ることはあつても、「荒地」で何うした具合にその主義を具体化してゐるつもりであるかといふことについては一言も語つてゐないやうだ。われらは彼のエッセイを読むとき彼の意図する古典主義が何であるかといふことは、ほぼ見当がついたやうな気がするのだが、その古典主義の実践だといつてつきつけられた「荒地」を見るとき、評論で得た概念とエリオットのそれとの間に非常な隔りを発見するであらう。此処から彼の批評と作品とが一致してゐないといふやうな見解すら生れてくるのだ。

エリオットは荒地を強度の主観性で燃焼しつつ表現しようとしたのである。文化と伝統の交錯する現代の文明人の見た荒地が、在来の単純な表現法を許さないことだけは彼も言つてゐる。この混乱した雑多な素材を主知的なスタイルで芸術品にまでひきあげつつ、部分部分に軽業のやうな聯想の飛躍、対比、意識の流れ思考の流れ音楽的組織等の手法も取り入れ、ウエストンの「儀式よりロマンスへ」、フレイザーの「アッチス、アドウニス、オサイリス」、漁夫王の伝説、男女両性の予言者テイリーシアス、水死等のモチーフを繰り返し〳〵のぞかせることで、ともすれば断片の集積に終らうとする詩篇に一脈の連続性を与へようとしたものである。

「荒地」のテクニックについて、部分的な思考の流や音楽的組織を以て全体であるかのやうに考へるのは誤解であつて、何等の断りもなしに場面がうつるのは、意識の流ではなく近代の文学形式の流行に過ぎず、形而上学的詩人の理知的な聯想の構成の延長と見るべきである。観念が論理的でなく音楽的に展開するといふ解釈は尤もらしく聞えるが、具体的には何のことやら要領を得ない。

四月は最もみじめな月、
ライラックを死地から育み、
思ひ出とねがひをまじへ、
春雨で鈍い根をかきたてて。
冬はわれらを温めた、
大地は忘却の雪で蔽ひ、
ささやかな生命を乾した球根で養つて。

これは荒地の冒頭である。従来の牧歌的な田園風景も、今此処に古典的手法で誇張と潤ひとを捨てて描かれれば、また一個のみじめな荒地に過ぎない。

「あんたは一年前はじめて妾にヒアシンスをくれたわね、
人が妾をヒアシンス娘と言ひましたわ。」
――でも僕たちがヒアシンス園からおそく、
お前の腕は一ぱいで、髪はしつぽりとなつて帰つたとき、

僕は口がきけず、目はぼんやりとして、
生きてゐるでもなく死んでゐるでもなく、そして何も知らなかつた、
光のしんに、静謐に見入りながら。

光の心が何を意味するか不明だがかうした浪曼的な南欧の恋の描写が突如としてはひつてくると、他の陰気な場面と極端な対比を作つて、驚くほどひき締つた効果を齎す。

低い湿地にさらされた白い肉体と、
小さい低い乾燥した屋根裏に投げ込まれた骨は
くる年もくる年も鼠の足にふまれて
鳴るだけ

さうした現実的な荒地を歌ふかたはら、空想的な山々をひき出してくることも忘れない。

ほのかな月光を浴びた山々の
この荒廃の盆地に草が歌つてゐる。
ごろごろした墓の上、堂の傍で。
がらんとした堂、ただ風の住家があるのだ。

それには空がなく、戸が揺れ、
ひからびた骨は害ふ者もない。
たゞ雄鶏が棟木にとまり、
コ・コ・リコ・コ・コ・リコ
電□閃のなかに。それから湿つぽい風が
　雨を齎す

次の一節は引用すべく余りに有名であるが――

夢寝の都市
冬の曙の鳶色の霧のもとに、
群衆は倫敦橋を流れてゐた、かくも多く、
私は死がかくも多くを害つたとは思ひまうけなかつた。
短い、間をおいた溜息がもらされて
誰も自分の足もとへ眼を伏せてゐた。
丘をのぼり、キング・ウイリアム街を下り、
聖マリア・ウルノス寺が時を告ぐる方へ、
死せる霊もて九時を打ち終らんとして。

そこで私は知人をみとめて呼びとめた、「ステットスン！
君はマイリーで僕と一つ船にゐたつけね！
君が去年庭に植ゑたあの屍体は
芽を吹きはじめたかね？　今年は咲くかね？
それとも俄の霜で苗床がいたんだのかね？
あつ、天狼を近づけては駄目だよ、
彼奴は人間の味方だ、
近づけたら爪で屍体を掘り返すぜ！
君！　hypocrite lecteur!――
mon semblable,――mon frere!

「私は死が云々」はダンテの地獄篇の一句からの引用で、冬のロンドンの雑踏と地獄の聯想との交錯である。共に荒地だ、後半は意識の分裂のためによくわからないが、マイリーはカルタゴの海軍が破れた古戦場。埋めた屍体が草木となつて芽を吹くことは、未開の東邦人の信仰で「黄金の枝」にも出て居り、此処では荒地における死者の復活への期待も象徴する。「天狼云々」はウエブスターの挽歌の反響で、星と獣と両方を意味してゐる。仏語はボードレールの言葉で「偽善読者よ！――わが同類よ！――兄弟よ！」

素材はエリオットのるつぼのなかで完全に化合し、主観的に現実に徹した結果、現実から遊離した珍しいイメヂを与へる。此処に古典主義の価値と魅力とを見るべきだ。

〔『荒地（創刊号）』青騎書店、一九三四年〕

8　T・S・エリオット「荒地」訳

巧なる工人
　エズラ・パウンドに

荒　地

T・S・エリオット
町　野　静　雄　訳

何となれば実にわれはこの眼をもて、クメの巫女が檻のなかにて絞らるるを見たり。そのとき男の児等は彼女に言ひぬ、「巫女よ、何を望むか」と。巫女は答へて「死にたし」と言ひぬ。

訳者の序

衒学的なアルージョンを縦横に織り込んで、読者の詮索癖を挑発しようといふ悪戯はエズラ・パウンド以来の流行である。T・Sエリオットの「荒地」（一九二二年）はパウンドの「博学詩」に輪をかけたものであつて、英語の中に仏独希羅梵語及び亜剌比亜語を挿入し、原詩と殆んど同じ長さの著者の註が、却つて「荒地」の謎を深めるやうに出来ている。その上に誤植まで加はつて、世間の人が意味を理解するに十年の歳月を要した程である。彼はこの詩をエズラ・パウンドに捧げた。

「荒地」の詳しい解説は一九三〇年代にはひつてはじめて H. R. Wiliamson : The Poetry of T. S. Eliot と F. R.

Leavis : New Bearings in English Poetry で試みられ、これらに刺戟されて、佐藤清氏と井上思外雄氏の解説が出で、日本人にとつても漸く親しみやすいものとなつたのである。その後 C. R. Jury : T. S. Eliot's Waste Land などが出て、在来の註釈の足りない部分を補つた。

要するに「荒地」に盛られた思想は古典主義の基調となる厭世観であつて、人間と宇宙との間の不均衡を五章にわたつて描写したものである。古典主義者は宇宙を住みにくいものと思ふから、非常に節度と統制を尊び、この心情が芸術にあらはれるとき、所謂古典主義芸術となるのである。そして「荒地」は古典主義芸術の極致を示すものといはれている以上、古典主義の吟味は先づこれによつてなされねばならぬ。

「荒地」は思考の流れではない。観念のリヅムでもない。音楽的組織でもない。それは対象の中実な把握の一方法である。そして一見極めて乱雑な荒地然たる構成の奥にひそむ名づけ難き統制と真実感とを意識するところに、この詩の魅力がある。

私の翻訳のあとにつける原著者の註の訳は、羅列された参照書が手もとにないわれわれにとつては恐らく不用のものであらうが、エリオットのこけおどしの面白さをうかゞふべく、訳者の註はすべての煩雑を避けてたゞ解釈の鍵を与へるにとゞめた。「荒地」では部分々々の描写の鑑賞が第一義で、意味の詮穿はその次の問題だからである。

わが国の古典主義運動は既に没落過程にはひつているやうだ。しかし「荒地」を読み返してみた読者は、わが国にこの方面でこれほどの傑作が生れない間にしぼんでゆくその運動を惜しむであらう。

1　死者の埋葬

四月は最もみじめな月、
ライラックを死地から育み、
思ひ出とねがひをまじへ、
春雨で鈍い根をかきたてゝ。
冬はわれらを温めた、
大地を忘却の雪で蔽ひ、
ささやかな生命を乾し根塊で養つて。
夏はわれらを驚かした、驟雨とともに
シュタルンベルゲル湖を渡つてやつてきて。われらは柱廊のなかに立ちどまり。
それから日向へ出て、独逸庭へ行き、
珈琲を飲み、そして一時間語り合つた。
妾露西亜人なんかでなくて、リタウエン生れの生粋の独逸人ですわ。
そして私たちが子供で大公の許に、従兄の許にとまつていた時、
従兄は私を橇にのせてつれだし、とても恐かつたのですよ。
従兄が、危い、危い、しつかり掴まるんだよ。
さうやつて私たちは下りました。

山ではあなたはのびのびした気がなさいますよ。
私は大抵夜読書し、冬には南へ参ります。
このごつごつしたがらくたに、しがみつく根は何か
何の枝が生えるのか？　人の子よ、
お前は言ふことも、推しはかることもできない、
何故ならお前はたゞ、太陽が灼けつき、枯枝は蔭を、蟋蟀は慰藉を、
焼け石は水音を与へぬところの一塊の壊れた影像を知つているだけだから。
たゞこの赭い岩の下に影がある。
　（この赭い岩蔭へはひれ）
朝うしろに大股で歩くお前の影とも、
夕お前を迎へに立ちあがるお前の影とも、
違つた何かをお前に示さう。
一握の塵の中の恐怖をお前に示さう。

爽かに風はふく、
ふる郷のかたへ。
わが愛蘭の子よ、
お前は何処にいるのか？

「あなたは一年前はじめて妾にヒアシンスを下さいましたわね、
人が妾をヒアシンス娘といひましたわ。」
——でも僕等がヒアシンス園からおそく、
お前の腕は一ぱいで、髪はしつぽりとなつて帰つたとき、
僕は口がきけず、目はぼんやりとして、
生きているでもなく死んでいるでもなく、そして何も知らなかつた、
光の心《しん》に、静謐に見入りながら。
海は荒涼として物影もない。
名高い千里眼のソソストリス夫人は
悪性の風邪に罹つたが、
それでも一組の邪悪の加留多で、
欧州一の賢婦人として知られている。
こゝに、と彼女が言つた、あなたのカード、
溺れたフェニキヤ水夫があります、
（彼の眼は真珠だつたのです。御覧なさいまし！）
こゝにベラドンナが、巌の女が、
環境の女があります。

こゝに三叉魚扠をもつた男があり、こゝには車の輛、
こゝには一つ目商人、そしてこのカードは白で、
裏には何かありますが、妾は見るわけにはまいりません。
絞られた男が見あたりません。水死を恐れなさい。
輪を作つて歩く人々の群が見えます。
ありがたうさま。もしエクィトウン夫人にお会ひでしたら、
自分で十二宮図をもつてくると御伝言下さいまし。
この頃は気をつけなくてはいけませんからねえ。
夢寐の都市、
冬の曙の鳶色の霧のもとに、
群集は倫敦橋を流れていた、あんなに多く、
私は死があんなに多くを害うたとは考へてもいなかつた。
短い、たまさかの溜息がもらされて、
誰も自分の足もとへ眼をそゝいでいた。
丘をのぼり、キング・ウィリアム街を下り、
聖マリア・ウルノス寺が時を告ぐる方へ、
九時の最後のひと打ちのひつそりした響で。
そこで私は知人を見て、呼びとめて叫んだ「ステッスン！

六〇

君はマイリーで僕と同じ船にいたつけね！
君が去年庭に植えたあの屍体は
芽を吹きはじめたかね？　今年は咲くかね？
それとも俄の霜がその苗床をいためたのかね？
あゝ、狼星を近づけてはいけないよ、彼奴は人間の味方だ、
近づけたら爪で屍体を掘り返すだらうよ！
君！　偽善読者よ！——私に似た者よ、——兄弟よ！」

2　将棋遊び

彼女が身を埋めた椅子は艶かな王座のやうに
大理石のうへに輝いていた。
そこには硝子が燭台に支へられ、
燭台の上には房々とした葡萄の実が細工され、
葡萄の蔭からは金色のキューピドンがのぞいていた。
（もう一人は翼で目を隠していた。）
硝子は卓上に光を反射し、同時に
繻子の箱から夥しく吐き出された宝石の輝は、たつて光と出会ひ、

七枝の燭台の焔を倍加していた。
口をあけられた象牙と五色の硝子の壜のなかに、
軟膏粉末または液状の
彼女の不思議なまぜ香料がかくれ、
官能を悩まし、掻き乱し、香気のなかに溺らせる。
窓から吹きいる空気に揺られて、次第にふとりながら、
長くひく蝋燭の焔を香気はのぼり、
煙をラクェアリアへ投げ込み、
格天井の模様をゆすぶる。
銅をくべられた巨大な海木は、
五色の石枠内で緑と橙に燃え、
そのうら悲しい光のなかに海豚の彫刻が泳いでいた。
古風な炉上の棚には、
森林の場面を見はらす窓にも似て、
蛮人の王に辱しめられたフィロメルの転身が描いてあつた。
だがその夜鶯は侵しがたい声で
全荒野をみたし、依然として泣き叫んでいた。
そしてなほ世のなかは追ひかけつゞける、

汚い耳に「ジヤグ・ジヤグ」と。
そして時のしぼんだ他の切株が壁面に語られ、
睨む姿が乗り出していた、前かゞみになり、締めきつた部屋を黙らせながら。
階段に摺り足の音がした。
火の光のもと、薪のもとに、端が燃えつゝ、
ふり乱された彼女の髪は、
白熱して言葉となり、
そして残酷なまでひつそりとしていたゞらう。

「今夜私の神経は変ですわ、えゝ、変ですわ。泊つて行つて下さらない？
何とか仰有いな。何故黙つてるの。ねえ、ねえ。
　何を考へていらして？　何を考へてさ？　何を？
何を考へていらつしやるんだかさつぱり分りませんわ。考へてさ。」

死人が骨を失つた鼠の小路に
僕たちはいるんだなと考へているよ。

「あの音は？」
　　　　ドアの隙間の風。

「今のあの音は何？　風が何をやつていて？」
やつぱり何でもないさ。
「あんたたは
何もしらないの？　何も見ないの？　思ひ出さないの
何も？」
僕は思ひ出すよ、
彼の眼は真珠だつたことをさ。
「あんたは生きているの、死んでいるの？　頭のなかは空つぽなの？」
だが
おゝ、おゝ、おゝ、おゝ、あのシェイクスペーア俗曲——
それはほんとに典雅で
理知的で
「では何うしたらいゝでせう？　何うしたらいゝでせう？」
「私はこのまゝとび出して街を歩きます、
乱れ髪のまゝ、えゝ。明日はどうしたらいゝでせう？
いつも何うしていたらいゝでせう？」
十時にはお湯。
雨なら、四時に窓を締めた車。

それから僕たちは将棋をさすのだ。
瞼のない眼をつむり、ドアのノックを待ちながら。

リルの夫が除隊になつたとき妾は言つたのさ——
妾はまつすぐに言つたさ。妾は自分であの女《ひと》に言つたさ、
皆様このバーはもうお時間でございます
アルバートが帰つてくるんだから少しは小綺麗にしたら何う？
入れ歯を買へと言つてあの人がくれて行つた金を何うしたのか
あの人はきつとたづねることよ、いゝえ、くれたわ、妾もその場に居合せたんだもの、
お前はそれをみんな出すんだぞ、リル、そしていゝ入れ歯を一組買ふんだよ、
ほんとに俺はじつとお前の顔が見ておれないと言つたぢやないの。
妾もさうよ、そしてまたアルバートのみじめさも考へて居られないの、
あの人は四年間も兵隊にいたので、愉快をしたいでせう、
そしてあんたが楽ませてやらなかつたら、ほかの女がくつついちまふわよ、と妾は言つたのよ。
まあ、女が？とあのひとは言ふのよ。さうだとも、と妾は言つたさ。
そんなときはお礼を言つてやるわ、とあのひとはいつて妾をみつめるのさ。
皆様このバーはもうお時間でございます
妾は言つたさ、それが嫌ならめかしなさいよ、

あんたにやれぬならほかの女がつゝいて選り出しちまふわ、
でももしアルバートが逃げたら、そりや忠告がなかつたせいではないことよ、
そんなに老けて見えて恥かしくはないの、と妾は言つたさ。
（あの人ほんの三十一なのさ。）
でも仕方がないわ、と陰気な顔であのひとは言ふのさ。
みんなおろし薬のせいだわ、とあのひとは言ふのさ。
（あのひとはもう五人あつて、ジョージのときは死ぬとこだつたからね。）
薬剤師は別状ないといふが、もとの通りじやなくなつたわと言ふのさ、
妾は言つたのさ、あんたはほんとにお馬鹿さんねえ、
其処なのよ、アルバートがあんたをほつときたくなかつたら、やらせるのは仕方がないことよ。
小供が欲しくないとすれば、何のために結婚するかわかつているでせう?
皆様このバーはもうお時間でございます
アルバートが家にいたあの日曜に焼豚をこしらへ、
そのほやほやを御馳走しようと晩餐に妾を招いたことがあつたつけ――
皆様このバーはもうお時間でございます
皆様このバーはもうお時間でございます
左様ならビル。左様ならルー。左様ならメイ。
左様なら。タ・タ。左様なら。左様なら。

左様なら、皆様、左様なら、皆様、左様なら、左様なら。

3　火の法話

河の天幕は破れる――木の葉の最後の指が
縋りつき、じめじめした土手に沈む。
風はひつそりと狐色の地をよぎる。水の精たちはたち去つた。
うるはしのテムズ、穏かに流れよ、わが歌を終ふるまで。
河には浮ばない、空瓶、サンドウィッチ・ペイパー、
ハンカチ、ボール函、紙巻の吸殻、
または夏の夜のその他の啓示が。水の精たちはたち去つた。
そして彼等の友である市の理事ののらくら後つぎたちは
たち去つた、宛名も残していない。
リーマンの波のほとりに私は坐つて泣いた……
うるはしのテムズ、穏かに流れよ、わが歌を終ふるまで。
うるはしのテムズ、穏かに流れよ、私は甲高にもくどくどしくも言はぬから。
だが背後に冷たい風のなかで
骨ががらがらと鳴り、含み笑が耳から耳へひろがるのをきく。

一八〇

一匹の鼠がぬらぬらした腹を
土手のうへにひきずりながら、
植物のあひだを縫うてそつとはつて行つた。
冬の夕方、瓦斯タンクの裏で近くの
沈滞した堀割で釣をして、
私の兄にあたる王の破滅や、
父にあたる王が彼の前に死んだことを思ひこんでいたとき。
低い湿地にさらされた白い肉体と、
小さい低い乾燥した屋根裏に投げこまれた骨は
くる年もくる年も鼠の足にふまれて鳴るだけだ。
だが胞後にあたつて時々私は角笛と自動車の響をきく。
それはスウィニーを泉のポーター夫人へつれてゆくことになつている。
あゝ、月は照る照るポーター夫人
その娘《こ》のうへにも照つていた。
そしてソーダ水で洗足し
そして、おゝ、会堂のなかで歌ふ幼児等の声よ！

トウィット・トウィット・トウィット
ジャグ・ジャグ・ジャグ・ジャグ・ジャグ
凌辱された
ティルー
夢寐の都市
冬の正午の鳶色の霧のもとで、
倫敦行運賃保険料込値段の
小粒乾葡萄、一覧払ひの証書をポケットに一ぱいつめている
髭むしやのスミルナ商人ユーヂェニディーズ氏は、
キャノン街ホテルでランチを食べて、
ウィークエンドをメトロポウルで過さうと、
内地流の仏語で私を誘つた。
紫の時、眼と脊とが机から上向きになる時、
鼓動して待つタクシーのやうに
人間機関が待つ時、
盲ながら二つの生命間に鼓動し、
皺だらけの女性の胸をもつ爺の、我輩ティリーシアスは、
紫の時に見ることが出来る。

家路に努力し、水夫を海から家にかへし、
タイピストをお茶の時間に家にかへし、彼女の朝食を片づけ、
ストーヴを焚きつけ、致缶詰の食物を取出す夕刻を。
窓のそとでは太陽の名残の光をうけた
乾きかけの彼女のコンビネイションが危なつかしくひろがり、
壁に沿うた長椅子（夜は彼女のベッド）には、
靴下とスリッパとキャミソウルとコルセットがつみ重なつている。
皺苦茶乳頭《ちくび》の老人である、我輩ティリーシアスは
その場面を見て、残りのことを予知した――
自分も亦来る筈の客を待つた。
彼氏、にきび面の青年がやつてくる、
小家屋差配の事務員で、一度ぐつと見つめて。
ブラッドフォードの富豪にのつかるシルクハットのやうに、
押しの強さがのつかつている賤しい者の一人。
今が絶好の時機だ、と彼は推量する、
食事は済み、彼女は倦みつかれていて、
抱擁に身をゆだねようとつとめる。
これはのぞましいことではなくてもなほ非難はされない。

顔を赭らめ、決心して彼はすぐに攻撃する。
まさぐる手は何の抵抗にも出会はない。
彼の虚栄は反応を求めず、
冷淡を款待とする。
（そして我輩ティリーシアスはこの同じ長椅子、ベッドの上で
行はれたすべては予め経験してきている、
テーベの城壁のもとに座し、
最も下等な死人の間を歩いたことのある我輩は。）
最後のパトロンらしい接吻をくれてやつて、
手さぐりしてかへる、階段に明りがついていないので…

彼女は後をふりむいて一寸鏡を覗きみる。
かへつた男のことなんかちつとも考へなどはせぬ。
頭をかすめてすぎてゆく、かすかな思ひの閃きは、
「やつと済んだわ、ほつとしたわ。」
綺麗な女が身をかゞめ、おろかな真似をやつてから、
たつた一人でまた部屋をあちこち歩きまはるとき、
われともなしに髪を撫で、

蓄音機に盤をかけてみる。
「この音楽は水面を自分のもとへ這ひ寄つてきた。」
そしてスタンドに沿ひ、ヴィクトーリア女王街をのぼり、
おゝ、都市よ、都市よ、ロウア・テムズ街の
酒場のかげで折々私は聞くことが出来る、
正午に漁夫たちがのらくらするところからもれる
マンドリンの快いすゝり泣きと
ざはめきとおしやべりの声とを。
其処はマグナス・マーター寺院の壁が
イオニア風の白と金との不可解な豪華さを把持している。

　河は油と煙脂を
　うかべ
　艀は潮のうねりにつれて
　漂ふ
　広き
　赤帆は

風上へ、頑丈なる帆桁の上に揺る。
艀は
漂ふ丸太を洗ひ
グリニッヂ河面を下り
ドッグズの島を過ぎる。
　　ウェイアララ・レイア
　　ウァララ・レイアララ
エリザベスとレスターは
櫂をうち
艫は
赤と金に
鍍金せる短艇を形づくり
もりあがる波は
両岸に泡立ち
西南の風は
川下へ吹き
鐘の響
白き塔

二八〇

　　ウェイアララ・レイア
　　ウァララ・レイアララ

「電車と塵にまみれた樹、ハイベリーには倦きはてた。
リッチモンドとキューにいて病まんばかりの身となつた。
リッチモンドのほど近く、長いカヌーの底に寝ね、
仰向けざまに膝をあげた。」

「妾の足はマーゲイトに、妾の胸は足下に。
出来ごとのあとで男はさめざめと涙を流し、
『新しき門出』を約したが。
言ひわけも悔いる心もわたしにありはしないのよ。」

「マーゲイトの沙のうへ
妾は無と無をつなぎ得ぬ。
汚い手の裂けた爪。
わが民衆、
何事も

期待せぬ賤しい民衆。」
ラ・ラ

かくてカルタゴへ私はきた

燃える燃える燃える燃える燃える
お丶主よ我をひきあげ給へ
お丶主よひきあげ
燃える

4　水　死

フェニキア人フレバスは死んで二週間、
鴎の啼声も深海のうねりも損も得も
忘れはてた。
海底の潮流が
彼の骨を囁きながら啄んだ。彼が立ち、そして倒れたとき
彼は老年と青春の段階を超えて、

三一〇

渦の中に落ちこんだのだ。
　　　異邦人であれ猶太人であれ、
あゝ、舵車を廻し風上を見ている君よ、
フレパスを思へ、かつては君のやうにたけ高く美しかつた彼を。

5　雷が言つたこと

汗ばんだ顔のうへの赤い松火の後
庭の凍《い》てた静寂の後
石地の懊悩
叫喚と号泣
牢獄と宮殿と
はるかの山脈の春雷のこだまの後
生きていた彼は今死んでい
生きていたわれらは今死にかけている
少しのろのろと
こゝには水はなくたゞ岩だけ
岩と無水と砂路

水のない岩山であるところの
山々の間をうねつてのぼる路
水がありでもしたらとゞまつて飲むところなのに
岩の間ではとゞまることも考へることもできぬ
汗は乾き足は砂に埋もれる
岩間に水さへあつたら
唾もはけぬ腐つた歯の死山の口よ
こゝでは立ちも寝も坐りも出来ぬ
山々には静寂さへない
雨のないからからの乾雷だけ
山々には寂謬さへない
だが気むづかしい赭ら顔が
罅のついた泥土の家の戸からあざ笑ひうなる
　　　　もしも水があつて
岩がなかつたとしたら
もしも岩があつて
　水も
そして水

泉
岩間に池があるとしたら
もしも水音だけがあるとしたら
蟬と
歌ふ枯草がなく
岩の上の水音があるとしたら
そこは松の木の仙人鶇の歌
ポタリ・ポタリ・ポタリ・ポタリ・ポタリ・ポタリ・ポタリ・ポタリ
　だが水はない

君とならんであるく三人目の者は誰だ？
算へると君と僕だけだが
白い路を見やると
も一人いつも君のそばを歩いている
鳶色のマントに身をつゝみ頭巾をかむつて滑りながら
男か女かわからない
——だが君の向ふ側にいるのは誰なのか？

空高いあの音は何か

三六〇

母親の嘆きの呟き
たゞ平たい地平線に取りまかれ
裂けた地につまづきながら、はてしない地平に
群がるこれらの頭巾の群集は誰か
割れて改まつて菫色の空へ迸る
山上の都は何か
くづれる塔
イェルサレム・アテネ・アレキサンドリア
ウイーン・ロンドン
夢寐の

三七〇

女は長い黒髪をぴんとひつぱり
その絃でさゝやきの楽を奏した
そして赤ん坊顔の蝙蝠は菫色の光のなかで
口笛を吹き羽搏きをし
黒ずんだ壁に頭を下に這ひさがり
そして空中にさかしまに
時を告げる思ひ出の鐘を打つ塔と
からからな水漕と涸れ井戸から歌ひ出る声々

三八〇

ほのかな月光を浴びた山々の
この荒廃の盆地に草が歌つている、
ごろごろした墓の上、堂の傍で。
がらんとした堂、たゞ風の住家があるのだ。
それには空がなく、戸が揺れ、
ひからびた骨は誰も害しない。
たゞ雄鶏が棟木にとまり、
コ・コ・リコ・コ・コ・リコ
電の閃のなかに。それから湿つた風が
雨を齎す
恒河の水かさは減り、うなだれた葉は雨を待ち、
他方、黒雲は遥か遥かの
ヒマラヤの上に集つていた。
叢林は黙つて屈みうづくまる。
そのとき雷は言つた
ダ
ダダ・何をわれらは与へたことがあるか？

わが友よ、わがハートをゆすぶる血よ
思慮ある年配の人が決して撤回せぬ
瞬時の譲与のすざまじい敢行
これで、これだけで、われらは生きてきた
この行為はわれらの死亡広告にも
情に厚い蜘蛛が蔽うた思ひ出にも
瘠せこけた懇願者が打ちあける秘密のなかにも
われらの空間にも見出さるべきでない
ダ
ダヤドヴァム・私は鍵がドアのなかで
一度回りたゞ一度きり回つたのを聞いた。
われらは鍵のことを思ふ、
めいめい自分の牢獄で鍵のことを思つて
めいめい暗闇迫るだけの牢獄に閉されたことを確信する
天の霊がはこぶ風聞は
一瞬敗残のコリオレイナスのやうな者を蘇らせる
ダ
ダミャタ・舟は帆と櫂に慣れた手に快く応じていた。

海は凪ぎ君が胸は従順に鼓動していたら
誘はれたとき制御の御手に
快く応じることだつたらう

　　　　　　　　　　　　　　　　　　　　私は釣をして
岸に坐つていた、ひからびた平地をうしろにして
せめて自分の土地ぐらいは整理するものか知ら？
倫敦橋が落ちる落ちる落ちる
かくて彼は浄火のなかに身をかくした
何時になつたら燕のやうになるやら――お丶燕、燕
荒れた塔のなかのアクィテェヌの君
これらの断片を私は自分の廃墟に陸揚した
だからイールがあなたに向いていたのだ。ヒエロニモウはまた狂つた。
ダダ。ダヤドヴァム。ダミヤタ。
　シャンティー　シャンティー　シャンティー

〔『荒地』（創刊号）青騎書房、一九三四年〕

9　ハックスレー研究

オールダス・ハックスレーの随筆集「欲するところを為せ」や、代表作「対位」等に散見する彼の哲学的思想を体系的に並べてみて、彼の――延いてモダニスト一般の――人生観照の根本的態度を見ることがこの小論の目的である。

一、彼の形而上学

英国人の通性として彼も亦常識を金科玉条として大切がる一人である。彼の著作は逆説と警句に充満しているとしてもその根底を縫うているのはやはり常識であつて、これが多数の読者を得ている理由なのだ。「我等が直接の知識として有つ唯一の事実は心理学的事実である。事物の性質は心理的事実として我等に現れる。その周囲も背後も外部もわからない。ただ我等に与へられたまゝの姿だけである。」「科学の真理は常識や精神錯乱や芸術や宗教以上のものではない。あるほど科学は我等の経験を有利に組織してくれるが、我等の経験が関係していると想像される世界の本性について、何事も語らない。」かくてハックスレーは理性の論理さへ疑ふ。論理の前提が実在と対応せぬ以上、それから出発する推理に間違ひがあるのは当然だとする。しかしこの懐疑主義は是非とも救はなければならぬ。何故なら彼は英国人だからだ。懐疑主義は常識にとつての仇敵だ。常識と形而上学の一致を理想としたビショップ・バークレーは、唯心論に陥つて行つたが、それは精神尊重が十七世紀の常識であつたからで、二十世紀の常識はプラグマティズムである。従つてハックスレーもこの実際主義をとる。余りに常識的なために、一時の流行物として哲学の塵捨て場に棄てられたプラグマティズムは、常識の値段の暴騰とともに、モダニストに掘りかへされて、綺麗に加工され、文壇といふ別な市場に売り出されているのである。

二、彼の宗教学

ハックスレーは宗教の原理として「一と多」といふ説を建て、宗教の発生から、古代、中世、近世、現代の種々の現象をこれで説明してみせる。「一と多」の原理は支那人などが物の説明に用いさうな思ひつきであるが、ハックスレーの口吻から推すと、何うも彼が創始者のやうに思はれる。「神々の種類は極めて多い。従つて人間の種類も多い。何故なら人々は己れに似せて神々を作るからである」バークレーが十七世紀の常識であつた有神論をとつたやうに、ハックスレーは二十世紀の常識である無神論をとるのだ。だから彼にとつて宗教など問題でないのであるが、「一と多」といふ推理の遊戯の対象となる限りに於いて、筆のすさびのなかに現れてくる。「もしも人間がすべて一様であつたら、全世界は同一の神を崇めたであらう」言ひかへると人類の心は簡単でもあり複雑でもあるのだ。簡単を喜ぶ心が一神教を作り、複雑を喜ぶ心が多神教を作る。西洋に於いて一神教が多神教に代つた後でも、当時の社会機構に反映された多神教的思想は、聖者たちを神とともに崇める習慣となつて現れたりしている。一神論と多神論とはいづれ劣らず必要で真理である。人は自分自身や、世界をある時は本質的に多、ある時は本質的に一なる存在体と考へることができるし、実際にさう考へる。しかし一は結局無に通じる。現代に於ける一神教の隆盛は、精神と単調との崇拝となり、従つて知識と機械の崇拝に堕してしまつた。彼等は肉体を軽蔑して超人たらんと努めるために、物質的には禽獣に近い生活を営む。最初生を希ひながら、結局は死を希ひ、超人どころか準人間の状態になつている。「人々が現在沈まんとしつゝある深淵から浮びあがることがあるとしたら、それは新しい生の宗教の助力に待つほかはない。そして人生は複雑であるが故に、宗教は多くの神々を持たなければならぬ」とこの無神論者は宗教の必要を説く！

三、彼の倫理学

「我等は幻影の世界を脱することができない以上、せめてそれをできるだけ利用しようではないか」この言葉は一見創造的進化論者の哲学のやうに見えるが、根本的に違つていることは、前提の吟味が裏書きしてくれる。創造主義が宇宙の本質を進化と観ずるに反し、ハックスレーは進化論の闘士を祖父に持つにも拘らず、進化を全然念頭に置かぬ厭世主義を基調としている。血液中に巣くふ虫は、血管内を世界全体と考へ、定まつた法則に従つて接触し、反撥し、協力する。我等はかういふ有限の生活を捨てゝ、無限の中に動き、思惟し、働かなければならぬといふのがスピノーザの主眼であつた。一語にしていへば、血液中の虫であることをやめて、或るものになれといふのだ。何になれといふのか。「空間を自由に舞ふ蝶に――と私は想像する。」「しかし実際問題として、果して虫は蝶になれるだらうか。かうした奇蹟が自分に行へるだらうか。行へるといふ証拠はない。」精神的には出来るかも知れぬが、肉体は精神と不可分の関係にあるから、実際に高級な世界に生活するわけにはゆかぬ。肉体は無であることをどんなに言ひ聞かせても、胃の腑が承知しない。しかし、我等はスピノーザのやうに考へても構はぬ。此処でハックスレーはブレークの詩を引用する。「汝の欲するところを為せ、この世は架空の小説なり。」スピノーザの小さな虫の世界も小説だらうが、我等の世界も亦小説であるのを免れない、だから勝手なことをやつてもいゝのである。理想は到達できぬものであるが、人々はそれを古代に認めたり、未来に求めたりして慰める。しかし理想社会が無味乾燥の世界と隣り合せであることは、バーナード・ショーの「メツセラーに還れ」の欠陥が暴露してみせている。「人となるために我等が最善を尽すことのできるのは、此処と今とである。現在のことを考へて、将来のことを考へるのを止めにしよう。……でないとみんなが狂犬のやうになつてしまふ。」そしたらどんなことをすればよいのか。「充実した生活は、稀薄な生活よりも望ましいといふことを私は仮定する。それは信条である。」充実した生活とは何か。ハックスレーはこれに対して何等明答を与へていないが、彼がプラグマティストであることから推して、功利主義や、幸福主義に近いものであることは想像に難くない。「社会的に善い結果を齎していゐるなら、反対する理由はない。樹木は果実によつてのみ判断される。」しかし彼に現れた功利主義は、前世紀の倫理学界に栄えて、今は省みられぬミルの功利主義とはかなりに異つた根底を有つ。ミルの功利主義は善の解釈の一つの方法として用ひられいて、背景に何も有たぬのに、ハックスレーのそれは宇宙を不自由なものと見、人間の力を小さく限りあるものとみて、そのなかにもやはり幸福があり、今のまゝでいゝのだといふ思想である。純然たる厭世論でもなければ、純然たる楽天論でもない。此の区別はハックスレー自身さへ、或ははつきり意識していないところかも知れぬが、非常に重大であり、彼の態度を古い作家と分つて、モダニストの名称を与へる唯一の点である。

四、彼の社会学

右に述べたことで分る通り、彼は人間の能力の無限性を信じないから、革命による社会変革を信ぜず、むしろ微温的な改良をとる。これもまたモダニストとプロレタリア文学者との分岐点である。しかし共産主義的革命の否定のために用いられた彼の論法は支離、滅裂、幼稚を通り越して、狂気に近い独断論である。「革命」といふエッセイが遺憾なくこれを暴露している。このエッセイは十年も前に米国の「ヴァニティ・フェア」誌上にたしか「バーナード・ショーの『社会主義入門』に対する駁論」といふやうな題で掲載されたもの丶改題である。「資本論」第二巻のエンゲルスの序文を読んだものは、その第一巻の学究性を弥次つたショーが、かへつてエンゲルスの逆襲に会つて、小児のやうにあしらはれているのに気がつくであらう。ハックスレーが社会主義の検討に際して、マルクスを読まずに、ショーの書物で間に合せたといふことからが、先づ錯誤の第一歩であつた。従つて「革命」の一文は、マルクス攻撃の文句に満ちてはいるが、マルクス自身が科学的に論証せんと全力をそゝいだ点はことごとく閑却されて、相手なしに管まいているの観がある。ハックスレーによれば、マルクスが資本論を書いた頃のプロレタリアは奴隷的な生活をしていたかも知れぬが、現在では状勢が違つている。マルクスが資本主義の典型を十九世紀の英国に見出したのにならつて、ハックスレーはそれを米国に見出す。即ち欧洲大戦中の米国の好況に眩惑されて、これが永久に続く資本主義国の姿でゞもあるかのやうな錯覚を起したのである。マルクスの錯覚を嘲る彼が、同じ種類の錯覚（而ももつと安つぽい錯覚）に陥つているのだ。「米国は賃金が豊富に支払はれ失業者など一人もない。」「プロレタリアはブルジョアの一分派になりつゝある。事務所に働かずに工場で働くブルジョアであり、労働時間以外はブルジョアと変りはない。」「バーナード・ショーが一切の幸福の自働的に流れ出る源泉だと結論した収入の均等は、アメリカの資本主義体系のもとでは、実現化の途中にある。」何故かうなるかといふと、「人間の性は善であるから、資本家が黙つて見ている筈はないのだ。」資本主義崩壊の必然的前提である生産の過剰と利潤の減少と失業者の激増については彼は何も語らない。「労働者に多くの賃金を支払へば、それだけ購買力が増し、従つて資本家の収入はいよいよ増してくることを、資本家自身がよく知つている」の一句に至つては、また何をか言はんやだ。

五、彼の芸術学

此処にハックスレーの珍妙な御托宣がある。「万一革命といふものがくるとすれば、それは社会主義的なものではなくて、虚無主義的なものでなければならぬ。人間性や社会の改良のための革命でなくて、破壊のための破壊である。」現在のやうにすべてのことが、機械化され、機械の単調な重圧のもとでは、インテリゲンチアは生活がしきれなくなつてくるといふのだ。「我等が望むことは、たゞその革命が我等の生きているうちに来なければよいといふことだけだ。」そのために彼は湿ひの多い小説を書いているのであらう。

〔『早稲田文学』昭和一〇年一〇月号〕

10　新実在論と現代英文学

一九〇三年のG・E・ムアのバークレー批判後、英米の哲学界に行はれた大きな転回は、常識の尊重といふことであつた。哲学史上常識的見解として殆んど問題にされなかつた二元論が、その常識的の故に、ここに新実在論の名称を以て復活したのである。バークレーは万物を観念に帰したが、ムアの説くところによれば観念となつて知覚されたものは、対象プラス awareness であつて対象そのものではない。そしてこの対象は実在であり、我等はこれを物質と呼び、awareness も実在であつて、我等はこれを精神と呼んでいる。科学的たらんとするの余り、或は精神、或は物質の一方をとれば、物質と精神の両者をもつ我等の常識に矛盾する結論を生じたのである。かくて彼はまた「常識の弁護」を発表した。

ムアに呼応したバートランド・ラッセルは、同じく物質と精神の両者の存在を主張し、ここに新実在論は自由主義と合体して、英国の政治の大きな背景となつた。一九一一年の「哲学の諸問題」のなかで彼は本能的信念を高調しているが、本能といふのはこの場合ムアの常識の概念に近いものである。とにかく我等は視覚の場合にも恰も感覚与件が独立する対象であるかの如き信念を本能的に有つているし、対象が感覚与件と同一のはずはないといふ理論を有つている。即ち物質と精神といふ二種のものがあるといふことを本能的に信じている。この信念から何等の困難も起らぬのみか、我等の経験の説明を容易にする傾向がある以上、排除する理由はないのである。知識はすべて我等の本能的信念を基礎としているのであつて、本能的信念を排除せねばならぬなら、後には何物も残らない。しかしすべての信念は少くとも些細の疑念を挿む余地はある。

この場合他の本能的信念によつて修正し、全体が調和を保つて行くようにせねばならぬといふのである。

実在論者とは多少傾向を異にしているけれども、常識の尊重に於て、彼等と一脈相通じるものに、ジョージ・サンタヤナがいる。彼は批判の根本原則の皆無なことを指摘し、自己意識や変化等の究極のものに関する形而上学的思索に対しても疑問を抱いた。一九二三年の「懐疑論と動物的信仰」は彼が従来唱導してきた学説の概論であるが、この風変りな体系を彼は彼自身のものでもなければ、新しいものでもなく、大衆のなかにある確信を表現したままでだと称している。彼はオーソドクシーに敬意を表するが、そのオーソドクシーたるや特定の学派や国民を支配し、時代によつて変化するものではなく、庶民の感情と習慣が至るところで維持している怜悧なオーソドクシーである。「蓋し、常識はぎごちないけれども、哲学の特殊の学派よりも技術的には、ずつと健全である。これらの哲学の諸派はいづれも全体の鍵を瑣末事中に発見せんと焦慮するの余り、傍目をして、事実と難問とを半ば見遁しているのだ。私は一切の高尚な推理を信頼せず、人類の古来の偏見と日常の意見に同情することによつて、鼓舞される。それらは表現が拙いけれども、根柢は立派なのだ。」この本の表題の動物的進行といふのは勿論常識のことである。

常識が驚異的な華々しさを展開しているのは、ムアの一九〇三年の「倫理学原論」(Principia Ethica)と一九一一年の「倫理学」(Ethics)である。この学説はもとよりムアの独創であるけれども、同時にこれは二十世紀の英国人の常識的に有している道徳を母胎としていることは明かであり、従つてただに倫理学界だけでなく、文学の母胎を研究せんと欲する人の、決して見落してはならぬ書物である。今ムアの倫理説のアウトラインを書いてみると、行為の正邪、即ち道徳的判断は客観性をもつていなければならない。もし行為の正邪が主観に依拠し、一行為が正でも邪でもあると仮定できるなら、我等は倫理学の議論を全然進めて行くことができなくなるからである、そして正邪が一定不変のものであると仮定すれば、議論を進めることができる事実は、同時にこの見解の真実性を裏書きする。（この場合ムアは決して詭弁を弄しない。正邪の如き究極問題は究極問題であるといふことのために、確実な証明は不可能であると、あつさり兜を抜いている。）従つて正邪は行為に対する個人の感情でもなく、社会の感情でもない。これらの感情は人により、社会によつて異同がある。道徳的判断は感情に起源をもつといふ人類学者の説は、それが進化した今日も感情的に関する判断でしかあり得ないといふ説の根拠とはならぬ。我等は現下の状態の分析で決定せねばならぬ。如何なる場合でも我等が一定の事物を信じることは、その事物が我等の観念を離れて実在することである。倫理学の場合も例外であるはずはない。正邪を明確に知ることはできぬといふことと、正邪は我等が考へているといふこととの間は区別しなければならぬ。

次にムアはカントの観念論的倫理説を根柢から覆へさうとして、実践理性、即ち良心や神や道徳律の命令の如きものの存在を否定した。カントはかかるものを人間が先天的に所有して居り、これが是とするものは正しく、否とするものは邪まであるとなして、道徳的判断に客観性を与へることができたが、決して邪まなことを意欲せず、常に正しいことばかりを意欲する良心のやうな存在体があるか何うかは極めて疑はしく、また神を信ぜぬものでも行為の正邪の判断力を有しているところを見れば、かういふものがあるといふ断定に達する証拠はない。

然らば正邪の基準は何にあるかといふと、それは行為の結果にあるのである。世の中には結果の如何にかかはらず行ふのが本務となるやうな行為があると説く人がある。即ちたとへそのために世の中に人類が絶滅しても、善はやはり行はねばならぬといふ考である。しかし違つた行為をとる時よりも世を毒しさうな行為を知りつつ行ふことが邪まなことは自明である。また正邪と動機とは別問題である。動機を重視するカント派では偽善を己を欺き他人を欺く二重の罪悪として唾棄するにも拘らず、ムアは偽善も亦善だと断言する。ただムアの説に対する有力な反対説は、行為の正邪は結果の「予測」に依拠するといふ説であるが、これを論破はできなくても、「我等の説の方が真理の可能性が十分にあり、可能性があれば主張してならぬはずはない。」と彼は言ふ。

善も亦実在である。絶対に人間がいなくても善なるものは存在する。功利説は快楽を善としたが快楽のみが善ではない。善は一つの全体であり、快楽はその一部に過ぎぬ。従つて快楽のみでは悪の場合もあり得る。善は善であつて、定義は不可能であるが、ある種の感情と意識を含んでいることだけは分る。しかし本質的に善いものは夥しくあつて、その共通点はない位であるといふのがムアの結論である。

文学は長い間常識を蔑視し、敵視さへしてきた。英文学の致命傷は何かと言へば、何人も先づ「常識的」といふことを挙げるであらう。然るに哲学界に於ける新実在論の圧倒的優勢が常識の価値の尊重を動かすべからざるものとすると共に、奇矯な言説は影をひそめて、思想の完全な行き詰りの墓標を立てたやうな姿になつてしまつた。

我等はモダニストの文学を読んで、彼等が新実在論の影響をうけているといふ告白を発見することは困難であるが、試みに最もよく論ずるオールダス・ハックスレーのエッセイ集を繙いて見ても、その世界観も道徳観も新実在論のそれと根本に於て変りはない。尤もペンの辷りから多少の出たらめは混じていても、ハックスレーが理想としていた性格は、功利主義者めいた風格を有しているのを見るであらう。G・E・ムアの倫理学は功利説を根本的に改正はしたが、実際問題となれば、やはり最も多くの幸福を生じるやうな結果を目的として行動するよりほかはないことを認めている。ハックスレーの『汝の欲する所を為せ』中の「樹の善悪はその果実によつて知られる。」といふ一句は、ムアが動機よりも結果を重視し、何等かの善き成果を結ぶに非れば善と認めず、たとへ天災地変によつて生じた悪い結果であつても、やはり悪とした態度と根本的に同じである。

モダニスト中、最も革命的な思想を蔵するかの如く思はれるD・H・ロレンスの性の解放もやはり自由主義的見解を出たものではない。ラッセルは、「政治の理想」で論じてかう言つた。世人は一般に国家がある種の性的放縦を罰する権利を有するやうに無条件に考へているが、……私はこの禁止を賢明な態度とは考へない。欧洲人が一般に信じている如く、果してそれが望ましからぬ習慣であるなら、世界の多くの部分で律法上許されているこの制度は、直ちに放棄されるであらう。……若しその経験が成功を証するならば、世界は今日所有することのできぬ一種の知識を獲得できるに違ひない。」

思想の行き詰りによる文学の停頓を救ふためには、文学を思想より切り離すより外にはなかつた。このために彼等は極めて常識的な思想を極端に非常識なスタイルに盛ることとなり、スタイルのみによつて、文学たる価値を主張しようと試みたのである。尤も彼等の間には「古典主義」といふ反自由主義的な世界観を標榜して、カトリック主義と王党を吹聴する者もあるが、文学の文体以外の実際問題に於ては自由主義的な仕事しか為し得ず、新実在派的な考へ方はモダニスト一般を包んで、決してこれから脱却することのできぬ運命にあるのである。古典主義は奔放な思索を嫌ふ。新実在論もさうである。古典主義は革命を嫌ふ新実在論もさうである。古典主義は統制を重大視するが故に国法を重んじる。新実在論は国法を以て長い人間の人類の経験から生じた打算となして重大視する。

思ふにモダニストが特異な表現をもちながら、内容に常識以上の思想のないことを恥とせぬのみかかへつてこれを当然とし、T・S・エリオットをして作品に盛る思想はすでに一般化されたものでなければならぬと広言するまでの勇気を与へたのは背後に於ける哲学界のこの主潮であつたらうと思ふ。

〔『三田文学』一二巻九号7、一九三七年〕

11　ジー・イー・ムア『倫理学入門』・訳者のはしがき

訳者のはしがき

現代英米の哲学界の主潮をなしている新実在論の礎石を据えたのは、ケンブリヂ大学のジョージ・エドワード・ムアであり、今日と雖もこの派の動向は殆んど彼の動きを中心にして決せられている。

新実在論の特徴は常識の尊重である。我等は普通、物質は我等の精神から離れて独立に存在するやうに考へる本能をもつている。そしてこの信念は他の信念とよく調和するのだから、排斥する理由がないばかりか、承認の価値もあるわけである。ムアはこゝに着眼して、「存在することは知覚されることである」といふ観念論的見解の矛盾を指摘し、存在と知覚とは別個であると説明した。我等の観念となつて現れた存在は、存在プラス知覚であつて、存在そのものではない。そしてまたこの知覚即ち「知られることも」実在である。即ち、我等は精神界と物質界との二種類をもつわけになり、ムアの哲学はロック哲学への復帰の如き型式をとつてゆく。彼の諸論文をまとめたものに「哲学研究」(Philosophical Studies)(一九二二年)一巻がある。

新実在論の驚異はムアが倫理学の方面を開拓して、従来の倫理学説を根柢から揺がしてみせたことによつて、一層華々しさを増してきた。一九〇三年の「倫理学原理」(Principia Ethica)がそれである。彼が立証せんとしたところは、善も亦客観的に存在する実在であるといふ点にある。

彼に従へば善行為は善と行為の二要素から成立し、行為にして善ならざるものもあり、善にして行為ならざるものもあるが故に、善と行為とは各々独立の存在である。そして善とは何かを知ることが善行為を知る先決問題である。然らば善とは何かといふに、それは単一な概念なるが故に、定義することはできない。例へば黄といふ単一概念を何かと問はれても定義することができぬのと同じである。定義はできぬが直接自明的なものであり、「善は善だ」と答へても、それではつきり理解することができる種類のものである。ムアはミルやシジウィクの功利説を徹底的に批判して、快楽のみが善ではないといふ結論に到達した。快楽は善の一部ではあるが、他の要素と一緒に善といふ一つの全体を構成する時は、例へば水素と酸素が化合して水といふ全然別種の物質を作るやうに、善といふ別種の実在を作る。善は混合物ではなくて化合物と見るべきである。従つて快楽のみなら悪になり得る場合も亦あり得るのである。善はまた理想といふ言葉で表はされる。

しかし「倫理学原理」の内容と表現の晦渋性は著しく読者を混惑させたので、一九一一年に、ムアはまた違つた形式でこれを書き直して、「倫理学」（Ethics）と題して出版した。今日広く読まれていて、わが国の大学などで、倫理学の教科書に用いられているのはこの後の方のものであり、今こゝに「倫理学入門」と改題して訳出したのもこれである。

これには善だけでなく、正邪に関するその後の新しい研究が加へられている。結果を以て行為の正邪を決定しようとする態度は、従来小説家や詩人たちが俗物の目として軽蔑してきたものであるが、この俗物の目こそ常識であり、従つてかへつて真理に近いことは本書によつてはじめて理論的の支持を得たのである。やはりミルのやうな長い構造の文体を脱し得なかつたことが著しく不利になつてはいるが、驚くべき論理の冴えと学術的価値とは、本書を時の試練に堪へさせてすでに古典の一つにしている。

一見同一語の反覆に充満しているやうに見えても実はさうでなく、一言一句ことごとく革命的な創見である。注意して彼の思索のあとを見失はぬやうな努力さへ欠かねば、本書は我等にとつて極めて興味深い好著となつてくる。目次と頭註欄に於る内容の分析は、読者の便宜を慮つて行つた訳者自身の独断であることを、御断りしておきたい。

昭和十二年五月五日

〔ムア／町野静雄訳『倫理学入門』金星堂、一九三七年〕

12　ミルトン概説

時代的背景

時代精神――ジョン・ミルトンは清教主義の英国を代表し、清教主義はその揺籃から墓場までの全経歴をミルトンに表現していると言はれている。ミルトンの文学がシェイクスピアのそれと根本的に異る点は、彼が自分の内心を率直に吐露したところにある。単にソネットなどの抒情詩にとゞまらず、「失はれし楽園」のサタンもアダムもエバも、「闘士サムソン」のサムソンも、「コウマス」の守護の天使も淑女も彼自身の投影である。そして彼の叫びは清教徒全部の叫びの精髄であり、清教主義は十七世紀の時代精神である以上、彼を生んだ時代精神を明瞭にしておくことは、彼の理解のための先決条件である。

清教徒の思想――宗教改革の指導者ジョン・カルヴィンの追随者たちは、その行動の峻厳さに於て、ルーテル派の新教徒と区別され、清教徒と称する一団になつた。元来封建制度の崩壊とともに勃興して来た自由主義に理論的基礎づけを行つて、一切の伝統的羈絆の打破と、来るべき資本主義的社会状態に対応するイデオロギーを供給したのは宗教改革であつた。道徳生活の中心を外部の声に置かずに、良心の声、即ち自律に置いて、その観点から基督教と聖書とを読み直さうとしたのである。然るにルーテルの意図するところは、社会制度に対してのみは頗る保守的であつた。富の自由追求を支持せず、商業の如きは詐偽であるとなした。この思想は二十世紀の社会主義の思想と相通ずるものであるが、当時の鬱勃たる中流階級の覇気と一致せず、殊に典型的な資本主義国家たる英国の発達にとつては、宗教改革が行はれて久しいにも拘らず、中世的観念の脱却を阻む原因となつていた。カルヴィンの説はルーテルのそれに比較して、遥かに英国的であつた。ラスキの「欧洲自由主義の勃興」によると、清教徒の足場といふのも、やはり卑近な経済的基礎にあつたやうである。即ち聖典は金貸しを非とし、初期の基督教の教父等は金が金を生むはずはないといふ説を樹て丶いるが、これは決定的のものではなく、かうした聖典の書かれた時代よりも遥かに異る環境に住む現代人を根柢として判断さるべきであるとなした。そして貸借関係が穏当であればそれでよいと論じた。かう言つたやうな清教派の職業説は個人主義的経済の発生に寄与するとともに、清教徒の経済的立脚点をかち得て来たといふのである。聖餐重要論を軽蔑する清教徒にとつて、世俗的な骨折りは自ら一種の聖餐となつた。しかし清教派が右のやうな経済的基礎に立つて、資本主義の勝利への道を準備したにも拘らず、さうしたことは殆んど無意識に行はれたことであつて、十七世紀のミルトンやバニヤン等最高の清教徒等は、身を持すること極めて清廉、金銭を仇敵と見做し、罪の意識の深さ、名利への恬淡さは中世の聖徒に彷彿たるものがあり、世俗的満足を提供する娯楽や快楽を忌避し、宗教的な喜びの追求に全力を捧げた。

清教徒等の信念を鉄の如くに強固にしたのは実にその長い間の迫害であつた。英国は清教が国教にはなつていても、エリザベス女王の画一条例なるものが、監督僧による教会の監督制度を採用して、官僚的支配を行つていた。これが即ち国教会である。清教徒等は僧俗の区別を重視せず、一律に清廉な生活を行ひ、教会は上から支配さるべきものではなく、自治によつて長老を選挙する制度を採るべきであるとなし、一五七二年には国教会を脱退して長老派を組織していた。彼等はエリザベス女王、ジェイムズ一世等の断圧に遭つて来たために、国家を以て清教徒の断圧機関と見做すに至つた。従つて国家を神の教へに悖る真理の強制機関、延いては牢獄、善の没収、彼等の貧困の原因であると為し、これを破壊することが、彼等に托された聖なる使命であると解した。英国の伝統は自由の名のもとに排斥され、過古の歴史の輝かしさを書くことにさへ遠慮があつた。凡そ大叙事詩は「イリアッド」や「イーニイド」や「平家物語」のやうに、国民的色彩を本領とするのであるが、ミルトンがアーサー王の叙事詩の計画を放棄して、「失はれし楽園」といふ、叙事詩にしては珍しくもこの色彩の少い、非英雄詩を作つた事情もこゝに潜んでいる。

英吉利共和国――清教徒の群はジェイムズ一世の時、下院に籠つて王政を脅かすほどの勢力となつた。王権の拡張を偏へに願つた王は、議会を解散し、議会なしに国を治むること十一年といふ反動振りであつた。けれども偶ゝ一六四〇年にスコットランドの長老派が騒いで、軍費に困るに及び、その調達のため議会を召集しなければならなくなつた。勿論清教徒を多数に擁する議会がこれに協賛を与へるはずはなく、彼等はかへつて王の寵臣を死刑にすることを議決して、直ちに執行してしまつた。激怒した王は兵を率いて議会を襲ひ、清教徒の領袖等を捕へようとしたが、逃げられてこゝに英国の内乱が生じた。王は別に議会を作つて対抗し、最初屡ゝ清教徒の軍を破つたが、堅固な信念に生きる清教徒は、名将クロムウェルの指導よろしきを得て、最後の勝利をかち得たのである。

一六四〇年に開かれた議会は一二年半続いたので、長期議会と称している。王を捕虜にするとともに、長老派は分裂の危機を招いた。王政を根本から覆へして、信仰の自由を確保しようとする一派は、王政の維持に志す長老派にあきたらずして相剋した。この独立派は極めて少数ではあつたが、クロムウェルに率いられていたために、遂に議会から長老派を逐ふことに成功し、王を裁判して死刑に処してしまつた。時に一六四九年である。

この年からイギリスは共和国となり、クロムウェルは統監となつて、極端な清教主義の政治を行ひ、歌舞音曲の類は圧迫し、演劇を禁止した。クロムウェルの率いる鉄騎隊は軍歌の代りに讃美歌を歌ふといふ風であつた。

然るにこの共和国は富の分配に於て、例によつて貧困者の従来の夢を実現し得なかつたために、国民に見はなされ、一六五八年、個人的才幹によつて辛うじて支へて来た巨柱クロムウェルの死亡とともに、必然に王政復古となつて、チャールズ二世が即位した。

ミルトンはこの間、クロムウェルの議政府に招かれてラテン秘書官となり、共和国の弁護と理論的指導に努め、大きな役割を演じて来た大政治家である。彼ほどの存在が王政復古に当つた斬首されなかつたのは不思議なくらいである。

初期の小品詩

浪曼主義の開花——ミルトンはシェイクスピアとともに、十七世紀の詩人である。十七世紀はその後三百年間の世界の躍動の種子を発見した多くの天才を出して、天才時代と称せられる世紀である。英文学の最大の巨人が時を同じうして出たのも不思議ではない。文学史的に見れば、ミルトンはエリザベス朝的文士の最後の人である。生れた年の一六〇八年はシェイクスピアの「アントニーとクレオパトラ」が成つた年であり、それから十六年もシェイクスピアは存命していたのだから、彼の姿を見たこともあるだらうと推定されているのも亦一奇といふべきである。ミルトンの生涯は（一）一六〇八年から二五年までの先文学時代、（二）

一六二五年から四〇年までの大学、田園生活、旅行時代、(三)一六四〇年から六〇年までの論争時代、(四)一六六〇年から七四年までの長篇詩時代の四期に区分される。清教徒の家に生れ、清教主義の牧師トマス・ヤングを最初の家庭教師として育つた彼は、牧師になるつもりで、一六二五年ケイムブリヂのクライスツ・コレジに入学した。彼の美貌と繊細な趣味と高雅さとは忽ちにして同窓生の尊敬の対象となり、「クライスト学寮の淑女」といふ綽名を得ていたといふ。七年間の大学生活中に彼が物したラテン語の作文は、数年前に英訳されて、単行本として出版されたが、異常な天才の閃きはすでにその頃から衆を圧していたのである。英語で綴つた彼の詩もこの期に於て美しく開花した。「綺麗な嬰児の死」(一六二六)は姉であるアン・ミルトンの子が死んだ時の十一聯からなる哀歌で、彼が十七歳の時の処女作である。「休暇中の宿題に」「基督降誕の朝の頌歌」、「五月の朝の歌」、「基督受難」、「時を詠みて」、「厳かな音楽を聞いて」、「シェイクスピア墓碑銘」、「大学の運搬夫」、「ウィンチェスター男爵夫人墓碑銘」「齢二十三になつて」「夜鶯に」などはこの頃の作である。(但しなかに製作年代が明かでなくてもつと後の作と推定されるものもある。)このうち「五月の朝の歌」が格調と素材の点で、後の「ラレーグロー」の先駆をなしながら、結局ミルトンの浪曼主義の弱点である常套的観念性を暴露して失敗しているほかは、いづれもすでに言語と韻律で大詩人の片鱗を示した作品である。ミルトンはあらゆる文学的才能をもつていたが、諧謔だけは欠いでいたと言はれている。しかしこの諧謔が、大学の運搬夫を歌つた二篇の詩にあることも注目すべきである。就中こゝに特筆大書せねばならぬのは降誕歌手あらう。

基督降誕の朝の頌歌——この荘大なオウドは一六二九年のクリスマスの朝から書きはじめたものである。基督が生れた時、星に導かれて東方から来つた博士等が、嬰児を拝し、宝の盒を開いて黄金、乳香、没薬などの礼物を献げたといふ馬太伝の記事と、天使が来て野にある羊飼ひに救世主来ると告げた路加伝の記事に想を得て、主の栄光をめぐらした世界の黎明を讃へたものである。異教の神々はすべてサタンの一味であるとミルトンは考へていた。これらの神が、基督の誕生とともに権力を失ひ、住み馴れた地を棄てゝ、幽闇の方へのがれてゆくあたりの描写の荘厳さと規模の雄大さは、将来の「失はれし楽園」の出現を約束したものであつて、「英語で書かれたものゝうち、最も立派なもの」と言つた人さへある。而もミルトンが二十一歳の作である。

ラレーグローとイル・ペンセローソー――ミルトンは自分の天職が牧師よりも詩にあることを自覚して、大学卒業後は最初の志望を放棄してウィンザーに近いホートンといふ片田舎に引きこもり、古典などを研究していた。この六年間の静かな生活を、彼自身は単に大作に備へる「成熟」時代と見做してはいたが、彼の小さな詩の最も善いものはこの期に於て作られた。「ラレーグロー」、「イル・ペンセローソー」、「アルカヂア人」、「コウマス」、「リシダス」等がこれである。ラレーグローは伊太利語で楽天家、イル・ペンセローソーは黙想家といふ意味で、この二つは姉妹篇として絶えず一緒にして語られるものである。各〻理想的な一昼夜の出来事を叙しているが、「ラレーグロー」は雲雀の歌にはじまり、「イル・ペンセローソー」は夜鶯の歌にはじまる。小屋のまはりの牧歌的な光景のなかの散策や、夜中の読書などの生活が、二つの見地から対蹠的に描かれ、いづれも田園生活の興味をあふるゝばかりに盛つている。こゝに現れてくる幾場景は、彼がこれまで経験して来た思ひ出の場面を寄せ集めた幻想的なものではあらうが、ホートンの景色が主になつていることは想像できることである。この自然描写の美しさは、後世の自然詩の濫觴をなしたものであるが、而も絶えてこれを凌駕したものはない。二篇のうちいづれが先に書かれたものであるかを明かにしないけれども、歓楽よりも黙想をとる「イル・ペンセローソー」の方が、より多くミルトンの精神の特徴は掴んでいるであらう。

アルカヂア人――仮面劇はミルトンの青年の頃の饗応に好んで用いられた形式で、ヘンリー八世の治世に、伊太利から齎された立派な仮面劇が流行して以来のことである。ヘンリー八世以前の仮面劇は仮面をかぶつて、衣裳の豪華さを誇る黙劇であつたのが、伊太利の影響で改良されて歌も踊りもはひることになつたものである。しかし英国の仮面劇の伝統はなほのこつて、絢爛たるものであつたことは想像に難くない。丁度わが国に於る武士階級の歌舞伎の蔑視が、能楽の発達を招いたやうに、清教徒に圧迫された英国の演劇は貴族の家で催される仮面劇に、はけ口を見出したのである。ミルトンの「アルカヂア人」はダービー伯未亡人を慰めるために、その家族等が演じた仮面劇で、多くの人の合作になり、今日残存するものはミルトンが提供した部分即ち三つの短い唄と八十三行の無韻詩だけである。この無韻詩の部分は森のぬしの言葉であつて、断片ではあるが、やはり絶品として珍重されている。

コウマス――「コウマス」はダービー伯未亡人の義理の嗣子、初代ブリヂウォーター伯ジョンのために書かれた仮面劇である。一六三四年の九月二十九日にラドロウ城で演ぜられているから、恐らくその年のはじめに作られたものであらう。ミルトン自身も「仮面劇」といふ銘をつけているが、それはこの作品の多角的な魅力を暗示するに足らぬので、抒情劇、叙事詩的スタイルの劇、劇の形態をとつた抒情詩、幻想曲、アレゴリー、哲学詩、一組の荘厳な言葉と独白、或は教訓詩など、在来の批評家が名づけた諸名称を一括して、そこに本質を見ようとするものもある。三場、通計千二十三行の主として無韻詩から成る小品で、第一場の原始林の場では、先づ守護の精霊が降りて来て、美しい前口上をやる。コウマスといふのはこのあたりに住んで、行き暮れた人々を誘惑する悪魔である。これが輩下の怪物とともに登場し、村人の姿で「淑女」を待つ。淑女は彼女のために木の実をとりに行つた二人の兄弟にはぐれて当惑しながらやつて来る。誘惑者と被誘惑者とはかうして相会し、彼女は彼の言を信じて道案内を頼む。彼等が去つたあとに兄弟がやつてくる。兄は哲学的に思惟し、弟は実際的に論じる。そこへ守護の精霊が羊飼ひの姿で出場して助言する。場面は転換して宏壮な宮殿となる。山海の珍味は並べられ、コウマスは淑女の清浄な心のなかに自分の放縦な趣味を吹き込まうとする。併し彼の甘言も彼女の貞淑の前には無力であるここがこの劇のクライマクスである。遂に兄弟に乱入されて、コウマスはこの場から追はれることとなる。けれども淑女にはまだコウマスの呪ひがかゝつているといふので、守護の精霊に教へられるまゝに処女を守る小川の女神のサプライナを呼んで清めて貰ふ。第三場はラドロウ町の長官の城で、田舎の踊り子たちが大勢で踊つている。そのなかで、守護の精は淑女と兄弟を父母のもとへかへす。踊りが終ると、綺麗なエピローグを精が歌ふ。劇は中世に流行したアレゴリー風のものであつて、淑女は清教徒的純潔を象徴し、これが悪に打ちかつたことを比喩的に物語るに過ぎない。アレゴリーの常として筋も単純であり、殊に人物は極めて抽象的、観念的であつて、劇としてみれば全然近代味のない、価値の低いものである。また当時の宮廷の腐敗に対する諷喩と見るも、迫力が足りない。けれどもこれを綴る詩句の美しさ、清さ、可憐さは、比類なきものであり、登場人物の口をついて出る一句一句はことごとく宝玉の如き抒情詩である。詩句を彩る豊富な古典の知識は、彫琢された豊富な言語と相俟つて、最高水準の作品の一つとなつている。

リシダス――グレイの「田舎の墓地にて綴られし哀詩」、シェリーの「アドウラス」とともに、三大哀歌と称せられるものであるが、恐らくその随一であらう。一六三七年の十一月に書かれ、エドワド・キングといふ友への贈り物として、翌年ケームブリヂで刊行された記念詩集に現れたものである。キングはミルトンより三つ年下ではあつたが、名門の出であることゝ、その学問的天分とに恵まれて、人気を集めていたので、大学の同窓生として二人は屡ゝ相見たに違ひない。彼はマスター・オヴ・アーツの学位をとつた後も、牧師になるつもりで、ケームブリヂにとゞまつていたが、一六三七年の休暇に、チェスターから船出して、アイルランドの友人を訪問の途次、凪にも拘らず船はウェイルズ沖で暗礁に乗りあげた。ボートでのがれた人もあつたが、不幸にしてこのクライスツ・コレジの若きホープは死骸さへも発見することができなかつた。「リシダス」は牧歌の形式をとり、直接ミルトンがキングの死を悼んでいるのではなく、秋の頃羊飼ひが仲間の羊飼ひの死を悲しんでいる幻想曲である。そして牧歌的な環境の描写と比喩の外衣を通して、短いキングの生涯と不慮の死が述べられ、その死を哀悼するケームブリヂの人々の姿が見られる。切々として秋風のやうに冷たく流れる哀調は終りに近く、貪婪な教会の羊飼ひに対する果敢な挑戦をなさぬ間に死んだキングの心残りを托した荒々しい言葉で乱される。この頃すでにミルトンは長老派的傾向を帯びていたのである。

ダーモン墓碑銘――ミルトンの拉典語と希臘語の詩は、パタスン等によつて英訳も出ているが、やはり言語の障壁にへだてられて、話題にのぼることは極めて少い。なかにも「ダーモン墓碑銘」は真率にして崇高、「リシダス」の優婉なる情熱を凌ぎ、あらゆる批評家が「リシダス」以上であることを認めて来たものである。ミルトンの幼い折からの友人にチャールズ・ディオダティなる半イタリー人があり、ミルトンの大陸漫遊のプランは彼と相談して出来上つたものである。如何に親しかつたかは、ミルトンがイタリー滞在中、ディオダティの父の故郷だといふ理由で、ルッカを訪れた一事で推測できる。然るにこの親友も流行病に斃れて、ミルトン帰国の時はすでになく、こゝに「ダーモン墓碑銘」の一篇が綴られることになつたのである。

一六三九年か四〇年の作である。「リシダス」と同じく牧歌であつて、ディオダティはダーモンといふ羊飼ひの名で呼ばれる。形式も「リシダス」と変らない。

論争的著作

散文の文体——国王対清教徒の争ひが内乱となるや、ミルトンは詩作をやめて、清教徒のために無数の宣伝冊子を書いた。この間約二十年はソネットの佳品数篇のほかは全然散文のみであつて、文学史家が挙つてミルトンのために惜しんでいるところである。しかし宗教運動の方面に於けるミルトンの足跡は大きく、宗教家がミルトン伝を書く時は、この時代に彼の特徴と本質を見ようとして、大部分の頁を割いて、その論文を讃美する。現代では新聞と雑誌に掲載された論文が輿論を導くが、当時に於てはパンフレット戦が主になつていた。一六四二年の内乱勃発前、すでに彼は五つの論文を発表して監督派を攻撃していた。かうしたことがクロムウェルの議政府に対外宣伝係として迎へられる理由となつたのである。彼の散文はギリシヤ語ラテン語の特徴を取り入れて、各々の文が非常に長く、構成が複雑を極めるため、古典の智識に乏しい今日の我々には筆者の推理の動きを追究して行くことが非常に困難である。絢爛そのもののやうではあるが、直観的に意味を把握することが容易な彼の詩に比較すると、相当の隔りがある。加ふるに例のユーモアの欠乏が彼の荘大な文体を愈□親しみにくいものにしている。この期に於てミルトンの文才に変化があつたのではない。その証拠にはソネットの方は主題に応じて、雄渾、優雅、嶮峻、或時は聖書の詩篇の如く荘重に、或時は古典詩の如くやすらかに、而もシェイクスピアやスペンサーと異つて、真情胸に迫るものがあるのに、散文となれば著しく生彩を失ふ。ダンテやシェイクスピアが散文を書いても、韻文に劣らぬ魅力のあるスタイルを創造したことに思ひを致すとき、異様な感に打たれるのは当然である。しかしこれはミルトンの散文が、詩のすばらしさに圧倒されているといふ事実を述べただけであつて、彼が詩を書かなかつたら、優に散文家としても独自の地歩を占め得るだけの価値はあり、殊に「アレオパヂチカ」一篇の成功だけでも、散文家としての彼を一流人に伍せしめるに足るを知るべきあらう。論ぜられた問題は既に今日の興味から外れたものも多いが、ピューリタニズムの文献的興味や、詩に高揚して行く情熱的な感情が、至るところに漲つている。本国の圧迫からのがれて、アメリカに渡り、後に合衆国を建設した清教徒等を、鼓舞し、激励したのがミルトン散文であり、故にこれは合衆国の建国精神となつたといふ一事を以てしても、永遠不滅の価値を与へることができるであらう。

英国に於る宗教改革について――詳しく言ふと、「英国に於る宗教改革とそれを妨げてきた原因について」となつている。二巻から成り、一六四一年に刊行された。第一巻では、英国に於て宗教改革の障碍をなしている事情を、ヘンリー八世の治世から書きはじめ、英国人が儀式に執着して、以て知識の欠陥を糊塗し、また教区の監督に僧職授任の権利を委ねて監督制度の栄華を増長させ、羅馬教への逆転を招来した事実を攻撃している。これらの教長は、かつて法王が有していた権力を、今では自分等が分割して保有し、専横を極めている。自由の敵を駆逐するために、イングランドとスコットランドの国民は相提携して立ち、後世の人々の讃辞と英雄詩の対象たれと激励する。

抗弁の批判――「Smectymnuus に対する抗弁者の弁護の批判」。Stephen Marshall, Edmund Calamy, Thomas Young, Matthew Newcomen, William Spurstow の五人の長老派の牧師が協力し、各自の姓名の頭文字をとつ

てSmectymnuusといふ名称のもとに出したパンフレットは、監督派に不利な知識を夥しく挙げて世人の注意を惹いたために、監督ホールは反駁文を著して、彼等を譏謗した。当時の両派の論争は数年前の我国の政党間の泥試合以上で、監督派の雄弁な毒舌に、圧倒されて葬り去られるミルトンの知人はその数を知らずといふ有様である。故にSmectymnuusの弁護に立つた「批判」といふ彼の対話体の論文も痛烈そのものであつた。一六四一年の作。

SMECTYMNUUSのための弁明――ミルトンの論理と博識は監督ホールの「抗弁者の弁護」を粉砕したが、その息子と思はれる男が、「つゝましやかな非難」を書いて反駁して来た。ミルトンは早速これに応じて「Smectymnuusのための弁明」を書いた。監督派の教長が不当の利得を守らうとして発明した奸策と、彼等の世俗的名利に憧れる醜さが読者のために手にとるやうに述べられている。これは「批判」の翌年の一六四二年に出たもので、この年内乱が起つて、監督派は一時没落しはじめたのである。

離婚論――一六四三年、内乱の宣言後間もなく、ミルトンは突然ロンドンを離れたかと思ふと、新婦を携へて帰つて来た。しかしこの軽率な結婚は悲しむべき結果となつた。妻の名をメイリー・ボウエルと呼んだが、軽佻浮薄な王党員の家庭に人となつたために、清教徒の指導者の質素な環境にあきたらず、高尚な興味に共鳴することもできなかつた。かくて二ヶ月足らずですでに離婚を思ひ、実家に帰つてしまつて、夫からの手紙にも返事を寄越さなかつた。ミルトンの「離婚の教義と戒律」の第一巻はすでに結婚後一ケ月目に書きはじめられていた。翌年再版と第二巻を出した。この二巻につゞいて、「マーチン・ビューサーの離婚に関する批判」、「テトラコードン或は聖典中離婚に関する重なる四ケ所の探究」(「ある論文を書いたことに伴ふ誹謗について」といふソネット参照)、「コラステリオン――離婚の教義と戒律を非難せる無記名の答に対する反駁」の三論文が出版された。結婚に関するあらゆる問題が、驚くべき博識を以て論じられている。修辞の美しさに於ても、はるかに他の諸論文にまさつている。議論の方法は聖典中の結婚に関する文句を比較検討し、相互間の矛盾を、新教徒一流の我儘な解釈で、自分に都合のよいやうに折衷したものである。要するに離婚は本人の意志で自由に行ふべき良心の問題であつて、法律の干渉すべき筋合のものではなく、性格の合はぬ同士が結婚生活を続けることは、自己を偽瞞する罪悪であるといふにある。「ミルトンほど宗教的な人間はなかつたが、彼の宗教は純粋な超絶哲学であつて、原典と式文を超越して飛翔し、究極は神と被造物間に存する終りなき関係に依存する、」とJ・A・シン・ジョンは評した後、他の点ではこれらの離婚論が、美と愛の詩的叙述に充満していることを讃美し、「当時の人々にとつては明晰であつたらしい表現が、言語の変遷に伴ひ、朦朧晦渋となつて親しみにくい」ことをなげいている。これらのパンフレットによつて、ミルトンは道徳を破壊し、社会生活と家庭生活の美と危殆に瀕せしむる説の宣伝者と見做され、長老派の牧師たちは特に彼にひどくあたつた。ミルトンが独立派の方へ移つていたのはこのためである。但し彼の妻は四五年に一旦夫のもとに帰り、五三年に死んだ。ミルトンは三度結婚した。二度目の妻は理想的な女であつたが、五八年に難産で死んだ。

教育について——ミルトンにとつては人間の第一の本務は真理の探究であり、教育論は子供にこの本務を遂行させる最上の方法を述べてある。一六四四年、教育問題でよく論じてあつた友人のハートリブに宛てた手紙の形式になつて居て、十数頁の美しい論文である。ギリシヤ、ラテン語の勉強から智識と徳操の世界にはひつて行かうとする当時の教育法を反映しているために、わが国の漢学塾の教育法を述べたものの如く、教育の根本精神を説いた部分以外の具体的な教授法は、全然今日に通用せぬものであり、当時にあつても相当の頭脳の所有者でなければ、かうした高尚な教育には堪へなかつたであらう。ミルトンが如何なる語学に通じ、如何なる古典を愛読したか、即ちミルトンの教養についてはこの一文でよく分る。

偶像破壊者――ラテン語で書かれ、一六四九年の作。チャールズ一世の死刑によつて衝動をうけた民衆に、昔から法を破つたために民衆によつて死刑に処せられた諸王の前例を挙げ、チャールズ一世の死は神慮に基くものであるといふ意味の議論が終り近くにあるが、国体の異る日本人には、かういふ妙なものが現在刊行を許されている英国の国体を不思議に思はせる。本書は「王の肖像」といふ書に対する反駁である。

アレオパガス――同じく一六四四年の作で、ミルトンの散文中最大最高の傑作である。前の年の六月十四日、宗教と政府を誹謗するやうな出版物を抑制するために議会に集つた貴衆両議員は、条例によつて、検閲なき出版を禁止してしまつた。これは自由を謳歌して、清教徒の議会になればその夢が実現すると信じ切つていたものにとつて、まさに青天の霹靂であつた。アテネの修辞学者イソクラテスが、昔のデモクラシーと、元老院アレオパガスの昔の権力を挽回して、マケドニアの勃興に備へよと書いた「アレオパヂチカ」即ち「アレオパガスに訴ふる演舌」にあやからうとしたものである。ミルトンによれば検閲制度は真理の敵羅馬法王の案出するところであつて、古代には殆んどその例がないと言つているが、例外として民族精神の根拠たる神の冒涜と人身攻撃を挙げている。宣伝戦の際の人身攻撃に余程不愉快な経験を嘗めたからに違ひない。「何よりも自由を」といふのが彼の標語だつた。澎湃として起つて来たばかりの溌剌たる自由主義は、こゝにその全幅的な理論を見出している。思想の断圧は人を委縮させ、延いて民族の活動性を殺いで滅亡に導く。時勢は流れ、流れるところに進歩があるのに、思想が時勢とともに流れることができなかつたら、国家は破滅のほかはない。悪い本が、悪い思想が目に触れてこそ、善い本と善い思想の価値が分るからと述べている。

ミルトン時代には人間に与へられる進歩といふのは特に宗教思想と道徳思想の領域にあつたが、今日のやうに自由主義そのものが自己矛盾を暴露して行き詰りに到達し、かへつて国家の福利の障害となつている際には、彼の理論は多くの戒心を必要とするかも知れぬが、自由主義検討の好資料としても注目すべき問題を含んでいるのである。ミルトンの理想とする法令は英国では七十七年後に実現され、それを模範としている国家も多い。たとへ問題が解決しても、児童の読み物についての教育家や父兄の関心を反省させる多くの示唆をこの論文から永久に汲みとることができるであらう。

英国民の弁護――ミルトンの名を世界的にしたのは実にこの著述である。後のチャールズ二世を奉じてオランダに逃れた王党は、ラテン語学者として世界第一といはれたライデン大学の仏人サルマシアスをして、「チャールズ一世のための弁護」を書かせ、悲惨な先生の死に関して欧洲の同情を沸き立たせた。当時の国際語はラテン語だつたのである。そしてその頃議政府のラテン秘書官となつたばかりのミルトンが、反駁の大役を負はされて立つたのである。純粋なラテン文法と、書いた目的といふものを除外して考へると、これはミルトンの散文中最も欠点の多いものであると言はれ、サルマシアスの文法の誤りを指摘したりして、顔をそむけたいほど下品な悪罵に満ちている。しかしサルマシアスが欧洲諸国に燃やした同情の炎は、ミルトンによつて相当に踏み消された。数百頁の大冊で、現今は英訳が行はれて居り、エヴリマンのミルトンの散文集にはないが、マクミランのものにはクロムウエルに関する記事など、重要個所を抜萃して収めてある。

第二弁護――ところが「英国民の弁護」に対して王党は更に「英国の逆臣を天に訴ふる国王の血の叫び」といふ宣伝冊子を出し、これにミルトンの風采などをこきおろした序文がついていたので、擁護論の続篇を出した。これを「第二弁護」と称し、ミルトンの自伝的弁明が含まれているので重宝がられている。

自由共和国設立の容易なる便法――「並びにこの国に王を再任する不利と危険との比較に基くその卓越性」といふのである。クロムウェルの死とともに崩壊し行く英吉利共和国を目前にして、これを固守しようとするミルトンの最後の足掻きである。チャールズ二世が王位に即かうとして英国に上陸した一六六〇年の論文。ミルトンの国家観はプラトンの「理想国家」の思想を継承し、人民は不安定な議会のかはりに永久的な元老を選出して、「大役員会」を作れと説き、再び王を迎へようとして熱狂する人々に抗議した。彼の散文中最も技巧の跡が少く、読み易く解り易いといふ一事は、共和国の滅亡が、修辞などの余裕を許さぬほど切実な事実であつたことを暗示すると同時に、他の散文の晦渋は奔放な筆致の必然の産物でなくして、凝つた結果故意に企てられたものであることを立証する。

その他――このほかに「教長的監督制度」（一六四一）、「教会政治の条理」（同）、「ラテン文法」（一六六九）「英国史」（一六七〇）等がある。

失はれし楽園

創作の事情――「失楽園」或は「楽園喪失」といふ邦訳によつて知られて来た「Paradise Lost」即ち「失はれし楽園」は、「従来人間の想像力によつて企図されたるもの、うち、最も高貴なる作品」（ヴォルテール）である。アーサー王の劇詩を書いて国民詩人たらんとした最初の計画を抛棄した彼は、イタリー旅行の帰途あたりから、パラダイスの消失を叙事詩に作つて人類の詩人たらんと決心した。而もそれ以前にかうした題材を扱つた叙事詩や劇詩は無数にあり、それに基礎をおいたものであると説く研究家も多く、また好意に解する人々は、さうした従来の作品にあきたらなかつたミルトンが、自ら理想的な作品を作つて見せようとしたのだと言つている。しかしさう立ち入つて考へずに、アダムの堕落やミカエルとサタンの戦争などは、当時の欧洲特にイタリーやオランダの詩に流行し、イギリスにもケドモンなどの先駆者があつて、かうした環境と時代精神から生れた作品の一つが「失はれし楽園」であつたと解するのが、一番穏当であらうと思ふ。クロムウェルの秘書であつた期間もミルトンは絶えずこの詩の制作のことを思つていたに違ひないが、論争に捲き込まれて実現できず、一六五八年にアンドルー・マーヴェルが秘書として協力するに及び、はじめて書きはじめる余裕を得たのである。彼が支持した共和国が遂にたふれて、王政復古となるや、暫くは逮捕されていたが、死刑を免れ、その後詩作に専念して、脱稿したのが一六六五年末、それから二年目に刊行された。

天文学——ミルトンはすでにコパーニカスの天文学は熟知していたが、趣味から地球中心説をとつていた。地球を中心として諸天体がその周囲をめぐるといふトレミーの宇宙観、地球を中心として同心の玲瓏たる球

第一図

第二図

第三図

体即ち圏が、地球からの距離に比例して、それぞれの妙音を放ちつゝ回転し、これにつれて一種の荘麗な音楽を生じるといふピタゴラスの星学は、turning sphere や music of spheres などいふ表現で、すでに「降誕歌」や「コウマス」に現はれているが、「失はれし楽園」の幻想と修辞には、愈□適はしいものとなつている。この叙事詩の事実上の主人公はサタンであつて、彼は人類が生れる以前にこの宇宙に住んでいたいはゞ一種の「土人」である。従つて幻想は人類前の宇宙の歴史にはせて行く。デイヴィッド・マスンによつてこれを図解すると次のやうになる。

即ち最初は第一図のやうに無限の半径をもつた空間であつて、上下二つの半球に分れ、上部は天、天国、或は天上界といふえも言はれぬ光明と自由と幸福と栄光の圏であり、中心に神がいて、天使か王座を繞つて神の威徳を崇へ、或は至るところに散らばつて神の命ずるところを行つている。神のまはりを朦朧たる霧が包んでまばゆいばかりに光つている。天国にも山や谷や川があり、天使たちの間にも色々な階級があるが、神通力をもつている点で、後に出来た人間と区別される。宇宙の下半分は渾沌として光も生命もない闇である。ところが神が一子を設けて、天使の首位に置かうとした時、後にサタンと称せられる大天使が嫉妬から謀叛を起し、かへつて大天使のミカエルの軍勢に敗れて、一味とともに地獄の劫火に投げ込まれる。この時宇宙はすでに第二図のやうに変化して、渾沌界の奥に硫黄の火の燃える荒寥たる地獄が作つてあつたのである。神は天国のうけた打撃を償ふため、彼の「子」に命じて渾沌のなかに日月星辰のある我等の宇宙と生物と、二人の人間を創造させた。そして第三図のやうな組織ができあがつた七日目の安息日は、「新世界」の完成を祝ふ天使の軍勢の歌に暮れた。

構成――「失はれし楽園」に於けるかうした人類以前の歴史の説明は、第五巻以後天使のラファエルの口を通してはじめて述べられ、それが第八巻まで続く。第一巻から第四巻では地獄に投げ込まれた堕落天使の群の指導者たちが、神と戦争を継続する方策を談じあひ、新しく創造された人間を堕落に誘惑し、新世界を占領することに決める。彼は地球の方へ飛翔して行つて、美しいエデンの園を発見し、無心に語り合ふアダムとエバの裸体の姿を見る。第九巻以後、愈□人間の誘惑と堕落が描写されている。先づエバがミカエルから度々注意されていたのに、遂に誘惑に負けて禁断の実を食ひ、あとで知つたアダムが愛妻に殉ずる。サタンとその一味は神罰をうけて蛇の姿になる。未来の世界の歴史と基督による贖罪を、ミカエルは幻影にしてアダムに示し、希望をもたせる。そしてアダムはエバとともに悄然とエデンを追はれて行く。

神学——神の最も大なる恩恵は自由である。そして自由を与へられた結果は天使の一部と人間が神に叛逆することとなつた。即ち自由は世界を破滅させ、人類を悲惨な境遇に陥れる危険性があるのに、それでも与へる価値があると神が見たところのものである。さうして叛逆も堕落も神は予見している。悪があつてこそ、善は顕彰され深化して行くからである。悪魔は不死であり、ミカエルの打ちおろした太刀も致命傷を負はせることはできない。一度び地獄に堕ちた彼等が、再び地獄から脱出して人間の誘惑に向ふのは、その悪い企みが後にはかへつて人類に対する無限の恩恵の準備となり、己は破滅の罪と苦悩を重ねて、いよ〳〵憤怒に苦しませるためであつた。堕落したアダムとエバはかうした人間を作つたといふ点で一旦は神を恨み、自殺して人類を絶滅しようとも思ふが、また不孝の子をもつた親と神とを比較して同情し、堕落の種子を播いた悪魔と永久に抗争して、神の意志の実現に努力し、大罪の償ひをしようと決心する。ミルトンの神学は根柢に新教の神学や宗教哲学をもちながら、外面的な形態は旧教神学に近い。「失はれし楽園」は神の摂理を弁じ、人間に対する神の態度の正しさを証明するのが目的であつたらしいが、当時の人々はとにかく、現代人を納得せしむるには足りない。荒唐無稽でむしろ滑稽であすらあるところの詭弁に満ちている。

文体――ミルトンは清教徒でありながら清教徒らしくない一面を有していた。それは文学、音楽、建築等に対する審美的な情操が非常に発達して居り、これらを愛したことである。言ひかへるとミルトンは清教徒の高貴な魂を、清教徒の嫌ふ手段で表現したのである。しかしそのスタイルの清さには、やはり清教徒の血が流れているといふ奇妙な論理のうへに立つ。文体は英詩のうち最も雄大にして崇高、星を鏤め蒼穹を仰ぎ見るの思ひあらしめる。絢爛を極むる場面場面は応接にいとまなく、なかでも「天国の奴僕たらむよりは地獄の王者たらむ」とするサタンの性格描写を讃歎せぬ批評家は一人もない。アダムもエバもミルトン自身の投影であるのに、サタンに於る投影のみが特に秀で、素晴しいのを、ミルトンの悪魔的本質に帰しているものもある。ダンテの「神曲」が天国よりも地獄の描写に勝れている事実は、地上の事物が天国よりも地獄に近い証左であるとなしたショーペンハウエルの筆法を借りるならば、人間といふものが本質的には神よりも悪魔に近い証拠となるであらう。それでもやはりミルトンは崇高であり、「失はれし楽園」は崇高な作品の最高峰に立つものである。ミルトンのやうな大天才にしてはじめて企て得た叙事詩だ。宇宙のやうに広大であり、これから感じる圧力は宇宙そのものである。遠大に過ぎて、人間の力にあまるほどの限界に達している。一行一行が完璧であり、シェイクスピア以上でありながら、全体としては完璧でないといふなら、それは芸術に於る人類の力の限界の象徴でなければならぬ。

晩年の二傑作

恢復されし楽園――「恢復されし楽園」は「闘士サムソン」と一冊の本にまとめられて、一六七一年、ミルトンが六十六歳の時にはじめて出た。前者の脱稿は「失はれし楽園」の完成よりも早かつたかも知れぬと推定されているが、やはり続篇であつて、エデンの消失後長い間跳梁していた悪魔が、基督の誘惑に失敗して逃走し、地上に再び楽園がめぐつて来たことを歌ふ。聖書中のヨルダン川の洗礼と荒野の誘惑に取材し、筋は全然馬太伝の三四章などに書かれていることと変りないのであるが、基督とサタンの間の学究的な議論が巧みに創作されて興味の中心となつている。そして描写は非常に少いけれども、卓越せる手腕に救はれ、秋の水の如くに澄んだミルトンの心境を反映して、天衣無縫といふ点から言へば、或は「失はれし楽園」に勝るかも知れぬ。「失はれし楽園」の華かさに比して、スタイルは枯淡、全体的に見て何の欠陥も発見できぬ巨匠の作品の感が深い。作品の純化とともに「失はれし楽園」の頃から著しかつた大衆性の欠如は極点に達する。

闘士サムソン――晩年ミルトンは失意の人であつた。「偶像破壊者」と「英国民の弁護」を書いたために一時牢獄に繋がれた体験と、妻に失望した体験と、一六五二年以来の完全な失明の体験とは、旧約書中の士師記の十三―十六章に記載された不運な勇士のサムソンにその表現を見出した。サムソンは天使の予言により、ペリシテ人の圧制下にあるイスラエルを解放すべき使命を帯びたものとして、輿望を負はされつゝ育てられて来、長ずるに及んで力衆に勝れ、士師として二十年間イスラエルを治めた男である。サムソンがこのやうに怪力であつたのは、神に対する誓により髪を剃らなかつたからである。彼はこの秘密を不覚にもペリシテ人なるダリラといふ愛人にもらしたので、遂にペリシテ人に捕へられ目を抉られて、ガザの囚獄に磨を挽かされる身となつた。ミルトンの「闘士サムソン」（原名 Samson Agonistes の agonistes といふギリシヤ語の意味は色々に註されているが、エヴリマン文庫のミルトン詩集の語解に英語の struggler にあたると註してあるのが、最も内容と一致しているやうに思はれる）はサムソンが祭りの日に仕事を休んで、囚獄の前で身の悲境を歎くところにはじまる一幕物の劇詩である。ギリシヤ劇を模して、合唱隊（サムソンに同情するダンの人々といふ型式になつている）があつて、事件の意味を説明する。身代金をおさめてサムソンを解放しようとする奔走する父親、不実な女デリラ、落魄を揶揄しにくる男などの登場があつた後、彼は祝祭の見世物として闘技場に引つぱつて行かれる。闘技場の戦慄は、偶然見てきた一ヘブル人が語る。サムソンの怪力の出所であつた髪が、長い牢獄生活中に伸びていたために、彼は怪力を回復して、闘技場の柱を押したふした。かくてペリシテの貴族全部は見物中の民衆とともに、崩壊する屋根の下敷きとなつて死んだ。勿論サムソンも死んだのである。かくてサムソンはイスラエルに予言された仕事を見事に成就した。これを読んだ読者は、革命に失敗した清教徒が、絶望のどん底から、真理と正義を訴へて天の摂理を地上に引き下さうとする希望を沁々と感じることができる。共和政体のもとに英国の劇場は十八年間鎖され、華やかだつたエリザベス朝劇も鳴りをひそめていた。戯曲を書きたいといふことは、ミルトンの宿願の一つであつたが、王政復古になつて再びこれが可能になつたのである。しかし今なほ演劇を侮蔑する清教徒たちへの気がねから、序文に作者の弁解をのせている。悲劇と呼ばれる種類の劇詩は古来から詩のなかで最も真面目で道徳的で有益なものと考へられて来たことを述べ、アリストトルの詩学の六章にある悲劇の定義や、聖典にギリシヤ劇中の文句が引用されている事実などをあげている。かくして「闘士サムソン」はエリザベス朝劇の最後の言葉となつたが、従来の浪漫主義の劇と異つて、三一致の法則を厳格に遵奉し、イースキラスやソフォクリーズを思はせる点で、ユニークな傑作である。英文学の欠点は常識的な点にあるが、ミルトンは最もこの欠点の少い作家である。就中「闘士サムソン」は全篇に漲る作者の人格の厚さ、感情の深さ、手法の手固さに於て、ミルトンの巨大さを最もよく仰ぎ見ることができる。

〔ミルトン／町野静雄訳『人生の書』金星堂、一九三八年〕

13　ハドスン『博物物語』・訳者のはしがき

訳者のはしがき

ウィリャム・ヘンリー・ハドスンは優れた自然科学者で、同時に一流の文学者をかねためづらしい人である。紀元二五〇一年（西紀一八四一年）にアルゼンチンの大草原にある村に生れ、全く自然を友として育つた人だ。二十九歳の時、英国に移住し、南米の動植物の生態や、その後英国で見た自然のきよういにまれに見る美しい表現を与へて、世界をおどろかした。「ラ・プラタの博物学者」、「パタゴニヤに遊び暮した頃」、「鳥と人」、「ひつじかひの生活」、「博物学者の書」などの科学的読物のほかに、小説や詩を作つている。かれは二五八二年に死んだが、動物愛護、ことに鳥類の保護が一生の念願であつて、ハイド・パークの鳥類保護区いきにハドスンの記念ひが建つた時は、当時の首相が自らじよまく式を行つたものである。

「博物学者の書」はハドスンの晩年の筆のすさびを集めて、一五七九年に出たものである。内容が変化に富み、表現も易しく、そして非常に面白いずいひつが沢山入つている。そのために、この中からさうした少年少女にも容易に理解されるようなものだけを抜いて「あてが外れたりすの物語、その他」といふ題で別に一巻になつて出たほどである。本書もこの「博物学者の書」の中から日本の若い人々に読んでもらひたいと思つたものを選んで、ほんやくしたので、きつと多くの方に喜んでいただけると思ふ。

ほんやく者が読者に希望するのは、この本から自然観察の興味を学んでいただきたいといふことである。例へば、単調であらゆる人を退屈させるような松林の中でも、かれは鳥がありからひなを護る秘密を解かうとし、また、す立つ若たかの受ける教育を仔細に調べている。日本の自然は、英国の自然よりもはるかに恵まれている。これを日本人の頭で観察し、かつ考へる時、そこにはハドスンの世界以上のものが展開されねばならぬはずである。

ハドスンには「はるかな所・遠いころ」といふ幼年時代の思ひ出を書いた美しい自伝がある。かれは出版屋からり歴を尋ねられた時「わたくしの一生の面白い部分は、少年でなくなつた時に終り、わたくしの自伝は十五歳までです。」と答へたさうである。かれはすでに十二のころから、自分の自然観察を絶えず書きとめていたが、それでも、さらにそれ以前に書き記すことをやらなかつたのを残念がつている。観察したことを書き記して置く習慣がどんなに大切であるかが、この一事で分る。よく観察したと思つていても、いざ書き記して見ると、まだはつきりしないところがあるのに気がつく。観察と記録。そして考へる。これが科学のもとである。また発明工夫のもとである。日本の科学を世界第一等のものにするのは、これからの若い人々の肩にかかつている任務である。

このほんやくは、単なる便法としてだけではなく、将来の日本語の健全な発達を願つて、漢字制限の方針にもとづいて書いてみたものである。博物学上の言葉などで仮名文字では少し分りにくいと思つたものは、最初に出ているところだけ、難しい漢字に振り仮名をつけて置いた。ただ印刷所の都合で略字が間に合はなかつたのが心残りである。この試みを力づけていただいた大鵬社《たいほうしゃ》に感謝する。

紀元二六〇二年十月

〔ハドスン／町野静雄訳『博物物語』大鵬社、一九四二年〕

14　ユーイング『向ひの奥さまの思ひ出話』・訳者の奥書き

訳者の奥書き

ユーイング夫人は若い人々のために、幾多の美しい物語を残した英国の女流作家である。『文章は簡素で地味、取材は堅実で健全である。そして静かに諧謔をただよはせ、場景と性格の描写は燦爛と光つている。実にユーイング夫人の物語は、この方面の文学に於いて、未だかつてこれをしのぐものを見ない。』と大英百科事典で絶讃をうけている。

ただに英本国のみならず、海を越えてその植民地や米国でも、あまねく愛読されているにもかかはらず、その作品に関する紹介や評論が非常にすくなく、従つてわが国でもあまり知られていないのは、実に遺憾である。

ことにユーイング夫人の『向ひの奥さまの思ひ出話』は数ある彼女の作品中でも最も美しく、われら日本人にとつても最も興味のあるものである。幼いころの思ひ出を語る上品なむかひの年寄りの奥さんも、それを聞く純真な幼いアイダも、さらに思ひ出話のなかで一しほ光つた性格の所有者として活写されている妹のフェイティマも、ひとしく作者であるユーイング夫人の分身であることは、本篇を読んだものが、ただちに感じるところであろう。三人の性格が全部理想化されて描写されているだけに、恋物語は含まれていても、少女小説めいた甘い哀愁がみなぎつて、そこに投影された作者の人格と、それを生んだ環境がなつかしく、ユーイング夫人にすずろに思慕の情が寄せられるであらう。

彼女は一八四一年にヨークシアのニクルズフィルドの牧師館に生れた。父は牧師のアルフレッド・ガッティー、母は女流作家のマーガレット・ガッティーで、後のユーイング夫人即ちジューリアアナ・ホウレイシアは実にその長女であつた。

彼女はエクルズフィールドに一八六七年まで暮して、その年アレクザーンダー・ユーイングと結婚した。夫が陸軍省の兵站部に勤務する少佐だつたので、ともに世界をまはり、夫の滞留するいろいろな土地に、健康の許すかぎり、家庭を営むといふ生活を送つた。そしてひどく健康を害するとともに、バース温泉につれられて行つて、一八八五年に惜しくもそこで死んだのである。

妹のイードゥン夫人の語るところによると、ジューリアアナには三人の姉妹と四人の兄弟があり、その間に年齢の相違といふものもたいしてないし、彼女は肉体的にも一番虚弱で、房々したみごとな髪と澄んだ青い目の、小柄な娘ではあつたが、何時の間にか、兄弟たちに面白い話をして聞かせる地位についていた。それはまだ幼くて本の読めない子が居り、読めても、読書がいやな怠けものも居て、そのうへ今日ほど子供の読物が多くなかつたことによるのかも知れない。話し手を取り囲んで、ロマンスや冒険談を聞くことは、尽きぬ楽みの泉であり、お茶の時間が来ると話を中止し、雨が降つて退屈な次の午後に、またその続きをはじめるといふ風であつた。彼女の少年小説や少女小説の作者としての天分と才能は、かうしてはぐくまれて行つたのである。

一八五六年、十五歳のころの日記には『弟妹たちに伶人クロードの話のつづきを聞かせた。』とか、『バジル皇帝を終る。』とか、『従弟ユーステスの話を聞かせた。』とかいふ文句が書きつけてあるといふ。兄弟たちがかなりに成長すると、一家のうちで回覧雑誌をはじめたが、ジューリアアナの作品が最も待望されて、皆を喜ばしたことは言ふまでもない。そしてまだ少女の域を脱しない頃に、ヤング女史の編輯する『マンスリー・パケット』に寄せた『つぐみの巣』と『メルチアの夢』は、読者の激讃を浴び、ヤング女史の激励と相俟つて、今後続々と作品を発表しようといふ彼女の自信を強めることとなつた。『つぐみの巣』では幼い少女が隣の副牧師の忠告にも耳をかさず、たまたま自分の庭に見出したつぐみの巣から、雛を取り出して、もつと温い綿にくるんで、自分自身の手で可愛がつてやらうとする。そしてかへつて全部を殺す結果になり、庭に打ち伏して悔悟の涙をながしていると、牧師補が来てなぐさめて、自分の少年時代の失策を話す。一人息子の彼は幼い頃、やもめで病床にある母のなげきをよそに、詩人たらんことを欲して、学課を放擲していた。ところが医者からいよいよ母の死期がせまつていることを知らされて、はじめて愕然とし、臨終までの一週間を、ほんとによい子になつて、母親のそばをはなれず看護したといふ告白である。僅々数頁の短篇ながら、懺悔の生活をテーマにして、かくも自然に、すなほに、測々として人に迫るものは珍しい。

『メルチアの夢』では、大勢の兄弟をうるさく思つている少年メルチアが、「時」の馬車にのせられて、人生街道をひた走りに走り、終に「死」に出会ふ悪夢を見る話であるが、描写に現実性があり、ポーの小説に見るやうな鬼気が迫つて来る。この手法はスウエーデンの大作家ゼルマ・ラーゲルレーフ女史に於いて、もつと大きな規模に展開されているが、人生批判の知性にかけては、すでに単なる一少女の作とは思はれぬひらめきがある。

一八六六年、母親の手で『アーント・ジューディズ・マガジーン』といふ子供の雑誌が発刊されるとともに、ジューリアナの作品の発表もこれに移ることになつた。母親の作品集に『ジューディーおばさんの話』と『ジューディーおばさんの手紙』といふのがあつて、それからこのジュディーおばさんの雑誌といふ意味の名をとつたわけである。これらの物語の主要人物はすべて娘のジューリアナをモデルにしたもので、母親は娘を『ジューディーおばさん』とさへ呼んでいた。雑誌の表紙をかへる時のことだが、話を聞かせている長女を、兄弟姉妹が囲んでいるところを描いてもらひたいと画家に註文したことがあつた。そして、若い姉を描いたとて伯母さんには見えないではないかとその画家に注意されたこともある。

『向ひの奥さまの思ひ出話』といふ一聯の短篇集は、彼女が新しい雑誌にのせた最初の作品である。そのうち、『アイダ』と『モス夫人』と『いびきをかく幽霊』の三つは一八六六年から翌年にかけての作。彼女は六七年にユーイング少佐と結婚するとともに、カナダのニュー・ブルンズウィックの首都フレデリクトンにでかけた。ここはセント・ジョン川のほとりであつて、河畔の家『レーカ・ドーム』はその景色を見ながら執筆されたものである。ただしこれには彼女が幼い頃の冬を過したデヴォンシアのトプサムを流れる川の思ひ出が織り込まれている。『カーゲレン島』の描写はユーイング少佐が旅行中にこの島で見て来た光景がもとになつている。

このやうに『向ひの奥さまの思ひ出話』は短篇の集りではあるが、オウヴァザウェイ夫人の少女時代から結婚生活を経て、老境に達するまでの生活史をうかがふことのできるやうに並べられている。そしてその話をする夫人と、話を聞く少女との交渉が、前と後とに語られ、しかも話の中間にもそれが折々現れて、渾然たる一篇の長篇小説が形成されている点にも、作者の技巧と苦心を見るべきである。幼い子供相手の話としては、表現も多少むづかしく、話術も文学的に過ぎているが、これらの矛盾については、小説のなかで巧みな弁解がなされている。日本では子供よりも、むしろ大人が読んで楽しい本である。

彼女の思想は常に健全である。『モス夫人』も『いびきをかく幽霊』もともに少女の幻滅の悲哀を取り扱つたものであるが、その喜劇を冷眼視して突つ放さずに、夢の彼方の現実の世界に処して、それをすなほに受け容れ、そのなかからまた人の世のよさと楽しさを味はうとしている。さきに述べた『メルチアの夢』で哲学者になつた兄弟が、ふる里は遠くで思ふ時が一番よく、肉親は別れている時が一番なつかしいといふ意味のことを言ふ。メルチアはこの男に『おまへは嘘をついている』と言ふ。すなほに思考することが、ユーイング夫人の信条にあつた。逆説的なひねくれた物の見方は彼女のとらぬところである。

彼女はまた花が好きだつたらしい『向ひの奥さまの思ひ出話』のなかでも、桜草、待雪草、すひかづら、はまなす、鈴蘭、薔薇、ヒヤシンス、芍薬などの名が散見して、この話をいよいよ美しいものにしてるる。彼女の著作のなかには、次第に影をひそめて行く野生の花にからまる『メーリーの牧場、及び田園と花の物語集』といふ一巻があつて、セルボーン博物学会の注目をひいたほどの学術的な観察が含まれている。

『お生《なま》ちやん』といふ一篇は愛すべき向ふ見ずの子供が、二頭の驢馬と鵞鳥の住む平和な村にかもし出す事件を、お伽の国を見るやうな雰囲気のなかに写している。長じて出征した彼の、友の犠牲となつた英雄的な死に方を報ずる便りも、受けとる村の人々の表情もたくみに捉へられ、最も英国人の嗜好に合つているらしく、この話の舞台は自分らの土地であると称して有名になつたところも二三にとどまらぬと言はれている。

彼女のあざやかな描写力を語る逸話としては、挿絵画家だつたランドルフ・カルデコットが、『ユーイング夫人に挿絵の必要はない。目に見えるやうな文章だからだ。』と語つたことが挙げられる。『ダーウィン小父さんの鳩舎』に出てくる丘のうへの小路の図は、文章だけを頼りに描かれたものであるが、話の背景となつた土地の人々が見て、画家自身がそこまででかけて来て写生したものだと思つたほど、実景に近いものだつたさうだ。

また彼女のある作品のなかに、可憐なびつこの少年が出て来て、これは全然架空の人物であつたにもかかはらず、礼拝中この少年が腰かけていたといふ小さなひぢ掛け椅子が、現実にオール・セインツといふ教会に存在しているといふ笑話もある。また以て彼女の話ぶりの迫真性を知るべきである。

ユーイング夫人の文章に感じられる気品と学殖が何うして得られたかは、兄弟にさへよく分つていない。彼女は健康でなかつたので、学校に行つたのは僅かに数ケ月、それも親戚のものの経営する学校であつた。あとは母親の指導である。従つつ彼女は自分の教育に満足したことがなく、終生勉強を怠らなかつた。古い日記帳には毎日読んだ本の名が記してあるが、『ドン・キホーテ』、スコット・ディケンズ、サッカレー、ギャスケル夫人、シャーロット・ブロンテの小説、フーケーの『季節』、その他多くの米国作家の名前が見られる。それに『天路歴程』とか、ア・ケムビスの『キリストのまねび』などいふ宗教書が絶えずまじつている。『天路歴程』が彼女の最大の愛読書であたことは『いびきをかく幽霊』のなかにもうかがはれるが、オゥヴァザウェイ夫人とかモス（苔）夫人などいふ名のつけかたや、『メルチアの夢』の手法に充分その影響を見ることができる。彼女の宗教は日常生活を貫く手引きの紐であつて、行為と作品の一つ一つに現れている。著書の大多数がキリスト教知識普及会で出版されたのものそのためである。

またその代表作は、イードゥン夫人による彼女の回想とともに、エヴリマン文庫におさめられ、『お生《なま》ちやん・ダーウィン小父さんの鳩舎・薄命物語』、『向ひの奥さまの思ひ出話、その他』の二冊となつて、広く流布されている。本書もその版によつたものである。

〔ユーイング／町野静雄訳『向ひの奥さまの思ひ出話』新展社、一九四七年〕

15　ラフカヂオ・ハーン『英文学入門』・訳者のはしがき

訳者のはしがき

ラフカヂオ・ハーン（小泉八雲）が一八九六年から一九〇二年まで、東大英文科で行つた講義の筆記から、今日読んでもきわめて興味のふかいものを訳出して、この一巻を編んだ。

英文学の二大金字塔である欽定訳聖書とシェイクスピア劇、いちじるしい波瀾の生涯をおくつたはなやかで薄倖な天才詩人バイロン、シェレー、キーツなど、いくたの謎を秘めた人と作品が、深い洞察力をもつて、明快に解説されている。そしてこれらの代表的な詩人や劇作家や思想家のほかに、英国小説の黄金時代の概観が添えてあるから、この一巻をもつて、われらは充分に英文学の精神にふれ、その輪廓を把握できるものと信じている。

ハーンは日本の精華を西洋に紹介したいみじき随筆家であるとともに、日本人によく分るように西洋文学を語つてくれたところの、すぐれた文芸評論家でもあつた。こに収めた八つの講義はことごとく珠玉のように美しい文学論であつて、われらは驚異を新たにしながら読みつゞけることができる。

一九四九年六月八日

〔ラフカヂオ・ハーン／町野静雄訳『英文学入門』堀書店、一九四九年〕

16　小泉八雲『文学入門』・序文

序　文

日本の恩人小泉八雲、即ちラフカヂオ・ハーン或はヘルンによつて、一八九六年から一九〇三年まで東大英文科で行われた講義は、夏目漱石の文学論と双璧をなす名講義であり、当時の熱心な聴講者の筆記を集めた数冊の本は、文芸評論家としてのハーンの一面を不朽のものにしている。本書はそれらの厖大な書物のうちから、とくに文芸の基礎的な問題と作家の心得とを説いた部分を翻訳したものである。本書の重要な特色は創作の実際を体験を通して語つている点にある。

ハーンは「心」「知られぬ日本の面影」などの作品で、日本民族の美しさを発見して、日本人の自覚をうながすとともに、世界の人々に呼びかけた作家であつたが、また日本文学の啓蒙期において、欧州文学史の光に照して、日本の文壇に正しい指針を与え、真面目な作家を養成しようとしたのである。本書に現われた彼の意図を、後に起つた数々の文壇の動きと照し合わせるとき、われらは識見と慧願とに驚嘆し、最後の講話の卒業生をおくる言葉を読むにいたつて、彼が如何によき教師であつたかを知つて、涙ぐましい感激をさえ覚える。しかも説くところが文学の正統に根ざしているから、単に文学史的興味と化し去つた部分を除いても、彼の評論は永遠に老いない。読み返す毎に潑剌たる文学愛と温い隣人愛の呼吸を感じることができる。ことに民衆と土とに題材と表現とを求めようとしたハーンの浪漫主義は、もう一度検討され、問題にされる価値があると思う。

白人でありながら、日本人以上に日本を愛したハーンを、もっと大衆のものにしたい。本書を手にした読者がハーンの高潔な文学精神に共鳴し、さらに彼の他の著書を繙かれる機縁にでもなればまことに幸である。

一九四八年六月五日

〔小泉八雲／町野静雄訳『文学入門』金星堂、一九四九年〕

17　作品研究『フィネガンズ・ウェイク』

1

『フィネガンズ・ウェイク』（*Finnegans Wake*）の最後のページに「パリ、一九二二―一九三九年」の文字がある。ジェイムズ・ジョイスはこの幻想的な作品を、実に十八年書きつづけていたのだ。コウルリッジの『クビライ汗』の幻想は、阿片が切れると同時に切れて、五十四行の断片のままでもてはやされているが、これに似た『フィネガンズ・ウェイク』の幻想が、この何千倍かのあいだ続いて、六百三十ページの大作となったということは、文学史上の奇蹟としか考えられないが、これはジョイスが失明にちかい状態であったことと、したがって意識の追求が興味の中心になったことから起ったのである。『フィネガンズ・ウェイク』を鑑賞するものは、象をなでる盲の群にたとえて笑われるが、実は目あきがめくらの文学をなでまわしている形だ。

『フィネガンズ・ウェイク』が『ワーク・イン・プログレス』という題で発表されたのは、一九二四年四月の「トランスアトランティック・レヴュー」誌がはじめで、題のない未完の作品にこのかりの名をつけたのは、編集者のフォード・マドクス・フォードだった。その後主として「トランジション」誌に発表されてきたが、それらの約三分の一が、*Anna Livia Plurabelle, Tales Told of Shem and Shaun, Haveth Childers Everywhere, The Mime of Mick Nick and the Maggies, Storiella as She is Syung*（題の意味については梗概を記した部分参照）と題して、それぞれ単行本として出版されたことがある。これら既発表の分を書き直し、さらに百ページを加えて、一九三九年、六二八ページの『フィネガンズ・ウェイク』として出した時には、前記の単行本につけられていたいろいろな題は姿を消し、作品全体が四部に分れていることを示す数字を見るだけであった。

スロウカムとカーフン共著の『ジェイムズ・ジョイス書誌』（*John J. Slocum and Herbert Cahoon, A Bibliography of James Joyce*）は『フィネガンズ・ウェイク』が一九四七年まで九年間に、英国と米国で二万部売れたという出版社の報告をのせている。世界一難解な本としては、注目すべき発行部数と言わねばならない。そしてこの報告によると、年がたつにつれて読者は数を増して行くようであるし、私の手もとにある版から推して、現在までにその倍以上の人々が、この本を手にしているに違いない。

多くの人が手に取ってみて、少しは読んでみるが、何のことだか分らずにほうり出すところの「読めない傑作」というのが、一般の通り相場のようである。しかしその後のジョイス研究書は大部分を本書の解説に当て、すでに論争は『ユリシーズ』から『フィネガンズ・ウェイク』に移って来たことを物語っている。

2

『フィネガンズ・ウェイク』（Finnegans Wake）は「フィネガンの通夜」の意である。ティム・フィネガンはアイルランド系アメリカ人の寄席などで踊りをまじえて歌う歌謡の中に出て来る人物で、煉瓦や壁土を運ぶ土方だが、酔っぱらって、はしごから落ちたのを、周囲のものが、死んだと思い込む。通夜といっても夜を徹して馬鹿さわぎするのが、向うの風習らしい。そして何かのはずみでかかったウィスキーのために彼は生きかえり、ベッドからとび下りて、みんなと愉快に踊りまわるのである。Finnegans となっていて、Finnegan's と書いてないのは、古風な方言で綴られているこの歌の綴字をそのまま用いたことによる。しかし同時に複数の意味をもたせて、フィネガンという人物はいたるところにいるという気持ちをあらわしたのかも知れない。

『フィネガンズ・ウェイク』は人間の堕落と更生のアレゴリーであるから、フィネガンの転落と復活はその象徴にふさわしいものと言わねばならない。Wake は目が覚めるという意味から、アイルランドで起きて死人の張番をする通夜のことに用いられるようになったものであるから、語自体が、眠と目覚め、死と復活の連想をともなう。フィネガンはまた大工である点で、都市建設者の象徴ともなるが、わざわざこの名を選んだのはほかにもう一つ、それが Finn again（フィンよ、ふたたび）にも通じるからである。フィンはゲール族の伝説的英雄フィンガルで、その悲壮な雄姿は、息子のオシアンの詩と称せられているものであまねく知られているが、ジョイスはフィネガンという名にそれら英雄たちの再来による人類の救済の祈をこめたのだ。

ジョイスが一番共鳴しているのは、今世紀になってイェーツ等が注目しはじめた十八世紀のイタリーの哲学者ヴィコであって、彼の説く「対立しながらたがいに補い合う二つの力」と、世界の歴史でだけでなく、あらゆるものが循環するという思想が、『フィネガンズ・ウェイク』の基調となっているので、復活とか再来とかいう意味が、作品の題名にのぞくわけである。

3

『フィネガンズ・ウェイク』でジョイスが取り扱ったのは夢の世界である。半意識の世界はまだ論理で組立てられている日常の言語でどうやら間に合うわけだが、無意識の世界の表現には言語そのものを解体して新しい何かを作り出すよりほかに方法がない。そのためにジョイスが用いたのは象徴主義という方法であった。

かって象徴主義の詩人は、人間の魂の奥にある感情があまりに微妙なために、その漂渺たる、あるいは幽玄なる気分を伝えようとする時は、どうしても朦朧晦渋な比喩的表現におもむくよりほかはないと述べた。その説を紹介したある長詩作法の本に、この論理を推し進めると詩なく、言葉なきにいたるのではないかと反問してあるのを、少年の頃読んだ記憶があるが、ジョイスの『フィネガンズ・ウェイク』の文章はそうした疑問に対する解答であろう。

そうした新しい言葉をつくるには、彼はうってつけの経歴をもっていた。アイルランド生まれ、ジェズイット派の教育、中世哲学の研究、イプセンへの傾倒、ギリシア哲学研究、パリ大学留学、語学教師としての大陸の放浪生活、イタリーの歌曲の勉強などで、彼はフランス語、ドイツ語、イタリー語を母国語同様にあやつり、ラテン語、ギリシァ語、ノルウェー語、ゲール語、ロシア語の知識も学者の域に達し、ほかにフィンランド語、アラビア語、マレー語、ペルシァ語、ヒンズスタン語も多少はかじっているという。

彼はこれらの語を分解して、違った語の一部とあわせて新しい意味の語をつくるか、または一つの語に他の語の一部を結びつけて、陰影をともなわせる。卑近な例をとって説明すれば、豊作を祈念してつくる男女の人形に、熊本で「しゅんおなめじょ」という玩具があり、「春男女嬢」または「春嘗嬢」（「じょ」は愛称の感じをこめているのに似ている。shy（内気な）とyoung（若い）を合せてsyungという語をつくり、数学の話をする時zero（零）にheroine（女主人公）の語尾を加えてzeroineと呼ぶ。methanksはmethinks（思われる）とthanks（感謝）が合わさったもので、ありがたく思われること。terroarはterror（恐怖）のroar（咆哮）、breafはbrief（短い）leaf（葉）。

古代英詩の特色となっているkenning（代称）もジョイスが好んで用いる修辞法である。古代詩で海をhronrād（くじらの道）と言ったように、ジョイスは野原をpathway of the dragonfly spider（とんぼ・くもの道）という。

エンプスン（William Empson）は『あいまいさの七つの型』（*Seven Types of Ambiguity*）で、「いつしか年もすぎの戸を」流の意識的なかけ言葉のほかに、一つの表現に無意識に二つ以上の意味のふくまれたものがあることを指摘して、ともすれば一方の意味だけに限ろうとする解釈の誤りであることを説いたが、『フィネガンズ・ウェイク』の場合は、この意識、無意識の多義性に充満しその手法を最大の技巧としている。

比喩すなわち観察の数単位を一個の主たるイメジに合成した多義性の第一型式。作者の用いた単一の意味に、二つまたはそれ以上の意味が加わった第二型式。文脈上の関聯だけでつながっている二個の観念が、一語で同時に表現される第三型式。一つの意味に重要でない他の意味が、ほのかに感じられる第四型式。作者がペンを走らせている途中で、他の観念が混入する第五型式。畳語、撞着、あるいは筋違いの記述をやりながら、その実何も言っていない第六型式。二つの相反した意味が、一つの文脈から感じられて、作者の心に存在する根本的な分裂を示す第七型式。これらの型はいずれも『フィネガンズ・ウェイク』の各ページに充ちている。ことに第三型式に属する「かけ言葉」やpunすなわちだじゃれは、この本全体がそれでできているのではないかと思うほど多い。まじめな文学にはこのような修辞法は最も効果の少いものであるが、ジョイスの文学ではとくに不自然にも感じられぬのは、スウィフトの諷刺的な精神が基調となって、それをつつむ表現がジャズ化されているためでもあろうか。No birdy aviar soar anywing to eagle itという鳥に関係した表現法も、Nobody ever saw anything to equal it（誰もそれに匹敵するものを見たことがない）の意味に過ぎないのは、第三の型と第五の型との混合型とでもみるべきものか。しかしこれと反対に、No martyr where preature is there's no plagues like rome（説教者のいるところ殉教者なく、ローマ・カトリック教ほどの害悪はない）はもとの『スウィート・ホーム』の一節の意味をとったNo matter where pleasure is, there's no place like home（どこに歓楽があろうと、わが家にまさるところはない）の意味は含まれていない。第七の型における多義性は、何よりも*Finnegans Wake*のWakeがあらわす二つの意味（通夜とめざめ）において、最もよくあらわれている。

頭韻、脚韻の技巧も頻繁で、そのためには語形の変化も行う。fieldmice bawk talk（野ねずみが高い声で鳴いて話のじゃまをする。bawkは高い声を出す意味とbaulk（妨害する）の意味とがある）は脚韻の例で、My ho head halls はMy old head falls（年老いた私の頭が垂れる）を頭韻のために変化させたもの。（ho headはforehead（ひたい）ともとれる。）

夢は無意識の欲望の表現であるから、わいせつな言葉も実に多い。penisolate warはPeninsular war（半島戦役）とpen isolate war（孤軍奮闘の文筆戦）とpenis so late war（最近の陰茎の戦）。ほかに神話、歴史、哲学、心理学、文学作品に言及した箇所が非常に多く、このようにして、起る晦渋性は、もはやジョイス語を言葉ではなくして、神秘な記号をもってする象徴としている。

われらが、新しく外国語を学ぶ時、たとえばこれまで英語をやっていたのに、さらにドイツ語を学ぼうとする時、この二種の言語が混乱しはすまいかという不安におそわれることがある。十数ヵ国語を知り、ケルト人として英語に不満を感じていたジョイスとしては、言葉の混乱は自然で、便利なことであったろう。しかし『フィネガンズ・ウェイク』の文章はけっして即興的に書きなぐられたものではなく、苦心彫琢の末になったものであることは*Anna Livia Plurable*の部分二十ページに千六百時間をかけたという挿話が証明している。『フィネガンズ・ウェイク』の再版には二十八ページの正誤表がついていた。それらの誤植が本文中で訂正された最近の版でもなお二ページの正誤表がついている。

『フィネガンズ・ウェイク』がまだ『ワーク・イン・プログレス』であったころ『千九百二十年代』（*The Nineteen Twenties*）の著者ウォード（A.C. Ward）はすでにこの作品が、それを英語などに翻訳する解説者が出るまでは理解されないであろうと言った。幸にして私たちは一九四七年に、キャンベルとロビンスンの『フィネガンズ・ウェイクの骨子の手引き』（*Joseph Campbell and Henry Morton Robinson: A Skeleton Key to Finnegans Wake*）を得た。これは『フィネガンズ・ウェイク』の海図であって、派生的なもの一切を棄て去り、執拗にその筋と構造を追求したものであるが、大きな版に小さな活字で三百ページに及び、その中に多数のジョイス語を残してはいても、だいたい『フィネガンズ・ウェイク』の意訳に近い感じを抱かせる。これによって『フィネガンズ・ウェイク』はもはや一般のものにとって読めない作品ではなくなった。しかしこの解説書でも、普通の小説よりもむずかしく、さらに解説書の解説がほしいくらいだが、今のところ筋の理解に頼りにするものとしてはこれが一ばんくわしくてよい。

riverrun, past Eve and Adam's from swerve of shore to bend of bay, brings us by a commodius vicus of recirculation back to Howth Castle and Environs.

これが『フィネガンズ・ウェイク』のはじめの一節で、『骨子の手引き』によると、アイルランドのリフィー川の水がアダム・アンド・イーヴ寺院のそばを通り、河口から北の方に向い、ダブリン湾が深く彎曲して、古城がそびえているホウズ岬に達することを、二重にも三重にも重なる歴史的連想をまじえて書いたものである。

この本のカバーは表も裏もともに同じ意匠で、FINNEGANS WAKE BY JAMES JOYCEと、濃いセピヤ色の地に、うすいセピヤ色の文字を抜いただけである。本は、ヴィコも哲学の四時代循環説にもとずいて四部に分れてはいるけれども、どのページを開いても、そこが作品のはじめであり、中間であり、また終であって、筋は車輪のようにぐるぐるまわっているから、本の装幀もこのようになっているのだ。

はじめも終りもない作品だから、文章もセンテンスの中途であることを示す小文字ではじまり、作品の終りもtheという定冠詞でちょん切れ、巻頭へ帰ることを暗示する。river（川）はrun（流れる）という語と合体して、流動する作品全体の基調を予言する。アダムとイヴの名、英雄フィンが歩哨を立てて海からの侵入をまもったというホウズ城、ローマが衰亡しはじめた最初の皇帝コンモズス（Commodus）などを連想させる語を入れて、人の世の罪と変転をしのばせ、またヴィコの循環説で一切の統一をあたえるために、そのラテン形であるvicusを道の意味で用い、brings back（つれもどす）という表現で、水がはじめてそこに流れて来たのを、もとのところに帰ったものと考える考え方を伝えようとしている。かくて「便利な循環の道をとって、ホウズ城とその周辺にわれらを連れもどす」という表現になったものである。

4

連想が連想を産んで、つたかずらが思うままに繋っている『フィネガンズ・ウェイク』の、もとになっている茎と根をさぐりあてることはなかなか困難であって、その荒筋を書こうという企ては、前記キャンベルとロビンスンの解説書のほかに、ストロングの『聖河』(L. A. G. Strong, *The Sacred River*) などがある。レヴィンの『ジェイムズ・ジョイス』(Harry Levin, *James Joyce*) も参考になる。しかしいずれもその置いた重点にところどころのちがいがある。この作品は読者によって受け取り方がちがうのだ。ある意味では読者がすなわち作者である。「ジョイス以外にその充分な解釈ができるものがあろうなどとは誰も思ってはいないゆえ、解釈したものも、その解釈の責任をとる必要もない」とレヴィンは言っている。ヴィコの哲学では神話の時代、英雄時代、文明時代、および文明が壊滅して神話時代に帰ろうとする時代に分れる。文明時代はさらに春夏秋冬や人間の一生の四つの時期のように分れるという。『フィネガンス・ウェイク』は文明のこの四期に相当する四部に分れている。これは『ユリシーズ』の意識の流れの続篇ともいうべき無意識の流れであるが、夢のなかの人物がまた夢を見るので、全体が夢でなくて、作品の一部が夢の場面であるような気もする。その筋はだいたいつぎのようなものであるらしい。

　主題を伝えるところの一ページ半の序曲が終ると、フィネガンがはしごから落ちる音がする。それはまた同時に人類の転落の音であるが、雷のような響は神の声でもある。ヴィコによれば人類は雷を聞いた時、神を知り、はじめて渾沌に秩序を与えた。それが神話であったという。人間の文化史はここにはじまる。フィネガンの通夜の場面が次第にぼやけてダブリンの風景や博物館にかわり、そしてまた通夜の場面にかえる。

死んだとばかり思っていたフィネガンが起き上ろうとすると、この作品では、仲間が承知しないことになっている。

「寝そべって、年金のついた神様みたいに休むんだね。事態が変っているんだ。君はこまるだけだよ。死んでおけば、おれたちはきちんきちんと墓の掃除もするし、お供えものもしてあげる。君がおれたちのために尽したことについての評判はひろがっているし、世間は君を比類のない偉大な人物だと言っている。君の姿は星座の輪廓になっている。心配することはないよ、君は最近埋葬されたんだぞ。」

土工のフィネガンはいつの間にか英雄のフィンと二重うつしにされている。英雄時代がすでに去り、もう彼のかわりに文明時代の男が到着しているわけである。

この男はハンフリー・チンプデン・イアウィッカー（Humphrey Chimpden Earwicker）といい、これがこの本の中心人物で、家族のある酒場の主人だ。イアウィッカーはグリーンランドを発見したスカンジナビアの航海者エリック（Eric）を詩的に変形したものだが、ジョイスは彼一流のこじつけで、アイルランドの住民の意味だという。彼はハヴェス・チルダーズ・エヴリホェア（Haveth Childers Everywhere.「いたるところに子供をもっている先祖」の意）、ヒア・カムズ・エヴリボディー（Here Comes Everybody.「各人がやって来たぞ」の意）という名でもあらわれるように、どこにもいる普遍的な性格である。このように、イアウィッカーの分身はすべてH.C.E.の頭文字になってそれと見当がつくようになっている。彼は万人の姿であるから、彼の行動は恋の重荷を負うトリスタン、祖先のアダム、堕落した罪人としてのハンプティ・ダンプティー

(卵として描かれ、塀から落ちて起き上れなかった童謡中の人物)と折り重なって描写される。さらには山にも木にも、姿をかえる。

彼は酒場の近くのフィーニクス公園で、何かわいせつなことをして、酔っぱらいの三人の兵士に目撃されるが、彼らが何を見たかがはっきりしない。結局罪に苦しむアダムであり、良心の苛責をうける人間である。彼にはイゾベルという娘があるが、イアウィッカーはイゾベルにも恋を感じている。彼とイゾベルの関係はトリスタンとイゾルデの関係である。

彼についての悪い噂は彼がフィーニクス公園である浮浪者に会ったことから、いよいよ大きくなり、彼は逮捕される。囚人になった彼は水中の墓にはいる。渾沌たるなかに、イアウィッカーの幻がいくつかの戦場に現われたことが報告される。やがて彼がいたるところにいることが分る。

彼の妻は主としてアナ・リヴィア・プルーラベルの名で出て来るが、名曲のアニー・ローリーや、ポーの詩のアナベル・リーをしのばせ、またベル(美しい)という語が暗示するように、愛の典型ともいうべききれいな女である。そしてプルーラルという語が示すように、彼女はイヴであり、イゾルデであり、すべての女性であり、そして多くの支流をあつめて流れる川である。この作品の中では娘のイゾベルと同じであり、違うようでもあって、区別がはっきりしない。しかし川の象徴として彼女は万象の流転そのものである。

イアウィッカーとアナの間に、イゾベルのほかにジェリーとケヴィンという二人の息子があって、その象徴的な面は、シェムとショーンと呼ばれる。川をへだてて二人の洗濯女が彼らの噂をしている。日は暮れ、川のはばが急に広くなって、話ができなくなる。おたがいに呼びあっているうちに、二人は石とにれ《ヽヽ》の木に変る。石は不変、木は変化の象徴であり、川は流れつづける。川はアナである。

歴史が伝説に変り、伝説が神話の雰囲気につつまれる過去の世界を取りあつかった第一部が終ると現在の話になる。最初の章は子供たちが親の前で演じる劇の形で展開する。題は *The Mime of Mick Nick and the Maggies*（天使ミカエルと悪魔と誘惑する少女たちの身振狂言）。

つぎは子供たちの勉強の時間。右欄にも左欄にも註があり、それに脚註も加わって、本文を一挙難解な箇所としている。ここの部分の一部が *Storiella as She is Syung*（『若く内気なころのストーリエラ（story 物語 + Stella スウィフトの愛人の名）』という意）と題して単行本で出た時には右欄の註は赤で印刷されていた。天地創造、人間の愛慾、数学の問題、愛について、世界についての思索。

つぎの章はイアウィッカーの酒場で行われる。テレビにうつる寸劇のことから主人が客たちと衝突する。閉店後、客の飲み残りの酒を飲んで夢を見る。夢の中で彼は妻のイゾルデをトリスタンに寝取られた王になっていて、蜜月の旅にのぼる彼らの船を、かもめのように傍観している。

第三部はイアウィッカーが妻とともに寝室にはいり、それから夜あけまでの、未来の夢が大部分である。子供たちは成長している。ショーンは世俗的な知慧をもつ成功者であり、シェムは彼の敵である内向的な文士。二人は男性における思想と感情の極性であって、兄弟の対照を説明するためにショーンは *The Ondt and the Gracehoper*（「ありときりぎりす」「いやな奴と恩寵の憧憬者」の意）の寓話をする。

つぎの章ではショーンはドン・ファン的なことをやっている。そしてやがてヨーン（あくびの意）となってアイルランドのまん中の山の尾根にのびている。彼は人類発展の最後の段階であり、花がすっかり咲きつくしたという感じ。ヴィコが説く民主主義の時代のあとの個人主義と荒廃の時代の象徴である。彼の審判が行われているうち、イアウィッカーの声が大きな潮のようにわき出て、全場面が彼のからだのなかに溶けこ

む

朝が近づいている。階上で夢にうなされる子供の声に目がさめた母は、夫と一緒にその部屋をのぞいて子供をなだめてから、また床にはいり、交合を行う。そしてまたしばらくまどろむ。

第四部は朝で、夫も妻も人生につかれ切った姿でまどろんでいる。彼らの時代はもう過ぎたのだ。しかしアナ・リヴィアが人生のよごれをつけて海に流れ込む時、はてしない大海と一体となろうとする彼女の復活の願は、かもめの声を耳にして、かなえられたことを意識する。かもめは夫。

5

ジョイスは『フィネガンズ・ウェイク』に過去、現在、未来にわたる人生の姿を圧縮しようとした。「男性と女性、老令と青春、生と死、愛と憎しみ、戦争と平和の極性が、たがいに引きあい、反撥しあい、補いあい、敵視しあう」悲喜劇が、この作品において、どんなけがらわしいところでも余すところなく描かれて、しかもまんまるな虹よりも華麗に回転する様は壮観である。

これはスウィフトから古典的な明析な文体と誇張を取り去って、超現実主義的な表現をもってした新しい『ガリヴァー旅行記』である。詩か小説か散文か韻文か。これはいずれの部門にもまたがり、いずれの部門にもはいらないユニークな作品である。そしてコウルリッジの『クビライ汗』やシェリイの『エピサイキディオン』のように、幻想の世界を描こうとした浪漫主義者の伝統の上に立つものとしてみても、ブレイク等の象徴主義の後継者としてみても、そして背後にT・E・ヒュームのいう「永遠」の影をひきずって、一夜の夢に托して永遠をかたる点においても、これが浪漫主義の終着駅であることは誰でもが認めるところだ。

しかしこれは古典主義者T・S・エリオットが、第一次大戦後の世界の荒廃を歌った『荒地』と、構想において、場面転換の手法において、奇妙に似たものをもっている。『荒地』は『ユリシーズ』の影響を受けて出て来たものだが、『フィネガンズ・ウェイク』には『荒地』の影響がみとめられる。『フィネガンズ・ウェイク』の三〇五ページに Thou in shanty! Thou in scanty!! Thou in slanty scanty shanty!!!（平和の中のなんじよ、ぼろぼろの平和の中のなんじよ、ぼろぼろのかたむきかけた平和の中のなんじよ）という文があって、傍註に *Trishagion* とある。これは平和を祈念する梵語 Shanti, shanti, shanti（平和、平和、平和）と、ローマカトリック教の三聖頌（Trisagion）の Sanctus, Sanctus, Sanctus（聖なるかな、聖なるかな、聖なるかな）の連想がまじったもので、『荒地』の読者が、その最後に引用されているこの梵語を思い出すことを念頭において書かれたものにちがいない。（『荒地』では Shantih, shantih, shantih となっている。）

神話が夢と密接な関係があることは、周知のことである。またヴィコが人類の初期の渾沌に統一を与えたのは神話であると考えたことはすでにのべた通りである。ジョイスが現世の渾沌たる状態の描写に絶えず神話を並行させるのは、このようにして作品に統制を与えるためで、これはじめて『ユリシーズ』で示したところだが、『ユリシーズ』が出た時、T・S・エリオットはこの手法を時代の所産として、文明の利器を万人が共有するように、恥じることなく他の作家はまねるべきだとした。『フィネガンズ・ウェイク』ではさらにヴィコの世界観によって、構成に統一が与えられている。渾沌の予言者と呼ばれる彼は古典主義者が尊重する統制を求めているとも言える。

T・S・エリオットは古典主義が浪漫主義と対立するものとは考えなくて、古典主義とあらゆる最高の文学に共通する特色であると考えている。（T. S. Eliot, "*Ulysses,*" *Order and myth* 参照）

『フィネガンズ・ウェイク』の文体についてはその音楽性が説かれる。事実、彼が朗読した『アナ・リヴィア・プルーラベル』の箇所の最後の三ページは、蓄音器のレコードとして保存されているが、大きな抑揚をつけて、歌うがごときものであるという。彼は声学家を志した時代もあったこととて、歌謡や俗謡から古典音楽まで、あらゆる音楽の知識がほうりこまれ、これにシェイクスピア、ブレイクの詩をもじったものをまじえ、頭韻、脚韻、声喩法をふんだんに使って文章を音楽的にしようとつとめている。しかしウォッツ＝ダントンが大英百科辞典の「詩」（poetry）の項で疑問を提出しているように、詩と音楽とは根本的に異るものであって、近代音楽のメロディーを詩や散文のリズムに持ち込むことは不可能である。ただ意味のない美しい寝言をくり返す『越後獅子』のような日本の長唄の文句が、曲や踊りに絢爛たる色彩を添える言葉の音楽であるという意味で『フィネガンズ・ウェイク』もまた言葉の音楽と言える。

スコットジェイムズ（R. A. Scott-James）はこの「陽気で、騒々しくて、グロテスクな言語」はまず耳で聞いた方が近づきやすい。文字を見たら分らなくなると言っている。（*Fifty Years of English Literature*）

しかし耳の文章であるよりもむしろ眼の文章、眼の音楽であって、Sing a song of sixpence（六ペンスの歌を歌え）をもじったPsing a psalm of psexpeans（性の讃美歌を歌え）などの文は、読んで綴字を眺めないかぎり、そのおもしろさも意味も分らない。

〔伊藤整編『ジョイス研究』英宝社、一九五五年〕

18　『旧約物語』まえがき

まえがき

聖書の知識はギリシャ神話の知識とともに、英文学はいうまでもなく、西洋の文学を理解し、またその考え方を知る上に、欠くことのできないものである。したがってその輪廓を伝える本を、英語の副読本として読むことは、中学生や高校生のころにぜひともやっておきたいことである。ところがギリシャ神話の本はかなり多いのに、聖書、ことに旧約聖書を平易に書いた本は、わが国では比較的手に入りにくい。

本書はこの欠陥をおぎなうためのもので、もともと少年少女のための叢書中の一冊として、米国で出版されたもの故、一音節のやさしい語ばかりでつづられている。しかし古風な聖書の文体の荘重さを伝えようとする努力もうかがわれ、語学的にも興味が深い。

欽定訳英語聖書はシェイクスピアとともに英文学の金字塔といわれているが、この小冊子が読者諸君の聖書に親しむ機縁になれたら幸だと思う。

一九五四年四月

〔町野静雄編『旧約物語』白帝出版、一九五四年〕

19 『C. Dickens The Life of Our Lord』はしがき

はしがき

最近の外電は、ソヴェート聯邦でもCharles Dickensの翻訳が非常に歓迎されていて、その全集が刊行される計画を伝えているDickensは英文学の黄金時代といわれるVictoria朝の初期を飾る大作家で、彼ほど多く英国民に親しまれ、永久に読者の胸に生きる事件や人物を描き出したものはまれであろう。*The Life of Our Lord*（わが主の御生涯）はこのDickensによつて書きのこされたキリスト伝であるというだけでも、充分興味ある読物と言ってよい。

Dickensの略歴

彼は一八一二年にPortsmouthの近くで生まれたが、幼い時からつぶさに艱難をなめ、正規の教育も受けることができずに、靴墨工場で働かねばならなかつたこともある。しかしFieldingやSmollettや、その他の古い小説家の大作を耽読したり、親切な親戚の人にともなわれて、しばしば演劇を見に行く機会に恵まれたりして、次第に自分の天分を培つていった。

一家がLondonに移った後、二年ばかりひきつづいて学校に通うことができた彼は、間もなく法律事務所につとめた。そして余暇に速記の練習をして、その専門家になると、議会の通信員として新聞に関係するようになり、数年後には、*Pickwick Papers*（ピックウィック倶楽部の記）を出し、その中流階級の生活を描いた英国風なユーモアで、たちまち読書界の話題を独占してしまった。

ほとんど同時に *Oliver Twist* が発表された。そして孤児 Olrvei が最悪の環境にありながら、純真さを失わぬ物語のなかに、鋭く当時の救貧制度の欠陥をつき、社会施設の改良をうながす原因をつくった。

これ以後の Dickens の文筆生活は成功の連続で、毎年一冊は長篇を書いている。

Nicholas Nickleby においては喜劇的要素と感傷的要素がはじめて結合され、その後の Dickens の長篇の型をつくった。深い哀愁と、不吉ななぞのような事件が、笑劇を織り込んで読者を引っぱってゆく、この小説で彼はまた社会改良者となり、全寮主義で搾取する Yorkshire のある学校の児童虐待を痛烈に非難した。

The Old Curiosity Shop（こつとう店）では、あわれな少女ネルの純情が、英国の少女たちの胸のなかで、永遠の理想となつた。

David Copperfield は多分に Dickens の自伝的な要素をふくむ傑作である。変化に富む割に無難な筋が展開してゆき、その人間味は、世界的な大作家としての彼の貫禄を不動のものとしている。Maugham はこれを世界の十大小説の一つに数えた。

Great Expectations（大いなる遺産相続の期待）は Dickens の作品中、最も文学的にすぐれたものと言われている。

A Tale of Two Cities（二都物語）はすぐれた歴史小説である。ここには彼の文学の特徴であるユーモアがまつたく棄て去られ、難解な Carlyle の文体を摸したところもあつて、米国などでも、high school でぜひ読まねばならぬ本となつている。

その他 *Barnaby Rudge, Martin Chuzzlewit, Hard Times*（つらい時世）などの名作を残し、一八七〇年に死んだ。

Dickensの最も著しい特色としては、小説中に現われるさまざまな人物に示された彼の豊富な創造力と、社会悪をにくむ潑剌とした正義感と、観察の鋭さと、描写の手がたさがあげられる。ことにロンドンなどの工場街や貧民窟の描写は、George Eliotの田園描写と対照的なもので、従来の作家たちによって見落された領域であり、現代の小説に及ぼした影響は大きい。

ただ彼の描く人物は漫画に類し、これが写実的に描かれた背景の前で活躍する不自然さが、つくり話という感じをいだかせて、二十世紀になると、一時人気が衰えてしまった。しかし写実主義の時代が去って、象徴的な方法が喜ばれる今日では、現実の中に自分の気持ちの象徴としての人物を投影する彼の手法は、あらためて見なおされ、ことにKafkaに対する影響が注目されている。しかも長所が充分に発揮されたところでは、流れるような流暢な文体で、英語国の人々の笑と涙をほしいままにして来ている。

ただし英国小説の伝統として、彼の小説は日本の出版界にとって長過ぎるために、普及がさまたげられているうらみもある。これは彼の作品中でも一ばんつまらない*Christmas Carol*が、手ごろの長さであるために、一ばん多くの種類の翻訳や註釈が、出ている事実でもわかる。

The Life of Our Lord

この本の成立の事情については、私たちはその巻頭についている作者の長女Marie Dickensの短い序文でうかがい知るだけである。それによると、これが書かれたのは、彼が死ぬ二十一年前の一八四九年で、自分たちの子供のために書かれたものである。原稿は彼の手によって、何のくったくもなく、のびのびと書かれており、推敲を重ねて清書されたものではない。

Marie によるとつぎのような次第になつている。Charles Dickens は彼の子供によく福音書の話をして聞かせ、手紙のなかでもキリストを手本にするようにすすめている。このキリスト伝も出版する意志はなく、ただ彼の家族が父親の物の考え方を記録したものを、何時までも手もとに置いておけるようにするためのものであつた。

彼の死後、原稿は義理の妹の Miss Georgina Hogarth が保存していた。そして一九一七年、彼女の死とともに、Dickens の息子 Sir Henry Fielding Dickens の手に渡つた。

Charles Dickens は *The Life of Our Lord* を自分の子供たちに最も適した形で書き、刊行のことを考えていなかつたので、Sir Henry も自分の存命中にこれを公表することを嫌つた。しかし自分の死後にも絶対にこれを出版してならないとは考えなかつた。彼の家族の大方が出版に賛成するならば、出版して差支えないと遺言して死んだと言つている。

こうして *The Life of Our Lord* は一九三四年三月にはじめて出版されたが、その本には原稿の凸版刷りがあり、それを見ると活字になつてからの効果を考えたような記号が、最初から書き込んであつたようで、Dickens に出版の意志がなかつたとは思われぬ節がある。ただ原本は原稿の姿をそのまま伝えようとした結果、うかつな綴字や句読点の打ち方が所々に散見し、また印象を強くするために、重要な語を大文字ではじめた方法にも統一がない。今ここにお贈りする本では、そのような読者の誤解を招くおそれのある部分は、段落の切り方とともに、今日の英語の慣習に従つて改めた。

平易な美しい英語で書かれたこの本は、彼が生前に出した *Child's History of England*（子供の英国史）とともに、永久に残る児童のための読物であろう。平易と言つても、聖書の文体の面影を伝えようとして、随所に織り込まれた古風な表現は、語学的に問題になるものが多く、けっして研究者にとってやさし過ぎるものではない。

The Life of Our Lord は常識として知っていなければならぬ新約聖書の知識を、人道の戦士としてのDickensが敬虔な気持ちと愛情をこめて解説した本である。それゆえ彼の思想を研究する上に欠くことのできない貴重な資料と言わなければならない。子供に興味をもって読みつづけさせようとする配慮から、キリストの劇的な動きに多くの力がそそがれた結果、山上の垂訓などの長い説教がとばされているうらみはあるが、彼がどんなによく聖書を愛読したかは、四福音書を渾然たる一体として語る自然な話術でもうかがえる。

読者は編者がつけた欄外の註にしたがって、邦訳聖書をひもどきながら読んでいただきたい。傍註にMatt. とあるのは聖書中のMatthewすなわちマタイ伝、Markはマルコ伝、Lukeはルカ伝、Johnはヨハネ伝福音書であり、Actsは使徒行伝のことである。Matt. xiv. 22-33はマタイ伝十四章二十二節から三十三節までが素材になっていることを示す。これらの註が本文の英語を理解する一助となるとともに、聖書に親しむ機縁を作り得たら、これ以上の喜びはない。

附録の固有名詞の発音表につけた片かなや訳語が、たいてい二通りになっているのは、わが国の新教徒と旧教徒の間で使用されている聖書が異っているからである。

ちなみに、本書の語学的な註は町野が当り、聖書の語句に関する解説と、本文の傍註は片山が担当し、文字通り二人の協力によって成ったものであることを附記しておきます。

一九五五年六月

〔片山徹＝町野静雄編注『C. Dickens The Life of Our Lord』北星堂出版、一九五五年〕

20　湖人さんのこと

下村湖人という偉い人を親戚にもちながら、直接会つて親しく話したことが三度きりだつたということは、今になつてみて、かえすがえすも心残りである。

はじめて会つたのは十六年前、九段の軍人会館で、私の家内の兄の明石譲寿が、氏の長女の晴代さんと結婚式をあげた日だつた。来賓には後藤文夫氏夫妻などの姿も見えて、なかなか盛大なものであつた。譲寿君は当時専修大学の教授をしていた。花むこ花嫁も、これまで降るような縁談があり、ずい分たくさんの見合をして来て、両親を手こずらせていたものだそうで、それだけに湖人氏の喜びは、式が終つて身内のものばかりになつた時の、ひやかし半分の軽口にも現われていた。東大英文科の出身だという点において、私たちの大先輩に当るわけだが、「英語なんかすつかり忘れてしまいましたよ」という冗談にも、なんだかほんとうのような気がした。しかし軍国主義の時代に書かれながら、あの「次郎物語」に見る自由主義的傾向は、やはり英文学につちかわれていたために失われなかつたバックボーンであろう。

譲寿君はロバート・バートンの「憂鬱症の解剖」の訳などを出して、もといた大森あたりに在住している若い文士たちとの交友が多かつたので、結局その手を経て、「次郎物語」がはじめて小山書店から出版される段取りになつたわけである。いくら編集部のものが作品の価値を認めても、当時不況をきわめ、ことに小説は絶対に売れなかつた出版界の事情で、作歌としてほとんど無名の人の作品の出版を承知する出版社の主人はなかなか見つかるものではなく、その点「原稿を見た途端、感動して夜更けまで読みつづけたそうですよ」と譲寿君がいつていた小山書店の主人は、たしかに珍らしい識見の人だと思つた。

私の訳したハドソンやミルトンを贈つたことがあつたからだろう。「次郎物語」の初版が出た時、著者から一部寄贈を受けた。この小説に出てくる医者の娘の春子の性格が、晴代さんをモデルにしたものだそうだが、この人の清楚な美しさと、たくまぬ利潑さと自然なやさしさが実によく出ている。どんなに湖人氏が晴代さんを可愛がつて、わが子ながらその日本的な女性美を愛していたことが、読むたびにほほ笑ましくなる。

「次郎物語」は映画によつて売行きを助長された文学作品の例として、一番早いものに属するであろう。そのころはちようど妻の父が上京して来て、私の家に滞在中だつた。たしか多摩川撮影所からだつたと思うが、試写会の招待状が来ると、父はそれを持つて、ひとりで日本劇場に行つた。ところが湖人さんは特別室にいて、家族のものたちに取り囲まれているのに、自分は一般席にひとりぼつちですわつていたことが、田舎の旧家の彼の自尊心をひどく傷つけたらしい。そうこうするうちに試写会が終り、あいにく降り出した雨のために、思案しているところに、湖人さんたちが出て来たそうだ。そして父の姿を見つけて非常に喜び、一緒に帰りましようと自動車をさがしている間に、父は姿を消して、雨に濡れながらさつさと省線の有楽町の駅へ行つてしまつた。そして高円寺駅に下車すると、それから十分ばかりの道を、また十二月のつめたい雨にずぶ濡れになつて帰つて来た。湖人さんたちは、あとでずいぶん父を探したらしい。そして一切の事情を知つて、数日後、譲寿君を通じて父を招待して来た。すると父はでかけて行つた。ごちそうになつて上機嫌になつて帰つて来た。

「次郎物語」の映画化は最近も二つの映画会社によつて計画され、どちらに許可しようかと湖人さんが迷つているうちに、古い映画が上映されたようだが、その広告をみた時、ほほ笑ましくも、思い出されたのは、今は亡き頑固一徹の父親と、自分の可愛いい娘のために、その機嫌を取りむすんでいただろう湖人さんの姿であつた。

終戦後五、六年たつて、やつと山の中から東京に帰れた私たちは、愛媛県に疎開したまま居ついてしまつた義兄夫婦を上京させる算段にかかつた。はじめて訪ねた私の妻を、湖人さんはなつかしがつて、非常に喜ばれたそうだ。組立住宅はりつぱな本建築に変り、湖人さんは庭のばらの花のあいだで、草をむしつておられた。どこにも昔のような堅いところがなく、ほんとうのなつかしい御隠居さまだつたと言つていた。

右手くびの関節炎でこまつているという話を、湖人さんの紹介で角川書店にはいつていた甥から聞いた。去年の九月の暑い日曜日だつた、夫婦つれだつて、高校二年生の次女をつれて訪問した私たちを、湖人さんは非常に喜んでくれた。

「この子が『次郎物語』の愛読者で、ぜひ連れていつてくれというものですから」とあいさつすると、湖人さんは得意そうに、「あの本は七冊まで書きますよ」と言つた。その時あとの二冊の構想をくわしく聞いておけばよかつたのだが、数カ月後には再び起つたことができぬなどということは、予感さえもしなかつた。あとで甥に聞いたら、第六部では次郎が太平洋戦争に出征し、第七部では、戦後の生活の設計をテーマにするつもりであることをもらしていたという。しかし結核性の関節炎の腫れはいたいたしく、正午が来て、一緒にひや麦を食べる時も、箸でそうめんをはさんだ右手くびに、左手を添えて、口へ運んでいた姿が、今でも目に残つている。私の娘に学校図書館本として最近小山書店から出た『次郎物語』五冊を書斎から持つて来てくれた。「文庫本の『次郎物語』を買つて行つて、下村の叔父さまに署名していただくのよ」ということは、娘が口癖のように言つていたことだし、気の毒ではあつたが、一冊だけ署名をお願いすることにした。

湖人さんは快く矢立てを持つて来て、第一部の扉に「呈　町の曄子様　湖人」と筆で書いてくれた。やはり気品のある見事な字ではあつたが、無理をしたあとは、いたいたしくふるえた書体に残つていた。一冊だけでなく、残りの四冊全部署名してくれたが、曄子という劃の多い字は、文字通り骨にこたえたらしく、「この字は苦手だ。町野様だけにしておこうか」という。しかしこの提言は娘の独占慾と誇りを満足させないのを見てとつた湖人さんは、今度は姓をけずつて、ただ「曄子様」だけにした。

そんな手で、やはり原稿は書きつづけている様子だつた。「左手をお使いになるのですか」ときくと、やはり右手だそうである。老人の左手くびというものは、若いものほどにはいうことを聞かないことにも、右手を使いつづけた原因があつたのだろう。医者から右手の切断をすすめられた時、家族の人たちが、そのような残酷なことをする決断がつかなかつたのも無理はない。

その日の話の大部分は、譲寿君一家が田舎から東京に出てくる手はずについての打ちあわせだつた。湖人さんは中学の卒業を間近かにひかえた孫の桂子ちゃんの将来の教育のことが、ことに心配らしかつた。

その後間もなく、進学の関係から、桂子ちゃんだけさきに上京して、下村家に起居することになり、臨終のお祖父さまに、誰よりも可愛がられているということを、何よりも私はうれしいことに思つていた。

〔『一教育家の面影：下村湖人追想』新風土会、一九五六年〕

21　Joyce の小説の構造

1　Joyce の芸術の起点と方向

James Joyce は詩を書く時に韻文を書き、小説を書く時に詩を書いたと一般に言われている。その理由として、今世紀に入って、詩の時代が過ぎて、小説の時代になったという時代の風潮の影響が先ず考えられるが、それとともにまた、これは Joyce の本質に根ざしたものであることは否定できない。すなわち彼は知的な作家でありながら、ローマン的な抒情詩が多く、小説においてはじめて、その知性を象徴と allegory を結合した形式の中に生かすことができる方法を発見したからである。

彼はイエズス会の学校に在学中神を見失い、その空虚を美の創造で埋めようとした。そしてはやくから Walter Pater や Oscar Wilde の使徒として、芸術のための芸術を信条にしていた。その美学は Thomas Aquinas の神学の一部を自己流に解釈し、それを足場にして組み立てたものであった。

彼は新しい美をつくり出そうと思っていた。彼がアイルランドを愛しながら、その文芸復興運動に背を向けたのは、それがあまりに偏狭な国民文学運動であって、国際的な彼の性格と合わなかったほかに、古いものの中に美を見出し、すでに色があせているのに、後生大事にしがみついていたからである。

一九一二年頃、imagism すなわち写象派の運動が起こると、彼はその群のなかにはいって詩を発表した。写象派は、幽玄な内的状態を外界の描写にかえてひょうびょうと表現するローマン的な象徴派と異り、卑近な題材をとらえ、隠喩による影像の正確な表出を目ざし、乾いて固い古典主義的風格を主張した。そしてその特徴は視覚的であることだった。ところがJoyceは著しく鋭い感性をもっていながら、視覚的な点で欠くるところがあった。生来視力が弱く、後年盲目に近くなった彼は、Miltonと同じ弱点を免がれることができなかったのだ。そしてMiltonが形象の大ざっぱさのために、その声価を減じている時代に、Joyceの詩が高く評価されるはずはなかった。彼は弱視の補償として、異常に発達している聴覚を利用し、きわめて音楽的な詩集*Chamber Music*を、すでに一九〇七年に出していた。それは作曲され、歌われる機会も多かったけれども、内容の伝統性に何等新しいものをつけ加えるものではなかった。Coleridgeの*Kubla Khan*など、いわゆる純粋詩の音楽性は、多分に目の音楽がまじっている。定形詩の伝統に沿うての音楽性など、問題になるはずがなかった。L.A.G. Strongは、Joyceの文学は盲人の文学であるとして、議論を進めている。(1)

しかし彼の天分である知性を生かして、象徴主義を止揚する方法を暗示したのはT.E. Hulmeの理論だった。Hulmeが、写象派の詩の見本として自ら示した数篇の短詩は、わが国の俳句の境地にしかすぎなかったけれども、意識が万人共通の言語で適確に表現できない部分を含んでいると考えていた点では、象徴主義者と共通の点があった。(2)「各人の物の見方は少しずつ異っている。それ故、自分に見えるものを的確に表現するには、言語と、それが言葉であろうと他の芸術の技法であろうと、猛烈な取組みあいをせねばならぬ。(3)」彼のいう映像は、知的、情緒的複合をあらわしているもので、多分に主観的であった。Hulmeは映像が外界に対応するものであると考えていたようである。すると映像と知覚との相違は、対象が消滅した後も、それが残っているといないとの相違でしかないように見えるが、それにまつわる情緒的なものと流動が重要となっているために、映像を写すということは、必然に意識を写すということに展開して行く。内面生活に沈潜するJoyceは、ここに自分にふさわしい領域を発見することができた。

Hulme がドイツの Worringer の抽象芸術論を紹介した時、(4) それを幾何学的芸術と呼んだのは、平面、色彩、調子を効果的に排列するだけの柔軟な美術と区別するためであったと思われる。実際、対象から幾何学的な線を抽象する美術は、単に知的で組立てて行く構成派とは区別さるべきであるが、立体派の美術には、最初からこの二つの方法が取り入れられていて、区別できにくくなっている。そして Hulme 自身にあっても、幾何学的な線が対象のなかから引き出されたものであるという考えと、外から統制のために与えられたものという考えが混同されている。

Hulme は詩における、感情を抑制された固い文体も、美術に現われる固い幾何学的な線も、ともに人間と自然の間の不均衡感から生まれ、それは統制を尊重するカトリック的態度のあらわれであると言っているけれども、影像をその柔軟な、こまかな輪廓まで写そうとする文学と、対象に抽象的な統制を与えようとする美術が、同一なものとは考えられない。したがって、ただ新しいということだけのために、詩に美術の技法を取り入れはじめた時、写象派は分裂したが、影像の表出と抽象とは、とにかく今世紀の新しい芸術であって、これを一つの作品に同居させることが大きな課題であった。Joyce がこの問題の解決に向って実験をはじめた時、彼は自然主義的な短編集 *Dubliners* の作者とは別人のような派手さと潑剌さとを帯びて来た。結局、彼の芸術の価値は、手法の新しさにあるのだ。彼の技巧は従来のあらゆる流派の特色を集大成したものであり、その内容もあまりに多くのことを言おうとしているために、読者によってその受取りかたがさまざまになるけれども、ここでは芸術至上主義者としての彼の努力が、写象と抽象の中間を目指して、その上に繰りのべられている事実を中心に見て行きたいと思う。

2　*A Portrait of the Artist as a Young Man* の象徴主義

A Portrait of the Artist as a Young Man は T. E. Hulme のあっせんで、一九一四年に *The Egoist* 誌に発表されたものである。彼がその以前、一九〇六年ごろまでに完成し、出版社を見出すことができなかった Stephen Hero は一九四四年に、残っている終りの三分の一が出版されたが、同じ題材を取り扱いながら、この二作の間における Joyce の芸術の飛躍がはっきりと見られる。*Stephen Hero* は自叙伝で、その描写は *Dubliners* と同じように写実主義的である。しかし *Portrait* は典型的な芸術家の肖像で、その表現は潜在意識を写そうとして、新心理主義的である。

「内気でもあるが視力も弱かったので、彼はかがやくばかりの感性的世界が、言語というプリズムを通して、多彩に、豊かに綴られて、投影されたものに、清澄で、しなやかな美文に完全に映された個人的情緒の内面世界を考えることほどの楽しみを引き出さなかったのか。[5]」という一句が、*Portrait* の第四章に見出される。この小説は Marcel Proust や Dorothy Richardson の心理小説とほぼ同じころに書かれたもので、心が意識だけでなく、無意識にまでその領域をひろげて来た時代思潮の当然の反映であった。人間の心を記憶の集積と見、それを描くことによって心の雰囲気を描き出そうとする試みは、Joyce の場合は、自分が芸術家というものについて抱いている概念を、少年時代の自分の生活を資料として、描き出す小説となった。そして写象派の特徴を取り入れて、説明的な描写を一切用いずに、牧歌的な幼時の無心な心を、その動きのままに表現しようとする努力からはじまっている。

Joyce は *Portrait* の最初の草稿、すなわち *Stephen Hero* では、主人公を Stephen Daedalus と呼んだ。Stephen は最初の殉教者の名、Daedalus はギリシア神話に出て来るアテネの名工匠の名である。*Portrait* ではDedalusという綴りに変えられた。

神話は、Sir James George Frazer の *The Golden Bough* が allegory として、また Jung の分析心理学が、無意識の象徴として取り扱って以来、今世紀の知識階級間の流行となったが Joyce の神話観は、むしろその頃から再評価がはじまっていた二世紀前のイタリアの哲学者 Giovanni Battista Vico から来た中間的なものであろう。もっとも Vico の神話に関する理論は、そのすばらしい詩論ほどには、すっきりしていないけれども、Vico の解説者 Croce は、Vico が詩の原理とした想像的普遍を、むしろ神話の定義と考えていた。その点では Joyce も同じだったであろう。「たとえば公共的利益のために偉業を成しとげるという観念が、なんらかのかかる労業を遂行した個人を想像することより遊離され得ないとすれば、かかる観念が神話、たとえばヘラクレスの神話となるのである。(6)」神話は精神がもろく弱くて、理性的、普遍的概念で思惟することができないので、あらゆる種類の比喩を用いて、精神が解決しようとする問題にいどんだものである。「神話は想像たらんと欲する概念であるとともに、概念たらんと欲する想像(7)」である。

Stephen Hero 中の Stephen Daedalus の名は、真剣な芸術家としての Joyce が、無心な詩人の心を束縛するものに対して自分の反抗と自負とをあらわした名であった。しかし主人公を Daedalus と名づけている以上、多少の象徴的なものは考えてはいたであろう。この象徴主義は *Portrait* においては、積極的におし進められ、Stephen Dedalus を理想的芸術家の典型とするに不必要な箇所は削られてしまっている。そして Dedalus の名はこの主人公の姿が、永遠の芸術家の象徴にまで高められていることを暗示する。自分の発明したろうづけの翼で海上をゆるやかにのぼって行く受難者 Daedalus の神話に、環境に迫害されながら、見栄えのしない材料から、ひょうびょうたるものを新しく作り出す芸術家の精神の象徴を見た Joyce は、それと同じ象徴

法を、*Portrait*で行ったのである。

多くの象徴派の詩の中核になっている神秘な抽象観念を好まなかった写象派は、感覚的なものに沈潜するのあまり、象徴派にあるような、形而上学的な思想に貫かれた作品の一貫性を失いがちである。*Portrait*はallegoryと象徴の中間にある方法を、小説に用いて構成されたものである。そして固い影像の表出においては、写象派の古典主義的な特色が充分に生かされているのだ。しかもここには構成派のmontageの新鮮さがある。

3 *Ulysses*のMontage

Joyceが小説の技法として取り入れたmontageは、ソ連の映画監督Eisensteinの理論に示唆されたと称しているだけに、多分に映画的である。それはアイルランドで最初の映画館を計画したことのある彼の履歴から見て、首肯できることであるが、(8) また対象の一断面だけでなく、あらゆる面を一つの面に同時に描写しようとする立体派の影響も見のがせない。

Joyceのmontageには、ある時間に、同時に名所で起っているできごとを、断片的に描写して組み合わせるものと、連想の形で、ある主題のもとに、時間的に異る場面を、過去、現在、未来という順序を破って組み合わせるものとの二種になっていて、後の方はむしろ"narratage"に類したものである。「意識の流れ」と呼ばれるけれども、なだらかな流れでなくて、いたるところで引っかかる流れだ。Joyceは自ら、自分の内的独白はフスランの象徴派の作家Édouard Dujardinの小説に負うていると言っている。Dujardinの説明によると、内的独白は「筆者が説明や註釈をつけるというような干渉をすることなしに、作中の人物の内面生活に直接はいり込むことを目的とし……無意識に最も近いところにある非常に深い思考の表現である。[9]」しかし、これを文字通りに受け取ると、Joyce の芸術は虚偽に満ちたものとなる。Joyce が自分の文を、校正刷の時でなく、出版後にもしきりに訂正することは、内的独白が知的に計画され、配列されていることの何よりの証拠になる。Stuart Gilbert が Joyce を軽はずみで出たらめに近い超現実主義者たちと区別せねばならぬと強調するのは、Joyce が形式を重んじる古典主義者であることを言っているのに外ならない。超現実主義の芸術は、「一種の自動的な書きかたで、推敲が行われなかった。潜在意識は、潜在意識の直接的な行動で、最もよく表現できるというようなことは、酒に酔うている状態を書くためには、自分自身が酔っぽらっていなければならぬというのと同じで、素朴な考でしかない。[10]」montage は流動する心の雰囲気をかもし出すための技巧であって、意識の断片が象徴を効果的にするために、細心の注意で整理されている。Joyce の内的独白も、T. S. Eliot, Edith Sitwell, Aldous Huxley, Graham Greene 等の詩や小説に見る唐突な場面転換や連想の飛躍と同じく、本質的には構成派的なものである。

Jung が Joyce の *Ulysses* を評して、「この作品は深い意味において立体派的である。つまり現実の像を見きわめがたいほど複雑な絵画に解体し、しかもその基調は抽象的な即物性という幽鬱をたたえているのである。[11]」と言ったのは、たしかに核心をついていると言わねびならぬ。

いうまでもなく意識は外の模写だけを含むものではなく、幻覚も含んでいる。「知覚」＝「外界の現実」という公式は成立しない。この幻覚は容易に現実と区別できるものであるが、Joyce は一つの作品のなかに、現実と幻覚の同居するおもしろさを盛るために、意識を一つの実在として追求して行くという形式をとった。その技巧は Freud の精神分析の法則に一致させている。外界の刺戟によって ego の上層に意識が起こるほかに、「言語機能がegoの内部の材料を、視覚や、とくに聴覚の記憶と結びつけ、これがegoの表面の知覚の層を内部から刺戟するので、やはり意識の性質を帯びる。(12)」Joyceの幻覚や幻想は言語の音調の類似から来たものに満ちている。

*Ulysses*は民主主義時代の庶民の権化とでもいうべきBloomと称する“Everyman”の、一九〇四年六月十六日の、約十九時間の生活を中心に、Dublin全市民の生活と、その一〇〇年の歴史を圧縮したものである。過去は作中の人物の意識にのぼる思い出となって、時間的制約を破りながら、順序もなく顔をもたげる。伝統的に否定されて来たものを、故意に肯定するのは未来派の趣味であるが、この考えは、あらゆるものに美が存在し、芸術的に把握できるというJoyceの信念によって消化されている。あらゆるいやしいものや平凡なものが、崇高なものや異常なものとともに描かれて、余すところがない。

Bloomは便所のなかで新聞の懸賞小説を読みながら、自分も懸賞小説を書いて見ようかなと思う。一生うだつのあがりそうにもない男のやるせない思いが、脱糞のくわしい描写で強められている。また他の音楽的な場面の中に放屁がまじる。Freudの影響はいたるところにあらわれて、赤裸々な性欲の真実が、何のためらいもなく白日のもとにさらけ出される。海岸で美しい少女を見る時のBloomの衝動は、顔をそむけるほどわいせつだ。Bloom夫人はmetempsychosisという語を、Met him pike hosesと覚えちがいしている。pikeはいうまでもなく男性の性器を象徴する。かと思うと、ローマカトリック教会や、イギリスの物質的な権力欲を軽蔑し、理性と想像力を礼讃してやまない。

ここでは、伝統的な芸術の規約はすべて破られている。各章ごとに表現の方法が異る。問答体や劇の形式も混入している。一元描写が破られているどころではなく、出て来る人物のことごとくが、内的独自の形で表現される。男性の作家が女性の意識の流れを描くという不自然な芸当も、何の矛盾感もなく行われて、巻末の五十ページを飾っている。「退屈な読みもの」という特徴が、逆用されて魅力になっている。

Kristian Smidt が *Portrait* のなかの芸術論を説明して、「これは美が外界の物象にあるとともに、目撃者の目の中にもあるという言い方だ。[13]」と註していることは、とくに注意せねばならぬ。しかしまた Joyce は無意識をあらわす詩の論理の信者でもある。Vico によると詩は「人間精神の最初の労作である。人間は普遍を構成する段階に到達する以前に想像を構成するものである。純粋精神をもって反省する前に、混乱せる、動揺せる心をもって意識する。[14]」このような心にとらえられた宇宙は cosmos であるとともに、chaos であった。神話はこの渾沌に与えられた最初の詩的秩序である。

神話が人類の思考の原型である以上、現代社会のすべての現象は、神話に連結することができる。Joyce が渾沌たる現世の小説に、*Odyssey* の型をもって来たのは、歴史はくりかえすという角度から、無定型の題材に形式を superimpose するほかに、神話のもつ象徴的な職能を利用したものである。

したがって、*Odyssey* が象徴するものについての概念を、はっきりつかんでおくことが、*Ulysses* を理解する鍵となる。象徴はあくまで象徴であって、それを規定することは無理ではあっても。

Odyssey が象徴するものは、その巻頭の「各地をさまよいつつ、危機にのぞんで即応の知を働かした人」という言葉が示す“prudence”のようにも思われるが、Joyce の Ulysses ではこの思想はあまり関係がない。また妻と子とを求めての放浪ということとの併行を求めてもうまくいかない。

Joyce が一九一七年、Zürich で語学教師をしていたころ、学生の一人に「最も美しく、あらゆるものを包含しているテーマこそ *Odyssey* だ。それは *Hamlet* や *Don Quixote* や Dante や *Faust* よりも偉大であり、人間的だ。……最も美しく、最も人間的な特質は*Odyssey*に含まれている。[15]」と言った言葉は、*Ulysses*のテーマを漠然とさせることにしか役立たない。

しかしCharles Lambの*The Adventures of Ulysses*の序文につぎの一文があるのを、Joyceが見落しているとは考えられない。「この物語に活躍するものには、人間の男女のほかに、巨人とか、魔法使いとか、妖女などがある。賢い、志操堅固な人間が、この世を生き抜くにあたっては、外の世界の危険と心の中の誘惑に出会う覚悟をもっていなければならぬが、彼等はそういう二重の危険を意味するものである。」

すなわち、*Odyssey*は主人公Odysseus、あるいはUlyssesの苦難の旅の話であるとともに、波瀾の多い人生の放浪と不安と希望の象徴である。

*Odyssey*では一巻から四巻までが父を探し求めるTelemachusのことで、五巻から十三巻までがOdysseusの放浪、十三巻から二十四巻までが帰還直後のできごとになっている。ギリシア叙事詩の特徴として、詩はまず事件の核心にふれて、それから回顧式に語られるので、Odysseusの遭遇する超自然のものとの冒険の大部分は、息子のTelemachusがOdysseusを探しに出かける以前のできごとである。Troy陥落後、十年近い放浪である。

Joyceの*Ulysses*が挿話の連続であることは、英雄詩と変らないが、Telemachusにあたる Stephenは、実の親とは絶縁して、精神上の父をさがす孤独な青年だ。そして十八の挿話に分かれていて、第一挿話から第三挿話までが、*Odyssey*の最初の四巻にあたる。第四挿話から第十五挿話までが、現代のUlyssesである広告がかりのBloomが、Dublin市中を彷徨する記録になっている。Odyssey中の挿話と同じ順序で、似た挿話が起こるわけではない。*Odyssey*中から象徴的な挿話のいくつかを選んで、勝手に順序をかえ、それを現代の事件と対比させているだけだ。Bloom は町で会った Stephen に実子のような愛情を示す。そして彼をともなって、自分の家にかえるのだが、Stephen は間もなく去る。*Odyssey* で十二巻を費している帰国後の挿話は、*Ulysses* では十六、十七、十八の三章に過ぎない。時間的には四章から六章まで、すなわち午前八時から正午までの三挿話が、一章から三章までの挿話と併行しているけれども、*Odyssey* のようにそれ以上に挿話が時間的に逆もどりすることはない。このような不一致は、*Ulysses* が *Odyssey* の burlesque として終始しようとしたものでないことを示しているとともに、*Ulysses* と *Odyssey* との類似は、外面的な一致の外に *Odyssey* が象徴する内的なものに求めねばならぬことを暗示している。

Ulysses が *Odyssey* と構造において厳密に併行した基礎の上におかれているという Stuart Gilbert の考え方は、Herbert Read 等のローマン主義者たちの納得しないところであるが、あまりに細部にわたってその併行を追求することは行き過ぎではあっても、Joyce のもつ回帰思想から推して、人物の性格と行動にも類似は認めなければならない。Gilbert が *Ulysses* の解説に、各挿話の主題を示すものを、*Odyssey* の中からえらんでつけたのは、Joyce に親しく質問する機会をもっていた著者のものだけに、無視はできない。ただ *Ulysses* が発表された当初は、誰も *Odyssey* との構造的な併行を発見できなかったことでも分かるように、*Odyssey* のある箇所を暗示するものは、まばらにかくされていて、読者はちょうど、「渾沌たる自然現象のなかにかくされた法則を発見するように、それを暗示するような描写や言葉を探さねばならぬ。(16)」それは読者に発見のおもしろみを与えるためであるという。

第一挿話では、信仰を捨て、親にそむき、精神のよりどころを求めている孤独な近代の青年 Stephen のことが、親を求めてさまよい出る Odysseus の子 Telemachus の物語にあたるところに出て来る。

第二挿話では、Stephenが教師として歴史哲学を教えている。*Odyssey*のなかに出て来る博識な忠告者Nestorが暗示される。

第三挿話では、変化と流転の象徴としてのProteusへの連想がある。これは*Odyssey*のなかで、Menelausの知りたいと思うことを教えまいとして、絶えず姿をかえようとする怪物である。*Ulysses*のStephenは海洋に出て海を眺め、思想の流れや、万物の流転と変化を思う。

第四挿話。——Odysseusを愛して洞窟にひきとめたCalypsoの話にあたる場所である。*Ulysses*でもBloomが妻の支配下にある。それでもあきらめきれぬ肉感的な女の魅力が描かれている。

第五挿話。——Bloomは恋人のことを考えたり、飾り窓や教会をのぞいたり、公衆浴湯にはいったりして、しばらく浮世の憂さを忘れる。浴槽のなかに見る自分の性器に蓮を想像することで、*Odyssey*のなかの、lotus-eaterの象徴するものと同じことが、この章の主題になっていることを暗示する。

第六挿話。——ここで取りあつかわれているのは、Odysseusが訪れた死人の国Hadesが象徴しているものである。Bloomは葬式に列し、墓場に行く。

第七挿話。——風神Aeolusの洞窟とBloomの勤務先の新聞社（社会の風潮をつくるところ）とが対比される。

第八挿話。——Odysseusの家来たちをむさぼり食うLestrygonianたちが暗示する飢えが主題になっている。レストランで大勢の人間が食事している。Bloomも食事する。

第九挿話。——危険なCharybdisの渦と現代の論争の渦。

第十挿話。——Dublinの中部の一五六の場面が、*Odyssey*の「ただよう島々」のようなたよりない感じをこめて描かれる。

第十一挿話。――Siren が象徴する歌と音楽の魅力が、ホテルの酒場とそれに隣る部屋の描写として描かれている。

第十二挿話。――ユダヤ人問題で Bloom にビスケットのかんを投げつける超国家主義者の行動が、Odysseus に岩を投げつけた Cyclops の行動と併行する。

第十三挿話。――*Odyssey* の Nausicaa の話にあたるところ。Bloom が海岸で見る処女の魅力。二人は愛し合いながら結ばれない。

第十五挿話。――*Odyssey* の中の日の神とその牛が住む三角形の島が象徴するもの。Bloom が見舞う産院、出産、処女懐胎、結婚、性、成長の問題。

第十六挿話。――妖女 Circe と魔窟。

十六、十七、十八の挿話は、Odysseus の帰国の話と、Bloom の帰宅の話とがほぼ併行する。長い旅の終りであり、一日のいとなみの終りである。

Odysseus の妻の Penelope は貞節な女性の象徴であるが、Bloom 夫人の回想はきわめてみだらである。しかし Joyce にとっては、これが Penelope の生まれかわりで、永遠の女性の姿であり、魅力なのだ。

以上各挿話のなかには、*Odyssey* 中の挿話が、かならずしも象徴として用いられず、ただ筋のつなぎを示す糸として用いられたところもないではないが、それはやはり、*Ulysses* 全体が象徴するものに寄与していることはいうまでもない。

文学における montage は、絵画の montage と同じ構成派的なおもしろさが感じられることは事実である。しかし、文学の方は名場面をどんなに短い断片にしてまぜあわせようと、やはり同時に併行して起る事柄を、同時にあらわすということはできない。つまり、絵画の構成的おもしろさは直観的に感じられるが、小説にmontageを頻繁に利用することは、かえって構成力を弱める結果となる。超現実主義の絵では、影像の断片を美しい形にならべるだけですむが、小説にはやはり、時間的に貫く構成が必要である。そのために*Odyssey*の型が利用されたわけであるが、これはまた*Ulysses*のばらばらな素材を、枠のなかにはめ込むだけでなく、立体派の幾何学的な太い線のような役目も果しているのである。つまり立体派がすべての物の形は、立方体や円筒や円錐に還元されると考えた時、それは流動する現象の奥にあって静止している実在の姿をとらえて、それを用いて絵の輪廓をとり、印象を鮮明にするとともに、安定感を伝えようとしたのであるが、Joyceが現代社会や自然のなかに、神話の象徴する本質的なものをとらえ、現代を神話で輪廓をとったのも、それと同じ行きかたと言わねばならない。

*Ulysses*にみなぎるものは、現代の不安である。その不安は母を裏切って良心の苛責になやむStephenだけでなく、彼の精神上の父である偉大な庶民Bloomにもあって、二人の魂がたがいに相ひきながらさまようちに、作品全般の不安な雰囲気がかもし出される。

*Ulysses*にはまた一面喜劇的な精神がある。おびただしいparodyとsatireに充満しているので、喜劇や笑劇と考えられないこともない。W.P. Jonesは*Ulysses*のsatireとしての価値を強調し、Joyce自身も自分の作品を、どうして読者がおかしく思わないかといぶかったことを記している。(17)

R. Humphreyは、「Joyceにとって生存は喜劇であり、人間はその中にあって、おかしなあわれむべき役割を演じているが故に、痛烈ではなく、やさしく諷刺の対象になるべきものである。(18)」そして彼は、Joyceが*Odyssey*の形式をとったのは、英雄的なものと普通なものとを同等なものにして、諷刺文学を書こうとしたものであると結論している。

しかし *Ulysses* には諷刺文学であると片づけてしまえないものがある。それは上記の不安な雰囲気が、喜劇的な気分をかき消しているからである。そのためにかえって、虚無感に似たものが強められる結果となっている。

あらゆるものを詰め込んだ、この万華鏡のような小説は、Bloom 夫人の内面独白によって、一切の調和が与えられている。Bloom 夫人は悲しみも喜びも、善も悪も、美も醜も、みだらな恋も美しい愛も、一切を何の矛盾もなく自分のなかに包む大地の愛の権化だ。Bloom と Stephen の相反する性質も、彼女において統一されている。

文学作品を読んで、世俗的な欲望を起したり、また物を拒否するような感じを起す時、それは真の芸術ではないと Joyce は考えていた。[19] それ故に、彼の諷刺は社会改造のためではなく、知的な享楽のためのものである。そしてこれが実在の姿をあらわそうとする力を弱め、不安や原罪感もまた、遠くから眺めて美的に鑑賞する一風景でしかないような感じを抱かせる。

4　*Finnegans Wake* の抽象と幻想の同居

Finnegans Wake は人間の歴史に関する幻想の断片を、Vico の回帰説から来た抽象的図式の中にはめ込んだものである。

「彼はモザイックの細工師のように、本来の型をつぎつぎ新しい工夫で豊かにしながら、絶えずつけ加えつづけた。[20]」という、Joyce の友人、Eugene Jolas の言葉ぐらい、Joyce の創作過程をうまく暗示しているものはない。

表現の方法としては、精神分析の理論がますます大規模に受け容れられている。Freudの精神分析と、Jungの分析心理学は、心の構造についての、二つの異った答案で、その間に横につながりはなく、したがって私たちは、二つを折衷した考えをもつことができない。André Bretonの超現実主義宣言は、両者から都合のよい部分だけを抜き出して、一つの主張をつくったものであるが、それだけにどちらの側からも理解しにくい。Joyceの精神分析の利用もまた、それに類した矛盾だらけのものであるが、*Finnegans Wake*の場合は、むしろJungの方がより多く利用されている。

心はそれ自体の法則によって動く。流動と、引きあい、衝突する対立の相において対象を把握するのは、心の癖である。しかしそれはあくまで心が「外界に迫る(21)」法則であって、外界がそっくりそのままその通りであるということにはならない。それ故、心は小宇宙であるというJungの考え方が基調になっている。*Finnegans Wake*ではこの小宇宙のなかを、精神の深層にまではいって、描き出そうとしたものであり、したがって対立と流動がこの作品のなかに渦巻いている。潜在意識については、私たちはそれが睡眠中おりおりした意識の中にはいって来る時に取る形、すなわち夢だけしか知らない。夢はFrendによると抑圧された欲望の扮装で個人的なものであるが、Jungによると、これが夢に出て来るのだから、人間には集団的無意識があって、前世界から受けついで来た経験があり、個人的経験のほかに、*Finnegans Wake*が神話や歴史を盛られて、大規模な人類史になっても、一応の筋は通っているわけだ。意識下の観念は非論理的に結びつき、しばしばグロテスクなほど大きくさえあるので、その描写は気ちがいじみて来る。論理以前のものを写す以上、当然、言語も分解されねばならぬ。科学界で原子を分解したのに対抗して、彼は言語を分解し、新語を合成した。

Joyceが夢を描いたのは、主観的な小説の当然到達する終着駅であった。彼は夢の形式の美しさを愛したのであって、超現実主義宣言に見るような、夢が現実の描写以上に真であることを主張していたわけではなかった。しかし、この多くの批評家の危惧にもかかわらず、十七年も夢の芸術を書きつづけた彼の背後には、人間の心がすべて目的をもって動くという仮定のもとに、夢や幻が現在の縮図であり、未来への導き手であるというJungを、その代弁者とする時代思潮の支援があったことは否めない。

Finnegans Wake は、*Ulysses* の Bloom 夫人の半意識の独白につづく無意識を描いたもので、したがって全体が夢であると考える読者を困惑させるのは、夢のなかの人物がさらに夢を見、そして夢から覚めることだ(22)。しかしこの作品は前述のように、本来小宇宙としての人間の内部を描いたものであって、それを象徴するために、夢の方法が用いられているのであるから、覚醒時の意識と夢との交錯という二元性をもっているのである。

夢の形による表現の渾沌に、秩序をつけるために利用されたVicoの回帰説は、進歩概念をふくむことが少いために、現在のカトリック教の流行とも一致している。Vicoは精神が感覚から想像的普遍をへて、理性的普遍へとのぼって行き、また暴力から公正へ進んで行くが、逆流してもとにかえるとともに、ふたたび同一のことをはじめる運命をもっていると考えた。しかし彼はこれを主として人間の社会現象の循環の説明に用いただけだった。すなわち神の時代（神権政治時代）、英雄の時代（貴族主義時代）、人間時代（民主主義時代）、そして個人主義の渾沌の円環運動である。ところがJoyceにおいては、これがJungの原型である、「生、死、復活」と結びつき、自然、社会、人間のあらゆるものが、このような周流の形において把えられている。Jungの精神における対立と流動は、Joyceの作品では、男性と女性、老年と青春、生と死、愛と憎しみ、実際家と詩人の対立となる一方、それらが互に補足する両極として、相反撥し、相引き、そして調和しては、またもとにかえる円環運動としてもとらえられている。

回帰思想はすでに*Ulysses*中の人物が*Odyssey*中の人物の再来で、同じことをくりかえすという構想や、話題に上るmetempchosisの語にもうかがえるが、*Finnegans Wake*ではもっとあらわになっている。主人公のEarwickerのwickはラテン語のvicusで、これはイタリー語のVicoのラテン形にも通じる。この語が*Finnegans Wake*でまっ先に出て来る。

小説の最初の文が途中からはじまり、最後の文は途中で切れている。終りの文が最初の文にそのままつながるわけではないけれども、これはこの小説の構造が、はじめもなければ終りもなく、車輪のように回転していることを暗示する。

はじめにFinneganの物語をかりてarchetypeが示される。れんがや壁土を運ぶことを職業にしているFinneganが、酔ってはしごから落ちて死ぬが、通夜のばか騒ぎに、死体にウィスキーがかかって生きかえるという、寄席で歌われる古い歌が、生と死と復活の象徴となる。Wakeは通夜とともに、目覚めを意味し、死とともに復活を意味する。（Finnegansのsの前に省略符がないのは、古い書きかたを踏襲したものである。）

はしごから落ちる時の"bababadalgharghtakamminarronnkonnbronntonnerronntuonnthunntrovarrhounawnskawntoohoohoordenenthurnuk!"[23]という未来派趣味の音は、また雷鳴を連想させる。するとVicoの、人間は雷鳴を聞いて神を知ったという説が思い出されて神話時代となる。つぎにFinneganはFinn againとなる。Finnはアイルランドの英雄だから、つまり英雄時代だ。そしてFinnになったFinneganが生きかえろうとすると、こんどは皆が押しとどめて、君の時代は済んだから、燦然たる思い出のなかに生きよという。人間の時代がやって来ているのだ。この時代の代表者をEarwickerという。かくてEarwickerを中心にした長い物語がはじまる。彼はUlyssesのBloomと同じく"Everyman"である。このようにして神、英雄の、人間、三つの時代の公式が示される。

*Finnegans Wake*は四部に分かれ、各部がそれぞれさらに八章、四章、四章、一章に分かれている。かつて部分的に出版された時についていた表題ははぶかれている。数字は各部のはじめについているだけで、その点はUlyssesの新版に似ている。

第一部はDublinに居酒屋を経営するHumphrey Chimpden Earwickerの履歴、第二部はその子供のこと、第三部はEarwickerの夢として語られるところのその成長後のこと、第四部はEarwicker夫妻が人生の役割を果して、永遠の中にかえって行く夢。

*Finnegans Wake*は以上の基本的な構成の上に、神の時代、英雄の時代、人間の時代の変遷が重ねられている。第三部の終りでEarwickerの息子のShaunがYawnとなって、山の尾根でくたくたにのびている姿は、人間の時代が爛熟し切って、個人主義的になり、崩壊しかけている姿でもある。

Vicoの回帰は、原始時代から英雄詩の時代をへて、有史時代にはいり、アテネやローマで一つの展開を終っている。そして社会はまた原始的様相を帯びた時代となり、つぎに暴力的な英雄の支配する封建時代が来、Vico自身はその後の人間的時代に住んでいると考えていたが、*Finnegans Wake*では、第一期、第二期の社会現象の循環は、一緒になって家族の循環の上に重ねられ、このようにしていくつかの循環運動が同時に行われる。そして各部のなかでもまた、Vicoの循環現象が起っている。

さらにその上に、神々を想像する型と、英雄の伝説をつくる型と、実際の人間として物を見る型と、この三つの型の人物が交錯する。

Earwicker は第三の型である。彼はあらゆる男性であり、したがってあらゆる人物に変って行く。その妻 Anna は女性をあらわす。Anna という名は ana-Liffey（＝ upper Liffey）となり、Dublin を流れる Liffey 川の化身として、Anna Livia Plurabelle と呼ばれる。そして絶えず更新しながら、男性のきずいた世界を流れて行く。ついには大海に流れ入って、さらに雨となって水源にかえる。循環運動の典型である川は、子を産んで若い生命のなかに自分を生かす女性と同じものとして取り扱われている。

Earwricker に相当する男性の象徴としては Liffey 河口の Howth の丘がある。女性の川がその麓を流れている。丘は城としての性格をもつ。これが都市国家を想起させ、かくて Earwicker の描写は Dublin 市の描写となり、世界全部の都市となる。

息子の Shem と Shaun は内向性と外向性に分けられ、前者が神を想像する型、後者が英雄を創造する型だが、またこの二人は地上の闘争のあらゆる要素を分け持っている。Earwicker の分身はむしろ、Shem の方である。

Finnegan が落ちる音は、雷鳴、神、Adam の転落、反逆天使の堕獄、日没、Wall 街の暴落、りんごの落下などの連想をともない、それが物の終焉と、つぎに来る復活の予想という主題でだいたいにおいて貫かれる。このような手法で、部分部分でも人類や大自然のあらゆる事件や現象が、循環運動の姿においてとらえられて行く。

二人の洗濯女が、川をへだてて話しているうちに、次第に川はばが広くなって、声がとどかなくなる有名な場面は、川が下流に行くに従って広くなる現象との混乱で、夢の縮約性に一致している。

Earwicker が Phoenix 公園で、何か分からぬ罪をおかして、それを追求されることが、この作品の大きな部分を占めている。この罪が何であるかについて、Edmund Wilson は、この小説にあらわれた同性愛や近親相姦などに見られるところの Freud の思想の影響から推して、公園で Earwicker が単に兵隊に呼びかけたというようなことであらわされているなやみは同性愛の罪を意味すると言っている。(24) 事実 Earwicker は息子に同性愛的な愛着を感じる一方、娘の Isobel に対する愛が妻に対する愛と混乱している。しかしこれはやはり、J. Campbell と H. M. Robinson のいうように、「疑もなく彼の苦しみは原罪の性質を帯びているものである。彼もまたりんごを食べた後で Adam が経験した影のような罪の意識を伝えられているのだ。(25)」結局これは、原罪を取扱ったものと見られている Franz Kafka の小説 *Der Prozess* と同じ手法である。

原罪感の問題は、*Portrait* でも、*Ulysses* でも、すでに取りあげられたことであるが、それが *Finnegans Wake* でも三度夢魔のように全篇に漂うている。原罪の意識は、Pascal から出た T.E. Hulme が、いち早くとらえた二十世紀の人間像で、Joyce もそれから脱却しようとして堂々めぐりしている自分に、人間の真の姿を見ているのである。しかし Vico の回帰思想は、たとえそれが現代の思潮と一致するものをもっているとはいえ、*Finnegans Wake* のように、何から何までこれに律せられていると、かえって滑稽味を帯びて来て、Joyce 自身が本気に信じているかどうか疑わしくなる。

Joyce の芸術のよさと浅さは、象徴的作品でありながら Jung のいうような意味での象徴がないことからも来ている。意識の表現は外界の描写の方法をとり、無意識の表現は象徴となる。象徴は「意識にのぼらない内容を捉えやすい形にし、理解に近づけようとするにある。……まだ知られていないある意味を、近似的にでも暗示しようとする。(26)」それは言葉や数字が既知のものについて、それと同種の、または短縮された表現を行って、単に記号の機能しか果さないのと区別されなければならない。象徴は神経症や精神分裂症に見られる傾向である。Picasso の芸術にこの種の象徴を認め、かつ相手の感じを顧慮せず、反感さえ抱かせる表現法に、精神分裂症の徴候を見た Jung も、Joyce にはこれと同じ不健康なものを発見することができなかった。「この本は高度の意識性をもって書かれたように思われる。夢でもなければ、無意識の啓示でもない。……これはあきらかに象徴的ではない。(27)」

このUlysses の精神分析はおそらく、*Portrait* の象徴的手法だけでなく、*Finnegans Wake* にもあてはまるであろう。Joyce は精神分析学者が、深層心理の動き方としてあげた特徴や、その象徴としてあげてきているものを、小説のなかに利用して、いかにも象徴に満ちている感じを与えるが、実は意識の断片であって、けっして無意識の断片ではない。*Ulysses* のはじめに、石けん壷の上に鏡とかみそりを十文字と横たえてもっている光景がある。これは冒涜の象徴のつもりであろうが、読者には冒涜の sign でしかない。つまり、自然発生的に無意識を表現したのではなく、健康人が科学的に知ったものを道具として、精神の構造をあらわそうと試みたもので、その点では象徴というよりもむしろ、知的な allegory に近い。Daedalus 神話が allegory でなくて象徴であるとしても、それをまねて *Portrait* を書く時、それには多分に寓話的な知性がまじっている。しかし Joyce の作品が文学的感興を与えることは事実である。そしてこうした感興はすべて無意識に関係している以上、私たちは Joyce にある象徴性を全然否定することはできない。それ故に、私たちはこの種のものにも、従来の通り象徴という語を踏襲するが、彼の象徴は意識的象徴で、allegory に近いものを含んでいるということだけは言える。

Finnegans Wake は実に人類史という悪夢である。これは *Wuthering Heights* の恐怖と同様、宇宙の神秘にせまって、その象徴性を高めることに役だっているように見える。

しかし一つのものが、主として言語の表面的なつながりから、他のものと結びついて圧縮されるという、夢では普通一回しか行われない法則が、*Finnegans Wake* ではやたらに破られて、応援にいとまのたいほどの何千、何万という圧縮に遭遇する不自然さは、この作品が作りごとである事実をいやが上にも意識させられる。

新造語はすべてしゃれや地口に類している。もちろんしゃれや地口の抜巧は、夢における圧縮、すなわち、はきちがいや、不合理や、比喩や、逆な表現法を産むものと同じ性質のものである。

しかし「その他の点では、しゃれ、及び夢は、精神生活の異った領域に属し、心理学的なシステムでは遠くへだたっている。夢はいつも、たとい判別しにくいとはいえ、一つの願望である。しゃれは発達した遊びである。夢は実際的にはすべてつまらないものであるが、大きな生活の興味をもっている。……しゃれはこれに反して、精神の赤裸々な要求のない活動から、小さな面白味をひき出そうと試み、後になればその面白味をその活動中の副産物としてつかむ[28]。」

Finnegans Wake は、だじゃれに充満した悪夢である。私たちはここでも *Ulysses* の鑑賞にとまどった時と同じような、作品の内容の分裂性にとまどいさせられる。

さらに何よりの欠陥は、Joyce の文章の視覚性の欠乏が、ここではいよいよひどくなって来ていることだ。*Portrait* の中で、主人公は、砂丘に囲まれた凹みで寝込む。「彼の魂はある美しい世界のなかへとけ込んで行った。海中のように、異様で、もうろうとして、とりとめがなく、雲のようた影や形が横切る世界であった。[29]」彼の夢についての概念はこのようなものである。夢の特徴は観念が劇化されて、視覚的になったところにある。超現実主義者のHerbert Readが、夢は「混乱はしているがもうろうとしていない。[30]」という時、私たちはそれを言い過ぎであると思うけれども、*Finnegans Wake*の夢はあまりにもうろうとして、詩の生命であるword-pictureができていない。彼はすでに写象派が残した最も良い遺産である鮮明さからはなれてしまっている。

次の一節は*Finnegans Wake*では比較的に牧歌的な表現である。

"I'd ask no kinder of fates than to stay where I am, with my tinny of brownie's tea, under the innovation of Saint Jamas Hanway, servant of Gamp, lapidated, and Jacobus a Pershawm, intercissous, for my thurifex, with Peter Roche, that frind of my boozum, leaning on my cubits, at this passing moment by localoption in the birds' lodging me, pheasants among, where I'll dreamt that I'll dwealth mid warblers' walls when throstles and choughs to my sigh hiehied, with me hares standing up well and me longlugs dittoes, where a maudering row, the fox! has broken at the coward sight till well on into the beausome of the exhaling night, pinching stopandgo jewels out of the hedges and catching dimtop brilliants on the top of my wagger……[31]"

*A Skeleton Key to Finnegans Wake*にある大意は次の通りである。

"I'd ask nothing kinder of fate than to stay where I am, with my tinny of brownie's tea, under the protection of St. James Hanway and with Jacob Pershawn for my incense-bearer, and with Peter Rock, that friend of my bosom ; leaning on my ellbows out here in the Park, among pheasants, my ears and hair standing up like those of a frightened rabbit, till well into the bosom of the night, picking fireflies out of the hedges, and catching misty dew on the tip of my tongue.[32]"

さらにStuart Gilbertの解説[33]を参考にしながら、私見もまじえて補足してみると、tinny = tiny tin. brownie's は browny + brownie's の意であろう。Hanwayはロンドン市内を、はじめてこうもりがさをさして歩いた人で、通行人に投石された。Gamp は Dickens の *Martin Chuzzlewit* に出て来る看護婦の名で、この女の持っていた大きいかさから、太くて重いこうもりがさを、じょうだんにgampということから来た連想。Pershawmも迫害された聖者の名。thurifex = thurifer + crucifix、好きなたばこの香への連想が含まれている。Roche = Rock + roach、マタイ伝、16の8より。cubits = 肱 + Cupid. dwealth = dwell wealthily. throstles はうたつぐみ、choughs はべにはしがらす。hares = hairs + hares. longlugs ははじめて *transition* 誌に発表された時は longears となっていた。beausome = beau bosom. つまりこれらの大部分は単語の montage である。

所々に鋭い感覚のひらめきはあっても、語の解体は印象を不鮮明にして、観念の遊戯だけが脳裡に残る。彼は頭韻、脚韻、歌謡のかえ歌などを盛んに駆使して、音楽的であろうとつとめているが、聞きなれぬ言葉があまりにまじるので、騒々しい音楽となっている。

しかしこのような数々の欠点はあっても、Joyce の言語の駆使力の偉大さが読者を圧倒する。Joyce の表現法は、切れ切れの意識しか処理できない精神病患者に似ているけれども、精神病患者の特徴である同じことのくり返しというものが、見られず、隅々まで計算されて並べられた言葉であることを、Jung は指摘している。[34] 事実、Hanley 教授とその助手の調査で、*Ulysses* には二九、八九九のちがった語が用いられ、その半分以上がたった一度しかあらわれなかったということが報告されている。[35]

Joyceが実在の真の姿をつかみ出そうとする痛烈な意欲は、技巧を主とする芸術至上主義とかみ合って、余りに多くの言語をちりばめた燦然たる怪物のような小説をつくり出した。しかし彼の芸術を不朽にするのは、やはりその表現形式の美しさである。その点ではPopeと同じ知性の作家の系列に属するが、Joyceの美は、従来の美の基準を崩壊させた上に創作されたものであるだけに、真に今世紀的な新しさと、壮大さがある。

21　Joyceの小説の構造

（1）L. A. G. Strong, *The Sacred River*, London, Methuen, 1949, pp. 6 ff.
（2）Stanley K. Coffman, Jr., *Imagism*, Norman, University of Oklahoma Press, 1951, pp. 51 ff.
（3）T. E. Hulme, *Speculations* (1924), London, Routledge & Kegan Paul, 1964, p. 132.
（4）*Ib.*, pp. 75-109.
（5）*A Portrait of the Artist as a Young Man* (1916), New York, The Viking Press & B. W. Huebsch, 1952, pp. 193-194.
（6）クローチェ著、青木巌訳「ヴィコの哲学」東京、東京堂、一九四二年　九九頁。
（7）*Ib.*, p. 102.
（8）Harry Levin, *James Joyce* (1941), London, Faber and Faber, 1947, p. 67.
（9）Édouard Dujardin, *Le monologue intérieur, son apparition, ses origines, sa place dans l'oeuvre de James Joyce*, Paris, A. Messein, 1931, quoted by Robert Humphrey, *Stream of Consciousness in the Modern Novel*, Berkeley & Los Angeles, University of California Press, 1955, p. 24.
（10）Stuart Gilbert, *James Joyce's "Ulysses"* (1930), London, Faber and Faber, 1952, pp. 42-43.
（11）ユング著作集第三巻、江野専次郎訳「こころの構造」東京、日本教文社、一九五五年、一五〇頁。
（12）Sigmund Freud, *An Outline of Psycho-Analysis* (1940), tr. James Strachey, London, Routledge & Kegan Paul, 1949, p. 22.

(13) Kristian Smidt, *James Joyce and the Cultic Use of Fiction*, Oslo, Akademisk Forlag, 1955. p. 54.
(14) 「ヴィコの哲学」七四頁。
(15) William Powell Jones, *James Joyce and the Common Reader*, Norman, University of Oklahoma Press, 1955. p. 40.
(16) *James Joyce's "Ulysses"*, pp. 36–37.
(17) *James Joyce and the Common Reader*, pp. 96 ff.
(18) *Stream of Consciousness*, p. 16.
(19) *Portrait*, p. 241.
(20) Eugene Jolas, "My Friend James Joyce," Seon Givens (ed.), *james joyce: two decades of criticism*, New York, Vanguard Press, 1948, p. 11.
(21) Ira Progoff, *Jung's Psychology and its Social Meaning*, London, Routledge & Kegan Paul, 1953. p. 60.
(22) W. Y. Tindall, *James Joyce: His Way of Interpreting the Modern World* London; New York, Charles Scribner's Sons, 1950, p. 50.
(23) *Finnegans Wake* (1939), London, Faber and Faber, 1946, p. 2.
(24) Edmund Wilson, "The Dream of H.C. Earwicker," *The Wound and the Bow*, London, W.H. Allen, 1952, pp. 218–221.
(25) Joseph Campbell and Harry Morton Robinson, *A Skeleton Key to Finnegans Wake*, London, Faber and Faber, 1947, p. 16.
(26) ユング著作集、第三巻、一八一頁。
(27) *Ib*., pp. 161–162.
(28) フロイド精神分析大系第九巻、正木不如丘訳「洒落の精神分析」東京、アルス、一九三〇年、二四〇頁。
(29) *Portrait*, pp. 200–201.
(30) Herbert Read, *Collected Essays in Literary Criticism*, London, Faber and Faber, 1938, p. 104.
(31) *Finnegans Wake*, p. 449.
(32) *Skeleton Key*, pp. 227–228.

(33) Samuel Becket *et al., Our exagmination round his factification for incamination of Work in Progress*, London, Faber and Faber, 1929. pp. 64-67.

(34) ユング著作集、第三巻、一四八—一九四頁。

(35) Levin, *James Joyce*, p. 70.

〔『英文学思潮』三〇巻二号、一九五七年〕

22　ジェイムズ・ジョイスの小説における原罪の意識と母性像

一、罪の意識

ジェイムズ・ジョイス（James Joyce）の『若い芸術家の肖像』（*A Portrait of the Artist as a Young Man*）、『ユリシーズ』（*Ulysses*）、『フィネガンズ・ウェイク』（*Finnegans Wake*）は、ともにやるせない罪の意識と、その救いとしての女性の問題を含んでいるが、この三つの長篇の間には、この問題を取りあつかう角度に、非常な相違がある。それをフロイト（Freud）の精神分析やユング（Jung）の分析心理学の展開と比較しながら、考察してみたい。それは精神分析も新心理主義文学も、ともに精神がその領域をひろめて、無意識まで包含するようになった時代精神のあらわれだからである。

『肖像』では、主人公スティーヴン・ディーダラス（Stephen Dedalus）の罪の意識は、宗教をすてることによって解決したことになっている。ところがその続篇と思われている『ユリシーズ』に出て来るスティーヴンは、宗教をすてても、やはり罪の意識になやむあわれなインテリとして描かれていて、『肖像』の結論の発展ではなく、逆もどりの感が深い。『肖像』における罪の意識は、無心なスティーヴンに、外から吹きこまれる無用で人工的で架空の感情であるが、『ユリシーズ』にあらわれた罪の意識は人間本来の心の構造にもとずいた自然で当然な感情ということになっている。

『肖像』のはじめに出て来るスティーヴンは、純真無垢で、まったく罪とけがれを知らぬ幼児である。そしてこの純真さは、彼が青年になるまで、一貫して失われることがない。彼がイエズス会の学校にはいって、そこで遭遇する周囲の生徒の意地悪さや、教師の理解の足らなさ、かたくなさが、詩人の魂をさいなむ俗世間の象徴となる。彼は異端思想の文学者にあこがれはじめる。それはそのようなものを読むことの罪であることを教えられて、罪のよろこびのために読むというのではなかった。自然な生命の躍動として読んだのである。

まず何よりも紳士たれ、よいカトリック教徒たれとはげます父や教師の声が、うつろに響く。彼は自分の幼かったころの生き生きとした瞬間のいくつかを思い出そうとしたが、だめになった。「彼の魂のなかでは、つめたい、残忍な、愛のない肉欲のほかは、うごめいているものは何もなかった。彼の子供時代は死に、またはは失われ、それとともに単純なよろこびを感じることのできる彼の魂も失せていた。そして彼は不毛な月の殻のように、人生をただようていた。(1)」自分が思い耽っている悪事を実現しようとする内なる兇暴な欲望にくらべると、神聖なものは何もなかった。そしてついに彼は売春婦の腕に抱かれる。その瞬間には歓喜だけがあって、罪の意識はない。

それが罪であることを意識させ、罪の恐ろしさを知らせるのは、学校の礼拝堂での説教だ。そこで聞いた罪のむくいとしてのおそろしい地獄の描写は、彼をすざまじい恐怖におちいらせる。「彼は礼拝堂の側廊をさがっていった。足はわななき、頭の皮は幽霊の指が触れでもしたかのようにふるえていた。(2)」

彼はよその礼拝堂に行って告解をする。ところが手のこんだ信心ぶかい言行と克己を一通りやっても、彼の心は平静でない。ささいなことにもかんしゃくを起こす大きらいな教師たちと同じだ。彼は、精神的にかわききっていた。

その後もささやかな気のとがめを告解することがあると、神父からそれ以前の罪をあげてみるように言われる。

彼は恥じらいながらその罪の名を挙げて、あらためて後悔する。「どんなに神聖な生活をしようと、どんな徳を完成に到達しようと、完全にそれから免れることはあるまいと思うと、彼は自尊心を傷つけられ、屈辱を感じた。(3)」

彼は絶対に聖職にはつくまいと決心する。校長の訓話を聞いても、彼の魂はもはやそこにあって、それを受けいれはしなかった。彼が耳をかたむけた勧告は、すでにくだらぬ形式的な話と化し去っていた。「彼の運命は社会的な地位や聖職を避けることだった。あの神父の訴えの知恵も彼の急所には触れなかった。彼は他人からはなれて自分自身の知恵を学びとるか、世間のわなのあいだをさまよい歩いて、自分で他人の知恵を学びとるような運命になっているのだ。(4)」

彼は自分の名前に暗示されて、その使命をさとる。そして芸術家の象徴としてのディーダラスがゆるやかに空へ飛んで行く姿を見るような気がした。神を棄て、その空虚を美の創造によってうずめようとした時の彼の気持ちはつぎのように書かれている。

「彼の胸はふるえた。息がはずんだ。そして太陽に向かってのぼっていくかのように、はげしい生気が四肢をつらぬいた。彼の胸は恍惚たる恐怖のなかにふるえ、彼の魂は天翔けった。彼の魂は世界の彼方の空を飛び、彼の知っている肉体は同時に清められ、疑念を脱して、さんらんと輝き、精神という要素とまじりあった。飛翔の歓喜が彼の目をかがやかせ、息づかいを荒くさせ、吹きさらしの四肢をふるえさせ、はげしく動かせ、かがやかせた。(5)」

これはあきらかにT. E. ヒューム（Hulme）が定義したローマン主義の範疇に属する思想と言わねばならぬ。

ヒュームはパスカル（Pascal）の思想を継承し、今世紀の芸術は、人間と宇宙の不均衡の感じのなかから生まれるところの、原罪の意識に満ちた古典主義になるであろうと予言した指導者である。彼によるとローマン主義とは人間の性の根本を善と見て、その無限の可能性を信じ、外から与える束縛や規則を、悪の根元としているのだ。

もっともそのあとに信仰を棄てたことから起る対人関係のつまずきがある。母親が聖体拝領をすすめるのを彼は拒絶する。聖体拝領が虚偽だ、形式だと思うたら、母を安心させるためにやったらよいではないかというような考えは、彼の自尊心が許さない。そして言う、「僕は孤独であることや、他人のために追いはらわれることや、離れなければならぬものを離れることを恐れない。またあやまちを犯すことを恐れない。たとえ大きなあやまちでも、生涯消えぬ、いな永遠に消えぬあやまちでも。」(6)

このような反省も、作品全体のもつローマン的な色調をかえるものではない。それはあくまで自我の解放の上に立っての、ものの考えかただからだ。

『肖像』のこのような罪の意識の取扱い方のローマン主義に比し、『ユリシーズ』になると、その扱い方が百八十度の転回を行い、きわめて古典主義的となる。『肖像』のなかで、神父が生徒をおどす際の地獄の描写などは、それを聞く主人公にとっては、たいへんな問題だろうが、「地獄の壁の厚さは四マイルもある」などというナンセンスが、もっともらしくならべられて、はたはだユーモラスな雰囲気をかもす。つまり罪の意識は喜劇として取りあつかわれているのだ。したがって、『肖像』全体が上品なユーモアのみなぎった、渾然たる作品になっている。ところが『ユリシーズ』では罪の意識はユーモアに満ちた全体の雰囲気を殺して、この作品を喜劇と見ることができないまでに暗くしている。

『ユリシーズ』のなかのスティーヴンは、もう詩人で教師になっている。そして友人に「くそまじめなジェズイット教徒」と呼ばれる。これは信仰を棄てながら、なお宗教のことで頭が一ぱいになっているものであることを示すところの、多分に反語的な言いぐさであるが、同時にまた、彼がキリスト教徒ならぬキリスト教徒であることを暗示するものだ。そしてここにはまたジョイスの罪の意識についての考え方の逆転が、表面的な前作との関連のかげに、こうかつに隠されているのが見られる。『肖像』で、聖体拝領という母親の要請を拒絶して、ある程度まで割り切った気持ちになっていたスティーヴンが、その後、母親の臨終で彼女のために祈るのをことわったことが、心のしこりとなって、永久に残る。この良心のかしゃく（ayenbite of inwyt）は、『ユリシーズ』の主題ではないかと思わせるほどの重々しさで描かれる。そしてあらゆる情景がその気分を助長する象徴として用いられているような感じさえ与える。「君のなかにはいまわしいジェズイット教徒的な素質がある。ただその注入のされ方がまちがっているのだ(7)」と友人はいう。この良心のかしゃくが、いつの間にか原罪の意識と重なって来る。「おれもまた罪の闇のなかにはらまれたのだ。(8)」

『肖像』の中ではしまいまで失われなかったはずの純真さが、ここでは本質的に腐ってしまった人間として回想される。「いとこのスティーヴン、おまえはけっして聖人にはなれまい。聖人の島なのに。おまえはすごく神聖だったねえ。おまえは鼻の先が赤くならぬようにと、童貞マリアさまにお祈りしたっけね。おまえはサーペンタイン通りで、目の前の肥えたやもめが、濡れた街路からもっとすそをまくりあげるように悪魔に祈るようになった。ああ、たしかにそろだった。そのためにおまえの魂を売るがいい。女のまわりにピンでとめた色染めのぼろ切れのためにね。(9)」

罪のなかにあってのかすかな光は、「虚無からの創造(10)」だ。

『肖像』が『エゴイスト』（*The Egoist*）誌に発表されるようにあっせんしたのは、ヒュームであった。『肖像』の思想は、罪の意識を取りあつかいながら、ヒュームと逆の結論に走っていた。それでもヒュームがジョイスを激励したのは、印象派美術の影響を受けて、対象とそれにまつわる感情、すなわち印象を、具象的な比喩をもって表現し、読者に視覚的な影像として伝えようとするヒュームの意図が、物象も思想も情緒も、すべて意識にのぼる印象ないし影像の展開の形で表現しているジョイスの手法に、その進展を見たからであろう。さらにまた気持ちをあらわすためには、時間空間の秩序を破った表現もしようとする表現主義的な意図に、明日の芸術を見たのであろう。

ヒュームは自分の思想を宗教的態度、またはあやまってカトリック主義と称しているけれども、それはパスカルの思想から救いの部分を省いてしまったもので、キリストのいないキリスト教である。「結局のところ、私たちはヒューマニズムやローマン主義や自由主義に対するヒュームの批判を受けいれても、なお教会というかくれがに、前よりも近よってはいないであろう(11)」とハーバート・リード（Herbert Read）も言っている。

それでもT. S. エリオット（Eliot）は文学にあらわれるかぎりにおいて、この思想をカソリシズムと呼んでいる。彼の『荒地』（*The Waste Land*）は最後に申しわけ的に神に祈る言葉がくっついているが、詩の主眼となっているのは、祈るような気持ちを起させる第一次大戦後の荒廃の描写である。エリオットが『異教の神々を求めて』（*After Strange Gods*）のなかで、ジョイスの作品にはキリスト教的感情がしみこんでいて、彼はもっとも倫理的、正統的な作家であるといろことを言ったのは、この程度の意味であろう。

『肖像』は巻末に一九〇四年にダブリンで書きはじめ、一九一四年にトリエステで脱稿したように書いてあるが、現在のような形で書き改められはじめたのは、形象派の運動が起った一九〇七年よりもおそく、その時は古典主義の新しい意味も知っていたはずである。それにもかかわらず「宗教的態度」に反抗していた彼が、『ユリシーズ』にいたってそのようになったことに、私たちはさらに新しい誘因を考えなければならない。そしてそこにフロイトとユングの影響を見出すのである。人間の意識の奥深くに、どうにもならない獣性のひそんでいるのを見た厭世的なフロイトの精神分析は、ユングによって、罪の意識の分析となった。すなわち人は外界に対処して意識的にとられる行動とは逆の方向をとろうとする一面があって、これが無意識のなかにあるために、いつも偽善者として自分を意識する。人間はいつも悪魔をいだいているという考えかたは、ヒュームのいわゆる古典主義者の心の構造と一致していた。したがってこれに対する関心が近代的作家の条件として不可欠のものであることを、あらためてジョイスに考えなおさせたにちがいない。

『肖像』は自我の解放の歓喜だ。この歓喜に悔恨はなかった。しかし自我の解放は常に罪の意識がともなうことに気がついたジョイスは、どうしても払いきれない罪の意識を描くようになったのである。

スティーヴン・スペンダー（Stephen Spender）は『肖像』を評して、この小説のなかでは、オスカー・ワイルド（Oscar Wilde）流の悪魔的た快楽追求が描かれていて、作品の欠陥になっているというが、『肖像』にはこの傾向はすくなく、私たちが感じるのは、明朗な喜劇的感情である。しかし彼が『ユリシーズ』の欠陥として指摘したところは、たしかに当っている。すなわちそのユーモアはスウィフト（Swift）以来であるが、惜しいことには冗談がばらばらで、その奥に終始一貫しているまじめさと呼応するところがない。しかしそれがスティーヴンという陰気な性格でずたずたになっているというのである。(12)

もしもジョイスが『肖像』の時のような態度で、罪の意識を単純な喜劇として描写していたら、全篇にわたる冗談やしゃれとの摩擦もすくなくて、比較的理解しやすい作品となったであろう、深さはなくなったかも知れぬが。

人間の行為と意識をあますところなく一篇の小説につめこんで、それを神話的な推理によって秩序を与えようとした作者の意図は、彼の近代作家としての意識と相俟って、すでに脱却したはずの罪の意識を除外することを許さなくなった。それで、罪の意識にもっとも縁故のあるスティーヴンの再登場となったわけだ。もちろんリオポウルド・ブルーム（Leopold Bloom）も肉体の悪魔をひきずっている霊魂であるが、だいたいにおいて罪の意識のうすい常識人である。常識的な庶民の典型である。ユングは子供の心には原型または神話類型（archetype）としての父親の心象があると言った。この父親は万物を抱擁する神の姿であり、力学的な原理である。これは集団的無意識の中に先天的にもっているイメジであって、子供は自分の父をそのようなものであると思いこみやすい。ブルームの性格はあきらかにこれを描いたものである。彼は罪の意識を救う地上の神である。かくてブルームとスティーヴンが精神的な父子として、会ってはわかれ、わかれてはまた会う一日の生活の物語のなかに、読者は現世紀の不安とその彷徨を見るのである。

ユングは一九二〇年ごろから、人間が意識の補償としてもつところの無意識のなかにあるこの罪の意識は、自分の中に住んでいる別な自分として感じられるがゆえに、それを「影」と呼んで、これが文学作品にあらわれると、キャリバン（Caliban）、ハイド（Mr. Hyde）、フランケンシュタイン（Frankenstein）のような性格になると言った。その意味では悩む善人として描かれたスティーヴンは「影」の投射ではない。しかしブルームは父親像という象徴である。それにもかかわらずユングは『ユリシーズ』のなかに、何等の象徴もないと言ったのは、このブルームがジョイスのなかから無意識に出たものでなく、ユングに教えられて、意識的に組立てられたものであることを知っていたからであろう。

罪の意識は『フィネガンズ・ウェイク』になると、もっと強調される。そして主人公イアウィッカー（Earwicker）の、会体のしれない罪のための、逮捕、審判、そして悔恨と苦悶となる。彼は自分のために備えられている湖底の墓にはいる。水中は無意識の象徴だ。彼の分身が方々にあらわれるのは、無意識のなかに別個の人物を感じる心理のあらわれである。『フィネガンズ・ウェイク』全篇は悪夢のような気分に塗りつぶされている。もっともこの作品も地口やだじゃれに満ちて、作品の色調を分裂させているけれども、全体の調子が、『ユリシーズ』よりももっと陰気でもろうとしているので、悲劇的色彩は『ユリシーズ』よりも濃い。

二、女性の姿

ユングによると、個人的無意識のさらに奥に、集団的無意識がある。「影」は集団的無意識の入口にあるが、それを過ぎてつぎに出会うのが、神話類型としての母親像と父親像である。父親像は前述のように万物を包括する神の姿であるが、母親像はまた万物を包括する大地（mother earth）の性質を帯びる。そして子供の時期が過ぎて大人になると、この両心象は色あせ、背後にあるものがあらわれて来る。男性の場合は女性像女性の場合は男性像である。あらゆる男は自分のなかに自分のイブ（Eve）をもつ。この女のイメジは、私たちはそれを夢や幻想や、その他無意識のもののなかに感じるが、外部の異性に会うと、同一のものと思い、外から私たちに会いに来たと思う。子供の時は母親にこのイメジをかぶせていたのであって、後にはわずかなひっかかりから、愛人をそれと同一視してしまう。女性像があらわれる形は種々様々である。女神の姿をとるやさしい処女、天使、魔女、女乞食、売春婦、妻、女丈夫など。これらの女性像に共通なことは、永遠に若いということだ。彼女が相当の年輩であることを暗示するような条件があっても、そういうことを超越して、彼女は若さを失ってはいない。そして常に賢いけれども、いやなほど賢くもない。神秘な知恵というようなものをもっている。

「注目すべきことは、この型には普通の意味での母性的なものがまったく欠けていることだ。彼女はよい場合には伴侶であり、友達であるが、悪い場合は娼婦である。(13)」ユングは女性像として、とくにモナ・リザのあの意味ありげな微笑を湛え、貞操があやぶまれるような魔性の女を強調する。外面的に人がよさそうで愛想のよい男においては、女性像はがいしてかなり意地の悪い性質を帯びる。理想的な婦人にとって、彼女の魂のイメジを充たしてくれるものは、墜落した男であることが多いのと同じことが、男の場合も起る。ここでは娼婦は救助を求めて叫ぶ魂がかもし出す後光に囲まれている。

しかしユングの女性像の説が、明瞭な形を与えられたのは、かなりに後のことである。『ユリシーズ』が発表されはじめたのは、一九一八年であって、たしかにその数年前から、ユングはフロイトとたもとを分って、独自の見解を発表してはいた。一九一二年には彼の『リビドーの変移と象徴』（*Wandlungen und Symbole der Libido*）が出ていた。しかしここの本は三度も改訂と増補を加えられているので、私たちが今日手にしている一九五二年の改訂版『変移の象徴』（*Symbole der Wandlung*）の彫琢された体系が、そのままジョイスの脳裡にあったと考えることはできない。私たちは、この本の初版の英訳である一九一六年の『無意識の心理学』（*Psychology of the Unconscious*）や、初期の論文を集めて英訳した一九一六年出版の『分析心理学論集』（*Collected Papers on Analytical Psychology*）によって、当時はまだユングの心理学は、象徴に積極的価値を与え、外界に対処する心理的な動きと解釈する点で、もっぱら性的な概念の上に立つウィーン学派と訣別はしていたが、心の構造の図式では、一九二〇年の『心理的類型』（*Psychologische Typen*）ごろまでは、男の無意識と女の無意識を、アニア、アニムスとして区別せねばならぬことさえ、気づいていなかったことを知る。

したがって、ジョイスが『ユリシーズ』以後描いた男性と女性は、ユングの男性像や女性像ではなく、その初期の両親像が基礎になっているのである。しかしユングの女性像を念頭におきながら読むと、『肖像』と『ユリシーズ』の女性にかなり興味ある事実を見出す。まず『肖像』のなかで、神にかわって登場するものは「美」だ。美は少女の姿に象徴される。

「一人の少女が、ひとり静かに、彼の前の、流れのまんなかにたたずんで、はるか海を見わたしていた。魔法がめずらしい、美しい海鳥の姿に化けさせたもののように見えた。その長いあらわな足は、鶴のあしのようにきゃしゃで、海草の鮮緑色のすじが、しるしのように肉の上にくっついているところのほかは、清らかであった。腿は象牙のようにふっくらとしてやわらかな色をし、ほとんど尻のところまでむき出しであった。尻はズロースの白いへりが、やわらかな白い綿毛のようだった、青ねずみのスカートは、だいたんに腰のあたりまでからげられ、鳩の尾のようにうしろに垂れていた。胸は鳥の胸みたいで、やわらかくほっそりとしていた。何か黒ずんだ羽の鳩の胸のようにほっそりしてやわらかだった。しかし長い金髪は娘らしかった。そして娘らしくて、人間の美しさの驚異を、その顔は宿していた。

彼女はひとり静かに海を見わたしていた。そして彼がいることと、その礼拝するような目つきを感じると、彼女の目は静かに彼の凝視に堪えながら彼に向けられた。はじらいや淫蕩さはみじんもない。長いこと彼女の視線をうけたままでいて、それから静かにその目をそらし、流れの方に伏せた片足であちこちと静かに水をかきまわしながら。(14)」

ここに出て来る女性は処女マリアのように清純である。

ところが『ユリシーズ』の十三番目の挿話で、ブルームが恍惚となる少女も、背景といい年齢といい、『肖像』の少女をしのばせるところがあるが、前者が汚れのない天使であるのに比して、多分に人間性のあかにまみれている。彼女は海岸の草の生えた岩の上に腰かけて、夕暮の景色を眺めている。「彼女の姿はすらりとして、優雅で、きゃしゃなほどであったが、このごろ服用しているゼリー状のものが、ウェルチ未亡人の婦人薬よりもずっと効いて、慢性のおりものや、あの倦怠感がだいぶよくなった。彼女のばらのつぼみのような口は、ギリシャ的な完璧さをもち、ほんもののキューピッドの弓だったが、彼女の顔の臘のような青白さは、その象牙に似た清らかさではほとんど精神的だった。彼女の手はほっそりした指がついて、きれいな静脈のすいてみえる石花石膏で、レモンの汁のように白く、彼女がキッドの手袋をはめて寝るとか、牛乳の足湯を使うというのはうそだったけれども、最上の軟膏でしか、できないものだった。(15)」彼女が上流階級の生まれであったら、多くの求婚者が足もとにひれ伏したであろう。「彼女のやわらかい目鼻立ちに、深い意味のこもったまなざしを与え、美しい目に不思議なあこがれを、誰も抵抗できない魅力をおりおり与えるのは、その実現しなかった愛だったかも知れない。なぜ女というものはあんな魔物の目をもっているのだろう。ガーティーの目は最も青いアイルランド青で、つやのあるまつ毛と黒いきわ立った眉がそれを引き立たせていた。(16)」彼女は自分の結婚の相手には、中年の紳士がむいているかも知れぬなど考えて、ブルームの気をひくようなしぐさをする。

同じ『ユリシーズ』のなかのブルーム夫人も、これに似た系列の女性である。だが三十を越えて、実地に恋愛の経験を積んで来ている。

ブルーム氏は「寝室にはいりながら、目をなかば閉じて、あたたかく黄色な薄あかりの中を、彼女の寝乱れ髪の方へ歩いて行った。[17]」「彼女が枕のうえに片ひじをついて、すっくと起きあがった時、彼女は真鍮の飾りをちゃりんちゃりんとならせた。彼は平然と彼女の太ったからだの上と、牝山羊の乳房のように、ねまきの中になだらかにふくらんでいる大きなやわらかからかい乳房のあいだを見おろしていた。横たわっていたからだのぬくみが、彼女のつぐ茶のかおりとまざりあって、ただよいながら立ちのぼった。[18]」彼女には十五になる娘がいるが、写真屋の弟子に住み込まされていて、母親の関心のなかにはあまりはいって来ない。子供があるという事実は彼女から若さを失わせていない。裸体画のモデルになるようにすすめられたこともある。彼女はきれいな歌手で、彼女の一座を組織して巡業を企てているボイラン（Boylan）という男を愛している。夫の肉体に満足できない彼女の、寝室での半意識は、句読点なしの文章のなかで、これまでに接したいろいろな男たちとのみだらな思い出になる。「わたしが髪をさげるとニンフの水浴みたいかしらそうだわ彼女の方が若いだけよでなければあの人が持っているスペインの写真のなかのきたない売春婦にすこし似てるわ[19]」

『肖像』から『ユリシーズ』へ移ると、ジョイスの女性観も大きく変っていることが分かる。一つはユングの女性像の清い処女型と一致し、他は娼婦型に似たところがある。ジョイスは精神分析によって明かにされた夢の法則を絶えず文学表現のテクニックとして利用したけれども、これらの女性像が、ユングの女性像説に示唆されたものであると考えることは、年代的に無理であることは、前述の通りである。

『肖像』は象徴詩の手法によって構成された小説である。スティーヴンは青年としての芸術家の典型を示すものとして、およそその象徴に役立たぬ性格や行為は、すべて削られている。同様のことがその中の女性の描写にも行われていることは言うまでもない。すなわちこれは本来から象徴として知的に組立てられているのである。ただユングの言う意味での自然な象徴のできる過程とは異っているが、でき上ったものはよく似ているわけである。

『ユリシーズ』のなかのよごれた女性たちは、フロイトの見た人間の本性に教えられたものであることはいうまでもない。そしてユングのいう女性像に似たところがあるけれども、彼がその文学的に投影されたものとしてあげている。「神曲」（*Divina Commedia*）のベアトリチェ（Beatrice）、ライダー・ハガード（Rider Haggard）の彼女（She）、ペルセウス（Perseus）神話のアンドロメダ（Andromeda）、トロイのヘレン（Helen of Troy）、カリプソ（Calypso）などの女性とくらべてみると、はっきりと相違が分かる。とくにブルーム夫人の根底にあるものはやはり母親像だ。夫は妻に母親像をかぶせることも多いのである。

しかし彼女は子供の心にある母親像だけでなく、大人の女自身が、その心の核心に持っている真に女性的な原心象「大いなる母」（Magna Mater）とも一致する。自然に関する冷静で客観的な真理をあらわす彼女は、あらゆる対立を超えて、一切のものを調和の中に抱擁する。この心象につかれた女は、自分が愛と理解と援助と保護に無限の力をもち、自分の勢力の中にはいって来るものを、無力な子供のように思って、世話や干渉にその身を磨りへらすこともあるけれども、一面また悟りに達したものとして、人生の大きな推進力でもある。したがってブルーム夫人は、近づいて来る二十数名の男のことごとくを受け容れて、その回想に何の悔恨も苛責もない。

もっともブルーム夫人が、はじめて『ユリシーズ』に登場する時は、前記のカリプソ、すなわちギリシアの英雄ユリシーズを七年間とらえてはなそうとしなかったニンフの再来の姿として描かれている。しかしその共通点はあやしげな魅惑でしかない。

夫のブルームが妻の姦通にさほどの反撥を感じないのを不自然だとする説に出会うことがあるが、彼女には女性像の魅力も多分にまじっているので、男はこのような心象に取りつかれると、自分を滅ぼしても悔いないくらい相手の女を愛する事実から見て、けっして筋の通らぬものではないとも思える。彼女のもつ生気もまた、夫のブルームと同じく、清浄過ぎないこと、つまり濁りをふくんでいるところから来ている。しかも彼女は夫よりももっと大きく、生命の根元となっているのだ。そして、夫とスティーヴンがこの小説でかもし出すやるせない気分と不安は、彼女において完全な調和を得、三人をあわせて、はじめて作者の心理となる。

『フィネガンズ・ウェイク』になると、私たちは、ジョイスがユングの心の構造を念頭において、夢の形で人類の歴史を書こうとしていることをはっきりと見ることができる。ここではすべて女性的なものが、人間も自然もひっくるめて、アンナ（Anna）とその分身として描かれている。アンナはユングのアニマを連想させる名であって、事実『フィネガンズ・ウェイク』が出るころには、もうユングのアニマ説は出ていたのであるが、この小説に見る心の構造は、その以前に行われた著書をもとにしているようである。したがってここにおいては、アニマの初期の形態である母親像としての女の姿が、前面に押し出されている。ユングの分析心理学では。無意識のなかに蔵されている原型像としては、まず母親像が説かれ、つぎに女性像、とくに娼婦型のものが強調されるようになっていったのに、ジョイスの女性がその逆の展開をしているのは、一見奇妙に思われるけれども、それは前述のようにジョイスの女性はユングの女性像説とは関係がうすかったからである。そのために、ここではブルーム夫人のようなあやしい女性の魅力は後方にしりぞき、愛の化身としての女性が描かれる。

感受性の強い文化人が、後にいたって、汎神論的に、または審美的に、自分を自然と一体と感じるのは、その以前にさかのぼれば、母と自分を一体と見る思想である。母は私たちの最初の対象であり、そしてまたかつては全然私たちと一体だったのだ。「彼女は私たちの最初の外界の経験であり、したがってまた内面の経験でもあった。その内面の世界から一つのイメジが出て来る。それは一見外界の母親の像の反映のように見えるが、それよりももっと古く、もっと原初的であり、ペルセフォネのような娘において、永遠に若い姿でよみがえる母親だ。これが集合的無意識を象徴するアニマである。[20]」この一節は、一九一二年の『リビドーの変移と象徴』の中の母親像に対する補足的説明として、後でつけ加えられたものであるけれども、『フィネガンズ・ウェイク』の母親像の表現手法の理解にはかなり役に立つものと思われる。

ユングによると母親に対するあこがれの気持ちが、大地や海や水や木などに、女としての性質を付与する。それは外界を無意識のなかにある女性的なものとして理解することであるとも言える。同時にまた夢にあらわれたこれらのものは、無意識のなかにある女性的なものの象徴とも解釈される。かくて『フィネガンズ・ウェイク』では、万物を抱擁し、絶えず流転し、海に流れ入っては、雨となって水源にかえる川が、女性の愛と復活の象徴として、アンナと一体となる。

『分析心理学論集』の子供の心理を扱った一節に、つぎの挿話がある。

「その小さな娘——その名をアンナとでもしておこうか——が三歳ぐらいになった時、つぎのような会話をしたことがある。

アナ『おばあちゃま、なんでそんなにお目々がかすむの。』

祖母『年よったからよ。』

アナ『でもまた若くなるわね。』

祖母『いやいや、わたしがだんだん年寄っていって、しまいには死ぬことをおまえ知らないの。』

アナ『で、死んだら？』

祖母『そしたら天使になるのよ。』

アナ『それからまた赤ん坊になるわね。[21]』」


ジョイスが母親、復活、再生、輪廻などの回帰思想を象徴する女に、アンナの名を冠することを思いついたのは、それが処女マリアの母の名であることのほかに、この本から来たのではあるまいか。したがって、ジョイスは母という職能に、女性の尊さと本質を見たのである。はなやかな若さやあやしい魅力は、同じくアンナの分身である娘や、その友だちや、妖婦たちとしてあらわされ、女のイメジの光と影がばらまかれている。

男性であるイアウィッカーは父親像であって、城や丘と一体となる。『ユリシーズ』のブルームは、その妻の大地的な性質に対応する「老賢人」の形象らしいところも多少はあったが、ここでは原罪になやんでいるために、影がうすくなって、神のような性質を、母親像にゆずってしまっている。もちろんアンナは「大いたる母」に連る形象でもある。

要するに、ジョイスの理想的な女性は、最後においては、暗い罪の意識や絶望感から男性を救うただ一つの調和となっている。「人は常に悪魔を宿していなければならぬ。それゆえに神なしでは生活できない。[22]」というユングの説が、ジョイスにあっては神と女とが置きかえられているのである。しかしユングによると、母親はわれらの起源、復活、死の克服を意味し、これは宗教的なものである。そして父親や老賢人や大いなる母は、神に近いイメジだとしている。しかし神のイメジが堂々と現われないかぎり、ごまかしであり、罪の意識の解決にはならないだろう。それは聖母マリヤを救世主と思おうとすること以上に無理だ。したがってジョイスの思想は本質的にはワイルド等世紀末の唯美主義者の思想でしかない。そこに築かれている価値体系は、根本的には一度は崩壊してしまって、すでに古いとされている唯美主義への固執であるために、読者を十分に納得させることはできぬので、深みに欠けている。それゆえ、彼の小説を今世紀の最も新しい収穫の一つとしているのは、実にその表現形式の新しさというより外はない。そこでは古い美が破られて、新しい美が創造されている。そしてその形式の間に散在するエロテシズムと罪の意識は、内容の近代性の息吹きを感じさせる道具として用いられているのである。

（1）*A Portrait of the Artist as a Young Man*, Janathan Cape, London, 1952, p. 108.
（2）Ibid., p. 141.
（3）Ibid., p. 174.
（4）Ibid., p. 184.
（5）Ibid., p. 192, 193.
（6）Ibid., p. 281.
（7）*Ulysses*, the Bodley Head, London, 1954, p. 6.
（8）Ibid., p. 35.
（9）Ibid., p. 37.

(10) Ibid., p. 34.
(11) *A Coat of Many Colours*, Routledge & Kegan Paul, London, 1945, p. 298.
(12) Cf. *The Destructive Element*, Janathan Cape, London, pp. 84, 85.
(13) *Seelenprobleme der Gegenwart*, Rascher, Zürich, 1931. p. 193.
(14) *Portrait*, p. 195.
(15) *Ulysses*, pp. 331, 332.
(16) Ibid., p. 332.
(17) Ibid., p. 54.
(18) Ibid., p. 56.
(19) Ibid., p. 713
(20) *Symbole der Wandlung*, Rascher, Zürich, 1952, pp. 559, 650.
(21) *Collected Papers on Analytical Psychology*, ed. by C. E. Long, Baillière, Tindall & Cox, London, 1922, p. 134.
(22) *Two Essays on Analytical Psychology*, trans. by H. G. and C. F. Baynes, Dodd, Mead, New York, 1928, p. 72.

〔『青山学院女子短期大学紀要』一〇巻、一九五八年〕

23　T・E・ヒュームのイメジの概念

1　イメジの概念の混乱

はじめにフランス語でイマジスム（imagisme）と名づけられ、後に英語でイメジズム（imagism）と呼ばれた文学運動は、印象派（impressionism）の美術と、日本の俳句や短歌の影響のもとに生まれたものである。それは概念的な言葉を避け、短かく圧縮されてはいるが、情景があざやかに目にうつるような視覚性を英詩に取り入れるとともに、ただの平面的な写生の態度にとどめずに、作者のその瞬間における気分を伝えるために、主観的な描写法を取る。したがって、物理的な対象の単なる複写ではなく、印象を伝えることが主眼なので、表現に歪曲や変形（deformation）が行なわれる。この印象描写の手段として用いられるのが比喩、とくに暗喩（metaphor）である。俳句風の絵画的な描写には、読者の脳裡に心理学的な心象を描かせるおもしろさがある。そしてイメジスムにおいては、この視覚性と比喩とが、二つともイメジ（image）という語の意味のなかにふくまれているのである。

しかし「修辞学的なイメジを、単なる感覚的な訴えと同一視する傾向には、いろいろな文学者たちが反対して来ている。とくにI・A・リチャーズ（Richards）は、『比喩的な言いまわしであり、比較の想像であるイメジが、心理学的イメジの存在と何らかの関係があるにちがいない』という臆断に反対している。[(1)]」ここからイメジの概念の果てしない混乱が起こる。

私たちはイメジの綜合的研究として、すでにC・デイ・ルイス（Day Lewis）の『詩のイメジ』（*The*

Poetic Image）という講義を得ている。彼はイメジを「言葉からつくられている絵」「言葉の中の絵」あるいは「情緒や情熱をこめた言葉の絵」と定義したが、それにはつぎのような補足を行なわねばならなかった。「形容語句、暗喩、明喩もイメジをつくり出すことができるかも知れない。またイメジはその表面において純粋に描写的ではあるが、外界の現実を正確にうつしたもの以上の何かをわれらの想像力に伝えるところの語句や章句のなかで、われらに提供されるかも知れない。それゆえ、あらゆる詩的イメジはある程度暗喩的である。人生がその顔よりも、その顔に関する真実の姿を見るような鏡から、イメジはのぞくのである。(2)」この論法は、まず詩的イメジは比喩的なもので与えられることもあり得るという前提ではじまって、あらゆる詩的イメジはある程度暗喩的であるという結論へ飛躍している。

イメジズムの理論的指導者はT・E・ヒューム（Hulme）であったが、その宣伝者はエズラ・パウンド（Ezra Pound）だった。ヒュームは詩人クラブでおりおり発表していた彼の思想を、パウンドがおくめんもなく盗んで、自分の独創であるかのように発表するのを憤慨したが、事実は反ヒューマニズムや古典主義はとにかく、詩についてはその本質がイメジであるという点で共通するほかは、かなりちがった概念をもっていたのである。パウンドの概念は表現がきわめて難解であって、しかも丹念な分析にはたえることのできない神がかり的なものだ。その上に、彼がアーネスト・フェノロウサ（Ernest Fenollosa）の遺稿の整理を托されたことから得たところの目の文章としての漢詩に関する知識や、日本の謡曲の象徴性が、多くの誤解や曲解もともなって、イメジ論に結びつけられたため、イメジの概念はますます複雑になって来ている。

一九一五年に『数名のイメジズム詩人』（*Some Imagist Poets*）が出たころは、ヒュームは出征し、パウンドはきらわれて仲間はずれにされていた。しかし序文にかかげられた有名な綱領は、リチャード・オールディングトン（Richard Aldington）ではなくて、無署名ながら、パウンドの筆になるものと言われている。人々は一九二四年にハーバート・リード（Herbert Read）が編さんしたヒュームの遺稿『考察集』（*Speculations*）を見て、はじめてイメジズムの綱領のことごとくが、その中に含まれているのを知ったのである。

イメジストの間にも、ヒュームの理論をよく知っていた人は少かったように思われる。彼らは各自イメジについて、自分なりの考えを抱いて詩作していたに過ぎなかった。なかにはこれは技法の問題だから、綱領から削った方がよいと主張するものもあった。その結果、綱領第五項は「イメジを呈示すること（『イメジスト』という名はこれに由来する）」（To present an image (hence the name:'Imagist')）[3]というきわめてあいまいな文句となって現われた。翌年の版の序文では、イメジがどんなものであるかを、はっきりと言おうとして、イメジを絵と言いかえたが、その反面、ヒュームのイメジズムについての概念は拒否されて、「『イメジズム』は単に絵の呈示を意味するのではない」云々（'Imagism'does not mean merely the presentation of pictures……）[4]と改められた。これについて小スタンレー・K・コフマン（Stanley K. Coffman, Jr.）の『イメジズム』（*Imagism*）では，この綱領の改変は、イメジストたちが、ヒュームの理論をはっきり知らなかったことから起った誤解であると言っている。

試みに辞典や文学史のなかのイメジズムやイメジストの部分を開いて、イメジズムのイメジがどのようなものとして把握されているかを見てみよう。まず『オクスフォード米文学辞典』（*The Oxford Companion to American Literature*）はそれを「固い明瞭な詩におけるイメジの喚起」と言っているが、研究者の『英米文学辞典』は「明確な映像の表現」、『世界文学辞典』は「明確な心像の表現を重んじる自由詩運動」、『新英和大辞典』は「映像の明確さを重要な綱領とする。」しかし『岩波英和辞典』(新版)は「暗喩よりもイメジを重んずる新作詩法。」

『ウェブスター辞典』(*Webster's New International Dictionary*)第二版はいう、「象徴主義者と異り、神秘なものや漠然たるものを避け、統一された一連の明瞭で正確なイメジを通して、観念や情緒を表現しようと努力する。」

『アメリカン・コレッジ辞典』(*The American College Dictionary*)はたいていの辞典が避けているイメジの定義をのせている。「一九一二年ごろにはじまる詩作上の方法または運動。とくに『イメジ』を目標にしている。『イメジ』とはあいまいな象徴法でなしに、はっきりと詩人の心の中にあるものをえがいている絵のことである。」

T・G・ウィリアムズ(Williams)のイメジの説明はパウンドの思想によっている。「イメジストとは、第一次欧州大戦のはじまったころ、アメリカの作家エズラ・パウンドがはじめた一派であって、固く明確なイメジの使用を通じての表現の明瞭さを目指した。詩の真髄はミルトンのような詩人の精巧な明喩のなかや、暗喩のひきのばしでしかない詩に現われるものではなく、イメジが意識に急激に衝突するのを記録し、つかの間に消え失せる思考と感情の複合を、心のなかに定着させることにあらわれる。心のこのような刹那的状態を捕捉するような記録では、『静かに回想される情緒』などというひまはない、ということが主張された。(5)」

しかし小ウィリアム・K・ウィムサット(William K. Wimsatt, Jr.)とクリアーンス・ブルックス(Cleanth Brooks)の共著では、「[ヒュームによると]詩はイメジすなわち暗喩の問題である。(6)」

ウィリアム・ヨーク・ティンダル(William York Tindall)はパウンドのイメジや定義は判かりにくいけれ

ども、彼の『地下鉄のある駅で』（"In a Station of the Metro"）という発句（hokku）はわかりやすく、彼のイメジは「観念ではなくても、感情を具現している類推、この場合は暗喩であることを暗示している」という。(7) M・H・エイブラムズ（Abrams）はパウンドの「この詩や他の多くのイメジズムの詩における『イメジ』は、ある環境で、ある詩人に対象が印した印象をあらわしている」(8)という。これはコフマンの『イメジズム』の結論によったものと思われる。

このような次第で、この場合イメジストの中心的存在であったヒュームの理論を、もう一度検討してみて、イメジの概念を整理してみるのもむだではないと思われる。

2　暗喩的心象

ヒュームの詩論は『考察集』に収められている『内包的多様性の哲学』（"The Philosophy of Intensive Manifolds"）、『ベルグソンの芸術論』（"Bergson's Theory of Art"）、『ローマン主義と古典主義』（"Romanticism and Classicism"）の三つの論文で、かなりに秩序だった理論体系を組み立てている。しかしサム・ハインズ（Sam Hynes）が編集した『続考察集』（*Further Speculations*）に収められている『近代詩講話』（"A Lecture on Modern Poetry"）と『言語と文体の覚え書き』（"Notes on Language and Style"）の中には、前の三つの論文から受け取ったイメジの概念を、混乱させるようなイメジという語の用法が時々見出される。

ヒュームはアンリ・ベルグソン（Henri Bergson）の結論から出発している。私たちの外は空間の世界で、対象の一つ一つに輪郭があり、これらがたがいに他と区別し合いながら、同時的並存の様相を呈している。これは不連続の世界である。ところが内は生命の世界で、不断に継起し推移して行く意識の世界である。絶えず流動し、変化するが、後のものが前のものと変わっているといっても、変りかたが漸進的でけじめがないので、映画のフィルムの連続のような分析的な、外からとらえた世界にたとえることもできないのである。それは成長をつづけて行く。そして各成分が質を異にしながらも、たがいに滲透的なので、一つ一つはっきり区別できない。どんなに単純なもののなかにも全体が反映されている。現在の意識は過去の思い出に彩られ、過去が現在に生きている。知覚を思い出で包んだものが、意識を構成している。

私たちの意識の奥はそのようなものであるが、表面は分析的な知性で、空間の世界に接している。私たちはこの両極の間を右往左往する。ベルグソンの生涯の課題は、この内と、外との調和であった。その解答は、はじめの著書と後の著書とで、かなりの矛盾を示しながら展開しているが、とにかく実在は本来持続の一体系であって、その最も緊張した状態が精神で、最も弛緩した状態が物質であり、外界の真相が、精神の真相を貫いているものと同じであるという考えを、その根柢に持っていた。

ヒュームが彼の芸術論を引き出したのは、主としてベルグソンの連続の観念である。しかし時間に関する観念は抹殺され、その他の部分も、イメジズムの技法に都合のよいように、適宜脚色されているので、ベルグソンを読んでからヒュームに移ると、かえってとまどいするような論旨に出会う。ヒュームはまずベルグソンのあげた対象の認識における二つの方法を説く。一つは分析であって、これは外から対象をとらえようとするが、ただその周囲をまわっているだけで、本質をとらえることができない。他の一つは直観であって、対象のもつ独特な、したがって表現することのできないものと合致するために、対象の内部に入り込んで、それと共感することである。直観とは自覚的になった本能をいう。

直観によって人間がとらえ得る実在が少くとも一つあって、それが私たちの自我であり、この自我へ内省の目を向ける時、実在は意識と同じものになるのである。

ベルグソンの一般的な哲学的命題で、大切なものの一つは、実在は知性では把握できないところの、たがいに滲透し合う諸要素の流動であるという概念である。外界の対象も、私たちの内面の状態も、ともに普通行われる知覚ではありのままの状態で受けとられることがなく、ある因襲的な型において知覚されているだけだ。

知性は物を空間にひろげるから、実在をゆがめる。空間を占めていない現象を、空間に分離的並列を行なおうとすることから、克服しがたい困難が起って来る。分析できぬものが存在するということを認めようとしないのだ。人は絶対の滲透状態を想像すべきだ。各部がたがいに入り込み合って連続的な一体をつくり、各部は孤立して存在することができない複合体こそ実在である。それらの部分に差違があるけれども、差違を数えることはできない。それゆえ量的多様性とは言えず、質的多様性である。ヒュームは便宜上これを内包的多様性と呼んだ。

目というものは、断片をつぎつぎに加えて行った家のようなものと思いがちだが、実はその作用は単一の分解できない過程である。人間は行動の必要から、外面と内面の知覚に制限を加えられる。芸術家の創造的活動がこうした障壁を取りのぞいて、実在に直接接触できるなら，私たちの目は記憶に助けられて、比類のない絵を空間に描き出すであろう。「芸術創作の過程は発見と解きほごしの過程と言った方がよい。……偉大な芸術家、新生面を開く創造的芸術家は、物が結晶している上を突き抜けて、その下に流動している生命の中へもぐり込み、定着させたいと思うものを持ってかえる。彼はそれを創造したとは言えないが、それを発見したのである。なぜなら彼がそれをはっきりと表現した時、私たちはそれを真実と認めるのである。偉大な画家と言われる人は、物についてのある vision がその人にはじまり、それが万人の vision となる人のことである。一旦画家がそれを見たら、われら全部がそれを見るのは容易になる。(9)」

芸術は作者の vision を伝達する。vision は深い洞察力をもって接した直観の世界である。そこには知覚以上の直接的なものが展開されている。

対象はすべてユニークなものであって、表現することができない。私たちの言葉は、分析的な、概念的なものであるから、私たちが無意識の混沌のなかにまで手をのばし、その中のある部分を意識にまで持ち上げようとする時、きわめて不適当なものであることを見出す。当然言葉の圧縮や歪曲が行われる。そして表現に暗喩が用いられる。概念的な言葉は分析するが、暗喩は綜合する。

「詩の良否を決定するのは情緒の規模や種類ではなく、つぎのただ一つの事実である。そのなかには何かほんとうの集中が行われているのか。詩人の目の前に、自分が興じるような視覚的対象を、はっきり把握しているかということである。それが婦人靴であるか、星をちりばめた天であるかは問題でない。(10)」

暗喩は正確な描写の手段である。うまく描写し得た時に湧く感興が、芸術的な情緒となる。

「詩人は心理学的なイメジを得るために“A ship coursed the seas,”と言って“sailed”とは言わない。視覚的意味は新しい暗喩の鉢に入れて伝えられる。散文は視覚的意味をもらしてしまう。韻文にあるイメジは単なるかざりではなくて、直観語の真の精髄である。(11)」（“course”は馬や犬などが野原をかけめぐる状態に用いる語である。）

この最後に用いられているイメジという語こそ、イメジズムのいう意味のイメジでなければならない。なぜならイメジが詩の単なる装飾ではなくて、本質であることを説いた部分に出て来るからだ。

『ベルグソンの芸術論』において、ヒュームは imagery を暗喩と同義語としているところからして、彼は詩の本質としては、暗喩だけを問題にしているように思われる。しかしイメジズムの詩の見本となった彼の数篇の短詩の中には、明喩（simile）だけのものもある。暗喩は二つの心象を重ねて一つの心象をつくるが、明喩は二つの心象を並列して、一つの心象を作る。両者とも比較によって、対象を的確に把握するために、心象のモンタージュが行われていることに変りはないし、比喩の道具として用いられている一つの心象が、対象の心象の代用になろうとしている点でも、共通の性質をもっている。「われらはことごとく木の葉のように枯れる[12]」のように、暗喩と明喩とは、よく結びついて現われる。比喩のことを語る時、暗喩と言って、明喩と言わぬけれども、それは英語で暗喩と明喩の両方を含むところの、比喩にあたる comparison という語が、あいまいな言葉であることも影響している。ヒュームが一般には比喩を意味するものと考えられている imagery を metaphor と同義語として用いたことは、暗喩を重要視するとともに、明喩もこれに類すると考えていたと見なければならない。

　ベルグソンのイメジ、すなわちイマージュという語は、彼の著書によって、意味が異る。その一つは暗喩的心象であるが、時として比喩の道具としての単なる心象という意味との間を浮動する。ヒュームの芸術論に多くの示唆を与えた『哲学序説』（*Introduction à la métaphysique*）中に、つぎのような一節がある。

「イメジで、持続の直観の代用になることのできるものはない。しかし非常に違った種類のものから借りて来た多数の雑多なイメジは、その作用を集中すれば、ある直観が捕えられるちょうどその点へ、意識を向けることができるかも知れない。[13]」

　ヒュームがイメジは詩の本質であるという時のイメジは、修辞的比喩を指すか、心理学的心象を指すかという疑問に対し、私たちは上記のような観点から、それは単なる比喩でもなければ、心象でもなく、暗喩と心象が不可分に緊密な一体となって結びついている暗喩的心象か、またはそれを表現したものを指すものと考えざるを得ない。

3　視覚・心象

ベルグソンにおけるイメジのもう一つの意味は『物質と記憶』(*Matière et mémoire*)に現われていて、比喩的心象とは全然違った概念のものであり、むしろ形像という訳語に近い。それは存在と現象を一体にして、そのまま捉えたものである。すなわち自分の感官を開けば知覚し、閉じれば知覚しないようになるものであるが、物質がイメジの集合であるという点で、観念論とも実在論とも異る。「われらが『イメジ』というのは、観念論者が表象と称するものよりは多く、実在論者が物と称するものよりは少いある存在――『物』と『表象』の中間にある存在のことである。[14]」しかしこうしたイメジのなかには、外部からの知覚と内部の感情で知るために、ほかのイメジとは少しわけが違うイメジがある。それが自分の身体である。これらの感情は、いつも外部から受けとる刺戟と、自分がこれから行なおうとする運動の間に起こる。またその運動を抑圧するために起ることもある。イメジの総体を物質と呼ぶが、このイメジを一つの特殊なイメジ、すなわち自分の潜在的作用に関係させる時は、それは物質の知覚と呼ばれる。

ベルグソンのこのイメジの概念には、ヒュームは興味を示さなかった。しかしさきにT・G・ウィリアムズから引用したエズラ・パウンドの思想は、ベルグソンのこの考え方に暗示されたものと思われる。イメジズムはイメジが意識に衝突する瞬間を記録するというのは、さらにパウンドの説明を借りれば外なるイメジと、内なるイメジとの出会いの記録である。神秘でもったいぶって聞こえるけれども、結局それは意識に映じた対象と、形象化された感情とのモンタージュのことを言っているに過ぎない。

ベルグソンのなかにはまた、イメジの語を単なる心象、とくに視覚心象の意味に用いていることもないではない。ヒュームにもこれが見られる。

『言語と文体についての覚え書き』中の次の一節にあるイメジという語は、おそらくそのような意味で用いられているのであろう。

「思想は言語に先行し、二つの異るイメジを同時に心に提供することに存する。[15]」

これは言葉が、たとえば「河口」だとか、「おこも」とか、「雨足」だとかいうように、暗喩的に成立することに暗示されて、言葉以前に、二つの心象の比較、すなわちモンタージュで、思想に近いものがあらわれること、言いかえれば、思想を感覚的な心象に還元して表現することの可能性を考えたものであろう。

つぎの文にもそのような意味で用いられたイメジの語を見出す。

「人は書く場合には、同時にかならず目の前に視覚的な意義を見る。書くことより前にあり、書くことをしっかりとさせるのはこのイメジである。[16]」

「表現と内部のイメジとの正確な関係……[17]」

「言葉は私にとってはイメジすなわち像をのせた板である。その言葉のそばを通り過ぎると、去るのは板だけで像は私の想像のなかに残る。[18]」

4　象徴的心象

明喩や暗喩は比較される原物がはっきりしているという点で、漠然たる無意識の視覚的表現である象徴（symbol）とは区別されねばならない。しかしいろいろな心象が複雑に組み合わされるか、または付帯的な説明が行われて、それが無意識をなるべく可能な形で表現しようとしたものであることを暗示する時、私たちは心象の背後に、何か異様なものを感じ、やはり比喩的心象の感じを受ける。ベルグソンの修辞的意味でのイメジの観念が、暗喩的心象と、比喩の道具としての単なる心象との間を動揺している事実は、彼の『意識の直接与件についての論文』（*Essai sur les données de immédiates la conscience*）のなかのつぎの一節にもよく認められる。

「詩人とは感情が発展してイメジとなり、そしてイメジそのものは、リズムの法則に従いながらそれらを翻訳する人のことである。これらのイメジが通るのを目の前に見ることで、私たちはいわば情緒の上で、これに相当するものを感じるのであろう。[19]」

ヒュームはベルグソンから、感情は視覚的なものにかえられ、視覚的なものを通じて伝達されることを学んだ。ただし快いリズムが読者を催眠術的な状態におき、詩人の思想に共感をひき起させるという特長は、リズムの詐欺的弊害として、在来のリズムを捨てて、詩の本質をイメジにおこうとするヒュームにきらわれた。

ヒュームが象徴主義に反対したのは、その音楽性の重視だけではなく、象徴詩が比喩の対象を明確に示していないことにあった。彼は絶対のものや未知のものを避けた。そして卑近な対象を物理的な類推を用いながら描いて、そこにひそむ新鮮な感情を求める詩を弁護した。しかしヒュームは暗喩について語っている時でさえ、しばしばそれが気持ちを伝えるだけの象徴であるかのような口吻をもらす。
「私がここで関心をもっているのは、もちろん暗喩の使用で伝達される感情である。[20]」
『言語と文体についての覚え書き』のなかにある『詩』（"A Poem"）という一文は、彼の考えが一時は象徴主義に歩み寄っていたことを示している。「詩はまずこんなぐあいでできるというのが、私の昔の考えであった。詩人はほかの多くの人々と同じく、妙に自分を動かす情緒を、おりおり経験する。八百屋なら、テニスンを読んで、自分が経験したような気のする数行を恋人に送ることで、気が落ちつく。ところが詩人ともなれば、自分が感じたことを表現するために、新しいイメジを見出そうとつとめる。これらの句や漠然と集っている語を、彼は詩に組み立てる。[21]」

これはT・S・エリオット（Eliot）がハムレット論で言った有名な象徴主義的理論に似ている。
「芸術の上で情緒を表現するただ一つの方法は、『客観的相関物』を見出すことによる。言いかえると、その特定の情緒のための処方たるべき一連の対象、状況、一連の事件である。すなわち感覚的経験に終るにちがいない外界の事実が与えられると、情緒はたちどころに喚起されるのである。[22]」

この言い方は普通の創作過程の逆のように見えるけれども、精神分析の芸術論が説く創作過程である。

イメジと象徴の相違について、ティンダルは両者が同じもので、ただイメジの方が短い語句に表現され、全体的統一の構成要素として存在することが多いと言っている。[23] C・デイ・ルイスの『詩のイメジ』は、区別を認めているが、イメジに思慕の情を寄せるあまり、象徴には記号的、指示的価値しか認めていない。[24] ティンダルは自分のいうイメジはルイスのいう象徴のようで、自分のいう象徴はルイスのいうイメジのようだと笑っている。

ユング（Jung）の分析心理学は、無意識のものの表現以外は象徴と認めていないが、無意識のなかにある思惟の原型（archetype）は常にイメジの形をとる。

イメジをひろく比喩的心象と解すれば、象徴もまたその中にふくまれることがあり得る。ここにおいてイメジズムの理論と象徴主義の理論とは区別しにくくなっていく。前者は後者の止揚とも考えられるところがある。

5　心象のモンタージュ

つぎの引用文は、前節に引用したヒュームの『言語と文体についての覚え書き』中の『詩』という一文の続きである。彼はイメジが意識の表現であるという従来の考え方がまちがいで、実はその逆であるという。「ばらばらの文句をはめこむ形式を見出そうとする行為そのものが、これまで詩人によって感じられなかった新しいイメジの創造にみちびく。ある意味では、詩は自動的にできて行くのである。このまぐれあたりの創造には、絵筆を出たらめに動かすと、これまで美術家が考えてみなかったような新しい美が創造されるのに似ている。

詩の形は意図によって作られる。過去に私たちを強く動かして来た観念を含んでいる漠然たる語句は、詩の目的が叙事的であるか、情緒的であるかにつれて変わってくる。形式の選択は、詩を構成している情緒の、個々の断片と、重要さにおいて変らない。実際に作っていると、ひょいと文句を思いつく。ちょうど音楽家がピアノをたたき、また画家が画布に絵具を塗っているうちに、好きなものに出会うようにして、詩人は自分の欲しい語句を得るだけでなくて、その言葉からさえ、新しいイメジを得るのである。

創造的努力は新しいイメジを意味する。効果は偶然に発見され、それを得ようと意識して理知的に努力するわけではない(25)。」

従来のヒュームの理論では、デフォルマシオンはより真実なものに迫ろうとする努力であったはずだが、ここでは描写はおもしろくないから故意に、現実をつぶすのである。こういう考えに変る以前に行われた彼の『近代詩講話』は、一部分この考えに呼応する思想が含まれている。

「たとえば詩人がある景色に動かされたとする。彼はそれからあるイメジをいくつか選び出す。これを別々の行に並べておくと、彼の感じている状態を暗示し、喚起する役に立つ。この別々の行で、ちがったイメジを積みあげたり、並べたりするのは、おもしろいくらい音楽に似ていることが分かる。一次元のあるメロディーが、二つになって動くハーモニーに変った時の、音楽上の一大革命と同じである。二つの視覚的イメジが、一本の視覚的な絃とも言えるものを作る。それは一体となって、どちらともちがうイメジを暗示する(26)。」

イメジの並置が、別種のイメジを創造することは、映画のモンタージュで最もよく目撃するところである。第一次大戦後、ソ連の映画監督セルゲイ・M・エイゼンシュテイン（Sergei M. Eisenstein）によって完成されたモンタージュの理論は、映画のショットの一つ一つのイメジは、それだけではたいした意味を持たぬけれども、連想や対照によって二つを組み合わせることによって、現実以上の意味をもつイメジを作るということであった。このほかに映画のモンタージュには、気分をあらわすために、時間や空間の制約を破るという方法も行われる。美術の印象派から出たイメジズムの詩は、抽象派の出現にあって、それをどのように受け入れるかという問題に当面した。ヒュームは長い間考えた後、『近代美術とその哲学』（"Modern Art and

Its Philosophy")という講話で、抽象派の芸術もまたカトリシズムから出ているという理論を組み立てることに成功したけれども、その技法を詩にどのように応用するかということにおいて行きづまって、結果は『ローマン主義と古典主義』に現われた思想の否定となってしまった。Reality をとらえて描くために行われたはずのデフォルマシオンが、いまでは reality をつぶすおもしろさのためのデフォルマシオンとなった。極端と極端はこのようにして現代芸術で一致したわけだ。

二つのイメジを組み合わせると、別種のイメジができることは、俳句でしばしば経験するところである。たとえば「荒海や佐渡に横たふ天の川」は、「荒海」と「佐渡に横たふ天の川」の二つのイメジの組み合わせで、各々にない異常な迫力が出て来るのを見る。この二つのイメジの組み合わせは、俳句作法の初歩である。しかしヒュームのイメジの組み合わせは、対句などのようにほとんど、対立したり、または関係のないと思われるイメジを関係させて、その衝突から来る別な次元のイメジの創造も含むのである。

しかしこの二つの芸術は決して相容れないものではない。

「感覚は一旦経験されると、神経組織を変化し、本来の外界からの刺戟が去った後も、その模写がふたたび心の中に起こる。しかしながら、外界から直接に刺戟されたことのないような感覚の模写は、心のなかに起こることはできない。……想像(fantasy, imagination)とはかつて感じられた本来のものの模写を再生する能力である。その模写が文字通りである時は、『再生的』と呼ばれ、いろいろな原物の諸要素が集って新しい全体を作る時は『創作的』と呼ばれる。(27)」

イメジはその究極の素材を現実の模写から得る。想像作用におけるイメジの自由な結合も、その活力の源泉を現実から得ることなしには、芸術としては涸渇するであろう。

リチャーズはエリオットの『荒地』(*The Waste Land*)を、格別のまとまった意味をもたぬ単なる目の音楽として鑑賞すべきものであるといってほめた。しかしこの深い理解のつもりでなされた弁護は、エリオットにとってはかえってめいわくであったろう。彼の象徴主義における内面描写は、外界の描写に過ぎぬようなイメジを混入して、しかもそうしたイメジのモンタージュには、彼の世界観が象徴主義的な統一をうけながらのぞいているからである。

イメジの並列やその他のモンタージュで気分をかもし出そうとしたジョイスの試みは、エイゼンシュテインの賞讃を受けたが、小説『ユリシーズ』(Ulysses)も、映画『戦艦ポチョムキン』も、構成主義的手法のなかに、現実への緊密な接触を失ってはいない。後者はむしろものすごい現実感を生んでいる。

こうした点で、芸術を虚実の間に置こうとするその後の展開に対して、ヒュームの構成派的な詩論は、多少のずれがあった。しかし彼が戦死しなかったら、この方面にもっと隙のない理論が展開されていたであろう。

最も前衛的だった詩人ディラン・トマス(Dylan Thomas)の有名な告白は、ヒュームの思想の中から生まれて、修正が加えられたもののように思われる。

「……私のつくる詩はおびただしいイメジを必要とする。なぜなら詩の中心がおびただしいイメジだからだ。私は一つのイメジを作る(『作る』という言葉は適当ではないが)。おそらくあるイメジが私の中で情緒的に作られ、それから私のもっているすべての知的で批判的な力をそれに当てる。それにほかのイメジを生まれさせ、そのイメジをはじめのものと矛盾させる。そしてこの二つから生まれた第三のイメジから、第四の矛盾するイメジをつくり、それらすべてを私に課せられた形式上の制限内で争わせる。おのおののイメジはその内部にそれ自身を破壊する種子をもっている。そして私の弁証法的方法は、私の理解するところでは、中心の種子から出て来るイメジの、不断の建築と取りこわしである。(28)」

6　結　論

O.E.D. の補遺は〝imagist〟という語を収録していて、つぎのように説明する。

「題材の選択の自由を擁護し、漠然として神秘なものを避け、正確なイメジの使用を通じて、表現の明瞭さを得ようとつとめる近代詩人の一派のもの。」

同辞典は〝image〟の項で、肖像、心象、印象、象徴、絵画的描写、明喩、暗喩、象徴、比喩的な言葉など多数の意味を、七項目に分けて、記しているけれども、イメジストのイメジがそのいずれに当るかを明かにしていない。日本のある英英辞典は、〝imagist〟の項で、前記の文を簡単にしたような説明を出しているが、その際 image の語のつぎに、とくに括弧して、日本語で「表象」という訳語を挿入している。

私のこの小論の結論は、イメジストの指導者ヒュームのいうイメジは、主として暗喩的心象、およびその表現であって、辞典にはこの意味を入れておくべきであるということである。したがってそれは単なる心象ではなく、モンタージュされた複雑な心象という気持ちを含み、直観的な詩人の印象をあらわしている。

しかしある場合には、ただ視覚的意味をもつだけで、イメジと称することもあったことは否定できない。ことに最後にイメジについての考えが変って、異質の心象のモンタージュによって、現実の世界にないような心象を作り出すことを考えた時には、イメジの比喩的意味はまったく失われていた。

それゆえ私たちは、イメジズムのイメジが主として暗喩的心象であると解するかたわら、明喩、象徴その他に用いられる視覚心象と、それを表現したものも含まれるものであることに留意し、そのなかのただ一つの意味をえらんで定義することは誤りになることを知っておかねばならない。

（1） Florence Marsh, *Wordsworth's Imagery: a Study in Poetic Vision*, New Haven, Yale University Press, 1952, p. 13.

（2） C. Day Lewis, *The Poetic Image*, London, Jonathan Cape, 1949, p. 18.

（3） Quoted by Stanley K. Koffman, Jr., *Imagism: a Chapter for the History of Modern Poetry*, Norman, University of Oklahoma Press, 1951, p. 28.

（4） *Ibid.*, p. 185.

（5） T. G. Williams, *English Literature: a Critical Survey*, London, Sir Isaac Pitman & Sons, 1951, p. 155.

（6） William K. Wimsatt, Jr. & Cleanth Brooks, *Literary Criticism*, New York, Alfred A. Knopf, 1957, p. 661.

（7） William York Tindall, *The Literary Symbol*, New York, Columbia University Press, 1955, p. 104.

（8） M. H. Abram: *A Glossary of Literary Terms*, New York, Rinehart & Co., pp. 44–45.

（9） T. E. Hulme, *Speculations*, London, Routledge & Kegan Paul, 1924, p. 150.

（10） *Ibid.*, p. 137.

（11） *Ibid.*, p. 135.

（12） Isa. 64: 6.

（13） Henri Bergson, *La pensée et le mouvant*, Paris, Presses Universitaires de France, 1955, p. 185.

（14） Bergson, *Matière et mémoire*, Paris, Presses Universitaires de France, 1953, p. 1.

（15） *Further Speculations*, p. 84.

（16） *Ibid.*, p. 79.

（17） *Ibid.*, p. 88.

（18） *Ibid.*, p. 82.

(19) Bergson, *Essai sur les donnèes immédiates de la conscience*, Paris, Presses Universitaires de France, 1953, p. 11.
(20) *Speculations*, p. 152.
(21) *Further Speculations*, p. 82.
(22) T. S. Eliot,"Hamlet,"*Selected Essays*, Harcourt, Brace & Co., 1932, p. 124.
(23) See Tindall, p. 105.
(24) See Lewis, p. 40.
(25) *Further Speculations*, p. 95.
(26) *Further Speculations*, p. 73.
(27) William James, *Psychology*, London, Macmillan & Co., 1891, p. 302.
(28) Quoted by Lewis, p. 122.

〔『英文学思潮』三二巻一号、一九五九年〕

24　T・S・エリオットにおける象徴主義

一

T・S・エリオットの革命的な詩が、はじめてあらわれたころは、彼の主張する古典主義や伝統の尊重と結びつけて、これをどのように受けとるかについて、世間はひどくとまどっていた。彼がイマジスト（あるいはイメジスト）のグループのあいだから出て来たことは、彼の詩をイマジズムの展開の上にあるものと考えさせ、現に最近のイマジズムの研究書であるスタンレー・K・コフマン（Stanley K. Koffman）の『イマジズム』（*Imagism*）は、彼の詩が古典主義のイマジズムの条件を、ことごとく満たしたものであるといっている。[1]

しかし彼が詩作をはじめたのは一九〇八、九年で、当時、イマジズムの理論を知るはずはなく、彼自身はフランス象徴派の詩人ジュール・ラフォルグ（Jules Laforgue）と、エリザベス朝後期の劇の研究から出発している。後になってこれにトリスタン・コルビエール（Tristan Corbière）の知的な象徴詩と、ジョン・ダン（John Donne）らの形而上詩人の技法がとり入れられた。

エドマンド・ウィルスン（Edmund Wilson）の『アクセルの城』（*Axel's Castle*）（一九三一年）は、エリオットの存在をフランス象徴派の伝統の上に眺め、ローマン主義者であると断じた代表的な著書である。[2]

クリアンス・ブルックス（Cleanth Brooks）は、イマジズムの詩を本質的にはなりそこないの象徴詩

(symbolist poetry *manqué*) と呼び、またはげしい不協和を融合しようとする彼らの詩を、なりそこないの形而上詩 (metaphysical poetry *manqué*) と言い、「形而上詩人は感情の描写がこまかで、したがって読者の範囲がせまくなることが、象徴派の詩人に近い」[3]とつけ加えた。

グレアム・ホック (Graham Hough) はエリオットをイマジストと呼ぶが、「イマジズムは象徴主義の庶子のような気がする」と言う。「イメジと象徴という言葉を、私たちは実に長いこと、うんざりするほど聞かされてきた。私たちは二つの間の区別をしないことがしばしばである。[4]」「イマジズムは魔術をふくまぬ象徴主義と称しても差支えないだろう。象徴がはだかで説明がなく、はなやかな雲をひきずっていなかったらイメジとなる。[5]」

はたしてイマジズムは象徴主義だろうか。エリオットが標榜する古典主義は、一般にいうローマン主義の概念に属するものであろうか。エリオットの理論と実践との間には乖離があるのか。私たちはエリオットをイマジズムの角度から見ても、充分理解できないと同様、象徴主義の概念にも合わないことを見出す。事実はこれらの術語にあらわされている文学的特徴が、エリオットのなかに同居していて、これがその作品の一つ一つを構成しているのである。

エリオットは十九世紀の文学観をくつがえすような、いくつかの革命的な提言や示唆を行って来て、そのそれぞれが批評家にとっての恰好の研究テーマであった。しかしそれらの発言は一貫した体系をつくっていない。エリオットの難解さはそこから来ている。これを体系づけようとする努力が、しばしば学者の側からなされているが、それがエリオットの正しい解説とならないことはもちろんである。エリオットにとっては、人間の理性には限界がある。したがって詩の定義や詩論の体系を樹立するということは、不可能なことであろう。その証拠には、文学に関するかぎり、満足すべき結論に達したものはほとんどなかったのだ。彼は詩を定義しようとしたことは一度もない。詩の種類がどんなにたくさんあるかを思う時、定義はそれを落としてしまう可能性が多いからだ。(6)

いま私たちが彼の詩論を分析しようとするのは、彼の理論が彼の詩作の意図を明らかにし、それを弁護する目的で書かれたものであって、詩の理論と詩の実践とが分裂しているものではないと思うからである。彼はこういっている。

「詩人の批評的な書きものは、過去に非常にすぐれた例があるが、その興味の大部分はどこから出るかというと、それは、表面の目的として打ち出されてはいないけれども、心の奥に、常に自分の書いているような種類の詩を弁護するとか、自分が書きたいと思っているものを組織的に述べようと思っていることである。(7)」

二

イマジズム宣言が、イメジの構造という本質的な問題を説明していないのに不便を感じるが、それはイマジストの間でも、イメジの概念がまちまちで一致するところがなかったためであることを、私たちは知っている。ところが同様のことは象徴主義についても言えるのである。イマジズムにくらべると、はるかにはっきりしているようなこの主義も、定義はまちまちで一定していない。したがって、この主義の詩人たちの顔ぶれも多種多様である。

イマジズムと象徴主義の領域が、このように漠然としているため、結局、ある領域は重なりあって、ある部分では両者は同じものになる。しかし両者の差異も厳として存在するのである。イマジズムは絵画の印象派の手法を文学に移入したものであって、目的は対象を、それにともなう感情を具象化しながら、忠実に描こうとした印象主義（impressionism）であるのに対して、象徴主義は自分の気持ちを具象化する際に、勝手に時間空間の秩序までかえる表現主義（expressionism）である。どちらも外界を写真のようにうつすのではなく、意識をのぞいて、それを記録しようとする点で一致しているが、イマジストのイメジは主として暗喩による印象の描写で、象徴主義者のイメジは、おもに象徴的イメジである。ここで用いた表現主義という語は、第一次大戦後におこった表現主義だけを指すのではなく、ジョイスの小説等にも見られるような広い意味のものである。

三

エドマンド・ウィルスンはなぜエリオットを目して象徴主義者といったかという点について、問題の帰着するところは、ウィルスンが、象徴主義という語を、どのように理解しているかということになる。「象徴派の象徴は、普通、自分自身の特殊な観念を代表させるために、勝手にえらんだものであって、これらの観念がとっている一種の仮装である。マラルメはこう書いた、『フランス高踏派の詩人は、彼らに関するかぎり、物をそのままに受け取って、私たちの目の前におく。したがって神秘性に欠けている。彼らは精神が創造を行っていると信じる時のあのあまいよろこびを精神にも与えない。すこしずつ推測していくという満足が詩の楽しみであるが、対象の名をあげると、楽しみの三分の二がなくなってしまう。対象の暗示と喚起、それこそ想像力を魅惑するところのものなのだ。』

このように、物をはっきりと述べるよりも、ほのめかすということが、象徴派詩人の本来の目的の一つであった。しかしマラルメがここに説明する以上のことが、かれらの観点にふくまれていた。「象徴主義の根底にある仮定は、なにかつぎのような理論に導いて行く。つまり私たちのもつあらゆる感情や感覚、あらゆる意識の瞬間は、一つ一つ違っている。ひいては普通の文学の、常套的で普遍的な言語によって、私たちの感覚を、私たちが実際に経験する通りにのべることは不可能である。めいめいの詩人が独特の個性をもっている。彼の瞬間の一つ一つに特別の調子がふくまれている。諸要素が特別な組み合わせかたになってはいっている。これだけが自分の個性と感情を表現できるというような特別の言語を見つけたり、発明したりすることが詩人の仕事である。このような言語は象徴を利用せねばならぬ。そのように特殊で、そのようにはかなく、そのようにぼんやりしたものは、直接的な記述や描写で伝えられるものではなく、連続した言葉や形象によるほかはない。これが読者にそれを暗示するのである。[8]」

私たちはここに挙げられた象徴主義の目的が、二つあることに注目しなければならぬ。一つはあまりに分かりきっているので、わざとぼやかして、読者に推理作用を楽しませること、一つは意識のなかの、はっきり分からない部分を、何とかそれに近似した形象をつかって、心にうかぶ影像の形で理解させることである。前者はアレゴリー（allegory）に類し、後者は超現実主義が目指しているところで、本来の象徴詩である。便宜上前者をA型、後者をB型の象徴詩としよう。

ウィルスンはさらに象徴詩人につぎのような傾向の一派があることを認めている。

「このあいまいさの効果は、想像の世界と現実の世界の混同から生じるだけではない。それはまたさらに異る知覚を混同してつくることもできる。……われらはポウ（Poe）が彼の詩の一つで闇の接近を聞いているのを見出す。[9]」

「雑然とまじり合った形象、慎重にまぜ合わせた暗喩、情熱と機知の、仰々しい様式と散文的様式の結びつき、物質的と精神的の大胆な融合――これらはすべてポウにとって当然で普通のことであった。[10]」

象徴主義のこの技法を、ウィルスンは特別の型としてはっきり区別はしていないけれども、これは前の二つと根本的にちがった創作態度で、前の例にならえばC型というべきである。すなわちこれは知性によってモンタージュを行いながら、次元のちがった世界を創造しようというのであって、現代の抽象派に近いものだ。

象徴派は根本的に相容れないこの三つの要素をもった詩人たちの集まりであるが、朦朧晦渋ということで、共通している。ウィルスンがエリオットを象徴主義者というのは、このあいまいな表現法のためである。しかし私たちはエリオットの晦渋性の正体が、三種の象徴主義のどれに属するものであるかということについてとまどうのである。彼のテクニックは主としてC型であるが、A型、B型のものもまじっているので、非常に複雑な構造となる。

四

エリオットは作品が与える効果を、経験や感情と称して、審美的感情ということをつとめて避けようとする。それは芸術のための芸術論と区別されたいためである。彼は個人のなまの感情を emotion といい、芸術の域にまで高められた感情を feeling といって、区別して使用したことがある。いま前者に情緒、後者に感情という訳語をあててみると、つぎの通りになる。

「詩人の心のなかにはいって来る経験は二種ある。情緒と感情である。情緒は人間のなまの感情、感情は詩人にとって、ある語や句や形象に内在している感情である。芸術作品は一つの情緒から成ることもあれば、いくつかの情緒の組合わせから成ることもある。そして最後の効果をつくりあげるために、いろいろな感情が加えられることもある。偉大な詩は直接情緒をつかわずに、感情ばかりで構成されることがある。[11]」彼はその説明としてダンテ（Dante）の地獄篇の十五章を例にとる。この場面の設定のなかには、あきらかにはじめから情緒が存在していたと思われる。この情緒に、仕上げを行って感情にまで高めたのである。作品の効果はどの芸術作品よりも単純ではあるが、よくみると細部が相当複雑に構成されていて、芸術的なおもしろさはここから来ていることが分かる。最後の四行から出てくるイメジや、そのイメジについている感情は、前のことから単純に、自然発生的に出て来たものではなく、おそらくそれがつけ加えられるのに適当な組合わせができるまで、詩人の心のなかにとどまっていたものである。「実際、詩人の心は無数の感情、句、イメジをとらえて貯蔵しておく容器であって、これは新しい化合物を作るために一体となることができる分子が、すべてそろうまでそこにとどまっているのである。[12]」文学を文学たらしめるものは、素材ではなくて、素材の組み合わせとしてあらわれる技巧である。言いかえると、文学には知的な操作が行われねばならぬことになる。文学の効果は感情であって、情緒ではない。

エリオットのこの『伝統と個人的才能』（*Tradition and the Individual Talent*）は、従来の文学論が情緒と個性の優位を強調したことに対する逆説として書かれたものであって、言葉の表面的な意味では反逆のように見えるけれども、彼の使用している言葉には、彼自身によって、勝手に特殊な意味が含ませてあって、伝統も在来の概念の伝統ではなく、情緒も在来の意味の情緒ではない。文学は情緒からの逃避であると言う時、それは感情からの逃避であると言っているのではないのである。

つぎに引用する一節においては、エリオットのいう個人性（personality）とは、なまの情緒の特殊さや珍らしさを意味しているようにとれる。

「詩人は表現すべき『個人性』を持っているのではなく、特殊な媒体をもっているのだ。これはただ媒体であって個人性ではなく、この媒体のなかで、印象と経験は、特殊な意外な結びつきを行う。[13]」

この媒体は知的なものでなければならぬ。そして詩は有機体である。分解すれば詩としての機能をうしなう。意味と形式は一体になっている。これは詩人のなまの情緒ではない。媒体で濾過されることによって、普遍的な審美的感情にかわる。こうして作品はすでに作者をはなれて、独立して存在する。

「人間にとって重要な印象や経験は、詩ではなんの位置も占めぬかも知れぬし、詩で重要になるものは、人間、つまり個性のなかでは、まったく取るに足らぬ役割を演じるかも知れぬ。[14]」

何か新しい人間的情緒を表現しようとするから、詩が奇矯なものになるのだ。素材となる情緒は単純であっても平板であっても、粗雑であってもかまわない。詩のなかに非常に複雑な感情があっても、それは人生の異常な情緒や、複雑な情緒と同じものではない。形式によってなまの情緒にはないような感情を表現することだ。「そして自分が経験したことのないような情緒は、自分になじみの情緒同様に、彼の必要に役立つであろう。[15]」

「芸術とできごととの差は常に絶対である。[16]」エリオットは『聖林』（*The Sacred Wood*）の一九二八年版の序文でさらに次のようにつけ加える。

「詩はある意味でそれ自体の生命をもっている。その各部は、きれいに秩序づけられた自伝的資料が一体となっているものとは、まったくちがったものを形づくる。その詩から生まれる感情や情緒や直観は、詩人の心にある感情や情緒や情景とは、まったくちがったものであるということが、言えるだけである。[17]」

「この経験は実生活の評価法とは非常にちがった方法で秩序づけられた多くの個人的経験から作られ、その表現のなかにしか存在しないだろう。万一詩がいわゆる『伝達』の一形式だということがあっても、伝達さるべきものは詩そのものであって、その詩のなかにはいりこんでいる経験や思想の伝達は偶然でしかない。[18]」

私たちはいまエリオットの非個人性の文学を、個人のなまの情緒とは異るものという意味に解釈して来た。しかしI・A・リチャーズ（Richards）は非個人性（impersonality）の意味を、ギリシャ、ローマの古典主義の理念に従って解釈している。エリオットの詩論の非個人性は、そのような意味で使われたものととれないこともない。ここでエリオットの非個人性の文学は二様の解釈を生むこととなる。次の一節はリチャーズの伝達論からの引用である。

「芸術家は絶えず非個人性を目指して苦闘する。自分の私的な、風変りな、一時的な特異性を排除する作品の構成を目指して苦闘する。そして刺戟について最も普遍的な効果をあげるような要素を、常に作品の基礎に用いる。私的な作品、すなわち作者を満足させはするが、ほかの誰にも分からぬような作品はまれである。そして作品の普通性というのは、作者自身に訴えるということと、絶えず、緊密に結びついている。こうした事情を見る時、伝達の効果というものが、作品の『正しさ』のおもな一部ではないとはとても思えない。ただ作家は作品から生じるものは何かまったくちがったものと思っているだけである。[19]」

リチャーズは芸術の伝達する経験と現実の生活の経験とは同じものであると考えているので、T・S・エリオットの結論とは異るけれども、ここでみ非個人性についての解釈が、古典主義の在来の概念によっている見本として挙げたのである。二様の解釈のうち、いずれが正しいかは分からないが、おそらくエリオットはその両方を意味しているのであろう。ブルックスはこの二様の解釈のかけはしとしてエリオットの客観的相関物(objective correlative)[20]の説を受け入れる。それは個人的ななまの感情は、一応客観性のある象徴にかえられなければ伝達できないという思想である。しかしこの客観性というのは後に述べるように外界の具体性のことであって、非個人性の意味ではないのである。このように、非個人性の文学論があいまいなのは、エリオット自身の非個人性の文学についてその理念が分裂しているからではあるまいか。

T・E・ヒューム(Hulme)のいうイメジは、ベルグソン(Bergson)に示唆されたもので、個別的な輪廓や区別をもたない実在に迫ろうとする直観を意味する。彼は無限とか永遠とかいう感じをローマン主義としてきらったけれども、これがプラトン観念に近いことは誰でも気がつくところである。イマジズムのイメジは印象をあらわしている。ここで私がプラトン観念というのは、ショーペンハウエル(Schopenhauer)の『意志と表象としての世界』(*Die Welt als Wille und Vorstellung*)の中の美学で解釈されているような種類の概念である。一つの劇を見る時、私たちはそれがある特定の場所で、特定の時日に起こった事件であるということを忘れて、およそ人間である以上、何時でも何処でも起っていることがらだと思う。つまり時間、空間をはなれて、永遠の相で見るわけで、このように、現象と実在の中間に導かれた時、私たちは美感を感じるのである。

エリオットが情緒というのは、現象とそれにともなう情緒のことで、文学はそれを描きながら、読者を永遠の相のもとに眺めさせるのであって、そこにあるものは現象ではなく、プラトン観念である。その意味においては文学から生まれて来るものは、非個人性のものであるとも言える。エリオットはイマジストとして、ヒュームに代表されるイメジの観念を受けついでいると思われる。

しかし一方においてエリオットは、知性のかった、人工的な詩の擁護にあたらなければならなかった。これは、現象を描いて実在に導くという芸術とは、ちがった方向のものであって、そこには実在の探究というものはない。イメジの組み合わせのような知的なスタイルから生まれて来る美感は、プラトン観念ではない。しかしエリオットにおいては、プラトン観念の芸術論と、芸術のための芸術論が、融和しないままで、非個人性の文学論となっているように見える。そのために非個人性の文学を唱道して、非常に個性的な、作者自身でなければ分からぬような文学を生む結果となっているのである。文学作品は作者とちがったそれ自体の生命をもち、したがって、作者の予期しないような感動も与える。そこに非個人性の文学論の根拠を求めるということは、非個人性の名の下で、個性の問題が、いつの間にか個人の存在の問題とすげかわっているわけで、そのためにも私たちはとまどうのである。

五

イマジストのT・E・ヒュームにとっては、意識から一歩無意識にふみこんで描写をするには、言葉というものは不完全なものであった。これは彼の師事したベルグソンの哲学に由来し、そして彼はこの先入観から脱け出すことができなかった。そのために、せっかく表現手段としての暗喩（metaphor）の価値に着目しながらも、その比喩は結局詩人の脳裡に表現以前からあるものとなり、問題はスタイルから素材へと逆もどりする。そのためにイマジズムのイメジは心理学的心象を指したり、比喩的に表現されたもの、すなわち形象を指したりして、ともすれば分裂することになる。

象徴派は言葉を完全なものと考える。それは思考を助けるほかに、脳裡に心象を創造する力を認める。彼らにとって、イメジや象徴は言葉そのもの、乃至はそのなかにある意味である。ことにエリオットにとっては、詩をつくる際に、表現するものが前にはっきり存在しているのではない。伝達されるためにそこにあるものは、その詩ができあがってしまうまでは、存在していなかったのだ。オックスフォード英語辞典のイメジの項のなかに、絵画的な描写をイメジというのは、それが心象を与えるからだという解釈が出ている。詩人にあっては、表現すなわち伝達であるという従来の詩学の考えかたからすると逆のように見えるけれども、この方がすなおであり、そして近代詩の考えかたとも一致するといわねばならぬ。

近代詩の理論的代弁者であるI・A・リチャーズは『修辞の哲学』（*The Philosophy of Rhetoric*）のなかでこう言っている。「口に出す言葉は『直観をあらわすべき言語としては不充分なもの』であるとか、真の経験の代用品としてはないよりもましな程度の薄弱なものであると思うのは、たいへんなまちがいだ。言語はうまく用いれば、完全なものであり、知覚の直観が、それ自体ではできないようなことをする。言葉とは感覚や経験ではけっして結び合わない経験の領域が、出あうところの会合点である。[21]」

言語は私たちが動物にまさって発展する道具だ。マラルメ（Mallarmé）が詩人は思想をもって書くのではなく、言葉で書くと言ったことがよく引き合いに出される。この思想という言葉には、観念、感覚、信念、願望、感情などをつけ加えてもよかろう。「言葉は人生を模写する媒体ではない。[22]」そしてこのような創造的活動はおもに暗喩で行われる。

六

エリオットが知的なテクニックを好むことは、彼の形而上詩人の礼讃のなかに、とくによくあらわれている。暗喩、明喩（simile）、奇想に富んだ表現（conceit）が、ゆたかな機知に彩られ、言語の創造的なはたらきの中核となっている。創意の及ぶかぎり、比喩的な言語を練りあげて行く。そして比喩の内容を説明するかわりに、急速な連想の展開が行われ、これが読者の側に、相当はやい頭の働きを要求することとなる。「ある程度の異質的な材料が、詩人の心のはたらきで、強いて結びつけられている。(23)」すなわち知性と想像力の結びつきが行われているのだ。感受性は読書と思索で直接に新鮮にかえられている。知性と想像力という感受性の分離は、十七世紀になって起こったのであって、詩人は昔にかえる必要があるというのである。

暗喩には、似たものを比較するという方法のほかに、ただ二つのものを一緒にして、どんな結果が起こるかを見るものがある。イマジズムの比喩は前者であろうとし、形而上詩人は後者を好んだ。リチャーズの『修辞の哲学』は、暗喩のもつこの機能を心理学的にさぐることに力点がおかれている。二つの陳述が何か関係があるかのように述べられていると、読者はいろいろな理由を発明して、それを心のなかで秩序づける。このやりかたで詩語は深みを増して行く。ならべられた二つのものが、離れていればいるほど、もちろん緊張も大きい。そしてとても同一だと思えそうにないものも、前後関係から正しい暗示がやって来れば、楽な力強い調和となることができる。パンが住み家の意味になることはないように見えるけれども、聖餐式のパンを、神がやどる家という時、それほどの抵抗は感じない。異質のものの衝突もこれに類したものであるとリチャーズは言う。(24)

卑近な例をとれば、「月の鏡」という平凡なイメジでなくて、「月のすっぽん」というもってまわったイメジの方がおもしろいというのだろう。「私は自分の生涯をコーヒーのさじではかりつくした。[25]」という一行は、エリオットの代表的なイメジとなっている。

詩における知性は、エリオットの場合は機知（wit）である。機知についての新しい見解は、『アンドルー・マーヴェル』（*Andrew Marvell*）に示されている。エリオットはマーヴェルの詩に「高速度と、集中されたイメジの連続があり、そのおのおのが本来の fancy を拡大しているのを認める。この過程が終りまでつづけられてまとめられると、詩はホーマー以来の詩的効果の、最も重要な手段の一つとなって来ているところの、あの不意打ちで、突然的なものに変わる。[26]」

「機知は imagination と結合しているだけでなく、imagination にとけこんでいる。[27]」

「imagination と fancy の相違は、この奇知の詩から見れば、非常に少いのである。即座に無意識に出たとほうもないイメジは、あきらかに fancy でしかない。[28]」

彼はローマン主義の文学をつくるところの、無意識に関係した想像力である imagination と、意識的な、知的な想像力である fancy との間に、それほどの差を認めず、fancy と imagination の融合を目指す。

機知は学識のある人のものだが、学識ではない。それには一種の強靱さがあるが、皮肉ではない。そしてこれは小詩人の特性とかぎられたものではない。ブルックスは機知が非常にまじめな文学に用いられて、効果をあげている例を、英文学のなかにいくらも見出して、エリオットの説の真実さを裏書きする。[29]

こうした形而上詩的なイメジは、無意識の形象化とは区別されねばならない。ロウズモンド・テューヴ（Rosemond Tuve）の『エリザベス朝と形而上詩の形象』（*Elizabethan and Metaphysical Imagery*）は、エリザベス朝の詩人や形而上詩人の気持ちの表出法についての、現代的解釈に疑問を投げかけている。エリオットは形而上詩人が、思想を直接に感覚的にとらえるとか、自分の思想をばらの香のように直接に感じるとか言ったが、ダンなどの詩人が、自分をそのような知的な詩人であると認めていたかどうかうたがわしい。およそイメジというものは、わたしたちに直接の感覚経験を与えねばならぬということは、論理的にも、感情的にも、私たちがイメジに要求することのできる最も簡単な職能である。初期の詩人には単に飾りを豊富にするために、装飾的な詩語を使ったり、用もない感覚的イメジを使用することがあって、それは詩人と現実の間に障壁が立てられている証拠になっているのを私たちは見て来ている。読者に自分の思っていることを分かってもらおうとする責任感は当時の詩人にもあったのであって、形而上詩人が晦渋に陥る時があるとすれば、それは形式にこった結果でしかない。相愛の二人をコンパスにたとえたりするような奇想は、当時においては、できそこないの比喩と考えられたものでしかなかった。要するに知的な比喩や奇想は、趣味の変遷によって、今日では喜ばれ、また精神分析の影響で、会体の知れぬ表現をともすれば無意識の表現と考えたがる現代人に、同情をもって受け容れられるけれども、その伝統が示すように、けっしてこれは無意識の象徴ではない。現実をばらばらに解体して、別の形に再組織するモンタージュ芸術の一環である。つまり真実の描写ではなく、真実をつぶすおもしろさである。文学の象徴主義はその道具として言語の創造性を利用しているのである。

象徴主義をウィルスンのように、感覚の飽くなき追求と見れば、それはローマン主義の最後の段階に現われたものであるが、そのなかにある知性のかった一派はたしかに古典主義的だと言わねばならない。チャールズ・ファイデルスン（Charles Feidelson）は象徴主義は言語の創造性を認めるから、古典主義であると言った。[30]

一方ブルックスは言葉が知識を創造するという説は、ローマン主義者の想像説の一部であると言っている。[31]

ハーバート・リード（Herbert Read）は古典主義者からローマン主義者に転じたが、彼は自分の詩は、主義の名称が変わっただけで、内容は変わっていないと思っている。彼は文学が imagination の産物であるから、ローマン主義と称するが、エリオットが fancy の産物と思っている詩も、リードに言わせると imagination である。したがってリードの詩も、エリオットの詩も同じ傾向のものだという。[32]

七

つぎに論じるのは、エリオットの象徴論のうち、前述のB型、すなわち象徴主義プロパーに属すると思われる部分である。「私たちは……普通の意味では経験とはいえないような経験を伝達せねどならぬ。[33]」この経験は象徴が伝達する。エリオットが象徴主義者であることを裏書きするのは、彼の論文『ハムレット』（*Hamlet*）にあらわれた前述の有名な客観的相関物の説だ。念のために引用すると、つぎの通りである。「芸術の形で情緒を表現する唯一の方法は、『客観的相関物』を見出すことにある。言いかえると、その特定の情緒の明確な説明になるような一組の物象や、状況や一連の事件である。外的な事実は最後には、かならず感覚的経験となるものであって、これが与えられると、この情緒はたちまち喚起されるのである。[34]」

この提言は普通の象徴主義にあてはまることはもちろんであるが、象徴を空間的なものばかりではなく、時間的にも拡大している。ハムレットは作者のやるせない思いの象徴であるが、その思いを納得させるだけの献立が、ハムレット劇に欠けていることが、観客をとまどわせるというのである。劇や小説さえも作者の心の象徴と見る点で、従来の象徴主義の観念とはちがっている。エドマンド・ウィルスンが、エリオットを象徴主義者というのは、朦朧晦渋性をいうのであって、ダンテを象徴主義というような意味ではないが、エリオットの象徴主義は、そういうアレゴリーのほかに、その他のあらゆる文学作品を含んでいる。

彼のこの象徴観は、文学作品を人間の内面のあらわれとするフロイト（Freud）の精神分析の影響である。ユング（Jung）は意識を表現したものは、現実の描写となるが、無意識の描写はなるべく感じの似たもので気持ちをあらわそうとしたもので、象徴の形をとるといって、象徴という意味を限定した。しかし文学で象徴という時は、意識と無意識の区別をしないので、エリオットの文学は象徴主義と言えるであろう。

フロイトやユングにとって、神話と夢が同じものである以上、文学もまた最初に心中にイメジがあって、それに表現が与えられたものと見なければならぬ。これは言語でイメジを創造しようとする過程とは逆になる。最初からもっているイメジがはっきりしないのを、言葉で表現することで、はっきりしてくるという、中間的な解釈をとるにしても、そのイメジが真実に立脚していることに変わりはない。

さらにまた『伝統と個人的才能』に現われている非個人性の文学は、文学にあらわれた美感が、個人のなまの情緒とはちがったものであるとしているが、これはハムレット論中で、客観的相関物から出る情緒は、作者の情緒と一致するものであるという説とも矛盾している。

しかしブルックスはハムレット論にあらわれたエリオットの象徴論を、非個人性の芸術論の到達点と見ている。

「詩人は情緒や観念を自分の心から直接に読者に伝えることができないから、ある種の仲介がなくてはならぬ。それが『一組の物象や状況や一連の事件』なのだ。作者と読者の間の取引きが必然に起こるのはこれを通じてである。『作者が言わねばならぬこと』が具象化されるのはここであって、詩人の本来の関心となるのは、対象の形と性質である。なぜならこの対象が何であろうと、それは読者の反応の源であり、根拠であるし、そしてそれは『作者が言いたいと思っていた』のは何であるかということについて、私たちが描くような推測の第一の基礎であるからだ。(35)」

これはエリオットの詩論の軸を、苦痛対快楽から、多様性対統一性に移っているものと見、作品のできばえを批評の対象とし、作者のなまの情緒を問題にしていない点で、矛盾はないと考えているのである。

しかし文学が真実の上に立っているか、虚構の上に立っているかということも、同じように重大な問題である。なぜなら作品から生まれる感情を、真実の声として感じるか、うその声であると感じるかということは、作品のできばえと、けっして無関係ではあり得ないからだ。そしてハムレット論におけるエリオットは、文学が作者の情緒を写そうとする点で、『伝統と個人的才能』の目ざす目的とはちがっているのである。

この場合、エリオットにとって、感情や無意識のものを、イメジの形で意識にまでもってくる力は、機知である。機知は独創的な着想を、意識的にみがきあげる fancy のなかにふくまれている種類のものだという。それは求める獲物を狩り出すまで、猟犬のように野原をはねまわる。しかし抽象的な情緒に対応する具体的な象徴が、どのような必然的関係にあるかについては、とうてい知性では説明ができないであろう。そのことはエリオット自身も認めている。

「作者の形象（imagery）のうち、読書から来るのはほんの一部である。それは幼い頃以来の感情生活全体からやって来る。私たちのすべてにとって、私たちがこれまでに、見たり、聞いたり、感じたりしたもののうちから、なぜほかのイメジでなく、あるイメジが情緒をはらんで、ふたたび想起されるであろうか。ある時、ある所での一羽の鳥の歌や一匹の魚の跳躍や、一本の花の香や、ドイツの山路の老婆や、水車小屋のあった小さなフランスの乗りかえ駅で、夜開いた窓ごしにトランプをやっているところを見かけられた六人のならずもの、こうした思い出は象徴的な価値を持っているかも知れない。しかし何を象徴しているのか、私たちには分からない。なぜならそれは私たちののぞくことのできない奥深い感情をあらわすために出てきたものだからだ。私たちが過去のある時期を、視覚的に思い出そうとする時、私たちの記憶のなかに見出すのは、手あたり次第にとりあげた数枚の早取り写真みたいなものであり、情熱的な瞬間の色あせた貧弱な記念品でしかないが、それを何かとたずねても、わからぬのと同じである。(36)」

これでみると、イメジは作られたものでなく、あきらかに感情の反映として神秘に存在するものである。フロイトやユングでは、文学のイメジはないものを創造したものでなく、無意識の反映として、心にすでにイメジとしてあるものを、言葉で表現したものである。エリザベス・ドゥルー（Elizabeth Drew）の『T・S・エリオット——その詩の構想』（T. S. Eliot: The Design of His Poetry）は、エリオットの象徴主義を、ユングの象徴論との関連において解説したものであるが、エリオットの象徴をつぎのように見ている。

「内面の実在を、それが具体的イメジのなかに反映しているものを通して認める方法と、それを言語に翻訳することにともなわねばならぬすべての訓練こそは、詩の実践でエリオットが『回復のために戦って』いたものであった。(37)」

彼は、神話に見るような象徴的集中主義の回復を目指している。この象徴は真実の気持ちを反映する。エリオットの詩にはユングの原型（archetype）が出ているが、これらの象徴は、イメジの形であらわれるところの、心が実在に与えた統制である。

エリオットが宗教を失った世界の悲惨というものを語る時、それは理性の論理でしか思惟することができなくなった近代の不毛をいうのであって、それと対照されるものは、理性と感情がまだ分離せず、本能の論理で眺める世界である。推理は比喩や象徴で行われる。エリオットの詩はフレイザー（Frazer）やユングの神話の研究から引き出された古代人の世界観の公式を、自分の世界観に適用し、原型イメジを平行させて詩の意図を示す。

さきにもちょっとふれたが、I・A・リチャーズは『文学批評の原理』（*Principles of Literary Criticism*）で、文学に特殊な美感というものはなく、文学のなかで読者が経験するものは、私たちが日常生活で経験する感情と変わらないと言った。エリオットは芸術的感情が、人工的に構成された作品から生まれるものであるという説の時は、なまの情緒と異るものであると言い、また一面象徴の性質を説く時は、象徴から生まれる感情は象徴以前の作者の感情と一致するもので、特別のものではないと考えているようである。

事実は、文学の作品は、アイヴァー・ウィンターズ（Yvor Winters）のいうように、日常経験の感情と審美的感情と入りまじったものであろう(38)。それゆえに、エリオットの理論も場所によって矛盾を呈するのである。

エリオットのイメジもまた二通りあることとなる。言語によって創造されたところの、以前にはなかったイメジと、最初から心のなかにあるイメジを言語に表現したもの、前者は心にイメジを与え、後者は心のイメジを表現する。エリオットの象徴詩は、この二種のイメジが、非常に複雑にまじりあって、これが彼の理解を困難にしているのである。

エリオットの詩には、ハムレット劇を象徴と称する時のような広い意味でなら、象徴詩といえないこともないが、せまい意味ではとても象徴詩とは言いえないような諷刺詩もある。バートランド・ラッセル（Bertrand Russell）を漫画化したといわれている『アポリナクス氏』（*Mr. Apollinax*）などそれだ。ただその描写の晦渋なところに象徴詩人の手法が取り入れられているに過ぎない。

『ナイチンゲールにかこまれたスウィーニー』（*Sweeny among the Nightingales*）は、理性の論理でしか世界を見ることができなくなった現代人のあじきない心境と、感情と理性が分離しなかった神話時代との対照を、スウィーニーという一人物と、ナイチンゲールとで象徴したものであるが、これは、さきにのべたようなある観念を、わざとかくして遠まわしにのべる種類の、アレゴリー的な、A型の象徴詩とも言える。

『J・アルフレッド・プルーフロックの恋歌』（*The Love Song of J. Alfred Prufrock*）は抒情詩であるが、生きる目的を知らない中年男の寒々としたあじきない心の陰影を、晦渋な表現で、くまなく具象化しようとしている点で、象徴詩である。これにラフォルグや形而上詩人の、機知にとんだイメジや、対照的なイメジが混入されて、アイロニーに満ちたものとなっている。在来の象徴詩は内面の気持ちの象徴だけにしぼられているために、首尾一貫しているが、エリオットでは内面の象徴と、外部の世界の映像とが交錯して、断絶があり、いわゆる「意識の流れ」の手法になっている。つまり超現実主義の詩である。「意識の流れ」は、うそだとされているが、もともとこれは映画のモンタージュをまねたもので、似た場面の併列や、反対の場面の対照によって、現実の気分をもりあげ、または現実以上の気分を創造しようとする手段であって、たまたまそれが意識の流動の法則に便乗したものでしかない。言いかえれば、エリオットの詩は、気持ちを、脳裡にうつる影像の形でとらえてみせただけでしかないのである。象徴的イメジと、現実をうつす単なる視覚的イメジと、暗喩的イメジが積み重ねられ、真実を反映するものと、単なる言葉のあやとが交錯して、さらにも一つの象徴を作り出して行くのである。

『荒地』（*The Waste Land*）はA型の、アレゴリー的な手法と、B型の超現実主義的な手法とが交錯して、さらに複雑な構成になっている。抽象観念の具象化であるアレゴリーと、象徴である神話とは異っている。神話の背後にあるものは意識的な観念ではなく、観念以前の無意識である。『荒地』は神話という思惟の原型を公式として、現代の生活に当てはめてみたものであるが、生――死――復活という、原型の星座と呼ばれているものをテーマにして、さらにこれを現実で肉づけしたところは、アレゴリーの方法に似ている。しかし生と死と復活のイメジが、従来の象徴詩のように、順を追うて出て来るのではなく、意識の流れの形で雑然と投げこまれ、それらの一見縁のないように見える意識の断片が、折々顔を出すテーマ音楽のような神話のイメジによって、たがいに脈絡があることを知らされるだけである。神話は現実の描写と比較されて、ある時はその解釈として使用され、またある時は神話的に思惟し得なくなった人々、すなわち宗教を失った人々のみじめさに対する批判としても用いられている。個々のイメジのおもしろさと、それらのイメジの知的な組み合わせが、モンタージュ芸術の美を感じる。

そこで私は知りあいのものを見かけ、呼びとめて言った。「ステットスン君だね。

ミリーで同じ艦隊にいた君よ！

昨年君の庭に植えたあの死体は、

もう芽を出したかね、今年咲くかね。

にわかの霜がその苗床を荒らしたかね。

あゝ、天狼を遠ざけたまえ、やつは人間の味方だ。

でないとまた爪で掘り出してしまうぜ。
君、偽善家の読者よ！　わが同胞よ、わが兄弟よ。[39]」

第一次欧州大戦に参加したと思われるステットスン（この名は帽子の製造会社を連想させる）、シシリーの海港ミリーで、ローマの艦隊がはじめてカルタゴの艦隊を破った海戦、戦死、死骸の埋葬、オサイリスの像が土と穀物で作られて埋められると、やがてこの像から穀物が芽をふき、穀物の豊作の前兆として喜ばれ、そして自ら死んで、万民を生かす象徴となっていること、ウェブスター（Webster）の『白魔』（*The White Devil*）のなかで、蟻や畑鼠やもぐらに、自分をあたたかにしておく塚をもりあげてくれるように呼びかける言葉、喜ばしいナイル河のはんらんの前ぶれとなる天狼星、そしてボードレール（Baudelaire）の『悪の華』（*Les Fleurs du Mal*）の序文からの引用句。——こうしたイメジを組み合わせて、次元のちがったイメジをつくりあげようと試みている。

このように部分部分に意味をなさぬものをまじえてはいるが、それでも『荒地』は根本において、永遠の人間の姿をあらわそうとしている。しかも第一次大戦後の荒廃した一時代を描いたものだとする解釈さえ、嫌悪するほどエリオットの基本になっている芸術の理想はプラトン観念である。

彼の最後の詩作『四つの四重奏』（*Four Quartets*）は時に関する思索を集めた哲学詩で、過去、現在、未来の永遠の循環と、すべて両極にあるものを融和し、永遠と時間とを結びつける時の、プラトン観念的なものの美しさを語っている。時という抽象概念を擬人化したアレゴリーではなく、抽象的な思索が、具象的なイメジとまじりあって抽象と具象の中間の詩を産もうとしている点で、ジェイムズ・ジョイス（James Joyce）の『フィネガンズ・ウェイク』（*Finnegans Wake*）と似たところがある。音楽の形式にならった構成のほかに、詩のリズムを重要視して、その音楽性によって、精神の奥の気分というものを出そうとも試みている。そして部分的に象徴や暗喩を使用し、多義で、朦朧として、難解な表現法をとるところに、象徴詩的な手法を見るのである。

(1) Cf. Stanley K. Koffman, Jr., *Imagism* (Norman, University of Oklahoma Press, 1951), pp. 216–21.
(2) Cf. T. S. Eliot, *Selected Essays* (London, Faber and Faber, 1932), p. 290.
(3) Cleanth Brooks, *Modern Poetry and the Tradition* (London, Editions Poetry London, 1948), p. 78.
(4) Graham Hough, *Image and Experience* (London, Gerald Duckworth and Co., 1960), p. 12.
(6) Cf. T. S. Eliot, *The Use of Poetry and the Use of Criticism* (London, Faber and Faber, 1933), p. 155.
(7) T. S. Eliot, *On Poetry and Poets* (London, Faber and Faber, 1956), p. 26.
(8) Edmund Wilson, *Axel's Castle* (New York and London, Charles Scribner's Sons, 1953), pp. 20–21.
(9) Ibid., p. 13.
(10) Ibid., p. 14.
(11) *Selected Essays*, p. 19.
(12) Ibid.
(13) Ibid., pp. 19–20.
(14) Ibid., p. 21.
(15) Ibid.
(16) Ibid., p. 19.
(17) T. S. Eliot, *The Sacred Wood* (London, Methuen and Co., 1928) p. x.
(18) *The Use of Poetry and the Use of Criticism*, p. 18.
(19) I. A. Richards, *Principles of Literary Criticism* (London, Routledge and Kegan Paul, 1952), pp. 27–28.

(20) Cf. Williams K. Wilmstatt, Jr. and Cleanth Brooks, *Literary Criticism* (London, Routledge and Kegan Paul, 1957), pp. 667–669.
(21) I. A. Richards, *The Philosophy of Rhetoric* (New York, Oxford University Press, 1950), pp. 130–31.
(22) Ibid., p. 134.
(23) *Selected Essays*, p. 283.
(24) Cf. *The Philosophy of Rhetoric*, pp. 115–38.
(25) *The Love Song of J. Alfred Prufrock* (1915), l. 51.
(26) *Selected Essays*, p. 295.
(27) Ibid., p. 297.
(28) Ibid., p. 297.
(29) Cf. *Modern Poetry and the Tradition*, pp. 28–47.
(30) Cf. Charles Feidelson, *Symbolism and American Literature* (Chicago, University of Chicago Press, 1953), pp. 44–54.
(31) Cf. *Literary Criticism*, p. 584.
(32) Cf. Herbert Read, *Annals of Innocence and Experience* (London, Faber and Faber, 1946), p. 101.
(33) *The Use of Poetry and the Use of Criticism*, p. 30.
(34) *Selected Essays*, p. 145.
(35) *Literary Criticism*, p. 667.
(36) *The Use of Poetry and the Use of Criticism*, p. 148.
(37) Elizabeth Drew, *T. S. Eliot: The Design of His Poetry* (London, Eyre and Spottiswoode, 1950), p. 37.
(38) Cf. *T. S. Eliot: A Selected Critique*, ed. Leonard Unger (New York and Toronto, Rinehart and Co., 1948), p. 79.
(39) *The Waste Land*, ll. 69–76.

〔『青山学院女子短期大学紀要』一四巻、一九六〇年〕

25　Herbert Read のローマン主義論

1

T. S. Eliot の古典主義の難解さは、体系がないところから来るが、Herbert Read のローマン主義の難解さは、体系が絶えず動くことから起こる。ある人はそれを変節と言い、またある人は理論的展開と言う。Read 自身に言わせると、彼の文学論で最上の文学として追求して来たものは、だいたい変わっていなくて、名称だけが違っている程度のようである。

古典主義とローマン主義の区別についての議論が、一時論壇をにぎわしたころ、彼はもっともよくそのことについて論じた一人であるが、途中からその無意味さを説くようになった。しかし古典主義の流行する時代に、ローマン主義に旗じるしを変えた勇気はたたえねばならぬ。そしてこのごろになって、古典主義があきられて、その反動が好意をもって迎えられはじめると、この機運の中心人物として、彼はローマン主義という語を、いっそうひんぱんに口にするようになった。

Read はその著作を年代順に読んで、理解しなければならない。しかしこまることは、前の論文に削除や追加や訂正が行われていることだ。たとえば一九二六年の *Reason and Romanticism*（理性とローマン主義）のなかの一章“The Nature of Metaphysical Poetry”（形而上詩の本質）は、古典主義の鼓吹のために書かれたものであり、一九三二年の *Form in Modern Poetry*（近代詩における形式）はローマン主義を目指して書かれたものだが、一九三八年の *Collected Essays in Literary Criticism*（文学批評論集）の第一部 “The Nature of Poetry”（詩の本質）で、*Form in Modern Poetry* の各章に題をつけ、それに詩論三つを加えた時、“The Nature of Metaphysical Poetry” をその一つとしておさめている。また Form in Modern Poetry はかってつぎのような一節で終っていた。「つまり、現代はあきらかにローマン主義時代でも古典主義時代でもなく、またローマン主義や古典主義の範疇が適応できるわけでもない。このような状況では、ただ『ある内面的透視図』、すなわち感官のもっとも広汎な証拠にもとづく凝集的な個性によるほかはない。(1)」ところが *Collected Essays* ではそのあとにつぎのようにつけ加えている。「私はただ古いローマン主義を新しい文句で装わせただけだという非難をうけることは分かっている。しかし余儀なくこの学究的な議論をしながら、私のねらっているところは、『ローマン主義の回復』であると言われたら、それを至当の言葉として受け入れるかも知れない。(2)」

前の著書と後の著書との間に、幾多の矛盾があっても、そのうちのあるものを、平気で刊行をつづけ、相かわらず多勢の読者をもっているわけは、単なる研究書としてではなく、はなやかな読みものとして、書かれているためであろう。エッセイ愛好家の趣味は、常識的な、身辺雑記的な随筆から、専門的な知識を盛った感想へと移行して来ている。Read の芸術論は Coleridge の哲学的、心理学的ローマン主義論に、精神分析の衣を着せ、さらに Coleridge に影響するところの多かった Schelling などを研究して、補強を行っている。そして美術論から文化批評へと領域をのばしているところは、Arnold らの批評文学の行きかたにならったものだ。

Coleridge は精神の領域が、意識のほかに無意識も含むことをすでに知っていたので、たとえ Read が批評に精神分析を持ちこんだとしても、そのためにとくにローマン主義の理論が、新しい飛躍をとげたわけでもない。しかし彼の批評の方法は、心理学応用のI. A. Richardsの態度とともに、二十世紀の批評界を一変させた。今日、新批評（the New Criticism）の一派には、文学と科学との混同をはげしくきらう人々がいる。彼らはT. E. Hulmeとともに、精神と物質の断絶を主張する。しかし分析心理学はもちろん、一般の心理学や精神分析でも、哲学との境界にはあいまいなところがある。そしてHulmeの哲学的な思索は、彼の遺稿の編纂者であるReadのなかに、もっともよく生かされていると見なさなければならぬ。しかも精神分析が、なかば常識化されて来た今日では、この方法をぬきにして文学の本質を考えることは、無理だとさえ思えるのである。

Readは一九一五年のimagismの宣言に示唆され、三年後に"Definitions towards a Modern Theory of Poetry"（近代的詩論のための定義）を発表した。

「1. 形式は表現を要求する情緒でさだまる。

系。形式はどんな情緒でも注入できる不変の鋳型ではない。

2. 詩は厳密なまとまりを要する芸術的全体である。

3. 詩の批判の規準は表現されたvisionの性質である（表現が適切であると仮定して）。

系。頭韻、脚韻、歩格、抑揚はvisionの要求するままに用いられるところの種々な装飾的工夫であって、あらかじめ定められた形式的な量ではない。(3)」

これは「力強い感情の自発的氾濫」というWordsworthの有名なローマン主義の定義と、詩の各作品はそれ自体に内在する固有の法則にしたがって展開し、最後の形式をとるというColeridgeの有機的法則の概念をもととしているが、(4) 直観哲学の imagism 的な要素が加味されているので、詩が情緒から形式にいたる過程の中途に vision という段階を置いている。vision という語は、後年の *Form in Modern Poetry* では intuition（直観）という語でしばしば置きかえているが、ここにあげた定義のなかでは、むしろ Hulme のいうイメジに近い意味にもとれる。とにかく情緒との関係がはっきりしていないが、情緒――直観――形式または情緒――イメジ――形式の順序で詩ができることをいっているのであろう。

これが *Form in Modern Poetry* では、直観――イメジ――形式に変わっていく。しかしいずれにしても、彼の立論は、終始一貫、内容が形式を決定していくということに重点がおかれ、形式が内容に先行するとする古典主義と区別されなければならない。

しかし作品の内容と形式の関係において、どこまでを内容といい、どこまでを形式というかという問題は、精神分析でもまだはっきりした結論には到達していない。したがって Read は内容と形式を厳密に区別するかと思うと、両者は不可分の一体であると説く。ある時は、形式は霧散して内容だけが残り、さらにまたある時は、形式のなかに内容が結晶して、文学の本質は形式であったりする。こんなのを見ていると、内容とか形式とかいう語を使用することを、一切避けようとする最近の批評界の傾向も、首肯できないわけではない。しかし二語の概念はあいまいではあっても、二つが存在することは事実である。この作品は内容はよいが表現形式が悪いとか、形式はすぐれているが内容はよくないとかいうような言いかたは、たえず行われているし、これらの語をぬきにして作品を分析しようとする時、私たちは非常な抵抗を感じ、しえって分かりにくくなる。要するに内容と形式という語を用いる時、それは根本的にはあいまいな概念であって、便宜的な言葉に過ぎぬという常識をもっていることが必要である。

Freud は“Der Dichter und das Phantasieren”（詩人と空想）のなかで、詩人の空想は白日夢と同じ性質で、不満のある人間が、満たされない願望を充足し、不満な現実を是正しようとする力にかられたものであるという。そしておよそ夢というものは、聞く方では何の興味も湧かぬものであるが、詩人は変えたり、飾ったりして、白日夢の中の自我の匂いを稀薄にし、空想の表現のなかに、純粋に形式的な、美的な快楽を盛りこんで、楽しませてくれる。これを行うのが詩の技術（ars poetica）であるという。(5) この論文は芸術を芸術たらしめるものは理性であり、形式であるということを示唆する点で、古典主義の考えかたと軌を一にしていることは注目に値する。

Read が Freud の線に沿うて、文学論を展開して行ったら、ほんとうに精神分析的な文学論となっていたであろう。しかし文学の分野における科学者として他の科学と協定を結ぶ時、彼は領土権の維持を主張する。「私は私の目的に関係があると思われるものだけを受け容れ、私自身の特別の感受性の証言と衝突するものは何でも拒否する。(6)」言いかえると自分のローマン主義の理論に役に立つかぎりは、精神分析の結論を受け入れ、またそれに支援を求めるだけで、取捨選択の規準は、彼の詩人としての体験に照らして行われる。彼の詩論は、詩がいかにしてできるかという分析であるが、それは自分自身の経験の分析となる。

自分と体系を同じくしない学説に、精神分析の名称をつけることを許さなかった Freud から見れば、体系を異にして横の連絡の全くない Jung の分析心理学や Adler の児童心理学も、随時引用する Read の文学論は、厳密には精神分析論とは言えないであろう。

2

Read は Bergson のいう直観について、心理学的にその構造を説明しようとする。彼は大学在学中に学校教育の理想に二つの型がなければならぬということに気がついた。一つは芸術的情操が豊かで、想像力に富むいわゆる消極的能力（negative capability）で、一つは規則的なつめこみ教育によってできる常識的な指導者型である。前者を個性（personality）、後者を性格（character）と呼ぶ。Read によると個性とはもっとも自然な状態で、人間本来の精神である。個性はわれらの感性や情緒の全部を含むものであるが、性格はあらゆる欲求と感性や情緒を犠牲にし、制限で維持される。「個性の特色は直観性である。[7]」

Read の *Form in Modern Poetry* 中の個性の概念は、Freud の「心理過程の凝集的組織」としての自我（ego）の概念に一致するという。既存の倫理的観念にしばられることをきらうローマン主義者が、超自我（super-ego）的な抑圧のかからぬ自我の状態を理想とする気持ちはわかるが、抑圧のかからぬ自我というものは、精神分析的には考えられない。これはまだ十分に完成されていなかったころの Freud の学説を、Read が曲解したものとしか思われない。[8]

しかし“The Nature of Criticism”（批評の本質）のなかでは、彼は直観を id との関係に求めようとする。「芸術作品は精神の各領域に一致するものをもっている。それはエネルギーとその非合理性と神秘な力を id から引き出す。id は私たちが『霊感』と呼んで来ているものの源泉と見なすべきである。形式的綜合と統一は自我で与えられ、最後に超自我の特殊な創造であるイデオロギーや宗教的憧憬に吸収されるかもしれない。[9]」

直観は心理学的には知覚の過程である。「すべての芸術は直観すなわち vision の行為から生まれる。しかしそのような直観または vision は意識的に客観化された時だけ十分に存在するのだから、認識と同一のものと見なさねばならぬ。この vision や直観の行為は、物理的には精神の集中や緊張の状態である。詩の過程はまず第一にこの vision をもとのままで維持することにあり、第二にこの vision を言葉で表現することである。[10]」

この短い一節のなかで、私たちは vision という語がはじめ直観行為を意味していながら、あとではその行為の産物の意味に近づいているのを見る。つまりイメジとほとんど同義になっているのだ。

「詩は直接的、直観的なありかたで、視覚でなければならない。[11]」

「もしも私がよい作品のもっともすぐれた性質を挙げるようにたのまれたとすれば、私はつぎの一語でそれを表現するだろう。つまり、視覚的。文学の技術を根本まで押しつめて行くと、つぎのたった一つの目的にであう。つまり、言葉でイメジを伝達すること。ただイメジを伝達すること。心に見えるようにすること。[12]」

読者はこのような詩を読むと、映画を見るような反応を起こす。詩のイメジは読者の脳裡にたくわえられたイメジと即座に結びつき、このイメジの連結や排列から、驚きや、悲しみや、楽しさや、うれしさの情緒が流れると Read はいう。[13]

Read もまた Bergson とともに、直観とは二つの事物の間の共通性を認めることであるという。したがって直観は比喩的なイメジとなる。またわれらが含まれている一つの有機的な事物が、さらに整然と調和した時間と空間とに限定されたところの、もっと大きな統一体に含まれるという事実を、突如としてさとることでもあるから、それはプラトン概念でもある。イメジに関するこの二つの概念は、Hulme 等の imagist たちがもっていたものと同じであるが、Read においては、さらに精神分析の影響をうけて、イメジは単なる外界の模写ではなくなってくる。無意識のなかにあって、ある高揚した活力が、大自然を動かしている力によって、芸術家の知覚に与えられるのだ。したがってイメジは象徴的な価値をもつ。[14] ただ Read はイメジという語の使用を、つとめて生理的な、心理学的なものにかぎり、言葉で表現されたものは詩的イメジ（poetic image）と称して区別している。また暗喩（metaphor）もイメジと区別している。つまり詩の絵画的な描写を英語でイメジと呼ぶ時、Read においてはそれが心のなかのイメジを言葉で表現したものを意味しているのである。これもまた、心にイメジを与えるからイメジというと思っている古典主義者の考えと、厳密に区別しておかなければならない。

3

私たちはいま詩の内容である直観ないしイメジについての Read の概念を見たから、つぎにそれを形式との関連において、もすこしくわしくしらべてみたいと思う。Read におけるローマン主義の理念は、詩だけでなく、小説にも絵画にも彫刻にも共通するものでなければならない。美術に見出される基本的な原理は、同時に文学の本質を解明する鍵となる。

彼の形式の探究は、Coleridge に示唆されて、芸術を有機的形式（organic form）と抽象的形式（abstract form）に分類することからはじまった。前者は内容と構造とが渾然と融和統一されているが、後者は内容を予定の構造に適応させようとつとめる時生まれる。ここで形式という語を用いてはいるが、この形式は内容とだきあわせになって考えられているものである。前者がローマン主義的、後者が古典主義的様式といえる。[15]

芸術作品とは実在の本性を、可視的な形で具現したものだ。それは世界の神聖な、永遠に創造的な自然の偉力であって、あらゆるものを産み出し、みのらせる。形式は有機的なできごとであって、芸術家の直観的経験から出て来る。「形式は直観行為のなかに、人間を本質の領域からへだてる現象の幕を突き破った瞬間に、芸術家によって実現される。……われわれの実践的能力は……直観的経験を適当に表現するような形式を、あらかじめ意識的にきめることはできない。[16]」

ローマン主義の詩は植物にたとえられる。それ自身の生命をもって、それ自身の原理にしたがって成長して行く。それは生命について述べたものではなくて、生命のあらわれだ。できあがったものは、私たちに分かっている以上のものだ。あらゆる芸術には外面と内面の融和がある。知覚の対象は、本来のままの鮮かさで、脳神経組織のなかにとけこみ、そこに無意識に潜在する。意識と無意識を組み合わせるのが天才で、したがって天才そのもののなかに無意識の活動があるという。[17]

要するにローマン主義こそ真の芸術で、実在や生命力の具現であり、形式は内容から自然に生まれて来るということの力説である。古典主義は生命のない芸術でしかない。

4

Read は超現実主義芸術の出現とともに、ローマン主義の角度から、それを肯定し、弁護にあたることとなった。そして「超現実主義はだいたいにおいてローマン主義である。[18]」と言う。

「写実主義と超現実主義の間の相違は、何か根本的なものをあらわしているように思う。……すべての芸術は主観的である。……しかし私たちが五官で実際に観察している客体について、感じたり考えたりすること、私たちの心のなかに存在するだけの主体について、感じたり考えたりすることとのあいだには、大きな開きがある。(19)」

超現実主義は理性の統制作用の一切を排して、無意識の世界を、自動作用によって描こうとする。夢のイメジと過程だけが、現実の本性をとく手がかりであるとReadはいう。古典主義の芸術家は普遍的な思想感情をあらわそうとするが、それは一時代の暫定的な偏見でないとは言いきれない。しかし無意識の深いところにある集団的無意識は意識以上の真理である。詩人や画家たちは、いつの時代にも、彼らの才能が霊感的で、神がかり的な性質のものであるという考えかたを捨てず、言葉に出しこそせね、古典主義の理論に反撥して来ている。この意味で超現実主義はローマン主義の原理を確認しているというのである。そしてReadは最近の心理学がこの主義に基盤を与えているという。

古典主義芸術の規範は、「秩序、釣合、均斉、平衡、一切の静的、無機的性質の典型だ。それらは成長と、したがって変化が依存するところの発剌たる本能を統制または抑圧する知的概念であって、どんな意味でも、自由に選択されたものではなくて、単におしつけられた理想をあらわしているのである。(20)」

このような古典主義的、無機的形式に対応するものとして、私たちは知覚的な形式を見て来たのであるが、Readは超現実主義の出現で、さらにもう一つの形式をつけ加えねばならなくなった。この形式は理念を再現する。「これは象徴的なものである。そして写実的なイメジを用いることもあるが、もっとまれには非写実的な形状を用いるかも知れない。(21)」

ここでは超現実主義芸術の形式はどう考えてもイメジと同義のように思われる。そしてこれは主知的な抽象的、無機的芸術の形式と区別されているのである。

5

一九五二年の *The Philosophy of Modern Art*（モダンアートの哲学）では、彼はローマン主義的な写実と、古典主義的な抽象の対立を認めて、両方に同等の価値をおく。しかし抽象と写象を結びつけようとするJuan Gris のような企ては例外として議論のほかにおき、普通の美術家では二つが交互に展開しているという。「それは、写実と抽象、意識と無意識、生と死というような交互緊張が、宇宙の全過程をあらわすものであるという説を暗示する。芸術家の意識はこの緊張の両極の問を行ったり来たりする。(22)」

しかし五四年の *Icon and Idea*（形像と理念）では、抽象芸術の本質的なものは、ローマン主義に含まれることとなる。さきに Read が象徴的形式をローマン主義に入れるのを見た私たちは、今度は古典主義と称していた抽象形式を、本質的なものとそうでないものとに分け、本質的なものはローマン主義にはいるというようになって来ている。T. S. Eliot は古典主義とローマン主義との対立を認めず、ローマン主義のよいところは古典主義に含まれると言ったが、Read のローマン主義は、逆にあらゆる芸術のよいところを含める傾向になっていく。しかし抽象芸術がローマン主義であることを立証するためには、幾何学的な抽象形式が、知的なものでなくて、無意識の、本能的なものであることを説くことからはじめねばならない。

Icon and Idea はそれより三年前に出た *Art and the Evolution of Man*（芸術と人間の進化）に盛られた理想の展開である。芸術は遊戯ではない。それは人間の意識に関連して、進化的職能を行っている。すなわち重要な問題を象徴化して定着させ、今後の考察に役立てるのである。そのようにして、意識の理解力は洗練されていく。渾沌たる知覚は芸術によって調和を得る。芸術は外界の模写ではなくて、気持ちの象徴にはじまる。

太古の洞窟の野牛の絵は、当時の人々の生命力の象徴としての野牛というものについて、その知覚のイメジを持ち込んで描かれたものである。視覚的、知覚的なイメジは、直観と客観像の中間にある。直観像が客観像として外面に定着すると、それは経験拡大の役に立つ。経験がくりかえされるだけでなく、二つ以上の経験が組み合わされたり、比較されたりして認識の基礎となるのだ。つぎに自然界の現象に自らの生命が投影されていることを発見し、自然を心の象徴とする重大な発見が、宇宙の最初の洞察となった。暗喩は言語の生命の法則である。それはしばしば創造的精神が物を認識する方法となる。

「詩は事物の本質を人間意識にもちこむ手段である。詩人の言葉は実在をはじめてはっきりと形でしめした。(23)」

「実在は枠の上のつづれ織りとでもいえようか。そのデザインは色のあやが織る人によって加えられるにつれて、やっと理解されるようになる。この色のあやが、詩人の言葉や美術家のえがく像である。(24)」

しかしなぜ枠とかデザインとかいう知性を引きずりこむのか。生き生きとした感覚は、知性の援助なしに伝達できるではないかという疑問が起こる。それについてReadはこう答える。人間が詩のイメジを創造する時、それは目に見える世界から取り出されたものであって、純粋に人間が創造したものではない。絵画のコンポジションは、今日われらがいうように、抽象的、非具象的であっても、自然な色彩や自然からとった形態のコンポジションである。幾何学的形式でも、植物や結晶など、自然現象にその原型がある。

芸術家は実在のイメジであるところのイメジを彫琢する。イメジは実在だ。未知のものからこれらのイメジを結晶する度合が、実在発見の度合でしかない。芸術家は科学で変貌した新しい世界のイメジを創造せねばならぬ。「それは近代科学によって顕示されるような物理的宇宙の構造過程の洞察から生まれる。(25)」このようなイメジは実際的な力であって、われらの感覚に与える衝撃は、光や電気の衝撃などの自然現象同様に現実的なのだ。

Read に言わせれば、構成的なイメジはもはや構成的と呼ぶには不適当であって、現代の機械時代の把握である。それは超現実主義のイメジ同様の象徴性をもっている。

6

Hulme 等の古典主義の詩は、Read に言わせると、ある種の鋭敏な感受性の表現であって、ことに感受性そのものを文学の原料として認めたことと、文学を形成的な活動であるとし、「形式というものは詩人が思想を直観的に把握するところから自然発生的にあらわれるもので、たとえば画家だったら、心にあるイメジを造形的に実現することから自然に生まれる。[26]」と考える点においてローマン主義的である。Read のこの指摘は正しい。これは Frank Kermode の *Romantic Image*（ローマン主義的イメジ）も肯定している。Hulme のいう古典主義の精神が美術にあらわれては幾何学的な抽象芸術となり、文学にあらわれては imagism となるということは、たしかに牽強附会である。Hulme が詩においても、真に古典主義に徹したら、形式主義的な詩論の提唱とならなければならなかったはずだ。事実 Hulme は情緒がイメジとなり、言葉に表現されるという詩作過程の思索に行きづまり、言葉がイメジをつくり、情緒を呼び起すという逆の考えに到達したことを、覚え書きに書き残して死んでいる。彼によると音楽家がピアノをたたいて、好きな音に出会った時に、それを記録しながら作曲するように、詩人は自動的に出てくる文句のなかから「自分の欲しい語句を得るだけでなく、その言葉からさえ、新しいイメジを得るのである。[27]」そしてこうしたイメジを音楽のように組み合わせて一篇の詩が構成されていくという。この考えは、言葉が生理的イメジを喚起するという象徴主義者の理論的基礎についての認識の充分な把握にまでは到達していないし、また言葉でつくられる前まではイメジはそこに存在していなかったのだという T. S. Eliot 流の大胆な考えかたについての、はっきりした意識にも欠けているようにも見えるけれども、とにかく古典主義芸術の核心を指示しているものと言える。ただ Hulme はこのようなイメジの組み合わせを、知的なものでなくて、自動的なものであると考える点では、ローマン主義的な超現実主義を脱していない。

Imagism 以後の古典主義者は、さかんにイメジ（＝イメジを与えるような表現）のモンタージュの方法を応用する。暗喩についての観念も、実在の正確な描写のためのものではなくて、技巧としての朦朧晦渋の手段である。ここでは暗喩は似たものの比較ではなく、遠いもの二つをくっつけて、その効果を見ることになっている。

Read は詩の真実性を主張する。それは最初は実在の表現であり、後には生命の表現となるが、詩が真実なるものを表現しないかぎり、追求に値しないという。かくて詩はあくまでそういうものを写し、または象徴する心理学的イメジの言葉による表現である。彼は異質のものを衝突させたものを、暗喩と呼ばずに、「イメジ」と呼ぶこともあるが、これもまた真実なものであることを、Paul Reverdi の言葉をかりて説明する。「イメジは精神の純然たる創造である。それは比較から出て来るのでなくて、二つの多少ともへだたった reality をくっつけることからしか生まれない。……イメジが人の胸をうつのは、不合理であることや空想的であることから来るのではなくて、観念の連合が遠くて正確であるからだ。……二つの不釣合な reality を（常に不適切に）比較しても、イメジは生まれない。逆に、心に新しく感じられる強いイメジは、心だけがその関係を把握している二つの reality を、比較なしで関係づけることで生まれる。[28]」イメジの中にならべられた二つのものは似てはいるが、論理的な類似ではない。それは情緒的な統一のなかで、一緒に考えられ、感じられるという。

しかしこの説明は、近代詩のイメジのつくりかたについて、あまりに神秘的である。詩人たちは、もっと割りきった知性の遊戯として、これを行っているはずだ。現に私たちは Read や Reverdi のような見方では、解釈できない部分を、すぐれた近代詩のいたるところに見出すのである。

7

均斉、対照、平衡、秩序等、美術における抽象的な構成は、Platon 以来知的なものとされて来ている。文学における形式美もまたこれと同じ種類のものであることは Freud の精神分析でも認めている。またその使徒である Simon Q. Lesser はさらにこれを倫理的な超自我の産物としている。[29] Coleridge は理性を想像力と類縁のものと考えたが、精神分析論者の Read にとっては、理性と想像力との関係は、自我と id との関係にある。それは彼が超現実主義者である以上、文学は id の表現が主体であるという考えをもっていると思わなければならないからだ。

しかし Read は知性のかった Hopkins や Eliot や Pound 等までローマン主義者のなかに数える。[30] このようにして Joyce もまた純然たるローマン主義の作家となる。

「James Joyce が *Ulysses* のなかで、方法として使用した内的独白は、思惟の流れを、主観的な非論理性のまま、直接紙面に写そうという企てである。……さらに Joyce が推しすすめた実験では……非論理的ながらも自然な意識の流れに依存することさえやめる。そして、構造や排列がまったく直観的である形の言葉を、Picassoが彼の造型的形式を射出するのと同じようなふうに射出している。[31]」

「私はJoyceが古典主義の作家として、とくに彼の註解者Stuart Gilbertによってたたえられて来ていることを知っている。しかしそれはJoyceの傑作*Ulysses*がHomerの*Odyssey*と、構造のうえで、終始密接に類似しているということにもとずいている。この考えは形式と内容を同一視することからきたまちがいである。まるで花瓶につがれた水は、花瓶の形と内容をとるとでもいうような言いぐさだ。[32]」

この反論にはタペストリーのデザインは知的であっても、なかにはめこむ色彩がそれをローマン的とするといった論法のにおいがある。しかしローマン主義は内容が形式を決定するのではなかったか。Joyceの*Ulysses*は、既製の名作を自分の作品のわくとして使用している。そしてそのデザインのなかにはめこまれた意識の流れは、自動的な思考のはんらんではなくて、映画のモンタージュと軌を一にしたものであることは、Stuart GilbertがJoyce自身に接してわかってきたものであるし、それが頭のなかでの知的な排列であることは、Jungの診断するところでもある。Readが詩人としての自分の体験ということを、何にもまさる証拠としてふりかざす以上、Joyce自身の体験もまた尊重すべきであろう。Imagistの技法を見て、映画のモンタージュの理論を完成したソ連の映画監督S. M. Eisensteinは、モンタージュを、事実と、登場人物のその事実にたいする姿勢のほかに、作者の態度や観客の反応が計算された知的な構成と解釈し、[33] Joyceのイメジの排列による心理の象徴法を同種のものとして、見まもっていたのである。

もちろんJoyceの作品が、知性だけでできたものでないことは事実である。古典主義とローマン主義は知的な要素がまさっているかどうかという程度の差である。知性と想像力とが、人工的形式と自然発生的形式とが入りまじっているJoyceの作品を、内容が形式を決定するというローマン主義の原理だけで解釈することの無理が、ここにはっきりと見られる。

彼は抽象美術もまた、ほんものは象徴的なローマン主義の産物であると言ったが、それをもってPicassoの超現実主義は解釈できても、今日多くの正常な頭脳の所有者が作り出しているすぐれた抽象美術の製作過程の説明はできない。

Eisensteinは自然を直し、多少変えることが芸術であると思っていた。真の芸術といえども真実だけのものではない。まして抽象芸術は真実でないものだけでも成立するかも知れないし、むしろそれをねらっているのである。

Readは超現実主義の真実性についてつぎのようにいう。「われらはいまや哲学における相対主義の段階に達している。ここでは実在は実は主観である。という意味は、個人は、いかにでたらめで、『不合理』とさえ見えようとも、自分自身の実在を組み立てるよりほかはないということだ。これは実存主義者が到達した立場であり、同様な決定を必要としている芸術の世界における立場にも相当する。……哲学と芸術とは最も受けいれやすい実在が最高の値を呼ぶことになる。[34]」

いわゆる虚無からの創造を意味するものであろうが、そのような作品のもつ意味は、およそ実在とは反対のものであって、むしろrealityの破壊乃至それからの游離と呼ばなければならない。

Herbert Readの芸術論が、ローマン主義の理論的完成として、またその擁護として、すぐれたものであり、新しい芸術の理論的擁護と宣伝に大きな功績をあげていることはいうまでもない。しかし私たちはまたそこにローマン主義的芸術論の限界を見る。今世紀における古典主義の代表的な作品のことごとくを、ローマン主義的芸術論の限界の原理に則したものと称して、その観点から説明するとき、非常な無理がある。言いかえると、Read の解説だけを読んで、イメジというものの概念や、現代美術の核心を全面的につかんだと思うことはできない。表現がはなやかであるだけに、むしろそれは読者を、現代芸術というものについて誤解させるおそれさえあることを、警戒して読まなければならない。したがって芸術思潮の解説書としてではなく、むしろローマン主義を主張した書として鑑賞さるべきものであろう。

（1） Herbert Read, *Form in Modern Poetry*, London, Vision, 1953, p. 85.
（2） Herbert Read, *Collected Essays in Literary Criticism*, London, Faber and Faber, 1954, p. 123.
（3） Herbert Read, *Annals of Innocence and Experience*, London, Faber and Faber, 1946, p. 98.
（4） Cf. M. H. Abrams, *A Glossary of Literary Terms*, New York, Rinehart and Co., 1957, p. 57.
（5） Cf. Sig. Freud, *Gesammelte Werke*, VII, London, Imago Publishing Co., 1947, S. 213–225.
（6） *Form in Modern Poetry*, p. 15.
（7） *Annals of Innocence and Experience*, p. 90.
（8） Cf. H. W. Häusermann, "The Development of Herbert Read", *Herbert Read: An Introduction to His Work by Various Hands*, ed. Henry Treece, London, Faber and Faber, 1944, pp. 72–74.
（9） *Collected Essays*, p. 137.
（10） *Form in Modern Poetry*, p. 44.
（11） *Ibid.*, p. 76.
（12） Herbert Read, *A Coat of Many Colours*, London, Routledge and Kegan Paul, 1945, p. 231.
（13） Cf. *Ibid.*, p. 228.
（14） Cf. Herbert Read, *The True Voice of Feeling*, London, Faber and Faber, 1953, pp. 18–19.

（15）Cf. *Form in Modern Poetry*, p. 9.
（16）*The True Voice of Feeling*, p. 17.
（17）Cf. *Ibid*., pp. 18-19.
（18）Herbert Read, *The Philosophy of Modern Art*, London, Faber and Faber, 1952, p. 106.
（19）*A Coat of Many Colours*, p. 190.
（20）*The Philosophy of Modern Art*, p. 108.
（21）Herbert Read, *Art Now*, London, Faber and Faber, 1948, p. 113.
（22）*The Philosophy of Modern Art*, p. 99.
（23）Herbert Read, *Icon and Idea*, London, Faber and Faber, 1954, p. 125.
（24）*Ibid*., p. 126.
（25）*The Philosophy of Modern Art*, p. 235.
（26）H. Read, *The Tenth Muse*, London, Routledge and Kegan Paul, 1947, p. 163.
（27）T. E. Hulme, *Further Speculations*, ed. Sam Hynes, Minneapolis, University of Minesota Press, 1955, p. 95.
（28）*Collected Essays*, p. 99.
（29）Cf. Simon O. Lesser, *Fiction and the Unconscious*, London, Peter Owen, 1960, p. 131.
（30）Cf. *The True Voice of Feeling*.
（31）H. Read, *Ast Now*, London, Faber and Faber, 1933, p. 111.
（32）*A Coat of Many Colours*, p. 147.
（33）H. M. エイゼンシュテイン（山田和夫、田中ひろし共訳）「映画の構造」『世界映画資料』第五集収録、東京世界映画資料社、一九五八年発行、五ページ参照。
（34）*The Philosophy of Modern Art*, p. 21.

〔『英文学思潮』三四巻一号、一九六一年〕

26　グレアム・グリーン論

一

グレアム・グリーン（Graham Greene）の『第三の男』（*The Third Man*）の序文などを読むと、彼の小説は綿密に効果を計算して組立てられたものという気がするが、また彼の評論『若い日のディケンズ』（*The Young Dickens*）などを読むと、小説の大部分が、無意識のうちに創造され、ひとりでに成長していくものという見地にたって、その作品の母胎となった作者の心理分析にはいっていくようである。彼はディケンズの『オリヴァー・トゥイスト』（*Oliver Twist*）のなかに実存主義的傾向と象徴的手法という二つの現代性を指摘して、ディケンズ復興の機運に貢献した。

グリーンによればディケンズのプロットの背後には、作者すら何が現実に進行しているか、分かっていないのではないかと思わせるような、会体の知れぬものがある。これは若いころ、つぶさに辛酸をなめたディケンズの世界観から生まれたものだ。ここに出てくる悪党はいつも暗黒と悪夢とをまとっている。たとえこの小説が幸福な結末になっていても、私たちはそれがうそであることを知っている。そして善人は悪の前ではまったくの無力で、神のない世界に住んでいるのである。

「ディケンズが人間を写実的に描くことを覚えたのは、ずっと後のことだ。[1]」彼らは作者の気持ちの象徴で、寒々として身をよけるところもない真夜中のロンドンの街という象徴的な舞台を構成する要素だ。

グリーンはヘンリー・ジェイムズ（Henry James）の心理小説に学ぶところが多かったが、筋が変化に富み、絶えず註釈をつけながら話を進めるという小説の伝統は、フランスワ・モーリアック（François Mauriac）のほかに、ディケンズに学ぶところが多かったにちがいない。

同じくディケンズから出て、新しい小説をつくり出したものに、フランツ・カフカ（Franz Kafka）がいる。グリーンとともに、限界状況における人間を描いて、実存主義の思潮を代表する作家であるが、カフカがディケンズの象徴法を発展させたのに対し、グリーンは写実主義をとっているところに、大きなちがいがある。

ディケンズは後期においても、やはり『荒涼館』（*Bleak House*）のような、救いのない人生を描いた傑作をものにしているが、大部の作品は楽天主義が大きく表面に出て、安価な宗教観をつくっている。彼は庶民の味方となり、偽善をヒステリカルにたたいた。しかし社会悪の救済手段としては、慈善以外のことを知らなかった。金持ちが貧乏人にめぐむ。自分の生活をこわさぬ範囲で、親切をつくす。それだけだ。聖書に出て来る金持ちは、自分の富の全部を貧民に分け与えて、キリストにしたがえと言われて、それができず悄然として去って行った。ディケンズの小説に出て来る慈善家と、いくばくの相違があろう。

『ものの核心』（*The Heart of the Matter*）にあらわれたグリーンは、そんな慈善を愛とは呼ばずに、憐憫（pity）と呼ぶ。「憐憫」という語のふくむ概念については、この小説以後、とくに論じられる機会が多くなったが、カトリック教徒がこの語を神以外に使おうとしないことは事実である。この気持ちを代弁して、ニコラス・ロゲン（Nicholas Roggen）神父は、憐憫とは似て非なる愛だという。そして、憐憫は相手よりも一段高いところに自分を置く。自己犠牲をともなわない愛は真の愛ではない。憐憫は傲慢である。この傲慢さは、神によって作られた自分を勝手に自らの手で処分するという悲劇までに導くところの傲慢さだという意味のことを言っている(2)。この小説の主人公は生前、絶えず「愛する」という言葉を口にしていたが、その本心を示している日記には、「愛」という語が一つもなかったのである。人間の本質的な悪さと、それから来る社会悪とは、ディケンズ程度の生半可な善意では、どうにもならぬことを、グリーンは見出すのである。

このような問題の処理では、グリーンはたしかにディケンズにより数歩出ているが、ディケンズの小説に欠けていた宗教体系の形象化という段になると、充分成功しているか否かに疑問がある。

近代思潮の実証主義的傾向の申し子である小説の素材に、恩寵の足どりを持ち込み、形而上学的に思索することは、歴史的に見ても、最も困難な仕事と言わねばならぬ。今日キリスト教文学というものが存在するかどうかについて、一昨年ドイツで二十名の作家、評論家、ジャーナリスト、神学者からとったアンケイトでは否定的な答えが多かったという(3)。

T・S・エリオット（Eliot）が宗教的な文学として価値を認めているものは、いわゆる福音の文学ではない。彼が望んでいるのは、キリスト教を大上段にふりかぶった文学ではなくて、無意識にキリスト教的である文学である。善悪の問題に関心が深ければ、たとえそれがボードレール（Baudelaire）のような形で出ても、普通の文学よりもキリスト教的なのである。それゆえ彼は、宗教の基礎になっている厭世的な、古典主義的な世界観さえあれば宗教的な作品として称讃するが、それより一歩出て、建設的な面があるものを、文学的に非常にすぐれたものとして取りあげてはいない。

日本で仏教文学にすぐれた作品があるのは、虚無感と仏教思想とは、ほとんど同義語として受けとれるくらい、感情的に消化されているからである。宇宙を不可解として悲劇と見ることと、日常のささやかなできごとを茶化して喜劇と見ることと、この二つの極端な世界観のあいだを行ったり来たりしているのが人間だと言われるが、文学の現実は不思議にもこの民族心理学の結論を破ることができずにいる。実存主義が文学にあらわれるとき、サルトル（Sartre）やカフカのように、絶望面が強く押し出されているものだけが感動を呼ぶのもそのためである。

問題を奥の奥までさぐって、抑圧された感情を意識にまで持ち上げ、人生の解釈の資料を充分にそろえて、独自の判断をすることが、文学の仕事である。そしてこれは明日の道徳の基礎となる。小説の人生観は、伝統としてヒューマニズム、つまり人間中心の解釈を発展させて来ている。したがって小説はすべて反逆的、悪魔的傾向をもつ。エリオットは、道徳の基準が絶えず動揺し変化するから、動かぬ宗教的なものか必要であると言い、現代小説の腐敗と堕落をなげくけれども[4]、これは小説の宿命であって、いつの時代にも小説は人間を軟弱にするものとして、警戒されて来たのである。

ヒューマニズムは自分の力で考え、独特の結論を出して意に介しないが、これと反対に、人生の解釈に、永遠の原則があると信じ、神の言葉でものを考えようとする神中心の人生観を、小説に盛るということは、異質のものを小説持ち込むことになる。ここにおいて、グリーンでは、宗教的思索と小説的態度とが、奇妙に交錯する。

彼は一九四八年の放送討論会で、「疑惑も、さらには否定も、自己表現の機会を与えられねばなりません。でなければレニングラードのグループよりも自由であるとは言えないではありませんか」と言っている。同年に出た三人の作家の『私はなぜ書くか』（*Why I Write?*）のなかでも、「グリーンはたしかに芸術家的良心を守る権利を主張している。しかしこれは新教徒の態度だ。つまりけしからぬ異論なのだ[5]」とジョン・アトキンズ（John Atkins）が言う。（アトキンズは新教徒である。）

彼の思索と苦悩のあとをとどめるその作品は、不信の表現、冒涜的な言葉、わいせつな描写に満ち、在来の宗教文学の概念で臨んだものをとまどわせる。そのような反逆のかげで、神の愛を説くのであるが、カトリック教徒のあいだでさえ、受取る感じはまちまちで、たとえば『ものの核心』をカトリック作家のイーヴリン・ウォー（Evelyn Waugh）は狂気の冒涜として評しているのに、一方では多くの神父がカトリック的であることを認めている。

グリーンは小説家が観念を体系化すれば、個人経験に依拠するあまり、いきおい思想がへんぱになって、二流の哲学者や説教家のレッテルをはられる危険があることを知っている。同じ厭世主義者でありながら、ジェイムズの作品の方が、ハーディー（Hardy）よりも、均斉美を保っているのは、思想が表面に出ていないからだという。(6) この危険をおかして、グリーンは思想小説を書いているのである。

しかしグリーンの作品にびっこをひかせているのは、思想が二流であるからというのではない。思想がなまで、充分に視覚化されていないからである。

二

モーリアックは清純な人間のなかにある神の恩寵を描くことが至難であるから、罪の世界にうごめく人間のなかにわずかにひそむ神の似姿を引き出そうとするのであるが、グリーンが罪の世界を描くのは、そこでなければ人間の本質と神の恩寵が分らぬという確信からである。すべての人間が罪人であって、神父さえ堕落している。グリーンにとって、罪人を描くということは、普通の人間を描いていることになる。

アントニー・ホウプ（Anthony Hope）の『ソロモン王の宝庫』（*King Solomon's Mines*）の人物は、「善良すぎたり、英雄的でありすぎたりして、ほんとうの人間ではない。」(7)

『力と栄光』（*The Power and the Glory*）の神父は、飢えてはじめて、やっとありつく食物がどんなにおいしいだろうと思い、絶望のどん底にあってはじめて神のめぐみが分かると説教する。悪がなければ善は分らぬという言いぐさぐらい、分かったようで分らぬ論理はないけれども、グリーンがそこに小説のテーマを見出すのは、事実を事実として認め、そこにある人間の生存の意識のなかに、人生の究極の真実をさぐろうとするからであり、苦難を神の配慮として受けとることは、同時に信仰の本質だからである。

グリーンの『ブライトン・ロック』（*Brighton Rock*）ではピンキーという少年のやくざが、かねてうらみのある新聞記者を殺害し、その発覚をおそれて、自分の仲間を殺す。そして唯一の証拠を握っている女給のロウズの口を封じるために、彼女と心にもない結婚をする。探偵小説に類して、スリルとサスペンスに満ちた波瀾の多い作品であるが、虚勢をはっている少年の内面の、たえずいらいらしているヒステリックな意識の動きを、こまかに描いている点で、心理小説の特徴も多分に取りいれられ、筋がうそに満ちているにもかかわらず、作品にすきが少く、芸術的に高い香気を放っている。

彼の人物は環境から生まれて来る性格ではない。彼はどこでも変わらぬ人間の本性を描く。ハーディーの小説は善意の人物が運命におしひしがれて行く悲劇であるが、『ブライトン・ロック』はあさましい人間の本性から生まれる悲劇だ。

骨の髄まで腐ったと思われるピンキーにささげるロウズの純情は、無知ではあるが、それでも無私の愛である。愛は神のものだ。これが陰惨な小説に射し込む一条の光となっている。ピンキーと別れることを忠告に来た女に向かって、ロウズは人間は変わるものだから、ピンキーもいまに変わると答える。すると相手は言う。

「どうしてどうして、変わるもんですか。わたしをごらん。変わったことなんかないわ。あのブライトン・ロック飴みたいなもんさ。どこまでかじっていっても、やはりブライトンという字が出て来るじゃないの。それが人間性というものよ。」

告解や改悔は、人間の変わるのに役に立たぬかしらなど思うローズに、

「そんなの、宗教でしかないわ」と女はいう。この女は合理主義者を代表する。

ピンキーはロウズを自殺させようと思って、いつわって、一緒に心中しようとする。二人で自動車を走らせている雨のなかの、ピンキーの心の動揺が、自動車の動揺によって、また神の恩寵が自動車のガラスをたたく巨大な翼のような気のするものによって形象化されている。しかし彼の自我はかたくなにその救済の手をこばむのである。

ロウズは自殺寸前に救われる。ピンキーが振りあげた硫酸びんが、警官の投げた棍棒でわられる。彼は全身に硫酸をかぶりながら、断崖から海にとび込んで死ぬ。

ロウズは告解のとき、神父にむかって、自分は自殺しておればよかったのにとなげき、彼といっしょに地獄へ堕ちたいと言う。

教会はどんな魂でもめぐみから切り離されていると信じることを要求はしない。希望をもって祈れと神父は言う。

「もし彼があなたを愛していたら、たしかにそこには何か善があった証拠です。」

「あんな愛でも。」

「そうです。」

彼は悪人であった。しかし彼は自分の罪深さの意識をもっていたのだ。地獄の存在は信じるが、天国は信じないという一見ふてぶてしい放言のなかに、そこらあたりの善人以上のつつましやかさがある。このままでは自分は地獄におちるという自覚は、信仰のないもの以上に宗教的である。罪の意識のないところには、信仰は育たない。彼は救われる可能性があった。しかもロウズを死に導こうとするとき、多少ともためらったこと、すなわち、ロウズの愛の前に、わずかに開こうとしてまた閉じられたささやかな聖性があった。そこに人間への希望がつながれるのである。

ヨハネの第一の手紙のなかの「愛する者たちよ、わたしたちは互に愛し合おうではないか。愛は神から出たものである。すべて愛する者は、神から生まれたものであって、神を知っている。愛さないものは神を知らない。神は愛である」という思想が、この小説には逆説的に展開されている。しかしグリーンがこれを自分の思想小説の部に入れたり、また純然たる娯楽的読み物と銘打ったりしているのでも分かるように、主体は風俗小説であって、それに、カトリックの不良少年の心理の客観的描写がつけ加えられているという感じである。精神を無意識の層にまではいり込んで写すという近代文学の仕事は、グリーンにとっては、罪の意識を写すということになっている。思想が一般的な、基本的なところにとどまり、冒険がすくないので、キリスト信者でないものでも、単なるヒューマニズムから共鳴できるし、したがってまたこの作品については、異論もすくなく、彼の傑作のひとつであることは疑えない。

三

『力と栄光』という題名は主の祈りの文句からでも察せられるように、神の権威と栄光の意味である。『若い日のディケンズ』のなかに、「全知全能の神のみ力とみ栄え」(the power and the glory of the omnipotent and omniscient) という句が用いられている。(8)

職業化され、形式主義におちいっていたメキシコのカトリックの神父たちは、共産革命が起こるとともに、はげしい迫害を受けねばならなかった。そのとき地下にもぐって、ただひとり踏みとどまったのは、ウィスキー坊主とあだ名された破戒僧である。これまで上にあって監督していた司祭がいなくなると、彼の生活はますます身勝手になって、私生児まで産ませている。情勢は絶望的で、この八年間に、カトリックの神父として彼が行い得たのは、数回の聖餐式と数回の説教と告解だけだ。しかし国外に逃げようと思っても、瀕死の病人があれば見舞わずにはいられない。村々からは人質がとられていて、ウィスキー坊主をかばうたびに、これらの人々が銃殺されるので、村人たちは彼の出現を恐れるようになる。

完全に追いつめられた彼は、一旦国外に脱出するが、また自分の天職を感じて引き返えす。同道する男がいる。彼の首にかかった懸賞金が目当てである。神父はそれに感づきながらも、自分の天命を知って成り行きにまかせる。彼は戦いにつかれきっているのだ。『力と栄光』はこの絶望的な道中の心理を、克明にたどって、ユダに対するキリストの気持ちを代表的に再現する。

彼を捕らえた共産主義の警部主任との問答で、彼は金持ちであろうと貧乏人であろうと、この世のなかは不幸であると言う。それゆえ、彼は苦痛にかかずらうことは損だと思う。人間が共通に持っている事実は、百年たてばみんな死んでいるということだ。

「私はあなたが考えているほど不正直じゃない。告解もせずに死にとらえられたら、地獄に陥ちる危険があるということを、なぜ私が説教壇から語ると思いますか。自分で信じてもいないお伽話をしているのじゃありませんよ。私には神さまのお慈悲については、一つも分ってはいません。人間の心が神さまに、どんなにおそろしく見えるかということも分かってはいません。だがつぎのことは分かっています。もしもこの州にたった一人でも地獄に堕ちたものがこれまでにあったとしたら、そのときは私もまた地獄に堕ちるということです。……そのようなことが行われなければよいなど、思ったことはすこしもありません。私はただ正義を望んでいるのです。それだけです。」

こして彼はついに銃殺される。しかし殺されるときの態度も、さとりすました聖者のようではなく、臆病な市井の人間であった。

ウィスキー坊主の、弱い、あまりにも人間的な性格は、凡庸なキリストの弟子たちの性格の誇張であろう。しかし信仰のあついものは、当然、行為もまたそれに伴うことを予想する一般の読者は、このウィスキー坊主を、どの位置に置くかにとどまってしまう。ただしここに創造された性格は、信仰と行為との分裂というところまではいってはいない。割り切れない感じはしまいまで残るが、そのことがかえって、グリーンの世界が高い次元のうえにおかれていることを感じさせる。この神父は神を愛し、人を愛して、そのために命をおとした。かずかずの非行がありながら、神をあがめる念が強かったというだけのために義人と呼ばれたダビデについての、古代へブライ人の信仰の概念のにおいがある。彼は信仰によって義とされ、その英雄的行動は讃えられ、殉教者の名が与えられるであろう。グリーンは『ブライトン・ロック』では地獄におちるもののことを、『力と栄光』では天国に入るもののことを書いたと称している。(9) どんなにつまらぬ人間でも、神はその権威と栄光を盛る器とし給う――そういう神の慈愛がテーマとなっている。そして肉体のきずなにしばられながらも、世俗的ではなく、高い精神的な目的に奉仕することの美しさを象徴して、共感をそそるものをもっている。しかしカトリックの教えは絶対で、人類が絶滅しても神のおきては守らねばならぬと考えているらしい著者の次元と、現世の幸福を中心にしか考えることのできない読者の次元の間の間隙が埋められていないので、なんとなく腑に落ちぬところがある。

四

ゴールズワージー（Galsworthy）の『フォーサイト家物語』（*The Forsyte Saga*）では、女主人公が夫の俗物根性をきらって家出をする。世間の非難に答えて、作者は、人間の好き嫌いというものはどうにもならぬもので、嫌いなものを好きになれと言っても無理だということを序文で言っている。グリーンの『情事の終り』（*The End of the Affair*）はそのような自由主義的、人本主義的な離婚観に対して、離婚を認めないカトリックの立場から、神中心の解答を与えている。そして一方では、人間の苦悩は神を知るためにあるということを暗示しようとしている。

他の作品が映画的な早いテンポで展開していくのにくらべて、『情事の終り』は心理小説らしく、アクションにとぼしく、描写がこまかいために、作品全体が落ちついていて、その点ではすぐれた作品となっている。

話は小説家ベンドリクスの立場からすすめられていくが、彼と姦通しているセアラの心理は、彼女の日記の形式で語られる。セアラの夫は高級官吏である。彼は精神的な振幅でも性的なことでも、妻を満足させていない。しかしセアラは自分の母が、実は父の三度目の妻であったこと、そして間もなく捨てられていまはユダヤ人と結婚しているが、けっして幸福でないことも知っている。自分の生活が、ベンドリクスとのはげしい愛だけで浄化されるという確信がない。それに夫に対する好意も加わって、惰性で姦通という不自然な生活を続けている。

　あいびきしていたとき、ドイツのV一号が附近の路上に落下する。爆発のあおりをくって、ベンドリクスは倒れたドアの下じきとなる。セアラはたしかに彼が死んだのを見た。それで神にむかって、もし彼を生かしてくれたら、今後、彼との関係は一切断ちますと誓う。そのときベンドリクスは意識を回復する。セアラにとってこの事件は、疑わしいながらも、奇蹟として受け容れられ、その誓いの実行に、身も心も疲れ果てて病死する。ベンドリクスはセアラの錯覚を悲しみ、関係をもとにもどそうとして懊悩し、神を憎む。

　恋愛は浄化されて、神への愛につらなる。神を愛するということは、「姦通淫するなかれ」という神の戒律をまもることだ。セアラが人間よりももっと神を愛したことが、彼女を罪から救い出したのである。しかしこの小説を理解しにくくしているのは、彼女が離婚を断念したことが、姦通の煩悶そのものから生じたものではなく、また夫や情夫の幸福を考えて、あらゆる場合に起こり得る結果を比較考量して、割り出して来た結論でもないことだ。彼女が夫を捨て、情夫のもとに走ったとしても、これ以上の不幸が起こることは考えられない。彼女は苦悩のはて神を信じ、その結果神のおきてをまもって、姦通をやめたのである。

　はたして姦通における愛は、神への愛へ連なるのか。姦通は聖性に到達する門になり得るのか。発表当時、新聞で弥次られたこともあるというが[10]、一般に聖性を取りあつかった作品として高く評価され、カトリックの批評家のなかには、近代小説に奇蹟を持ち込んだグリーンの勇気に、絶賛を惜しまぬ人もある。私たちがこの小説に感じるものは、作者の分身であるベンドリクスとセアラの宗教的相剋が、作者の懐疑と信仰の分裂を象徴していることだ。むしろベンドリクスのセアラに対するはげしい愛情と、宗教への怒りのなかに行う思索に、興味が集中する。ミルトン（Milton）の『楽園喪失』（*Paradise Lost*）の文学的価値が、サタンの描写に支えられているのに似ている。

『チャタレー夫人の恋人』（*Lady Chatterley's Lover*）の作者、性的本能の充足の上に立たない生活が、ゆがんだ虚偽の生活であることを説く。『緋文字』（*The Scarlet Letter*）の作者は、道徳と因襲に抗して、精神的にも肉体的にも、自分を欺かぬ生活をしようとして、自我の解放に強く生きようとする女性に、満腔の同情をささげる。ミルトンの離婚論もふくめて、そうした近代思想に洗われている読者を、同感にさそうだけの説得力をこの小説はもっていない。「宗教思想は、他の思想と同じく、現実と結ばれ、全人生の試験に堪えなければ、真実とは言えない。[11]」ただ、一旦神にたてた誓いをあくまで守るという感動的なテーマが、抒情詩のような美しさで、この小説のもつ隙を埋めて、ある程度矛盾に目を閉じさせる効果をあげていることは否めないが、ともすればそれが作品のなかで空転するという感じである。

虚無と絶望からの脱却口を求めて、手さぐりしていた作家の一人にヘミングウェイ（Hemingway）がいる。彼にとって虚無の世界を生きがいのあるものとしていたスポーツマンシップ[12]は、中世の騎士物語の人生観であって、近代人を納得させるものではないが、思想の域にまで達していないので、読んで抵抗がすくなく、文学的価値をそこなっていない。

エリオットはなぜすぐれた宗教詩が生まれないかという質問に答えて、詩はイメジであるが、神は観念であるからと答えた。観念という語が正確に何を意味しているかは、はっきりしないので、聞く人によって異論もあろうが、形象化の困難さに作家たちが苦しんでいることは想像できる。グリーンの小説は、哲学が小説化し、小説が哲学化した今世紀の傾向を代表するものの一つである。しかし、グリーンが、『情事の終り』のなかの作者の分身に語らせているように、作家はイマジネイションで物を書くのが職業である。つまりイメジをならべて、推理して行くのである。思想の形象化というものは、実現されねばならない。しかしグリーンの小説は、宗教思想体系の形象化の困難さと、その方法としてのリアリズムの限界を示しているように見える。グリーンはディケンズに学ぶところが多かったにちがいないが、なぜカフカのように彼から象徴主義を学びとらなかったのだろうか。この形象化はやはり象徴主義の方向に沿うて、追求されるべきではないだろうか。

（1）Graham Greene, *The Lost Childhood and Other Essays*, London, Eyre & Spottiswoode, 1951, p. 53.
（2）ニコラス・ロゲン「グレアム・グリーンの愛と憐憫」（創文社刊行、上智大学編『ソフィア』一九五四年秋季号）参照。
（3）永野藤夫「キリスト教文学とは何か」（中央出版社刊行、『世紀』一九六一年九月号）参照。
（4）Cf. T. S. Eliot, "Religion and Literature," in *Selected Prose*, edited by John Hayward, Harmondsworth, 1953, pp. 32-33.
（5）John Atkins, *Graham Greene*, London, John Calder, 1957, p. 167.
（6）Cf. *The Lost Childhood and Other Essays*, pp. 38-39.
（7）*Ibid*., p. 15.
（8）*Ibid*., p. 56.
（9）J. Atkins, *op. cit*. p. 193.
（10）Cf. *Ibid*., p. 193.

（11）　Georgia Harkness, *Understanding the Christian Faith*, New York, Abingdon-Cokesbury Press, 1947, p. 17.

（12）　Cf. Robert Penn Warren, "Ernest Hemingway," in *Critiques and Essays on Modern Fiction 1920-1951*, edited by John W. Aldridge, New York, the Ronald Press Company, 1952, pp. 447-473.

〔『青山学院女子短期大学紀要』一七巻、一九六二年〕

27 『W. H. Hudson, The Book of a Naturalist』・はしがき

はしがき

William Henry Hudson（一八四一—一九二二）は Argentina の pampas で、北米から移住した両親から生まれ、したがって bilingual であった。一八六九年イギリスに移住し、一九〇〇年に帰化した博物学者兼小説家である。自然界の事物や原始的な生活を営む人を描き、*The Naturalist in La Plata*（1892）, *Birds in a Village*（1893）, *Nature in Downland*（1900）, *Hampshire Days*（1903）, *A Shepherd's Life*（1910）, *A Hind in Richmond Park*（1922）, 自伝 *Far Away and Long Age*（1918）などがある。長篇小説では *The Purple Land*（1885）, *Green Mansions*（1904）, 短篇集では *El Ombú*（1902）, *Deadman's Plack and An Old Thorn*（1920）が名高い。

彼の処女作は小説であったけれども、若いときからの理想は Gilbert White の *The Natural History of Selborne* のような科学と文学の両方の領域にまたがる随筆を書くことであった。White は英国の鳥に、Audubon はアメリカの鳥にくわしい。Hudson には英国の鳥のほかに、未知の南米の動物の知識を持つという有利さがあって、たちまち多くの愛読者を得、上記の二名とならんで、鳥類学者の偶像となった。彼は大自然を背景として生きる動物・植物の姿を描く。合理的な、また不合理な彼らの本能の中にある神の愛と戯れが、各ページに展開される。彼にとって宇宙は一大管弦楽であり、動植物のひとつびとつがそれに参加しているパートであった。

このような世界を描く Hudson の文学は文学の主流から離れて、英文学史を飾る装飾のようなものである

が、独自の境地を開拓しただけに、作品の生命も長く、無視できない作家となっている。

The Book of a Naturalist（1919）は彼の科学随筆集のなかでも最も円熟しておもしろく、文学的香気の高いものである。この教科書版では、そのなかから、最も読みやすい十篇を選んで、原本の順にならべたものである。

昭和四十二年一月

〔『W. H. Hudson, The Book of a Naturalist』真砂書房、一九六七年〕

28 『Lord Redesdale Memories（維新回想録）』・はしがき

はしがき

Algernon Bertram Freeman-Mitford, Lord Redesdale〔ri:dzdeil〕（一八三七—一九一六）は、はじめは Mitford という名で知られ、いとこの家を相続してから、Freeman という名を加えることになったものである。ギリシャ史で知られる William Mitford を曽祖父に持つ、名門の出である。

彼は Eton と Oxford に学び、一八五八年に外務省に入った。生来冒険心と覇気に富み、当時外務省の皆がいやがる St. Petersburg の大使館の二等書記官になったのも、自ら進んでのことであった。そして六十五年には、これも皆がいやがって、なかなか行こうとしない北京へ赴任して行った。これは中国の領事だった Rutherford Alcock が日本の総領事に任命された年である。Redesdale は翌年に外務省の命により、北京から日本に派遣されて来た。日本に滞在したのは一八六九年まで足かけ四年であるが、その四年間は慶応二年から明治二年にわたり、後に世界の情勢をゆるがすほどの影響を与えた革命の時代であった。Redesdale は同僚の Ernest Satow とともに日本の歴史を勉強し、各藩の維新の志士と交って、情勢をつぶさに検討した。そしてあらかじめ王政復古の世になることを見越して、公使 Parkes のよい助言者となった。彼らはまた後藤象二郎等に英国の議会制度を教え、革命目標とさせた点でも、日本の恩人である。フランスの公使は幕府を支持して利権の独占をたくらんだため、最後には本国から責任を問われて召還される破目になった。函館の五稜郭にたてこもった数名のフランス兵が、日本の官軍の捕虜になると、英国公使館員は手をたたいて喜ぶ。英国はこのようにして、日本における外交団の指揮権を握るに至ったのである。

Redesdaleは一八九二年から九五年まで保守党の議員をつとめた。男爵に叙せられたのは一九〇二年である。著書には *Tales of Old Japan*（1871）、*The Attaché at Peking*（1900）、*Memories*（1915）などがある。

Thackeray や Millais などという作家や画家との交友も多かった。*Memories* は自叙伝であるが、これらの芸術家たちの面影を伝えた部分も楽しい読みものとなっている。その出版をすすめたのは批評家の Edmund Gosse であった。*Tales of Old Japan* は、日本では「怪談佐倉宗五郎」だけを抜いて出版され、当時の日本人の話題にのぼったこともあるが、英国では評判で、Carlyle もはじめから終りまで読んでいた。Redesdale には陰惨で自分の趣味には合わぬと言ったが、それでもいっしょに散歩するときなど、彼はさかんな好奇心をもって日本のことをたずねるのが常であった。詩人の Dante Gabriel Rossetti はこの本を愛読していたという。

Memories は上下二巻に分かれた大冊であるが、日本に関する部分は上巻の終りと下巻のはじめにあり、章で言えば第十八章から第二十六章までである。そのうち十八章から二十一章までを選んで、一冊にまとめたのが、この英文教科書である。*Memories* はその数年後に出た Satow の *A Diplomat in Japan*（1922）とともに、明治維新史の貴重な資料である。幕末維新の人情、風俗、尊皇攘夷が外人に与えた恐怖、先覚者たちの聡明さなどがあざやかに繰りひろげられ、章を追うごとに事件はセンセイショナルになって行く。そして国情の分析の正確さは驚嘆に値するものである。しかし地方日本人の目と外人の目の感覚のずれが、私たちには一種のユーモアとして、飽かず読ませる魅力となっている。

一九六八年二月

29　アーサー・サイモン『繁栄の中の貧困』・訳者あとがき

訳者あとがき

本書はArthur R. Simon, *Faces of Poverty*（Concordia Publishing House, St Louis, Missouri, 1996）の訳である。

原著者はニューヨークの細民街にあるTrinity Lutheran Church の牧師である。都会の牧師のための通信誌*Inner City*を隔月に発行し、貧民と黒人のために戦っている。著者にはほかに*Death of the Parish*（1964）がある。

この本は貧困という社会悪に目をとじて、いたずらに自己沈潜をつづけようとする教会を弾劾する。貧困は人類につきものであって、人類の生活とともに永久にあるものだと思っている信者たちに、このような悲惨さはこの地上に断じてあるべきものではなく、許さるべきものでもないことを告げている。

彼はアメリカの繁栄のなかに取り残されている貧民のうちから、移住者、身体障害者、病弱者、黒人、老人など、代表的な型を選んで貧困の諸相を描く。

アメリカのかつての貧困層はいまは中産階級である。そして現在の貧民は、ほんの少数のグループである。しかしかつての貧困が将来の出世への出発点であったのに比して、いまの貧困は逃げ口がなく、親から子へと受けつがれていく。この貧困は今日のアメリカでは、なくそうと思えばなくせるものだ。それを傍観するのは罪だ。

これらの貧民の多くは善良な市民であって、職場を求めて得られないでいる。サイモン師は貧民が自立できるようにしてやるための、具体的な経済的手段を提言する。いたずらに福祉給付を増しても、貧民はいつまでも存在し、身分が恒久化することにしかならぬ。福士事業を通じて、貧困層を固定するのではなく、自助的計画を通じて貧困をなくさねばならぬ。

貧民は少数であるから、政治的票田とならず、したがって政治から忘れられがちである。キリスト者は貧しい人々のため、積極的に政治運動に参与すべきである。

貧困は除去するだけでは足りない。持てるものは貧民の中にとびこんで行き、貧民とともに生活しなければならぬ。貧民が非貧民になったとき、現在の中産階級のように、自分だけよければよいという考えかたになる危険がある。キリスト者は自分たちよりもっと窮している世界の貧民がいっぱいいることを忘れてはならない。貧困はアメリカ一国で解決して、知らぬふりしていられる問題ではない。

アメリカの貧困は人種的差別を含んでいるから二重の悪である。貧民や黒人だけで集団をなすことは、健全な文化のためにも危険である。貧民の中にあって、対等に交わる態度こそ、貧困問題解決の基本的な姿勢でなければならぬと、彼は説く。

ここに分析された貧困のすがたは、もちろん日本の現状とは相当のずれがある。しかし今日の日本と共通するところも多い。共通しないところは、あすの日本の姿を暗示する予言的なものとして感じられる。私たちが本書に二重の興味をそそられる所以である。

ニクソン米大統領は、昭和四十四年八月、新しい福祉政策の大綱を示したが、それはサイモン師が指摘したような現行福祉制度の欠陥を問題とし、その是正を試みたものである。そして「働かざるものは食うべきからず」の原則を強く表面に押し出したのは、本書に説かれているような解決の方向を目ざしているものと思われる。

しかしながらこの本は、単に社会制度の上だけでなく、もっと深い宗教的な立場から、貧困の問題を論じたものである。ニクソン大統領の政策が主として白人の貧困者めあてであって、黒人救済がなおざりにされていることなど、人間として、最も反省すべきことである事実をこの本は教えてくれるのである。

とにかく本書はキリスト者と政治という、現在のわれわれがかかえている最も大きな関心事に、体当たりしている点で、見のがすことのできぬものである。

昭和四十四年九月

〔アーサー・サイモン／町野静雄訳『繁栄の中の貧困』聖文舎、一九六九年〕

30　英米における「落花枝に帰る」の句

1

「落下枝に帰ると見れば胡蝶かな」という発句は、謡曲『八島』などにある「落花枝に帰らず、破鏡再び照らさず」という成句をもじったもので、早いころの発句の常として、滑稽諧謔をねらったものである。しかし写生の句としての鑑賞にも堪えるところから、俳句が自然に託して人生を歌うようになっても、もてはやされてきた。しかもその中にひらめく機知は、二十世紀の英米にほうはいとして起こった主知的な趣味を喜ばせ、彼の地ではわが国の俳句のうち、最も有名なものとなっている。

これは伊勢の神宮荒木田守武の作として知られているが、それが収載されている一七〇六年刊『菊の塵』の前年に刊行された『音頭集』には「落花えだにかへるとみしはこてふかな」という句が、同じく伊勢の神官荒木田守在の作として出ているという。

藤井乙男博士の「『落花枝に帰る』は守武の句に非ず」が『俳句研究』誌に発表されたのは一九四一年である[1]。しかしその後も守武の句として通用しているのは、「かへるとみしは」よりも「帰ると見れば」の句の方が、口調もよく、その形で一般に通用しているからであろう。

ここでは「落花枝に帰る」が欧米で歓迎されるようになり、そして意外に大きな影響を及ぼすようになったことについて、その史的背景についてしらべてみたい。

2

この句の最も早いころの紹介は、一八八九年の A. G. Aston の *A History of Japanese Literature* であろう。これは非常にすぐれた外人による日本文学史であって、はやくも一九〇二年には仏訳が出ているほどである。俳句は簡潔で暗示を特色とすると述べて、例として数句を挙げているが、その中に伝守武の句がある。

Thought I, the fallen flowers
　Are returning to their branch;
　But lo! they were butterflies.(2)

Aston は日本に来ていた英国の外交官であって、作品の英訳もかなりに正確なものであるが、欧米人と日本人との間の、作品の解釈についての、微妙な感覚のずれというものを、まざまざと感じさせるものである。落花といえば日本ではひらひらと落ちている花びらと、落ちてしまった花と両方をふくみ、文脈によって、そのいずれかのイメジをつくるのであるが、英語ではふたつは区別される。また落ちる花は、椿のように花弁が集まってひとつの花の形をとどめたままであるのか、桜の花のようにばらばらに分解して、花びらとなって落ちるのか、そのあたりのことも英語では区別して表現せねばならない。さらに「落下の雪に踏み迷う」というときの落花は桜である。桜のうちでも、この桜は「道もせに散る山桜花」の山桜を連想させる。なお、ここで問題になっている山桜の花びらは、単数であるか、複数であるかという段になると、いくら落花の数が多くても、枝に舞いもどるように見えるものが同時にいくつもあるわけではないから、ここは単数に訳した方が自然である。

Aston の訳を読むと、花は一度地面に落ちて、それから映画フィルムの逆転のように、もとの枝に帰るような気がする。しかもその蝶は複数である。複数か単数かで、論争のつきない「閑けさや岩にしみ入る蟬の声」の蟬ならとにかく、この蝶の句の場合、単数でなければならぬことは、日本人なら自明のことである。(3)

3

一九〇一年の Lafcadio Hearn の *A Japanese Miscellany* は、俳句を叙景詩として紹介している。

「ホックの形式は十七音節に限られている。この形式のとんぼの詩は、初秋のとんぼの数ほどある。なぜならこの詩格で詩をつくるとき、作者は主題にも技法にも拘束されることがないからである。ホックについてはただひとつの規則がある。といってもそれはそんなにきびしいものではなくて、詩は小さな word-picture でなければならぬということだ。これから引用する詩は、たいていこの要求に応えている。読者はそれがほんとうの絵であることを見出すであろう。浮世絵風の小型の版画である。実際ほとんどすべてが、絵筆を二、三度なすりつけて、楽しげに描いている。(4)」

そして“Picture-Poems about Dragon-Flies”と題して数十句が引用されている。俳句を絵画詩として説明したのは、Hearn の試みである。俳句のもうひとつの面、生活の叙事詩を無視した定義について、大谷繞石はこう注している。

「これについては異論あらんも、当時は未だ所謂宗匠輩の月並句跋扈せし時代にて、訳註者等は盛に客観句を唱えたるものなり。現今と雖ども訳註者は大体に於て此説を維持し居るものなり。(5)」

Hearn の俳句の概念は、彼が松江中学で教師をしていたときからの生徒であった俳人繞石の影響が多い。

紹介された俳句の原句はすべて三行に分け、散文の訳がつけ加えられている。

Hearn の俳句観で注目すべきは、俳句は自然の風物を詠ずる以外に、あまり拘束がないと言っていることである。その上日本語のリズムが英詩のリズムと違うことや、俳句が故意に破調を弄ぶことや、おもに散文訳で諸外国に紹介されたことが、あたかも一般の俳句が内在律であるかのような印象を与え、それがフランスの自由詩に近いものと思いこませた原因であると言われている。

そのこと以上に注目すべきは、Hearn が俳句の視覚性を、浮世絵の色彩美と同種のものとしていることである。浮世絵が西洋人の目にはじめてふれたとき、彼らを驚かせたのは、その色彩の美しさであった。これが印象派の美術を生んだのである。彼らは主観的な印象を描くので、細部にこだわらず、あざやかな色彩を喜んだ。一九〇八年ごろから、印象派の技法を詩に導入しようとする動きがあった。印象派の絵に似た俳句は、その手がかりを暗示するものであった。詩が印象を描くには、在来の詩形では微妙さが足りない。もすこし伸縮性のある詩形が必要である。自由詩であると誤解された俳句が、手本としてそこにあったのだ。

そして一九〇四年の Hearn の *Kwaidan* に収められている "Butterflies" の中に、「落花枝帰る」の散文訳がある。

When I saw the fallen flower return to the branch,—lo! it was only a butterfly!(6)

Aston で複数形だった蝶がここで単数形になったのは進歩であるが、the fallen flower は the falling petal とあるべきである。

4

イギリス詩壇にそのような動きがあり、日本でも川路柳紅によって自由詩の試作が生まれた一九〇七年に、依然として旧派和歌の伝統を楽しんでいた木村正太郎、Charlotte Peake の共訳によって、和歌と漢詩が英訳された。本の奥付に Charlotte を片かなでチャロットと書いているのは、Hearn が日本流に自分の名をヘルンと書いたのと同じ趣味からであろう。十六 double leaves の小型の本で、和紙が色刷りの木版画で飾られている。花にちなんだ和歌や日本の武人の漢詩が数編、毛筆で書かれている。題は *Sword and Blossom Poems from the Japanese* となっている。続巻がつづいて二冊も出ているところを見ると、売行きがよかったように思われる。しかし挿絵はとにかく、訳された歌や市の内容は、日本人にも人気がなくなっているもので、まして英国人の感心するようなものはひとつもない。そして訳もでたらめで、原作よりもますます悪くなっている。「梓弓春の山べを越えくれば道もさりあえず花ぞ散りける」という貫之の歌には、春の山路であったよけきれぬほど多数の美女たちに与えた歌であることが分かるような前書きがあるが、訳では前書きは省略され、“Astray”という見当はずれの題で、つぎのように訳されている。

To gather Simples on the Hills, I took
The mountain Path upon an April day,
But o'er the earth the laughing Cherries shook
Such Snow of Blossom that I lost my way.(7)

普通名詞をところどころ大文字で書いているのは、日本では詩語としてとくに意味の深いものであるからという。薬草を採りに山に行ったなどと、原作にもないものを入れて、調子をととのえる手際のよさを見せたつもりであろう。

序でに“The Tanka or Short unrhymed poems of thirty one syllables”[8]と書いていながら、それをわざわざ脚韻のある雨垂れの拍子の iambic penta-metre の四行詩に訳したのも、英人にとってはなっとくのいかぬことであろう。

そのころ A. R. Orage の編集する前衛的週刊誌 *The New Age* の詩歌欄を担当していた F. S. Flint は、同誌の一九〇八年七月十一日号に、*Sword and Blossom Poems* 第一巻の批評をのせている。

「日本の美術家と日本の詩人の、このデリケートな協力よりも、優にやさしいものは、たしかにないであろう。しかし翻訳者が重くるしい脚韻のある英語の四行詩よりも、何かほかのちがった形のものを選ばなかったことが残念である。日本のタンカの自然さが、ほとんどすべて失われていることはありうることだ。聞くところでは、日本人は芸術的暗示を敏感にとらえるそうだ……。『彼らにとって、詩は絵の場面と同じで、半分しか言わないことが一ばん大切である。』暗示だ、暗示だ。何もかも言ってしまっている絵であってはならない。

(Stéphane Mallarmé が思い出される。) それゆえ、言葉が彼らの中に、連想のたて糸とよこ糸を目覚めさせる。日本の詩歌に共通する形をあらわしているハイカイを例にとろう。

Alone in a room
Deserted——
A peony.

または、

A fallen petal
Flies back to its branch:
Ah! A butterfly!

この本にある詩が、脚韻のない小さな下降リズムをつかって翻訳されていたらよかったのにと思わせる。これらの日本人のように、自分の魂の音楽の短い断片をとらえて、表現できる詩人にとって、未来は開けている。長い詩の時代は過ぎた。……新しい人間はもっと微妙なリズム、破調の抑揚を好むであろう。[9]」

上記ふたつの句のうち、ひとつは蕪村の「寂として客の絶間の牡丹哉」である。それが床の間のひと鉢の牡丹であるか、庭に咲いて大勢の客が見に来るたくさんの牡丹であるか、解釈によって、英訳も異って来るであろう。私としては複数で訳した方がはなやかでよいと思うが、単数でもすぐれた俳句であることに変わりはない。伝守武の句の方は、fallen という訳語を除いては、気がかりなところはほとんどない。

Flint の批評ははしなくも Imagism の主張を盛った最初の文献となっているものである。彼はまた当時の運動を回想した“The History of Imagism”の中で、自分たちはかねてから伝統的な韻文を「純粋な自由詩によって、日本のタンカやハイカイによって置き代えることを提唱した[10]」とか、精神において日本人に近い自由詩[11]」とか言っている。

Flint は独学ながら、語学の天才で、数か国語に通じていたと言われ、外国の詩の中から、英詩にないものをさがし出して、近代詩運動の要素として。彼の俳句の知識は英語を通してのものであるか、仏語を通して得たものであるか明かでないが、英国では俳句のことをホックというのに、Flint はフランス流に、ハイカイと言っているところから見て、仏語を通してだろうとEarl Minerは言い、「仏訳では純粋に日本的なものと当時のフランスの趣味が出ているものとの間の区別がぼやける傾向があった。この区別が相当はっきりとできるようになったのは数年後、Imagistたちが英訳を利用することをはじめてからであった。」[12]とつけ加えている。

しかしフランス人の俳句に関する知識には、イギリス人の研究から得たものが、多分にはいっている。一九〇二年から四年まで、日本に渡来して、日本文化を研究していたPaul Louis Couchoudは、一九〇六年に文学雑誌の *Les Lettres* に"Les Epigrammes lyriques du Japon"を発表したが、彼は俳句をハイカイと言い、「ハイカイは軽い三筆から成る簡単な絵であり、模様であり、時として簡単な一の筆致であり、一の感想である。」と述べているが、この説明にはHearnのエッセイから得た言葉のにおいがある。一九〇二年のBasil Chamberlainの俳句論を引用し、俳句とは日本特有の叙詩である、と言ったことに賛同し、「特質として簡単と喚起的勢力」を挙げており、蕪村の絵画的なところを称揚している。[13]俳句の研究は英国にはじまり、フランスで異常な反響を呼ぶとともに、その風潮が英国に逆輸入されたものと見るべきであろう。

5

T. E. Hulmeを中心とする詩の革新運動は、一九〇八年、毎週エッフェル塔と称するレストランに会合していたところからはじまるが、一九〇九年、詩人クラブの脱退組と称するSecession Clubが組織されて、HulmeとFlintが協力した。その四週間目のソーホーのレストランの会合に、米国の詩人Ezra Poundが加わったときから、運動は本格化して来た。そしてやがてImagismにまで成長したのである。

Imagism で論議の中心となったイメジは、英国でもフランスでも、verbal picture を意味する語であった。その点で Hearn のいわゆる picture-poem の俳句は、イメジそのものと言ってよい。ところが Imagist たちの考えるイメジというのは、単なる絵画的な描写ではなくて、印象を意味したものである。ただしこの印象の構造について Imagist たちは思い思いの見解をもっていたのだ。

Hulme のいうイメジは Bergson のいうイメジであって、「具体的な直観の単純と、それを翻訳する抽象概念の複雑との中間にあるイメジ、恐らく意識されないながら、その哲学者の心に結びつき、その思想の様々な廻り道を通じてこの人の影のように随って行く逃げ易い消えそうなイメジ、直観そのものではないにしても、直観が『説明』を与えるにはどうしても、頼らねばならない必然的に符合的な概念的表現に比べると遥かに直観に近づいているイメジ[14]」である。これ以後、審美的理論は、直観と抽象概念の中間にあるイメジを中心に展開することとなったのである。もちろん日本の文学でも「さま」とか「姿」とかいう語を、イメジに近い意味に使っていたことはあったようだが、その語の意味が、これほど深く追求されたことはなかった[15]。

Hulme が英訳した Bergson の『形而上学序説』では、雑多なイメジを集めることによって、直観に近いものが得られると説かれている[16]。

Hulme は比喩的表現から生まれる mental picture をイメジと言った。比喩は対象そのものの statement と、それに伴う感情を視覚化したものをならべ、またはこのふたつのイメジを重ねたものである。感情を視覚化して具体的なものに変えることが、彼らのいう precise な描写であり、そのようにしてできた詩が彼らのいわゆる dry and hard な詩である。

“A Lecture on Modern Poetry”は一九〇八年か九年に、詩人の会合で Hulme がおこなった講義の草稿であると推定されている。ここで彼は、話を物語るのでなく、気分を描く印象派の画風を、詩に移植しようと思えば、どうしても繊細な心の光と影をうつすことのできる自由詩におもむかずにはいられないと言い、印象を定着させる方法として、比喩を重視している。

「たとえば詩人がある風景に感動したとする。彼はその風景から、あるイメジを選び出す。これは別々の行に並置されると、彼の感じている状態を暗示し、喚起する働きをする。別の行にこのように別のイメジを重ねたり、並べたりすることは、奇妙にも音楽に似ていることがわかる。一次元の音楽であるメロディーが、ふたつになって動くハーモニーにかわったのは、音楽の一大革命であった。ふたつの視覚的イメジが、視覚的な絵とでもいうべきものをつくり出す。それを合わせて、両者のいずれでもないイメジを与える。(17)」

Ezra Pound はこの講演をきいたひとりに違いない。彼が伝守武の句に、Imagism の詩の手法の手本を発見するまでには、以上のような地ならしがほどこされていたのである。Imagist の詩は俳句そのものの模倣ではなかった。絵画的な俳句に比喩的なイメジを加味して視覚性を強めたものであった。そしてたまたま絵画的表現と比喩的表現を兼ね備えていた数少い俳句の一つとして、そこに守武の句があったわけだ。

6

Pound の Imagism の詩 "In a Station of the Metro" は作者自身が自負するほどによい詩とは考えられない。T. S. Eliot が選んだ Pound の詩集 *Selected Poems* にものっていないところを見ると、Eliot もこれを高く評価していないと思われる。しかしこの詩をここで論じるのは、伝守武の句に関連して、英米の文学に及ぼした影響が非常に大きいからである。この詩の由来を語る名高い言葉は一九一四年九月一日の *Fortnightly*

Review にあらわれた。

「三年前に、私はパリのラ・コンコルドで地下鉄を下りた。そこで突然私は美しい顔を見た。まだある。まだある。それから美しい子供の顔、つぎにまた美しい女。」彼女に言わせると彼はその日じゅう、その時の感じを適切に表現する言葉を見出せずに苦しんだ。彼は三十一行の詩を書き、そして破り棄てた。「六か月後その半分の長さの詩を作り、一年後つぎのホック風の文をつくった。」

The apparition of these faces in a crowd;
Petals on a wet, black bough.

（群集の中のこれらの顔のまぼろし。
濡れた黒い枝の花びら。）

「たぶんある気分にとけこんでいないかぎり、これは無意味であろう。この種の詩では、外面的、客観的なものが、内面的、主観的なものに変ったり、突入したりするとき、われらはその精確な瞬間を記録しようとつとめる。」「日本人はホックという形式を展開させた。

The fallen blossom flies back to its branch:
A butterfly.

これが評判のホックの精髄だ。」

「単一イメジの詩というのは、重ね合わせの一形式である。つまりひとつの観念をひとつの観念に重ねたものということになる。私は地下鉄の感情で追いこめられていた袋小路から脱け出すのに、それが役に立つことが分かった。」(18)（ここで単一イメジの詩という言いかたの中には apparition という隠喩は考慮されていない。）

このImagismのstatementと比喩の並列の手法に気がつくのに一年半かかったというような言い草は、Hulmeの影響でないことを強調するための手段であろう。

しかしPoundの詩がHulmeの"Above the Dock"や"Autumn"などのような新鮮な比喩的表出法にとどまっていたと言っているのではない。Hulmeは在来の絵画的描写の上に、比喩的イメジを加えたが、Poundはさらにその上に、奇想さを加えていたのである。

Cleanth Brooksは*Understanding Poetry*の中で、このことにつぎのような注を加えている。もしPoundが、

The apparition of these faces in the crowd:
Dead leaves caught in the gutter's stream.

（群集の中のこれらの顔のまぼろし。
どぶの流れにはまったわくら葉。）

または、

The apparition of these faces in the crowd:
Dry leaves blown down the dry gutter.

（群集の中のこれらの顔のまぼろし。
乾いた溝に吹きこまれた枯葉。）

と書いたとすれば、どんな違った効果を生んだろうと、Brooksは質問する。

「書き直したものが、論理の上でも、常識の上でも、損しているところはない。この詩は単一の隠喩に基いている。隠喩とはふたつのものを同じものとして見ることである。群集の中の顔を、突風でどぶの水に落

ちた葉や、水のない溝の中に吹きこまれた葉にたとえることは、顔を枝の上の白い花弁にたとえるのと同じように、もっともと思われる。地下鉄の駅は、どことなくどぶに似ている。実際の木の枝よりも似ているのだ。いそいで下車する人びとの流れも、水の流れに似ている。人の流れなどという言葉をこんなときに使うことでもわかる。また地下鉄の電車のとどろきと、通過するときに起こる風も、自然の突風を思い出させる。顔を木の葉にたとえることは、花びらにたとえることと同じくらいに『合理的』である。地下鉄はまた雑踏を予想する。人びとはあきらかに、どうしようもない力に動かされて、押しあいへしあいしている。現実の世界とは思えない。」

それではそのように書きなおせば、どこが悪くなるのか、なぜいけないというのかということになると、それは平凡だということであるとBrooksは言う。比喩があまりに合理的、常識的、実際的である。ただの比喩であって、そんなものに出会っても、「はあ、そうですか、それで？」というだけのことだ。ところが原作では詩人の想像力が飛躍しているので、読者の想像力をかきたてる。とにかく読んでおもしろいのである。原詩は意外な比喩で私たちを撃つ。

「濡れた黒い枝についた花びら、ぼやけた背景の前の白い顔。比較は空想の飛躍と思いがけなさのショックそのものである。それでも新奇さのまん中で、私たちはそれもまた論理的根拠があると感じる。詩人はただ比喩に重要な性質だけに焦点を当てている。ほかの性質やもっと分かりきった性質は無視している。

新しいびっくりするような解釈こそ、Poundの新しい意外な比喩が、私たちに与えるところのものである。この最もふさわしくない場所でさえ、私たちは何か美しい、新鮮な、純粋なものを、ちらっと認める。この瞬間的な心の高揚のなかに、たくさんの経験に、潜在的に適応できる解釈に気がつく。[19]」Brooksはそのように結んでいる。
　この比喩の趣味は conceit である。奇想、思いつき、機知にとんだ表現である。これは近代の英文学では、久しい間、ばかにされていたものであるが、Eliot の論文 "The Metaphysical Poets" に代表されるように、古典主義の復興とともに、復活してきた好みである。機知と諧謔を弄する初期の俳諧が、日本で見なおされて来たのと同じで、伝守武の句には、英文学の主知的傾向にぴたりと一致するものがある。
　すでに述べたように、川路柳虹の最初の自由詩『塵塚』は Flint の自由詩の提唱よりも一年早かった。しかし両方ともフランスの自由詩に暗示を得たところに変わりはない。その内容も、これまでの詩では見落とされていたところの、そうしてとうてい在来の定型詩であらわせない微妙な気分の境地であった。はき溜めの中の虫けらのうごめきから、人間の運命を連想したものである。これを Pound の詩とくらべると、川路柳虹の発想法は地味になろうとし、Pound の発想は派手になろうと努めたあとが見える。
　詩集 *Personæ* 中から、この手法で書いたもの一編をあげる。この詩は、日本人にとっては陳腐であるが、秋の扇という発想は東洋的なところが、彼の地にあっては新奇に感じられたであろう。

"Fan-Piece — for Her Imperial Lord"

O fan of white silk,
　Clear as the frost
You also are laid aside.

（『扇子—妃より皇帝に捧げて』
ああ、霜のように清い、

白絹の扇のよ、
お前もまた棄てられたのか。)

7

Earl Miner は *The Japanese Tradition in British and American Literature*(1958)で知られるカリフォルニア大学の教授である。この中の Ezra Pound に関する一節は、もっとくわしく、一九五六年の *Hudson Review* 第十号の“*Pound, Haiku, and the Image*”で論じている。これを見ると、世界の詩風を一変させた Pound の新しい技法は、すべて浮世絵と俳句と謡曲と漢詩に暗示されたものであるようだ。Pound の Image の概念は、これらのものに接するごとに、くるくると変わった。そして自分の文学理論を正当化する根拠として、いつも日本文学が引き合いに出されていたのである。Miner は Pound の日本文学や中国文学には誤解があり、むしろその誤解の方から、英米の新文学が生まれたことを指摘している。俳句を自由詩と思ったり、俳句にはすくない直喩や隠喩を、まるで俳句の本質であるかのように言うことなどが、その例である。しかし寂やわびや幽玄などの、日本文学の伝統を、そのまま輸入していたら、欧米でこれほどの追随者は出なかったろう。

Miner は俳句とはどんなものであるかを、英米人に説明するために、「落花枝に帰る」の句を例に引く。ところが説明する彼にもよく分かっていないようである。この句は私たち日本人にとっては、「落花」は「枝に帰る」の主語であり、「と見れば」とつづいて、そこで一応の休止があることについては、何の疑問もないのであるが、Miner はふた通りの読みかたがあるとして、ローマ字書きの文の中の句読点で、それを示してくれる。

Rekka-eda ni
Kaeru to mireda:
Kochō kana.

または、

Rakka eda ni
Kaeru; to mireda
Kochō kana.

したがって英訳は二種となる。

To the branch of falling flowers
Seems to return (a flower);
A small butterfly.

または、

To the branch a fallen flower
Returns; when I look,
It is a small butterfly.

このふたつの念願において意訳するとつぎのようになるとMiner は言う。

Petals return unto the branch
Of falling flowers: returning I see

A fluttering butterfly.

胡蝶は小蝶ではなくただの蝶のことである。最初 small butterfly と訳して、それが最後にどういう筋道を通って fluttering butterfly になったのかよく分からない。fallen と書いてみたり、falling と書いてみたり、訳者ははなはだあいまいである。しかし最後に falling に落ちついているのは訳者にとって僥倖であった。Petals return は A petal returns と改めた方が無理がない。このままでは二、三枚の花びらがくっついていっしょに落ちて一匹の蝶のように見えると解されるからだ。

Miner はこの句をつぎのような表現で鑑賞する。

「花は桜のことである。盛りを過ぎて散りかけている。ひらひらと散るその花を見ていると、詩人には花びらの幾枚かが枝に舞いもどるように見える。ところが実は一匹の蝶を見ていることに気がつく。桜花は春の壮観であって、繊細な自然美の象徴だ。散らねばならぬさだめは、あわれである。しかし自然の秩序のなかで、蝶は花のかわりになる。やがて夏のうつくしさや、その他の美がやって来ることを約束する。ほほ笑ましくも花と蝶を混同したことから推して、桜の花が蝶とまちがえられる以上は、白いにちがいない。そしてその蝶が桜の花と見まちがえることができるとすれば、ほんとに美しいにちがいないことが分かる。桜の花はたぐいなく美しいので、詩人は『花』というだけで十分である。」

日本人の俳句にとって蝶と桜は春の同時的存在である。桜が散ってからでも蝶はいるが、そんなことは問題ではない。しかし Miner はつづけてこんなことも言っている。

「さらに象徴をしらべると、ある意味で、花が枝に帰るのを、ほんとうに見たことが分かる。作者は自然の metamorphoses（変形）のひとつを目撃している。花は落ち、そして言わば新しいものになって舞いあがる。ある種類の美が変化して、もうひとつの形の美になる。それで根本的には、この詩は自然に関する仏教の仮説に依拠している。すべての自然美は束の間のはかないものである。しかし美の原理は絶えず変化しながら、恒久の四季の変態の中に生きつづける。守武は不変と変化を描く。仏教徒にとって、このふたつは、その生存のために、相互に依拠している両極である。[20]」

英米の桜の花は春もたけてから咲くから、そこから来たとまどいもあろう。寓意のことになると、原作者がそこまで考えていたとは考えられない。Miner 自身もまた *The Japanese Tradition in British and American Literature* の中で、「日本の詩、とくにハイクは本来三つのことを意味したように見える。簡潔なスタイル、正確なイメジャリー、道徳論の教訓の欠如がそれである。[21]」と言っている。

そうは言っても、単なる自然描写だけではあき足らず、かならず感想をつけ加える英米詩の伝統、例えば Keats の“On the Grasshopper and Cricket”や Wordsworth の“I wandered lonely as a cloud”のような趣味から Miner は離れることができぬことを示している。この New Criticism 的な分析傾向は、さきに挙げた Brooks の“In a Station of the Metro”にものぞいている。また前述の仏人の日本俳句の研究でも「門松は冥途の旅の一里塚」を最も哲学的な深遠な句と評する見当違いをおかしている。

8

Ernest Fenollosa 夫人が、すぐれた東洋美術と文学の研究者であった夫の遺構の整理を Ezra Pound に託したのは一九一二年のことであった。詩の音楽性をだいじにする Pound は Hulme が詩の本質をイメジに求めて、リズムを等閑視することにあきたらず、ついに Imagist たちと訣別した。(しかし一九一五年の *Some*

Imagist Poets にある綱領は、Aldington が書いたと言われているけれども、実は Pound が書いたものである。）

ひとつのイメジの詩は俳句のように短いものに限られると思われていたが、Pound は謡曲のような比較的長いものも、全体がひとつのイメジから成っていて、ひとつのイメジに結集されていると言い出した。これ以後、長い作品もまたひとつのイメジと言われるようになり、Pound の作品は俳句の影響下に生まれたものより、謡曲の影響を受けて書いたものに、もっと多くのすぐれたものを生むことになった。彼はまた発達した表意文字の漢字を原始的な象形文字と思った。西洋の詩のイメジは表音文字によって一度脳裡にはいった後、mental picture として描かれるが、漢字は文字そのものが視覚的なイメジであると思い、自分の詩の中に、さかんに漢字を挿入しはじめた。これは Fenollosa と Pound の誤解であったことは、最近では英米でも一般に明かになって来ている。

しかし Pound が漢字の美しさにあこがれていることはもっともだと思う。英語は表音文字で書かれているから耳の文章であるが、漢字で書かれた漢文や日本文は耳の文章のほかに、目の文章がある。俳句は調子の上ではたしかに耳の文章であるが、その仮名まじりの文には、目の文章のおもしろさも多分にふくまれている。そのことはたとえば「落花枝に帰る」の句をローマ字で書いたときの味気なさが現実にこれを証明している。胡蝶と漢字で書いてあれば同じ蝶でも、はなやかな感じが目を楽しませてくれるが、kochō と書いてはその魅力が半減する。

（1）『俳句研究』一九四一年五月号、一六三―一六五ページ参照。

（2）(New York & London. 1903), p. 294.

（3）岩田九郎『芭蕉俳句大成』（一九六七年、東京）六〇七ページ参照。
（4）*The Writings of Lafcadio Hearn*, Vol. x (Boston & New York, 1923), pp. 52–53.
（5）Hearn, *Insect Literature*, trans. and annot. by Gyōseki Ōtani (Tokyo, 1921), p. 210.
（6）*The Writings of Lafcadio Hearn*, Vol. xi, p. 277.
（7）Vol. i (Tokyo), pp. 5–6.
（8）Ibid., p. 1.
（9）Quoted in Wallace Martin,'*The New Age'under Orage* (New York, 1967), pp. 146–47.
（10）Quoted in Earl Miner, "Pound, *Haiku*, and the Image,"*Ezra Pound*. ed. Walter Sutton (Englewood Cliff, N. J., 1963), p. 117.
（11）Ibid.
（12）Miner, *The Japanese Tradition in British and American Literature* (Princeton, 1966), pp. 101–02.
（13）菅又天麓「仏国ポール・ルイ・クーシュー氏の日本俳句研究に就いて」『常盤木』第六巻第四号（東京、一九一九年）、二十八ページ。
（14）ベルグソン著河野与一訳『哲学的直観』（東京、一九六九年）、十一ページ。
（15）Cf. '*The New Age'under Orage*, pp. 166–69.
（16）ベルグソン著坂田徳雄訳『形而上学序説』（東京、一九四一年）、十八ページ参照。
（17）*Further Speculations*, ed. Sam Hynes (Mineapolis, 1955), p. 73.
（18）*Gaudier-Brzeska* (London, 1916), pp. 100–03.
（19）*Understanding Poetry* (New York), pp. 88–90.
（20）"Pound, *Haiku*, and the Image,"*Ezra Pound*, pp. 116–17.
（21）Miner, *The Japanese Tradition* p. 101.

〔『青山学院女子短期大学紀要』二四巻、一九七〇年〕

Ⅳ 随想

1 『随想集　水明寮周辺』から

トマス・エイモリー

英国十八世紀のトマス・エイモリーが気違いだったか否かについての論争も随分と久しいものだ。激賞したのはラム、ハズリット、リー・ハント等稀書珍書の愛好者達で、就中ラムの如きは彼をラブレイの再来だとまで言っている。これに反して、『ナショナル・バイオグラフィ』や『チェイムパーゼス・サイクロペヂア』や、その他の百科事典類は皆半気違いだと断定する。

ケンブリヂ英文学史のいう所に従えば、

「エイモリーは普通狂人だといわれているが、私は彼の主著やその他の立派な研究を反復熟読して遂に極端な風変り以上の痕跡を発見するを得なかった。実際彼は『狂気』という語に含まれる比較的弱い、そしてもっと普通の意味に於て狂気の結晶だったのである。

ということ、一体何んな意味になるかしら？

しかしトマス・エイモリーの頭脳について、真赤になって議論を戦わせる者がいたら、その人こそほんとの気違いだろう。我等はただ彼の著書を飛び読みなしで読み通し得た人間は医療をうける必要があるという世界を脳裡にとどめておけば足りる。

『英国婦人数名の伝記を含める回顧録』の姉妹篇として彼の主著『ジョン・バンクルの思想と生涯』第一巻が現れたのは十八世紀の中葉、彼が六十六歳の時で、完成した時は七十を五つも越していた。一千頁に垂んとするこの物語の五分の三が神学論で、五分の一が、医学、博物学、地震学、地理学、言語学、物理学、数学等に関する衒学的な考証、残りが之を語るバンクルという人物の冒険と旅行中に遭遇した自然の描写に捧げられている。

エイモリーは神学に関する限り真面目であったように見える。アイルランド人であった彼は、当時スイフトのやった三位一体説に賞金を与えた貴族に対して、新聞紙の広告欄で抗議を申し込み、他日その駁論を同紙に発表するであろうと宣言したことがある。エイモリーが説く所謂クリスチャン・ディーズムは信仰の基礎を理性におこうとするキリスト教で、説き去り説き来って饒舌の限りをつくす。彼はいわばナンセンスの思想家だ。然し宗教や神学をナンセンスだと言っているのではない。エイモリーをナンセンス思想家たらしめる所以のものは実に彼が自己の神学やその他の知識を発表するその「態度」だ。彼は『バンクル伝』の主人公の口をかりて自己の主張を語ろうとする。

主人公はたしかに愛すべき一個の人格である。世俗の罪悪を悲憤慷慨するくせに自分では金と女を探して歩く無邪気な怠け者である。アイルランドの大学生時代に、狩猟に出て山奥深くさ迷い込み、妖精の国のような綺麗な谷間に老いた学者と二人で住む美しい娘を発見する。彼らの間には先ずヘブライ語が果してパラダイス語であるかという議論が闘わされる。バンクルの雄弁は彼等の歓迎する所となって遂に養子に住み込むが、二週間目に妻が疱瘡で死に、老父も亦悲嘆のあまりひきつづいて死ぬと、彼は遺産全部をまとめてイングランドに渡り、ウエストモアランドの奥深く、更に「少しの資産と美人との化合物」を求めて歩く。そしてまた山峡の湖畔に立つ老父一人、娘一人の家に養子となる。ほとんど同じことが七度起り熱病、溺死、馬車の転覆などの差こそあれ妻が七人とも死んでしまうである。七人の細君を取りかえた弁解は、

「死んだ妻を愛するのは観念を愛することであって、妻を愛することにはならぬ、妻とは生あるもの謂也」

至る所に美人が住んでいる。崖から辷り落ちても美人に出会う。彼等は皆ビーナスの姿態とアリストテレスの頭脳との所有者だ。バンクルの長広舌は彼女等を相手に振るわれる。巻中老婆や子供は決して出て来ない。子供は産んだこともないわけではないが、自分の趣味に会わぬから一切書かないといっている。そのかわり美人だったら、ローマ風に一週間死屍をおいた後葬った恋人が、土地の無頼漢によって発掘されて、医者に売られ、危うく解剖用に供せられようとした時に蘇生したりする。この女は医師と結婚するが、後にバンクルに再会して途方にくれる。しかし作者は人生のこうした難問題を何の苦もなく解決してくれる。医者が胃病で急死するので、バンクルはその後釜に坐り込むのである。

ある日、バンクルは賭博をやって折角得た亡妻の遺産全部を失ってしまう。——此処までくると作者は果して本気に神学を宣伝しているのかどうか全く見当がつかなくなる。サミュエル・バトラーのようにキリスト教の宣伝をしながら、内心で嘲笑しているのでは決してない。エイモリーにあるものは諧謔であって、諷刺は全然認めることができないからだ。或は此の書をユーモラスな一篇の小説と見做してもよいであろう。

だが物語は理論展開からくる思惟作用をたのしむために書かれたもので、筋は論文と論文との間に連絡をつける役目をもっているだけだ。神学論を一通り饒舌ってしまえば作者は勝手に話し相手を死なせてまた別な女を引っぱってくるまでのことだ。『バンクル伝』は小説ともつかず、エッセイともつかぬ変態的な理論の遊戯である。

ある盆地に踏み入ったバンクルは女ばかり百人で出来ている部落を発見する。最初世を厭うた一貴族が、小作人と共に其処に逃げこんで殖民したのだが、流行病で男がみな死に絶え、女も数名死んで、妙齢の婦人ばかり丁度百人生きのこって生活しているのだそうだ。彼女達はみんな頭脳がたしかで、例えば物の計算にもこんな推理の為方をするといって、難しい数学の式をいくつか並べたてて説明した所など全く人を食ったものである。死んだ貴族の娘が牧師であって、かますが好きなところから池に沢山養殖している。彼女は手籠に一ぱい捕えてきた蛙を一匹ずつつまみ出して投げ与えながら、その習性についてバンクルに詳しく語ってきかせる。やがて夕の鐘が鳴る。百名の美女が一堂に会して、静かに合唱する讃美歌を、バンクルはこんな美しい光景ははじめてだと驚嘆している。蓋し早熟な少年の空想にも似たこの村こそ、晩年をウエストミンスターの一角にとじこもって、夜になれば「こうもりの如く」出でて街路を徘徊したというこの七十の老思想家トマス・エイモリーの理想郷だったのだ。

モンタギュー夫人――青鞜派の先駆

メアリー・ワートレー・モンタギュー夫人は、イーヴリン・ピアポント、後のキングストン公爵の長女として、一六八九年五月、イングランド中部の広大な邸宅に生まれた。父親は芸術家たちとの交友がひろかったが、娘の教育に熱心ではなかったようである。メアリーのラテン語の知識なども書斎の蔵書を利用した独学によったものである。二十歳のころエピクテトスをラテン語から英訳している。むさぼるように本を読み、博学であった。これは当時の婦人としては珍らしいことである。妹二人、弟一人がいたが、母は若くして死んだ。十八世紀のはじめごろは、女性は結婚して十年で死ぬケースが非常に多かったという。

深窓に育った彼女が、ひまつぶしにやったことは、流行の手紙遊びであった。手紙は芸術品として意識的に書かれ、受取人に尊重され、知人間に筆写されていた。

親戚のエドワード・ワートレー・モンタギューが自分の姉妹に来る彼女の手紙で、頭のよさに惹かれたのは、メアリーが十四歳のときであった。このふたりの恋文は百通ほど残存している。エドワードはケンブリッジ出身の国会議員であった。学術の奨励と著作権保護のための法案を議会に持ちこんで話題をまいていたれいりな政治家である。

ロンドンで暮らすようになると、メアリーはしばしばエドワードと会った。良家の子女が単独で恋人と会うなどということは、めったになかったことである。女性の学問、男友だちとの交際など、今日では何の奇もないことであるが、彼女の言動のひとつひとつが、当時においては先駆的なことだったのである。デイトの場所も、随筆家スティールの家であったり、芸術愛好家のたまり場であった石炭屋の二階であったりした。このたまり場で音楽を演奏しているもののなかに、メアリーは『メサイア』のヘンデンの姿を認めている。恋人同士の毛並みのよさから、周囲に登場する人物も、歴史を飾る一流の政治家や文人であった。

ふたりの性格の相違についての反省から、メアリーの方が躊躇逡巡することもあって、結婚までには幾多の曲折を経なければならなかった。そのうえ、財産相続の条件について両家の父親の意見の衝突もあった。

しかしメアリーの父がほかの男を押しつけようとして、結婚の日どりもきめたことから、ついにエドワードとの自由結婚に踏み切ることになった。メアリーはロンドンから、またいなかに移されていたが、彼らは馬車を駆ってかけ落ちした。結婚式はかけ落ちの途中に通った、とある小さな村の教会であげられた。

メアリーは美しくて才気煥発である。女権拡張論者メアリー・アステルとも親しかった。宮廷でも人気があった。機知に富んで、皮肉で常識的な詩は人々を魅了した。手紙も評判であった。彼女は社交界を牛耳る最もけんらんたる存在になった。夫は鉱山を手に入れて、すでに富豪であった。人々は彼女に取り入ろうとして群がって来た。

メアリーは毎日のように商店をまわって買物をした。夜は押しかけて来た人々とカルタや雑談を楽しんだ。夫は賭けごとを罪悪視したけれども、メアリーは止めなかった。飽きると、彼らはいくつかのグープにわかれて、居酒屋や喫茶店に遊びに行った。

典型的な有閑階級の生活ではあったけれども、彼女は偉大な婦人であった。「彼女自身の時代に深い印象を与えただけではない。その時代を理解していたのである。彼女は反逆思想の時代における反逆者であった。自分のあるく道々で、新しい物の考えかたや衝動を、はっきりと意識していた。これらの思想や衝動は、アメリカの独立、フランス革命、メアリー・ウルストンクラーフト、ゴッドウィン、そして果てはパンクハースト女子に連るものであった。彼女は男性が女性に対する態度に反抗した。このために、十八世紀末のまじめな婦人たちにとって、守護の聖人とあがめられるようになり、青鞜派の輝ける星となったのである。冒険家であったという事実を抜きにしても、たしかに新しい女のはしりであった」とアイリス・バリーは、彼女の伝記のなかで言っている。

波乱に富む彼女の生涯については、バリーのほかにも、ジョージ・パストンのものなど数冊があるが、その性格が近代的であるから、二百年前の昔話とは思えぬ魅力をもっている。おびただしい話題のひとつ、ひとつびとつ挙げたらきりがない。ここにはその生涯をうかがえるような成功と失敗の挿話の二、三を挙げるにとどめておこう。

一七一七年から一八年にかけてメアリーは大使に任ぜられた夫にしたがって、トルコにいた。ソファイ、アドリアノープル、コンスタンチンノープルのめずらしい風物は、芸術的感覚で、こまやかに描写されて、本国の友人に送られ、センセイションをまきおこした。彼女はハーレムやトルコ風呂に、あらためて婦人の地位の低さというものを痛感させられたのであるが、本国では、描写の率直さから来る刺激が好まれ、メアリーについての、エロティックなデマさえ飛んだ。

トルコでは、ほうそうが英国におけるほどの猛威をふるっていないのがふしぎであった。メアリーはその原因をたずねて、ここではほうそうの予防接種が行われていることを知った。

方法は良種のほうそうの毒汁を針の先につけて、子供の腕の四、五ヵ所に注入することであった。メアリーは、かつてほうそうでたったひとりの弟を失った経験を持っていた。彼女自身もまたほうそうをわずらって、あやうく死のうとしたことがあった。さいわいまつ毛が抜けて目つきがけわしくなった程度の被害ですんだが、美貌が失われようとしたときの恐怖を忘れることができなかった。それゆえ彼女はちゅうちょするところなく、病身の息子にこの手術を施した。

英国に帰った彼女は、種痘を全国に普及させようともくろんだ。しかし彼女にとって常識であったことも、保守的な人々による強い抵抗に突き当たらねばならなかった。彼らはメアリーが黒人の召使などを連れ帰ったり、トルコの服装をしてみたり、コーランを持ちかえった事実を挙げて、彼女を単なる物好きとして片づけようとした。大学の医学者たちは手術の根拠と効果について懐疑的であった。教会は天の摂理に対する干渉として、はげしく非難した。それで一時、彼女は打ちのめされた状態であった。しかし間もなく長女が生まれると、やはり種痘を行っている。

そのうちにまたほうそうが流行して、数千人の死者を出すに及んで、皇太子妃もついに意を決して、まず死刑囚六人を実験台に使って生命の安全をたしかめた後、自分の子供に接種した。このようにして、メアリーの帰国後五年たったときには、次第に信用が出て来て、夫人の功績がたたえられるようになっていた。それまでの天然痘による死亡率は九人に一人だったが、この予防接種では五十人に一人であった。ちなみにジェンナーの安全なワクチンの発見は、一七九六年であるから、それまで実に八十年の期間があったのである。

メアリーの友達にマレーという夫人がいた。この家の馬丁がある晩、夫人の部屋に乱入して、いきなりピストルを突きつけながら、彼女の好意を強要したことがあった。しかしこの馬丁はめいていしていたので、マレー夫人は何とかかかと言って、彼にピストルを手ばなさせることに成功した。そして悲鳴をあげて召使や家族のものに助けを求めた。噂話の好きな社交界は、しばらくこの話でにぎわった。いたずら好きのメアリーは、それを『馬丁アーサー・グレイからマレー夫人への手紙』という詩にして、ひそかに友人に示して打ち興じた。ところが同じころ、同じことを歌った作者不明の『貞操の危機』という詩が流布された。これはもっと扇情的で、しかも「召使たちがあんなに早く駆けつけることが分かっていたら、夫人は悲鳴をあげなかったであろう」と書いてあったのだ。マレー夫人の親類のものの中に、この詩をメアリーの作だと言ったものがあった。マレー夫人ははじめのうちは信じなかったが、次第に彼女に憎悪の念を抱くようになり、決して同席しなくなってしまった。

メアリーを恋した人のひとりに、十八世紀の代表的詩人ポウプがいた。彼は病身で、畸形で、四フィートに足らぬ小男であった。彼女との交友が、何を機縁にはじまったか明かでないが、あるときメアリーが作って友人に示した詩を、ある出版屋が無断出版したことがあった。作者は宮廷の貴婦人であるが、ポウプかゲイかもしれないと言って、大いに問題をかもして売るつもりだったものである。ポウプはこの詩集について出版屋と談判した際、飲みものに嘔吐剤を入れて飲ませている。

ポウプはメアリーのところに、毎日のように出入りしていた。そして彼女を詩の中でサッフォーと呼んで賛美した。彼の詩の傑作が、彼女をモデルにしてつくられたことは、周知の事実である。あらゆることに、ポウプはメアリーのよい相談相手であった。彼の友達に『ガリヴァー旅行記』のスウィフトがいた。しかしこの作家がメアリーはきらいだった。

メアリーのもうひとりの男友達のハーヴェーは、頰に紅を塗り、眉毛を鉛筆でかいている女性的な貴族であった。そこが男性的な気性の持ち主であるメアリーをひきつけたのであろう。そのためにポウプは彼女と会う機会もすくなくなった。それである日、ポウプはメアリーに会って、怨みごとを言った。そのうち彼は次第に興奮して来て、彼女の膝下にひざまずき、そのスカートに手を差しのべながら、さめざめと泣き出した。「ポウプのこの愛の告白は、彼の恋文と同じで、本気ではなかったのであろう」（バストン）。ドン・キホーテが村の娘に理想の貴婦人を空想したのとはちがって、自らかもし出した恋愛ムードに、自らおぼれて、一種の遊びをやっていたのかも知れない。しかし夫人はその遊びにつりこまれなかった。涙を流し、やさしく彼を叱り、いたわり、あやし、なぐさめてくれるどころか、大声で笑い出したのである。はっと我にかえったポウプは、屈辱感からすっくと立ちあがり、部屋をとび出して行った。女らしいこまかな心づかいのなさが、こうして彼女の敵を増していった。

ポウプは彼女について、あることないことを織りまぜた詩をつくって中傷した。メアリーはハーヴェーに協力をたのんで応酬したけれども、ポウプはイギリス文学史上最大の修辞家であったし、加うるに世界最大の諷刺家スウィフトが彼と組んでいたのである。使いかたによっては、ペンは刃物以上の凶器である。メアリーがポウプにつけたあだ名「トウィクナムに住む毒蜂」は、ポウプを語るとき、かならず出て来る名文句となったが、結局メアリーは社会的に葬られて行った。世人は印刷された醜聞を信じる傾向があり、行為よりも風評で相手を評価する。宮廷の人々も名流夫人たちも、次第に彼女から遠ざかって行った。劇場にでかけて行っても、つめたい視線を周囲に感じなければならなかった。息子はぐれて三度も学校を脱走し、しまいには売春婦と結婚した。娘は貧乏貴族をきらう両親にそむいて、ビュート伯と駈け落ちした。妹は精神病者になった。

われらはモンタギュー夫人の一生に、才色兼備でありながら、その学問と才の容色の美しさのすき間を埋めるべき何物かが欠けている婦人のたどる運命を見るような気がする。

孤独のメアリーは一七三七年から、ただひとり大陸におもむき、イタリーで田園生活を楽しんだ。そして一七六一年、夫が死んだときに帰国した。二十数年ぶりであった。この長い歳月も、彼女の醜聞を消してはいなかったけれども、故国は少し変っていた。ポウプもハーヴェーも死んでいた。そして無頼の息子は国会議員になっていた。貧乏な女婿ビュート伯は国務大臣になり、いまや首相の座をねらう最高の勢力にのしあがっていた。そしてすべての人がこの夫妻に敬意を表していた。

彼女は翌年癌を病んで死んだ。この婦人解放の先駆者の病床を見舞ったもののなかに、夫のいとこである青鞜派の中心人物、エリザベス・モンタギュー、またの名「ブルーストッキング」モンタギュー夫人もいた。ちなみに青鞜社、すなわちブルー・ストッキング・ソサエティーのことであるが、これは一七五〇年ごろ、男性の文士をまじえて、文学などの知的な会話を楽しんだ新しき女の集団である。彼女たちの中には小説や劇を書いたり、文学の研究書を発表したりするものもあり、女性が男性と対等の存在であることを主張した。ブルー・ストッキングの名の由来については、いろいろな説があるが、青い毛糸の靴下の質素さが、外面より内面を尊重する心構えの象徴となって来たことは争えぬ事実である。

メアリーは彼女たちよりも一世代だけ早かった。まさしく青鞜派の先駆者であるわけだが、彼女自身は青鞜派が、学殖をひけらかすために、あまり好きでなかった。しかし青鞜派の人々は彼女に絶大の敬意を払っていたことはいうまでもない。

彼女が日記をもとにして書いた『コンスタンチンノープル便り』は、一七六三年に出版され、その文名を不朽のものにした。私たちにとって一番の恨事は、自分の母が、「偉大な婦人」であることを知らなかった娘によって、厖大な日記が焼き棄てられてしまったことである。

・参考書

The Letters and Works of Lady Montagu, ed. W. Moy Thomas (London, 1886).
Letters from the Lady Mary Wortley Montagu (Everyman's Library).
George Paston: *Lady Mary Wortley Montagu and Her Times* (London, 1907).
Iris Barry: *Portrait of Lady Mary Wortley Montagu* (London and Aylesbury, 1928).

日本人と『ガリヴァー旅行記』

一八七八年にベイジル・ホール・チェイムバレンが遊谷子の『異国奇談和荘兵衛』（一七七四―七九）のなかから、不死国と大人国の部分を、*A Japanese Gulliver* という題で英訳した時、英国人は『ガリヴァー旅行記』（一七二六）とのあまりの類似に驚き、なかには本が当時のオランダ人によって日本に伝えられたガリヴァーの話に影響されていると考えたものが多かった。「サタデー・レヴュー」誌（一八八六）のごときはその代表的なものである。しかしウィリヤム・A・エディーの学位論文『ガリヴァー旅行記の批判的研究』（一九二三）はそれについて疑をいだき、『ガリヴァー旅行記』の第三部の十一章の不死の国ストラルドブラッグに関する記事に、

「実際のこの王国と大日本帝国のあいだには、不断の交易が行われているので、日本の著者たちが、ストラルドブラックのことについて、なにか書いていそうな気がする。……オランダ人がここに紹介しておいたことに好奇心を起こして、私の足りないところを補ってくれればよいと思う」

という文句があることは、むしろ『和荘兵衛』の母胎となったところの、古代支那の哲学者の寓話の系統をひくこの種の作品の影響をうけて、『ガリヴァー旅行記』が生まれたのではあるまいかといっている。

彼の言のように、和荘兵衛は和製荘子であって、和製ガリヴァーではない。異国遍歴の夢物語に託して、不平をぶちまけることは、欧州にかぎったことではなく、日本の江戸時代にも風来山人の『風流志道軒伝』をはじめ、無数にあったのである。どんな民族でも空想する小人国や大人国の物語が、辛辣な諷刺と結びつくという現象が、時代を同じうして、東西平行に起こっていたに過ぎない。

しかしかつてこの種の作品が、江戸時代の人々に歓迎されて、非常な好評を博したという事実は、日本人が『ガリヴァー旅行記』を理解し、愛読する国民性をもっていることを示している。それにもかかわらず、『ガリヴァー旅行記』の不幸は、そのあまりにすぐれた文学的構成のゆえに、子供の読物として喜ばれ過ぎて、何時の間にか、お伽話であるという錯覚を大衆に与え、スウィフトの意図の対象となった大人の読者が、食わず嫌いをしていることである。しかし一度、その原文か、または大人のためになされたその逐字訳を読んだものは、未だ経験したこともないような興奮を覚えるであろう。この点は欧州で、『ガリヴァー旅行記』に匹敵する傑作とされている『ドン・キホーテ』を読んで、感激した日本人のことをあまり聞かないのと、よい対照である。

明晰な頭脳とひややかな心と執念深い性質を、高潔な人格につつんだこの天才は、人を圧倒するような巨大さをもっている。スウィフトに描かれた小人国も大人国もことごとくジェイムズ二世の愚政や、史上最大の詐欺事件として有名な、いわゆる「南海の泡沫」事件の衝撃から立ちなおりきらずにいる英国のことである。そこに出て来る皇帝も皇后も皇子も大臣も、ことごとく実在の人物を拉し来って、面をそむけるような罵詈をあびせ、嘲弄のかぎりをつくしたものである。空飛ぶ島ラピュータの滑稽な住民たちは、スウィフトと最も仲の悪かったニュートンをモデルにしたものだ。日本の異国奇談がすべて東洋流の虚無感に裏づけされている時、スウィフトのそれは西洋流の人間嫌いであって、したがってあらゆるものを破壊しつくしたあとの建設は、ガリヴァーが馬の国に旅行することであった。スウィフトの描いた理想郷ぐらい悲しい国はあるまい。

こんなに英国人の悪口を言っている本であるのに、英国が自分の国の偉大さを植民地に知らせるため最初に配布する文学が、この「ガリヴァー旅行記」であるのは、彼の批判が個々の現象を越えて、人間性そのものを深くえぐった哲学であるからだ。

文章は欽定訳の英語聖書の流れを汲む簡素で、流麗で、堂々たる文体である。そしてわが国におけるこの種の作品中の最高のものである馬琴の『夢想兵衛胡蝶物語』などと比較するとよく分るように、スウィフトのはなしかたは非常にまことしやかで、かりそめにも冗談めいたところがない。単に構成の隙がないばかりでなく、科学的にも用意周到である。小人国の人間やその他一切のものを十二分の一の大きさにしたのは、六フィート未満の人間を、小人国では六インチ足らずとしたからであって、一フィートが一インチの約十二倍にあたるところから来ている。これと逆に、大人国は何でも十二倍だ。飛行島は直径七八三ヤードの円だから一万エイカーと計算され、話がでたらめであるという感じをいだかせないようにしている。

江戸時代の異国奇談は当時の好色本の流行を諷して、主人公を一度はチャタレー夫人なら理想郷と考えそうな、性欲の解放された島に遊ばせて、「好色のいましめ」をやっているが、スウィフトの頃にはそうした風潮がなかったせいか、作品にはエロティシズムを見出すことができない。ところが普通英国で流布されている『ガリヴァー旅行記』は三十数ヵ所を削ってあり、完全な版がなかなか手にはいらないのである。これは、乳房だとか糞だとか、紳士が口にすべきでなく、また教養のある家庭にはいるべきでもない、露出的なところが散在するからである。信用のあるエヴリマン文庫ですら、ガリヴァーが小便をかけて、小人国の宮殿の火事を消す部分を改作し、その後の話の辻褄をあわせるのに苦心している。『和荘兵衛』の序文に、

「今太平の世に生れた幸に、からげて小便すれば、はや四角な字を習い、またげて糞をするようになれば云々」

とあるが、局部露出症めいた傾向は、世を拗ねた人々に共通なことのように思われる。

不完全な辞書

十数年前、紀元社という本屋から、『中学英和辞典』を出したころ、岡山県のある中学の英語の先生から、この辞典に基本単語の"him"がぬけていると言うことを知らせてもらった。そしてその手紙にはかなりに興奮した口調でこうつけ加えてあった。

「せっかく中学生向きの手ごろな英和辞典が出きたと思って、生徒に買うようにすすめるつもりでいましたのに、"him"がないのを知った時、あきれはてて物が言えませんでした。"him"がはいっていない英語の辞典があってよいものでしょうか。このような失態をなさった先生は、なんと天下にお詫びなさいますか。このことはやがて学界の大問題となるでしょう」

私は辞典の不備を指摘してもらったことに対して、この先生に感謝し、さいわいにもこの辞典が大方の好評を博して、毎月のように版を重ねているので、来月から出るものには、"him"の項を入れておきますからよろしくご諒承下さいという返事を出しておいた。

本というものをこれまで全知全能、過誤をおかすことのない神さまのように思いこんでいるこの先生に

とって、たまたま辞典に見出したこの失策は、驚天動地の事件として映じていたのであろう。私はその純真さを傷つけたことを悪いとは思いながらも、内心おかしくもあった。

辞典の不備や誤植や誤りは、ほかにももちろんかなりあった。気がついた分だけ付箋をつけて、つぎの版では訂正してくれるよう本屋の編集者にたのんでいるのを見た洋服屋さんがあきれたような顔で、

「洋服の仕立てそこないは、たった一人が迷惑するだけですが、本のまちがいはねえ……」

と考えこんでいたのに対しては、たしかに恐縮してしまったことだった。

「しかし多数に迷惑のかかる誤植でも、被害者の命に別条ないでしょう。その点医者の誤診が人に及ぼす被害よりもまだましな気がするんですが」

と私は自己弁護をした。

しかし、私たちが忘れてならないことは、すべての辞典が私たちとあまり変らぬ程度の頭の人間が作ったものであるということだ。

世界の英語辞典中、最も信用のあるのは、Oxford 辞典であろう。そのうち *The Little Oxford Dictionary* を読んでいたら、"him" の脱落におとらぬ重要語の脱落をいくつも発見した。

たとえば be やその変化の is, am, art はあるのに、are はないのである。English や American や Japanese はあるが、European はない。十二ヵ月の名のなかで、February と December がない。曜日では Friday がない。tooth, teeth はあるが、feet がない。mice, children などもない。ours はあるが hers と yours は見出し語としては出ていない。himself, myself, ourselve があるのに、herself, yourself yourselves, itself がない。わかりやすい派生語は見出し語に掲げない方針らしいが、are, eaten, gave, given などを省くというのもどうかと思われ

る。o'clock がないのは of the clock の短縮形だから、clock のところで説明してあるためかと思って、念のため clock のところを引いてみるとやはり出ていない。丹念に調べたら、まだいくらでもあらが出てくるにちがいない。

私たちは辞典にこう書いてあるとか何とかいって、教師に食ってかかったり、他人の誤訳をけなしたりするものをよく見かけるが、すくなくともその前に、自分のよりどころとしているその辞典が、どれだけ信用のおけるものであるかを、反省してみるだけの慎重さがなければならないと思う。

なかには不完全な字引きをもっていることを自慢にしている人も出て来ている。たとえばナポレオンの字引きには「不可能」という重要単語がなかったのである。

伊藤整君のこと

伊藤整君とは同人雑誌をやっていたころからの、実に四十年にわたる交友であった。そして昭和八、九年ごろ、私は金星堂書店のたった二人きりの編集部に、彼と机をならべて、二か年あまり生活したのである。そのころ伊藤君はまだ自分の原稿が売れなくて、既成作家の文学講座の代作などで、月給の不足を補っていた。金星堂での伊藤君は勤務はきわめて勤勉で、事務的であった。新聞広告の原稿の、大小の活字をまぜたあのむずかしい字くばりの指定にも、特殊の洗練された感覚をもっていて器用だった。

当時、出版界は非常な不況で、ことに純文学の本は売れず、大阪あたりでは、本の問屋の倒産が相次いだ。新潮社の一枚看板の『新潮』でさえ、毎月の欠損のため、廃刊の噂さえ流れたほどである。どうしても大衆的な通俗書の出版に転向するよりほかないところまで追いつめられていた。しかし伊藤君は、

「文学書を出さぬなら、こんな安い月給でここにはたらいているかいがない」

と言って、相変わらず、新進作家の創作集や、英国のモダニズムたちの翻訳などを出しつづけた。

中村白葉氏がチェーホフ全集の単独訳の計画を持ちこんだとき、金星堂がその冒険的な出版に踏みきったのも、伊藤君がチェーホフを好きだったからである。

伊藤君はチェーホフ全集の内容見本をつくるために、帝国ホテルに滞在中の正宗白鳥を訪ねて、推薦文をたのんだ。

「文案を持って来たかと、いきなり言われてね、仕方がないので、相手の前で、ホテルの便箋に鉛筆で走り書きして差し出したら、それでいいと言ったよ」

と伊藤君はその紙片を見せてくれた。なかなかうまい文章であった。白鳥も舌を巻いたことであろう。

野口米次郎の古い随筆集を編纂しなおして、当時流行の何々読本という題をつけて、幾冊か出したことがあった。最後には題に窮して、主人の福岡益雄さんの発案で、『微笑の人生読本』とすることになった。そうしてそういう題にふさわしい序文を書いてくれと著者に頼んだら、返事がなかった。伊藤君がしびれを切らして、こんなふうの序文をお願いしますと、原稿紙二枚ほど書いて送ったら、これで結構だから、そのまま使ってくれと言って、返送されて来た。

編集のことで、島崎藤村の飯倉片町の家を訪ねた私は、まるで石切場の穴の底のような窪地に建てられた、そのむさくるしい住宅に驚いてしまった。文豪の家にふさわしからぬその質素さを、伊藤君に話すと、

「それくらいの芝居はやりそうな男だ」

と言った。

終戦後伊藤君は東京工大の英語の教授をしていた。昭和三十一年、私は法政大学の英文科に勤めるかたわら、工大にも非常勤講師として、出勤することになり、ここでまた伊藤君と週に一度顔を合わせることになった。入学試験のときなど、伊藤君の研究室に引きこもって、一週間ぶっ続けに、ふたりきりで採点したものだ。ある年の三月など、伊藤君は、朝日新聞に小説を連載中だったが、夜中の十二時から午前五時まで原稿を書き、一回分を書きあげると正午まで寝て、午後二時ごろ工大に来て、入学試験の採点にかかる。五時に新聞社から届けられた校正刷に目を通し、八時か九時に帰宅という日課である。それを機械的にやってのける。どんなに忙しくても、自分の受け持ち分だけは、きっぱりと果たして、他に迷惑をかけなかった。

工大で教える教科書はディケンズの『クリスマス・キャロル』だった。伊藤君の小説の、あの議論から描写に、描写から議論へと移っていくテクニックは、ディケンズに学んだものだそうだ。毎年同じ教科書を使って、暗記するほどになっていた。

「自分のためにならぬ本は一切教えないことにしている」

と言っていた。英訳聖書を教科書に使ったこともある。これは日本文壇史の初期にキリスト教徒の文学的功績が看却されていたことを指摘されたことから来る反省であったろう。伊藤君のモダニズムは英国のモダニズムからその根底にあるカトリシズムを抜き去った常識的なものである。キリスト教は伊藤君の肌に合わなかったようだ。そのうえチャタレー裁判で、日本のキリスト教徒から、ずいぶん意地悪をされていたので、キリスト教徒を恨んでさえいた。私が法政から青山の女子短大に移るときなど、

「ミッション・スクールでは、自分にものが言えなくなるから、よした方がいいよ」

と言って、しきりにいさめてくれたものだ。それでも伊藤君は他から無関心を指摘されれば、敢然としてキ

リスト教の勉強をするという積極性を持っていたのである。

英国のチャタレー裁判の記録は、邦訳で読んで、おもしろかったので、そのことを伊藤君に話すと、

「いや、あの訳は重くるしい。もっと喜劇らしく訳すべきだった」

と言った。

私はあの訳はまじめでよい訳だと思っている。しかしチャタレー裁判を伊藤君は喜劇と解釈していることをこのときはじめて知って、おもしろいと思った。神聖で同時に不浄というセックスの問題そのものが、すでに喜劇である。

私が大学を出た年は日本が一番不況の波に洗われていた時だった。しかも病身だった私に職が見つかろうはずはなかった。短編小説を二つ三つ発表しただけで、創作にも行きづまっていた。しかし金星堂の編集部にいた伊藤君は、その作品をかなり高く評価してくれ、また金星堂主の福岡さんもほめていてくれていて、ふたりの好意で、薄給ながら、その店で働かせてもらうことになったのである。

あれからずいぶんの歳月がたった。すっかり創作を断念していたのに、書くことをしきりにすすめてくれたのも伊藤君であった。そして伊藤君は福岡さんとともに、相変わらず、好意を持って、私の書いたものを読んでくれ、会うたびに、

「書いた方がいいですよ」

とはげましてくれた。その伊藤君は死んだ。そしてその後間もなく福岡さんも死んでいった。

〔『随想集　水明寮周辺』一九七六年〕

2　その他

女子学生のやさしさ

私が学んだ中学も、ミッションスクールで、熊本の九州学院である。学校で催される毎年のクリスマスの祝は、学芸会を兼ねて、一年中で最も楽しい行事のひとつであった。そして生徒のひとりびとりに菓子折りが配られる。厚紙の箱の中には大きな蒸菓子が三つほど詰めてあり、相当豪勢なプレゼントであった。私たちはその場で食べることをせず、家に持ち帰って、家族を喜ばせるのが常であった。

しかし四年生のときのクリスマスには、私は風邪で寝こんで、残念ながら、祝会に出席できなかった。翌々日、学校に行ってみると、私が欠席したことを覚えて下さった先生が、別にとってあった菓子折をくださった。私はうれしかった。家に持ち帰って、母といっしょに食べた。

小学校から中学時代にかけて、私は新聞配達をした。当時は新聞を購読する人もすくなく、四キロ歩いて四、五十軒ぐらいであったから、収入もすくなく、取次店の搾取もひどかったが、私たち子供にとっては当時ただひとつの収入の道であった。毎月の新聞代の集金も自分でやらなければならなかった。代金を全部集めて来るまでは、給料を貰えなかったので、代金の払いぶりが悪い購読者が幾人もいる私の受持区域内などは、つらくてしようがなかった。新聞代を払うとき、それが惜しくて、私をにらみつけるような人もすくなくなかった。購読者の中に活動写真の弁士がいた。当時の映画館の不景気さからいって、この弁士の収入がけっしてよいものでないことは、狭くるしい家で、部屋にほとんど家具らしいものも見当たらないことで想像できた。しかしこの人は、新聞代を私に払うごとに、自分の勤めている映画館の入場券を二枚添えてくれるのだった。

こんな経験は、教師になってからもよく思い出し、こまかな心づかいを忘れないやさしい教師でありたいといつも思うのだが、都会生活の荒々しさとあわただしさにかまけて、思うようにいかない。

あるとき、私のアドバイザー・グループから、寄せ書きの色紙をもらったことがあった。それはユーモアをまじえながら、別れを惜しむ言葉に満ちていた。ある大学の法学部で男子ばかりを教えている私の息子が、その色紙を見て、「女子の学生というのはやさしいんだなあ！」としみじみという。私は自分が学生をいたわるどころか、かえって学生の方からいたわられていることに気がついた。

やさしい女性たちで埋ったこの女子短大に教えている自分の幸福を感謝せずにはいられない。

〔『青山学院女子短期大学学芸懇話会誌・學藝7』〕

だいじな本

たとえば無人島とか戦場とかに、たった二冊しか本をもって行くことができないということになったら、何を持って行くかということが話題になった。二冊のうち、一冊は当然聖書であることに、みな異存がないようだったから、それに次ぐ一冊が問題だったのである。ケーベル博士だったが、誰だったか忘れたが、そんな時には、楽譜を持って行って、それを読むつもりだといっていた人もあったという話も思い出した。同じ英文科の西島さんは、出征するとき、シェイクスピアを持って行ったそうだ。なるほどうまい考えだと感心したが、結局こういうことは、日ごろの心がけのあらわれである。

私の従弟は上等兵として出征したが、リップスの「倫理学の根本問題」と簡野道明の「名詩類選評釈」をもって行った。前者は私が高等学校の倫理の時間に読まされたものである。「坂井（いとこの姓）はよい本を持っている」といって、軍隊のなかでたいへん評判になったという。そしてとうとう盗まれてしまったといって残念がっていた。倫理の本を盗んだ泥棒なんて、それまで私は聞いたことがなかった。

私は出征しなかったので、読者について、それほどギリギリのところまで、追いつめられた経験はない。しかし戦争がはじまって、洋書が輸入されなくなると、つれずれな時の読みものがなくなるのではないかと心配になって来た。といって、今のうちにたくさんの洋書を買いだめしておくほどの資力があるわけでもなし、また一〇年、二〇年後に開いて見ても、おもしろく読めそうな本ということを考えると、問題はなかなかむずかしかった。結局、Everyman's Library 中の本だったら、これは時代の流れに堪えて来た古典だから、何を買ってもまちがいはないし、おまけに公定価でしばられているので、安くて買えるわけだから、これを集めておくことにした。妻にも手つだってもらって、古本屋から手当り次第に買って来たものだ。

ほかに外国の動植物の図鑑を集めた。これはみんな高価な書物なので、書斎の本何冊かをたたき売った代金でやっと一冊買える程度だった。ハドスンの動物文学の訳書を出したとき、日本の画家にでたらめのさし絵をかかれて、悲しくてたまらなかった苦い経験から、今後出す翻訳のさし絵の資料にするつもりだったのである。

図鑑はだいじにして、家族の疎開先きに送っておいたが、これがいけなかった。そこの土蔵の中で焼けてしまった。

米国の日本空襲がはじまった直後、私は上妻という、郷里の熊本で植物学を専攻しておられる恩師の代理で、大泉学園前の牧野富太郎博士を見舞ったことがある。

雑木にかこまれた農家風のうす暗い家に、博士は病臥しておられた。広くもない病床の周囲にも、錯葉が山と積まれていた。Century Dictionary 十巻が、畳の上にじかに、壁にくっつけて並べられている。動植物の普通名と学名をしらべるのに便利で、しかもさし絵も豊富なこの辞典は、私も好きだが、博士も愛用されているのだろう。博士の目は丈夫で、いまでも眼鏡なしに本が読めるが、聴力は衰えていて、私のお見舞いの言葉を、耳に手を当てて聞かれる。鶴代という四〇ぐらいの娘さんが、口を耳もとによせて、大声で私のいうことを取りついで下さる。冬になると腰痛で起きられない。上妻先生といっしょに、植物採集に行って、大分県の山のなかで転んで以来のことだとおっしゃる。ある新聞では伊豆の山で転んだのがもとだとあったが、なにぶん八〇歳の老体であるから、転ばれた場所も一ヵ所ではなかったであろう。頭脳はあいかわらず明晰だから、記憶がまちがったとは思われない。

人家もまばらな農村である。こんなところを敵機が爆撃するはずはない。大丈夫だ、大丈夫だといって、博士は疎開されなかった。ところがB29の編隊がやって来て、まっ先に田無の飛行機工場をねらったとき、その飛ばっちりで、六キロはなれたこのあたりにも幾個となく爆弾が落ちて来たのである。東京で一ばん危険なところだったことがはじめて分かったのだ。しかし今となっては、疎開しようとしても、なかなか困難である。箱根か山梨あたりに家が見つかれば、書物は弟子たちが背負って運ぼうといっているという。

当時私は家族とはなれて、村山貯水池のそばにある中学校の寮に寝起きしていた。そこから博士の家まで、歩いたり、電車に乗ったり、バスに乗ったりして、三時間かかったものだ。この貯水池も後にはたいへん危険な場所の一つになったが、まだそのころは大丈夫なような気がしていた。

「私の学校は山のなかにありますから、そこでおよろしければ、ご本だけでも運んでおきましょうか」と私はいった。

「それがでございますよ」と娘さんはいった。「本といっしょでないと研究もできぬし、原稿も書けぬからいやだというんです」

私はそのとき聞いたこの言葉をいまも忘れずにいる。

〔出所不明〕

V　町野静雄について書かれたもの

1　豊福一喜『新・肥後人国記』より

英文学者の町野は、九学、五高、東大と、ずつと特待生で通したほどの秀才型で、有名な市河三喜の高弟、母校九学の院長として嘱望された時代もあるが、本人にしてみれば、郷里とはいえ、熊本に帰るより新進学者として、中央学界でもつと専門の英文学を掘り下げてゆこうという、学者的な欲望が強いのかもしれない。作品は翻訳が主であるが、「英文学概論」という著述もある。

〔豊福一喜『新・肥後人国記』稲本報徳舎、一九五一年〕

2　上林暁「三ノ嶽追想」

1

私の処女小説「薔薇盗人」は、当時金星堂に勤めてゐた町野静雄のお世話になつた。一緒に出した福田清人の「河童の巣」、那須辰造の「釦《ボタン》つけする家」なども処女小説集であつた。五百部、一部一円、無印税といふ条件がちつとも不満ではなく、むしろ喜んだのだつた。長い間同人雑誌をやつて来たので、やつと出る小説集であるから、うれしかつた。これからの不遇時代をすごすのに、ささやかな小説集でも持つてゐることは心丈夫なことであつた。

金星堂には町野のほかに、伊藤整がゐた。伊藤と町野、二人きりの編集部員だつた。伊藤の処女小説集「生物祭」は少しおくれてから出した。薄給に甘んじて、純文学の若い作家のものを出すことに意義を感じてゐた。

それよりさき、金星堂は新感覚派の機関誌「文藝時代」を出してゐた。川端康成の処女小説集「感情装飾」以下、数多くの新感覚派の小説集を出してゐた。

戦争中、町野は水明中学といふ私立中学に勤めてゐた。そこで町野は戦争の経験をつぶさになめた。戦後は法政大学で英文学を教へ、そのかたはら、東京工大に出講した。伊藤整はすでに工大の教授をしてゐた。そこで二人は週に一度顔を合はせることになつた。入学試験の季節になると、伊藤の研究室に一週間も閉じこもつて、採点したものだつた。

しばらくしてから、町野は「詩と散文」といふ同人雑誌を創刊した。同僚の先生や学生の有志が同人であつた。主として英文学の翻訳紹介につとめた。町野は西島正先生と二人で訳して、ローレンス・スターンの「トリスツラム・シャンディ」を少しづつ載せてゐた。風変りな同人としては、元金星堂主人福岡益雄で、俳句を毎号寄稿してゐた。

2

町野と私とは、旧制五高で同級だつた。町野は九州学院の出身であつた。

文科甲類の一組、二組、三組、合はせて百二十名中、町野は首席だつた。町野は三組、私は二組だつた。三組は四年修了や年の若い秀才の集りであつた。ジェームス・ジョイスの「ユリシーズ」を訳した伊藤整の共訳者たる永松定、のちの人事院総裁佐藤達夫、のちの検事総長馬場義續など、町野には頭が上らなかつた。

町野は東大英文科に入つたが、胸部疾患のため、大学を出たのは二、三年おくれた。

私たちの同人雑誌「風車」の同人はみな五高出身であつたのに、町野はどうした訳か「風車」の同人にならなかつた。

私らが同人雑誌「新作家」や「新文藝時代」を出すに及んで、町野は初めて同人となり、創作を発表した。それは秀才の片鱗を示すものだつた。伊藤整や金星堂主人は、その才能を高く評価したが、町野は欲がないのか、根気がないのか、自分は行き詰つたと称して筆を折つた。

私は十数年前、中風で倒れて寝ついてしまつた。毎年暮になると、町野は見舞に来てくれた。熊本名物の河内みかんを土産に持つて来てくれたこともあつた。私も高校時代、河内へみかん狩りに行つたことをなつかしく思ひ出した。河内みかんといふのは、小粒で香りが高い。これに似てゐるのは桜島みかんである。この方がもつと小さい。いづれもみかんの原種なのであらう。

この二、三年、町野はやつて来ない。どうしたのだらうと思つてゐると、病気であると、風の便りで伝へられて来た。皮肉なことには、脳軟化症か脳出血か、血圧の病気といふことだつた。私は無茶苦茶な生活をして自業自得であるのに反し、町野は品行方正で、気の毒である。一日も早く教職に復帰されんことを希望するのである。

去年の暮に、町野は随想集「水明寮《みめい》周辺」を出版した。落ちついて読む暇がなかつたので、今年になつてから、つい四月になつてから読んだ。とても面白いので、おそく読んだのを残念に思つた。中でも、動物を書いたのが面白かつた。「熊本の動物園」「十八年生きた猫」「聖鶏」「養鶏都市」「私のしちめんちょう」など、エクセントリックな面白さがあつた。

「一体どこの本屋で出版したのか」さうつぶやきながら、奥附をひるがへして見た。どこにも出版社の名前がない。よく見ると、発行社の代りに、三人の子供さんの名前が出てゐた。そのうちの一人は、嫁入つてゐる娘さんである。発行所は「町野朔（町野の八王子の自宅）」となつてゐた。病気である父親を慰め元気づけるために、子供さんたちが金を出し合つて出版したものにちがひない。私は本文よりもむしろ奥附の方に感動して、しばらくはそれを見詰めてゐた。

3

五高三年（大正十二年）の五月のある朝、私たちは三ノ嶽に登るべく、菊池鉄道といふ軽便鉄道で、熊本を立つて終点隈府《わいふ》で下りた。ここは南朝の忠臣菊池氏が拠つてゐた所で、菊水の紋のある幔幕を張りめぐらせた菊池神社を右に望んで、私たちは三ノ嶽に急いだ。熊本では霧雨であつたのに、ここでは本降りになつてゐた。

途中に龍門小学校があつて、雨宿りさせてもらつた。日曜なので、小使が一人きりだつた。私たちは小使室に通されて囲炉裏であたたまつた。

町野のほかに一、二名居たやうに思ふが、町野しか思ひ出せない。町野ははつきり覚えてゐる。町野はクラスがちがふので、今まで膝をつき合せて話したことがなかつた。遠くから見てゐるだけだつた。それも秀才なので、畏敬して眺めるだけであつた。その町野と膝つき合せて話すので、私は得意に感じた。

雨が小降りになつたので、私たちは傘を一本づつ借りて、三ノ嶽に向つた。三ノ嶽は草山であつた。全山が青草に被はれてゐた。その間に登山路がジグザグに通じてゐた。その黒い柔かな路を、一歩一歩、踏みしめて登つた。それが番傘をさして登るのだから、奇妙なかつかうだつた。

頂上は狭かった。石楠花の小さい藪があつて、花を咲かせてゐた。低い山しか記憶にないが、石楠花の花が咲いてゐるのを見ると、相当高い所まで登つたらしい。飛ぶ雲の切れ間に島原の温泉嶽の魁偉な姿が見えた。

帰りにはすつかり雨が上り夕日が照つて、雨の濡れた服がからからに乾いた。

〔『上林暁全集一五巻』筑摩書房（初出『ちくま』一九七七年八月号）〕

3　町野茅子「亡夫静雄の思い出」

昭和十年五月に結婚して五十七年八月に死去するまで四十七年間の出合いと別れを今思出しています。生活は貧しくて、亡くなられた秋沢さんが高円寺の私たちの新居の長屋にいらしって「……の、たかまど寺の変り男が四国乙女をもらいけるかな」なんて祝って下さいましたし、長女柚枝が生まれた時、秋沢夫人が、およろこびにみえなられて「まあ大変ねえ、まあ、まあ」とまがおでおっしゃられ、まるでお悔みねと後で、笑ったことも、それ位私たちの生活は貧乏でした。しかし主人は「俺の青春時代だ」ともいってくれました。

主人は今でいうながら族で金星堂時代は年間に幾冊も出した本も子供たちの騒ぐなかで、勉強も翻訳もし、熱中すると他のことは耳に入らぬという特技のおかげで出来ました。ガリヴァー旅行記の印税が入った時は結婚後五年目初めて主人の国熊本へ里帰り、で自慢の阿蘇山に登り別府から四国道後温泉へと、大名旅行だとよろこびました。無口でしたが、気持が平で、神経質にみえて呑気でいる主人と、お天気やの私とは正反対でこれでは喧嘩になりません。これをいいことに私はずいぶんと我儘でした。パーキンソン氏病という難病にかかりましたが、痛いところがない代りに徐々に体がきかなくなり、精神状態も消極的となりました。不平もいわず、いつもがまんしていました。どこにも行きたがらず、手をひいての近所の散歩と、テレビや新聞、そして、少々の読書、疲れてねむり、きかなくなっていく体をみているばかりでした。十二年間の療養生活は言いかえれば、生涯のうちで一番私と主人との文字通り寄りそって歩いた時代、ともいえます。臨終の床では、悲しい位きれいな目をしていました。それが忘れられません。

町野静雄履歴書

明治三十六年七月十八日生　熊本市出町
大正　十三年四月　五高卒業
〃　四月　東京帝国大学英文科入学
十五年四月以降三年　病気休学
昭和　七年三月　同大学卒業
〃　四月　金星堂書店編集部入社
十四年三月　金星堂　退社
〃　四月　日本大学第二商業学校、正明高校を経て
二十五年三月三十一日東京都立大学付属高等学校教諭に就任
〃　都立大学講師
三十年　三月　都立大学付属高校退職
〃　四月　東京理科大学助教授就任
三十一年三月　同大学退職
〃　四月　法政大学英文科教授就任
〃　四月　青山学院女子短期大学兼任講師就任
〃　四月　東京工業大学兼任講師就任

昭和三十二年三月　法政大学退職、青山学院女子短期大学教授に就任、青山学院大学兼任講師

町野静雄翻訳書

T・E・ヒューム「現代芸術の哲学」　昭、七、金星堂
ラフカヂオハーン「文学入門」　昭、十、金星堂
バークレー「哲学入門」　昭、十一、金星堂
G・E・ムア「倫理学入門」　昭、十三、金星堂
ミルトン　選集「人生の書」　昭、十三、金星堂
F・カーペンター「宗教学入門」　昭、十三、金星堂
スウィフト「ガリヴァー旅行記」　昭、十六、改造社
ハドソン「博物物語」　昭、十七、大鵬社
ユーイング夫人「向いの奥さまの思出話」　昭、二十二、新展社
ハーン「英文学入門」　昭、二十四、堀書店
E、ブロンテ「嵐ヶ丘」　昭、二十九、ダヴィット社
ホーソン「緋文字」（対訳）　昭、三十二、金星堂

〔文芸同人雑誌（季刊）『クマモト・ペンクラブ』№6夏季号〕

〈著者略歴〉

町野静雄（まちの・しずお）

1903年　熊本市に生まれる

1924年　第五高等学校卒業

1932年　東京帝国大学卒業

金星堂書店，正明中学・正明高等学校，東京都立大学附属高等学校，法政大学などを経て，

1957年　青山学院女子短期大学教授，東海大学非常勤講師など

1982年　死去

〈編集〉

飯野柚枝（いいの・ゆえ）

町野曄子（まちの・ようこ）

町野朔（まちの・さく）

町野いこひ（まちの・いこひ）

英文学論集—古典主義とローマン主義

二〇二四(令和六)年一一月二六日　初版第一刷発行

著者　町野静雄

発行者　今井貴
渡辺左近

発行所　信山社出版株式会社
〒113-0033 東京都文京区本郷六—二—九
モンテベルデ第二東大前一〇二号
電話　〇三（三八一八）一〇一九
FAX　〇三（三八一八）〇三四四

印刷・製本／暁印刷・日進堂製本

ISBN978-4-7972-2135-0 C3098